이 선생의 학교폭력 평정기

특수전

더 쎈 놈이
왔다.
지금부터
시작이다.

따돌림사회연구모임 기획
김경욱 외 씀

양철북

책머리에

따돌림사회연구모임(이하 따사모)에서 2009년《이 선생의 학교폭력 평정기》를 세상에 내놓은 뒤에도 학교폭력에 대한 이런저런 정책들은 많았지만 현장에서 체감하는 학교폭력은 전혀 줄어들지 않았다. 처벌을 강화하다 보니 직접적인 폭력은 줄어들었을지 모르나 간접적인 폭력은 더욱 늘었고, 교권에 대한 보호막이 거의 없는 현실 속에서 교사에 대한 공격은 더욱 심각해졌다. 또한 사건 처리를 사법 재판에 의존하는 경향이 커지면서 학교는 법률전문가들의 공방전에 끼어 운신의 폭이 더욱 좁아졌다. 교육청 역시 통제나 규제 일변도로 접근하기 때문에 학교가 중심이 되어 교육적으로 해결할 수 있는 역할을 빼앗고 있다. 당사자들도 사건을 음성적으로 해결하려 하거나 무마하기에만 급급한 것도 사실이다.

학교폭력이 줄어들 수 없는 근본적인 이유는 무엇보다도 교사의 생활지도권이 보장되지 않기 때문이다. 그때나 지금이나 교육부 정책은 교사의 생활지도권이나 역량을 강화시켜 문제를 해결하려는 생각은 전혀 없어 보인다. 이런 상황에서 교사들이 학교에서 살아남고 아이들에게 평화를 가르치기 위해서는 자신의 이야기를 스스로 만들어 낼 수밖에 없다. 그러한 고군분투의 한 결실이 이 책이라 할 수 있다.

필자로 참여한 여섯 분의 교사들은 이번에도 다양한 시각에서 학교폭력의 실상을 알리고 치열하게 대안을 모색하고 있다.

'다섯 개의 시선'은 하나의 학교폭력 사건에 얽힌 인물들이 각자 어떤 입장과 태도를 가지고 사건에 대처하는가를 인물들 각각의 일인칭 시점으로 재구성한 이야기를 통해 더듬어 봄으로써 진실은 무엇이고 해결책은 어떠해야 하는가를 묻는다.

'변절자'는 평소 학생의 인권을 중요하게 생각하고, 통제 일변도의 학칙과 교사의 부당한 권위에 대해 몹시 비판적이던 한 교사가 공단지역 학교라는 '특수한' 상황에 놓이면서 자신의 교육관과 실천 전략이 전혀 먹히지 않는 실패와 좌절을 경험하게 되고, 결국 스스로 '변절자'가 되어 버렸다는 모멸적인 자기인식에 이르러서야 어렵게 자신을 추스르고 새로운 희망을 찾아 갈 수 있었다는 진솔한 자기 고백이다.

'잃어버린 이야기를 찾아서'는 교사 역시 학교폭력의 한 대상이 될 수 있으며 학교폭력의 구조 바깥에 동떨어져 존재할 수 없다는 사실을 극명하게 보여주면서, 이러한 구조를 깨기 위해 자기 온몸을 내던지며 한 교사가 이루어낸 기적 같은 평화의 이야기를 들려준다.

'프레임 쉬프트'는 폭력을 폭력으로 인식하지 못하는 아이들에게 평화의 가치를 가르치고 그것을 학생들 마음속에 내면화시키기 위해서는 교사의 본업인 '수업'에서부터 변화가 일어나야 한다는 사실을 일깨우는 이야기이다.

'호모 로쿠엔스 세상'은 한 '고립아'의 사례를 통해 그 아이가 선택한 '고립'과 '선택적 함묵'이 스스로의 뜻이 아니라 외부로부터 강요된 것이었다면 친구들과 교사로부터 인정받고 소통하고 싶어 하는 아이의 갈망도 그만큼 강렬했을 것이란 사실을 이야기한다. 교사는 그런 고립과 함묵이 사실은 처절하기 이를 데 없는 '발언'임을 알아채는 마음의 눈을 가져야 한다고 말한다.

'선한 강자'는 스스로 확고한 전략을 가지고 학교폭력에 대처해 가는 한 교사의 분투를 통해서 학교폭력 앞에 어찌할 바를 모르거나, 외면하거나, 혹은 잘못된 방식으로 대처하는 모든 교사들이 참고삼을 만한 귀중한 사례를 선보인다.

따사모는 애초부터 《이 선생의 학교폭력 평정기》와 같은 소설을 세상의 모든 학교가 '평화로운 학교'로 바뀔 때까지 지속적으로 펴내야 한다고 생각해 왔다. 그 몇 가지 이유는 이렇다.

첫째, 《이 선생의 학교폭력 평정기》가 나온 다음에 이 책을 읽은 학생들을 많이 만났고, 우리 바람대로 많은 학생들이 이 책을 통해서 학교폭력 문제를 객관적으로 바라볼 수 있는 안목을 기르고 해결의 지혜를 얻고 있다는 사실을 확인했다. 《이 선생의 학교폭력 평정기 특수전》도 그런 역할을 충분히 해낼 수 있으리라 기대한다.

둘째, 학교폭력의 본질은 변하지 않지만 그 양상은 매우 다양하게 나타난다. 학교의 구성원이나 학교가 처한 환경에 따라 다르게 나타나는 것이다. 그래서 사례마다 매번 다른 대응책이 필요하다. 상황마다 다를 수밖에 없는 이야기들을 계속 기록으로 남겨야 하는 까닭이다. 몇 가지 유형만으로 수없이 다양해지는 폭력의 유형들을 분석하고 대처할 수는 없기 때문이다.

셋째, 따사모는 첫 책《이 선생의 학교폭력 평정기》를 펴내면서 학교현장에서 교재로 쓰이기를 바랐다. 우리 교육의 평화감수성과 폭력에 대한 문제의식을 벼리는 데 도움이 될 것으로 믿었기 때문이다. 이번 책도 충분히 그럴 것으로 믿는다.

끝으로《이 선생의 학교폭력 평정기》를 통해 따사모가 세상에 꽤 알려졌고, 이어서 펴낸《교실 평화 프로젝트》와《이 선생의 학교폭력 상담실》을 통해서 학교폭력에 대처하는 열정과 전문성을 검증받는 계기가 되었다.《이 선생의 학교폭력 평정기 특수전》을 통해 따사모가 더 깊고 넓게 학교폭력에 대한 전문성을 갖추어 갈 것으로 믿는다. 역할도 더 넓고 커지기를 바란다. 또한 이런 새로운 계기를 맞이하여 따사모의 활동이 한 단계 비약하게 되기를 회원 모두의 마음을 모아 기원한다.

집필에 참여하신 선생님들의 노고가 학교폭력을 마주한 교사들이 길을 찾는 데 작은 등불이 되기를 기대한다.

따돌림사회연구모임 대표 김경욱

차 례

김은

다섯 개의 시선

지금 이 순간도 벌어지고 있을 크고 작은 학교폭력 사건들. 사건이 잘 해결되면 관련자들은 이전의 평화로운 관계로 돌아갈 수 있을까? '가해자'와 '피해자'를 가려서 '잘못'을 처벌하면 충분할까? 학교폭력은 이차방정식의 해답을 찾는 것처럼 단순하지가 않다. 관련자의 삶과 밀접하게 얽혀 있기 때문이다. 다섯 개의 시선, 모두가 주인공이다.

정의감? 질투?

"선생님, 드릴 말씀이 있어요."

점심시간, 명지가 교무실로 나를 찾아왔다.

"저 안전생활부에 얘기할래요. 이대로는 도저히 학교 못 다니겠어요."

명지가 내뱉은 말에 가슴이 철렁했다.

"왜? 무슨 일이야?"

"좀 전에 유미하고 싸웠어요. 왜 저만 이렇게 당해야 하는지 모르겠어요. 이제 더는 못 참겠어요……."

마음을 진정시키며 명지를 자리에 앉혔다.

"그래, 무슨 일이 있었는데? 뭣 땜에 그래?"

"유미가 지네 팀이 소프트볼 경기에서 진 게 마치 저 때문인 것처럼 말하면서 밀치고 머리 때리고……."

명지가 울먹이며 얘기한 자초지종은 이러했다.

4교시 체육 시간. 수행평가로 소프트볼 경기가 열렸다. A, B, C 세 팀으로 나누어 A, B팀이 경기를 하는 동안 C팀은 A, B팀의 경기 태도를 평가하는 식이었다. 특히 이번 수행평가는 득점과는 상관없이 세 팀이 돌아가며 서로 경기 참여도와 태도를 평가하는 구조였다.

명지는 A팀, 유미는 B팀이 되어 주전 선수로 뛰게 되었다. 둘 다 워낙 운동을 잘한다고 인정받는 아이들이었다. 명지는 유미와 상대

팀이 되면서 속으로 반드시 B팀을 이기고 싶다는 생각을 했다. 경기가 진행되면서 두 팀의 스코어가 엎치락뒤치락하며 막상막하로 전개되었다. 그리고 5대 5 동점인 가운데 A팀이 다시 1점을 따내면서 A팀의 기세가 하늘을 찌를 듯했다.

이기고 있다는 기분에 취했나 보다. 명지는 응원단 앞에 나가 응원가를 부르면서 아이들과 함께 춤을 추었다. 그런데 그때 갑자기 유미가 명지에게 소리를 질렀다.

"야! 서명지, 그만 안 해? 벌써 이긴 것처럼 까불지 마!"

평소 같으면 유미의 말대로 했을 텐데, 그날만큼은 명지는 그러기가 싫었다. 유미의 말을 무시한 채 계속 춤을 추었다. 그런데 어느새 유미가 명지 앞에 와 있었다. 명지는 깜짝 놀라 멈췄다. 다행히 체육 선생님이 나서서 유미를 떼어 놓고 경기를 이어갔다. 물론 더 이상 춤은 출 수 없었지만.

그 뒤 마지막 주자인 명지의 홈런으로 A팀이 두 점을 더 내면서 경기가 끝났다. 유미를 이긴 것 같아 명지는 기분이 좀 나아졌고, 친구들과 한껏 들떠 교실로 들어왔다.

그때였다, 다시 한 번 유미의 고함이 들린 것은.

"서명지, 너 그러지 말랬지?"

명지가 뒤를 돌아보니 유미가 한 손을 허리에 얹은 채 두 발을 벌리고 서서 자기를 쏘아보고 있었다.

"뭘 말이야?"

"아까, 내가 입 닥치고 가만히 있으랬잖아!"

"뭐? 나만 응원하고 춤춘 것도 아닌데 왜 나한테만 그래? 그리고 너희 팀도 응원했잖아."

"잘난 척하지 말란 말이야!"

"잘난 척? 응원하는 게 잘난 척이야? 그럼 내가 어떻게 했어야 하는데? 꼭 네 말대로 해야 돼?"

"내가 나 혼자를 위해서 그런 거야? 넌 매사에 그렇게 이기적으로 행동해서 기분을 잡치게 만들잖아."

"내가 너희 기분 맞춰 주려고 내 기분도 죽이고 살아야 돼? 괜히 너희 팀 진 걸 내 탓으로 돌리는 거 아니냐구!"

그러자 갑자기 유미가 명지의 가슴을 퍽 하고 밀쳤고, 명지는 뒤로 나자빠졌다. 책상과 의자가 우당탕 소리를 내며 넘어지고 명지는 그 사이에 쓰러져 허우적댔다. 그런데도 유미는 책상과 의자를 밀치고 들어가 명지를 아무 데나 후려치면서 욕설을 내뱉었다.

"아, 짜증 나! 넌 맞아야 돼, 이 씨발년아. 넌 맞아야 알아듣지?"

"아악! 내가 뭘 잘못했어? 내가 뭘 잘못했냐고!"

"이래도 니 잘못을 몰라? 더 맞아야 정신을 차리지!"

흥분한 유미를 막고 둘을 떼어 놓은 것은 반장 진아였다. 명지는 자기가 맞은 만큼 유미를 때리고 싶었지만 참았다. 마음속에 더 큰 칼을 갈면서 말이다.

"많이 아팠지? 다친 데는 없어? 어디 보자."

나는 명지를 살펴보았다. 외상은 없어 보여 다행이었다. 그러나 나를 바라보는 명지의 흔들리는 눈빛은 그 아이가 심리적으로 얼마나 큰 고통 속에 있는지를 말해 주고 있었다.

"넌 왜 일방적으로 맞기만 하고 참았던 거니?"

"유미를 때리면 나도 같은 인간이 된다는 생각이 들어서요. 그리고 같이 때리게 되면 학폭(학교폭력대책자치위원회)에서 불리해지잖아요. 그러긴 싫었어요."

"그런 생각까지 했구나. 많이 힘들었을 텐데……. 근데 명지야, 지고 있는 B팀 입장에서 네가 춤추는 걸 보고 어땠을까?"

"…… 그다지 기분이 좋지는 않았을 것 같아요. 하지만, 경기 점수가 수행평가에 들어가는 건 아니었어요. 경기 태도가 중요하다고 체육 선생님이 그러셨거든요. 전 우리 팀이 응원전에서도 좋은 점수 받고 싶었던 것뿐이에요."

"그래, 수행평가에 들어가는 항목이니까 말이지. 그래도 점수보다는 친구들 사이가 더 중요하지 않을까?"

"제 행동이 잘못된 거라면 말로 하면 되지, 왜 때려요. 그것도 왜 저만요?"

"춤춘 아이들이 누구누구야?"

"정훈이, 영아, 선빈이, 이렇게 세 명이요. 그리고 몇몇 애들이 더 있었어요."

"그래, 그 아이들도 불러서 얘기를 들어 봐야겠구나."

명지를 학생생활부로 보내고 우선 반장인 진아를 불렀다. 혹시 명지가 놓치고 있는 것은 없는지, 사건에 대해 좀 더 자세히 알아보기 위해서였다.

"운동장 정리까지 하고 좀 늦게 교실에 들어갔어요. 그랬는데, 벌써 아수라장이 돼 있더라구요. 부랴부랴 아이들하고 같이 둘을 떼어 놨어요. 명지는 규원이가 데리고 나가고, 유미는 저하고 친구들이 진정시켰어요."

"유미하고 명지 사이가 계속 안 좋았던 거니?"

"아니요, 반에서 큰 무리 없이 잘 지냈어요. 물론 친하지는 않았지만요. 오늘 일은 소프트볼 경기가 화근이었던 거 같아요. A팀한테 지니까 B팀 분위기가 눈에 띄게 가라앉았거든요. 유미는 명지하고 그 팀이 잘난 척했기 때문이라고 생각했나 봐요. 다혈질이라 순간적으로 욱해서 명지를 때릴 뻔했거든요. 그걸 체육 선생님이 막아서 다행이었죠. 아니면 싸움 났을지도 몰라요."

진아는 성적도 상위권인 데다 활달하고 유쾌한 성품을 지녀 누구에게나 호감을 주는 아이였다. 게다가 약하고 소외되는 아이들도 잘 챙기는 편이라서 아이들의 신임이 두터운 반장이었다. 6인방과도 두루 잘 지냈다.

"잘난 척? 그 이유를 네가 어떻게 알아?"

"유미하고는 중학교 때 같은 반 하면서 좀 친해졌어요. 그때도 조금이라도 잘난 척하는 애가 있으면 그냥 안 넘어갔거든요. 그것 때문에 몇 번 징계도 받고요……."

"그런 일이 있었구나. 운동장에서는 우리 반만 수업했니?"

"아뇨, 4반이 축구와 피구를 하고 있었고, 1학년 애들도 플라잉 디스크를 했어요."

"그래, 고맙다. 이제 교실로 가도 돼."

유미의 과거를 들으며 어떤 벽 같은 것이 느껴졌다. 진아는 이유를 '잘난 척'에 대한 처벌이라고 했지만, 왜 유독 명지에게만 그 처벌이 가해진 걸까? 이제는 유미를 부를 차례였다.

"너, 선생님이 왜 불렀는지 알지?"

교무실에 들어서는 유미의 모습을 보니 마구 야단을 칠 수도 없는, 어두운 표정이었다. 내 물음에 대답은 않고 유미는 고개를 더욱 떨구었다.

"들어 보니 어이없는 이유로 명지를 때린 것 같던데? 응원이 거슬렸다고 말이야. 초등학생도 아니고 그런 걸로 주먹을 휘두른다는 게 납득이 잘 안 된다. 응원 때문에 졌다는 것도 핑계 같고. 뭐 다른 이유가 있었던 건 아니니?"

"선생님, 그게 다는 아니에요. 명지는 자기한테 유리한 쪽으로만 얘기했나 보네요."

"그럼 그것 말고 또 다른 이유가 있었던 거야?"

"걔는 원래 분위기 파악을 잘 못 해요. 눈치도 없고요. 가뜩이나 팀 분위기가 가라앉아 있는데 자기만 생각하고 응원에, 춤까지 추니까 누가 좋아했겠어요. 우리 팀 애들은 다 못마땅해했다고요. 그래서 제가 대표로 경고를 했죠. 그런데도 못 알아들었으니 알게 해 줄 수밖에요."

유미의 대답은 이미 들은 사실과 다를 게 없었다.

"그러니까 너는 당당히 네 할 일을 했다는 거네? 유미야, 스포츠 게임에는 당연히 응원전도 포함돼 있는 거야. 정정당당한 거고. 왜 상대 팀 눈치를 보면서 응원을 자제해야 한다고 생각하니?"

내 말에 유미는 입을 다물어 버렸다. 표정에는 수긍할 수 없다는 불만이 가득했다. 그 모습에 꾸지람보다는 원인을 파헤쳐 보겠다던 다짐이 호통으로 바뀌어 버렸다.

"명지가 아무리 눈꼴사나워도 그렇지, 다른 애들도 다 있는 교실에서 구타까지 하다니 너무하잖아! 맞은 명지 입장을 생각해 봐. 아무리 미워도 대화로 해결하려고 노력해야지 손찌검을 하면 어떻게 해? 그리고 애들이 네가 너희 팀을 위해서 명지를 때렸다고 쌍수 들고 환영할 줄 알았어?"

조용한 교무실, 주변의 선생님들이 나를 흘끔흘끔 쳐다보았다. 아, 이러려던 것은 아닌데. 나는 애써 흥분을 가라앉히며 말했다.

"명지를 때린 이유가 정말 응원이 거슬려서, 눈치 없이 나대서 그랬던 거야? 다른 건 없어? 솔직히 말해 봐."

유미는 묵묵부답이었다.

"명지는 안전생활부로 갔어. 1학기 때부터 있었던 일을 다 얘기할 모양이더라. 이렇게 된 이상 이 일은 내 선에서 해결할 수 없게 됐다. 너도 네 잘못을 반성하고 기다려. 곧 안전생활부장님이 부르실 거야."

유미가 꾹 다물고 있던 입을 열었다.

"예전부터요? 그렇게 따지면 저도 억울한 일 많아요. 걔는 자기만 피해자인 척하는데 저도 마찬가지라고요."

"네가 억울한 게 있었다고? 명지 때문에?"

"네! 그렇지만 저는 일 크게 만들지 않으려고 참았어요. 제가 소개팅 몇 번 한 걸 가지고 명지가 소문을 퍼뜨리는 바람에 저는 남자를 엄청 밝히는, 완전 헤픈 애가 됐다고요. 친한 애들조차 저를 피하고 멀리해서 얼마나 힘들었는데요. 전요, 남자애하고 사귀어도 손 한번 제대로 안 잡아요. 제가 그런 스킨십 싫어하거든요. 근데 완전히 정반대로 소문이 나니까 얼마나 황당했게요. 그래서 누가 그랬는지 찾아보니까 그 끝에 명지가 있었던 거예요."

"너, 4월에 있었던 일 말하는 거지? 선생님도 대강 알고 있어. 그런데 그 일은 은비 때문 아니었어? 너는 그냥 은비하고 친하니까 명지를 싫어했던 걸로 아는데."

"아니에요. 어쩌면 은비보다 더 큰 피해자가 저라구요."

"오해가 풀리지 않았으면, 선생님한테라도 얘기를 하지 왜 가만히 있었어?"

"전 누구처럼 쪼르르 선생님한테 달려가서 이르는 찌질이는 되고 싶지 않았어요. 그것 때문에 애들 입에 오르내리는 거 자존심 상한다구요. 명지는 그때 저한테 사과 한 번 안 했지만 저는 그냥 넘어갔어요."

"명지가 사과하지 않은 건 자기가 소문을 낸 게 아니라서 그런 거 아닐까? 그건 그렇고 오늘 사건이 그 소문 때문이라고 하기엔 너무 설득력이 없지 않니?"

내 마지막 질문에 유미는 다시 입을 다물어 버렸다. 자기가 보기에도 정당한 이유가 되지 않는다고 깨달았기 때문일까? 아니면 나와 말이 안 통한다고 생각해서일까? 유미는 계속 말이 없었다. 나는 침묵을 견딜 수 없어 유미에게 한 번 더 반성하라고 당부하며 교실로 돌려보냈다.

유미가 교무실 밖으로 사라지자 허 선생이 다가왔다. 옆에서 쭈욱 듣고 있었던 모양이다.

"유미하고 명지, 또 일이 생겼나 봐요?"

"예, 저도 어떻게 해야 할지 모르겠어요. 아이들한테 늘 입장 바꿔 생각해 보라고 강조했는데, 그런 저도 유미를 이해하는 데 한계가 생기네요. 제가 여자애들 심리를 잘 모르는 게 아닐까 하는 생각도 들고요."

"유미 행동이 좀 석연찮아 보이긴 하네요. 예전에 현우하고 은비 문제 해결해 준다고 나설 때도 그렇고, 이번 사건에서도 꼭 행동대장 같아요."

허 선생은 아이들의 관계에 유독 관심이 많아 여기저기서 일어나는 사건을 그냥 넘어가는 법이 없었다. 자신이 직접 해결을 못 하더라도 왜 그런지는 꼭 알고 넘어가려 했다. 게다가 심리학에 조예가 깊어 심리 분석, 특히 여자애들의 갈등을 해결해야 할 때 많은 도움을 주었다. 그래서 그런가, 허 선생과 이야기하다 보면 문제가 의외로 쉽게 풀리곤 했다.

"정말 그렇네요. 그런데 유미가 저렇게 억울하다고 하니, 뭔가 있을 것 같기도 하고요."

"명지를 때린 다른 이유가 있는 게 아닐까요? 숨기고 있는 진짜 이유요."

"진짜 이유요?"

"유독 명지한테만 그러는 게 이상하잖아요."

"그러게요. 유미가 1학기 때 일어난 일 때문에 아직까지 풀리지 않은 게 있나 봐요."

"이 선생님, 애들은 상처를 어떻게 풀어야 할지 몰라서 마음에 담아 두는 경우가 많아요. 그러면서 두고두고 곱씹고요. 오해가 있어서 대면시켜 풀어 줘도 다시 끼리끼리 모여서 뒷담화에 소문까지 만들죠."

생각에 잠겨 말이 없는 나를 보며 허 선생이 씁쓸하게 덧붙였다.

"이제 학폭 소관으로 넘어갔으니, 어떻게 진행되는지 지켜볼 수밖에요. 우리 담임들이 할 수 있는 일이 없네요. 이제부터는 거기서 하라는 대로 해야죠. 해결할 권한이나 있나요?"

내가 알고 있는 것 말고 또 다른 진실이 있는 것일까? 바쁘다는 핑계로, 시일이 지났다는 이유로 흐지부지 넘어갔던 사건. 교사로서의 소임을 저버렸다는 자책이 스멀스멀 올라왔다. 그렇다고 아무것도 안 한 건 아니었다. 명지, 유미 그리고 은비, 세 아이들과 상담하고 다독이면서 어떻게든 문제를 풀어 보려고 애를 썼다. 이제는 그 아이들을 완벽하게 파악했고, 어떤 일이 터져도 당황하지 않겠다는 자신감도 가득했다. 그런데 또 폭력 사건이 터지다니. 도대체 그때 그 아이들에게 어떤 일들이 있었던 것일까? 나는 지난 시간을 천천히 떠올리며 아이들의 삶은 어떠했을까 추측해 보았다.

잘못된 것은 내가 바로잡는다 - 유미

1

명지는 마스카라를 빌려 달라는 내 말에 잠시 머뭇거리다가 건네주었다. 명지와 싸운 뒤로 반 아이들이 은근히 나를 피하는 눈치라서 꺼림칙하다. 오전에는 영어 숙제를 안 해 와서 진아에게 빌리려고 했더니 못 본 척하며 부리나케 나가는 것이었다. 친했던 아이들도 가볍게 인사만 할 뿐 전처럼 다가오지 않는다. 반면에 명지는 동정표를 샀는지 규원이 외에 친한 애가 몇 명 더 생겼다. 물론 하나같이 교실에서 조용한 아이들이다. 오히려 우리 6인방이 섬처럼 되어간다는 느낌을 지울 수가 없다. 은비마저 현우와 헤어진 뒤로는 완전히 의기소침해져서 말수도 줄었다.

"이거 어디 거야? 너 바른 거 보니까 눈썹이 되게 예쁘게 펴지네."

마스카라를 만지작거리며 명지에게 말을 걸었다.

"으응. 얼마 전에 선, 선물 받은 거야."

말을 더듬는 명지의 얼굴이 붉게 물들었다. 옆에 있던 규원이가 다정하게 명지에게 팔짱을 꼈다. 명지와 한창 재미있게 얘기를 나누고 있던 아이들이 의아하게 나를 쳐다보았다. 명지가 위축된 것을 느끼자 나도 모르게 어깨에 힘이 들어갔다. 명지 주변에서 나를 경계하는 듯한 아이들의 눈빛이 오히려 도전 의식을 불러일으켰다.

"다른 건 뭐가 있어? 좀 보자. 와, 이 립스틱 명품이네."

내친김에 명지의 화장품 파우치를 들여다보고 마구 헤집었다. 고가의 화장품이 몇 개 더 있었다. 립스틱도 빌렸다.

"발라 보고 이따 줄게."

고개를 주억거리며 대답하는 명지를 두고 자리로 돌아왔다.

중학교 때만 해도 명지는 눈에 띄지 않는 아이였다. 여러 학교에 친구를 둔 나도 몰랐으니까. 그런데 올해 초 학생수련회 때 학급 장기자랑 대표로 나간 후 학교에서 명지를 모르면 간첩이 되었다. 명지는 장기자랑에서 한창 유행하는 스윗걸의 '나를 바라봐'를 부르며 엉덩이춤을 췄고 단번에 학생들의 시선을 사로잡았다. 우리 반 애들도 섹시의 원조라는 둥 팜므파탈이라는 둥 명지를 추켜세웠다. 내가 보기엔 그냥 촌스러운 춤이었는데.

그때 나는 명지가 겉으로만 청순한 가면을 썼지, 노는 애가 틀림없다고 결론을 내렸다. 그렇다면 여우같이 여기저기 꼬리 치고 다니며 남자를 밝힐 것이 뻔했다. 나는 명지의 가면을 벗겨 버리고픈 충동이 일었다. 그러나 우리 반 아이들은 명지 같은 학교 스타가 같은 반이라는 것을 자랑스러워했다. 담임선생님도 은근히 명지를 좋아하는 눈치여서 더욱 눈꼴시었다.

아니나 다를까, 수련회 이후 명지는 서서히 본색을 드러냈다. 지난 월요일, 남학생 한 명이 우리 교실 앞문에서 서성거리다가 명지를 불러냈다. 그 애가 선물 상자를 건네면서 뭐라고 말을 했는데, 명지의 대답을 듣더니 얼굴이 빨개져서 뒤도 안 돌아보고 달아났다. 나중에 들리는 얘기로는 명지한테 사귀자며 고백을 했는데 아직 남자친구 사귈 마음이 없다면서 튕겼다나. 그 남자애는 엄청나게 쪽팔렸다면서 한숨을 쉬더란다. 이런 일이 하루걸러 일어나니 아이들은 명지를 부러워하면서도 한편으로는 샘을 내는 눈치였다. 그런데 또 언제 그랬냐는 듯이 명지가 선물 받은 초콜릿이나 과자를 나눠 먹으며 즐거워했다. 명지가 그 많은 프러포즈를 왜 모두 거절했는지 이상하긴 했다. 꽤 잘생긴 애들도 있었는데. 어쨌든 그런 일 외에도 명지는 학급에서 남자애들과 스스럼없이 잘 지내는 편이었고, 동아리에서도 마찬가지였다. 그즈음이다, 현우와 은비 사이가 벌어진 것이.

현우도 장기자랑에서 노래를 불러 인기상을 탔고, 당연한 순서처럼 실용음악 동아리에 가입하며 바빠지기 시작했던 것이다.

2

월요일 아침, 은비는 금방이라도 폭발할 것 같은 표정으로 교실 뒤쪽에서 서성거리고 있었다.

"왜 그래? 무슨 일 있어?"

"아, 좆나 짜증 나. 현우한테 문자 보냈는데 아직 답장이 없어."

"뭐라고 보냈는데?"

"요즘 나한테 너무 소홀한 거 같아서 만나서 얘기 좀 하자 했더니, 축제까지 시간이 별로 없어서 안 된대. 그래서 '너, 고등학교 올라와서 많이 변했다' 하니까, 너무 집착한다고 짜증을 내는 거야. 미안하단 말도 없어."

"그래서?"

"안 되겠다 싶어서 명지하고 동아리 발표회 연습하는 거 그만 안 두면 이대로 끝이라고 세게 나갔지. 그 뒤로 답이 없어. 유미야, 나 어떻게 해야 돼?"

현우는 초등학교 때부터 놀던 친구라 웬만한 속마음은 손바닥 보듯 훤하게 꿰고 있다고 나는 자부했다. 은비에게 소개를 해 준 것도 믿을 만한 구석이 있어서였는데 이제 와서 배신이라니.

"내 친구가 그러더라. 현우, 지난주 내내 동아리실에서 명지하고 같이 있었대. 집에 갈 때도 꽤 다정해 보이고."

옆에서 미리가 설레발을 치며 끼어들었다. 미리는 평소에도 앞뒤 생각 없이 말을 해서 말썽이 많았다. 이번에도 바로 내 입에서 욕이 튀어나왔다.

“씨발, 뭐 그런 년이 다 있어? 어디다 꼬리를 치는 거야? 손 좀 봐줘야겠네. 얌전한 척은 있는 대로 다 하면서!”

일찌감치 등교한 아이들이 일제히 우리를 쳐다보았다. 아차, 싶었지만 이미 엎질러진 물이었다. 고등학교 올라와서 고쳐 보려던 불같은 성질이 또 나를 흔들어댔다. 내 시퍼런 서슬에 은비의 숨소리도 거칠어졌다.

“혹시, 걔가 잘못 알았을 수도 있어. 명지한테 직접 확인해 본 게 아니잖아.”

눈치 빠른 주현이가 슬며시 말꼬리를 돌렸다.

“뭐, 나도 당사자한테 직접 들은 건 아니니까.”

갑자기 꼬리를 내리는 미리 때문에 머릿속이 복잡해졌다. 수업이 시작되고 우리는 흩어졌지만, 내 머릿속은 현우든, 명지든 그대로 두어선 안 된다는 생각으로 가득 찼다. 그 생각에 기름을 부은 것은 다른 반 정화였다. 점심시간, 정화가 슬며시 다가와 말했다.

“유미야, 너, 성복고 남자애랑 소개팅했다며? 어땠어? 잘생겼어?”

뜬금없는 질문이었다.

“니가 그걸 어떻게 알았어? 남 사생활을?”

“뭔 사생활? 알 만한 애들은 다 알아. 니가 남친이랑 헤어지고 새 남친 구한다는 거.”

“뭐라구? 그 얘기 누구한테 들었는데?”

“우리 반 애가 그러던데? 그 이상은 나도 말 못 하겠다. 근데 너, 남자애들한테 잘 보이려고 여기저기 꼬리 치고 다닌다고 애들이 안 좋게 보던데?"

정화는 내 표정을 살피더니, 슬금슬금 친구들 쪽으로 가 버렸다. 소개팅은 우리 6인방밖에 모르는데 그 아이들이 그랬을 리는 없고. 너무 기가 막혀서 말이 나오지 않았다. 불현듯 현우를 만나 봐야겠다는 생각이 들었다. 나와 소개팅했던 아이가 현우와 좀 친하다고 했기 때문이다.

수업이 끝나고 동아리실로 가 보니 아무도 없었다. 서둘러 농구장으로 향했다. 마침 현우는 숨을 몰아쉬며 벤치에서 쉬고 있었다. 보자마자 나는 단도직입적으로 물었다.

"너, 성복고에 동준이란 애 알아?"

"뭐야, 갑자기?"

"알아? 몰라? 빨리 대답해."

"좀 알아. 별로 친하진 않지만."

"걔가 나하고 소개팅했다는 말 너한테 했어?"

"…… 아니. 나도 누구한테 들었어, 지난주에. 근데 니 남친은 어쩌고?"

대답이 시원스럽게 나오지 않는 게 못 미더웠다.

"헤어졌어. 그나저나 누구한테 들었어? 여자야? 남자야?"

"너 왜 그래? 형사처럼 꼬치꼬치 캐묻고."

"억울하고 황당해서 그런다, 왜? 빨리 말해 봐."

"뭐가 억울해? 난 몰라……. 누군지 알면 또 어쩌려고?"

"야, 10년 넘은 우정의 결과가 이거냐? 친구가 지금 누명을 쓰느냐 마느냐 하는 상황에. 그냥 궁금해서 그런 거니까, 이름만 알려 줘.”

“곤란한데…….”

농구를 하고 있던 애들이 현우를 불렀다. 다급해진 나는 현우 앞을 가로막았다.

“누구야? 혹시 명지야?”

“…….”

현우는 말없이 나를 보다가는 아이들 쪽으로 훌쩍 뛰어가 버렸다.

다음 날 아침, 현우와 못다 한 이야기를 하려고 전화를 걸었지만 받지 않았다. 나는 화가 나서 ‘이런 식으로 할 거면 친구고 뭐고 필요 없다, 그리고 명지에게라도 따질 것이다’라는 문자를 보냈다. 그런데 그 문자마저도 씹혔다. 나는 더욱 화가 나서 그날로 바로 아이들과 함께 명지를 까 버렸다. 현우의 태도로 보아 내 뒷담화에 명지가 관련되어 있는 게 분명했다. 명지는 아니라고 했지만, 거짓말인 게 틀림없었다.

명지를 혼내 준 뒤에도 언짢은 마음이 가시지 않았다. 게다가 명지가 선생님께 이를까 봐 얼마나 조마조마했던지. 다행히 그런 일은 일어나지 않았다. 그러나 그 일로 인해 은비는 현우와 헤어졌고, 현우도 계속 나를 피하는 것 같았다. 속상했다.

3

알바를 끝내고 집에 들어가니 10시. 웬일로 오빠가 집에 들어와 있었다. 오빠는 고등학교 졸업 후 알바를 전전하면서 외박하기를 밥 먹듯 하고 있다. 나를 보자마자 또 잔소리를 시작했다. 여자애들은 밤늦게 다니면 안 된다, 술과 담배는 안 된다, 어른 말 잘 들어야 한다, 조신해야 한다……. 자기는 개차반으로 살면서 훈계를 하는 모양이 웃기다. 그래도 함부로 말대꾸는 안 한다. 잘못했다가는 몇 대 얻어맞을 테니까. 그렇지만 그날은 더 이상 듣기가 싫어서 그만하라고 했더니 오빠는 주먹을 들고야 말았다. 오빠를 피해 도망가는 순간 엄마가 방에서 나오셨다.

"유성이 너 또 주먹질이냐? 엄마가 아빠한테 야단맞아야 속이 시원하겠지? 어이구, TV 좀 그만 보고 방에 들어가! 졸업했으면 밥값이라도 하든가 도대체 뭘 하고 다니다 들어와서는 이 소란이야! 그새를 못 참고!"

야단치는 엄마를 보며 나는 눈살을 찌푸렸다. 화장기 없는 얼굴에는 기미가 도드라지고 늘어진 티셔츠에 불룩 나온 아랫배 하며, 그 모습이 몹시 흉해 보였다. 술 냄새까지 났다. 그런 엄마가 보기 싫어 그대로 방으로 들어가 버렸다. 분명 아빠가 들어오시면 또 한바탕 싸움이 날 거고, 언제나처럼 엄마의 울음과 멍든 얼굴로 끝날 것이다.

방에서는 유택이가 핸드폰 속으로 빨려 들어갈 듯이 게임에 빠져 있었다. 내가 들어온 것도 몰랐다. 한심한 새끼.

"너, 지금 뭐하는 거야?"

"보면 몰라? 게임하잖아. 우리 반 애들이랑 한 판 하는 중이니까 말 시키지 마."

"누나가 들어왔는데 지금 예의도 없이 뭐하는 거냐고! 오늘 숙제는 다 했어? 갖고 와 봐."

유택이가 되바라지게 행동할수록 나는 더욱 엄하게 했다. 버릇없이 구는 것은 때려서라도 고쳐 줘야 한다는 게 내 생각이다. 알림장과 공책을 확인해 보니 역시나 공책은 백지였다.

"할 일도 안 해 놓고 게임이나 하고 있어? 머리에 피도 안 마른 게 벌써부터 게임 중독이야, 뭐야! 애는 애다워야지. 당장 꺼. 그리고 빨리 숙제해!"

"형이나 누나도 게임하면서 왜 나한테만 그래? 자기는 늦게 들어온 주제에."

"쪼끄만 게 어디서 말대꾸야. 내가 너처럼 놀기만 하는 줄 알아? 너 내 말 안 들으면 어떻게 되는지 알지?"

책상 아래에서 회초리를 꺼내 들었다. 자주 맞았던 터라 유택이는 툴툴거리면서도 핸드폰을 내려놓고 숙제를 해 나갔다. 나는 유택이가 잘난 체하지 않고 얌전하게, 튀지 않는 아이로 자랐으면 좋겠다. 내 동생이 누구처럼 시건방진 건 도저히 참을 수가 없다. 잠이 쏟아졌지만 눈을 부릅뜨고 유택이가 숙제를 끝낼 때까지 기어이 앉아 있었다.

잘못된 것들은 내가 바로잡아야 한다. 힘으로라도. 집에서도 그렇고 학교에서도 마찬가지다.

언제까지 참아야 해? – 명지

1

"눈을 어디다 두고 다니는 거야? 조심해!"

옆 반 연정이가 눈을 부라리며 재빠르게 지나갔다. 내가 먼저 부딪친 게 아니라 자기가 먼저 친 건데. 요 며칠째 은비와 유미 친구들이 나를 보는 시선이 곱지 않다. 복도에서건 화장실에서건 나를 쏘아보고 뭐라고 자기들끼리 속닥거리며 지나간다. 화요일에 유미네 패거리와 싸운 뒤로 내 생활은 엉망이다. 소문은 일파만파로 퍼져서 웬만한 아이들도 나를 만만하게 보고 함부로 대하는 것 같다. 축제도, 뒷담화도 난 잘못한 게 없는데 왜 이렇게 되어 버린 것인지…….

은비와 유미는 여전히 교실을 떠들썩하게 장악하고 있고, 언제 싸웠냐는 듯이 나에게 말을 걸기까지 한다. 화요일에 당한 모욕은 아직도 나를 괴롭히지만, 그래도 그 둘을 무시할 수가 없다. 무시했다가 또 꼬투리가 잡히느니 그냥 조용히 참는 게 나을지도 모른다.

중학교 때의 학교 뒷산 약수터가 떠오른다. 아빠가 이곳 공무원으로 발령을 받아 이사를 온 것은 5학년 때였다. 나는 워낙 털털하고 활발한 성격이라 전학 후 금세 아이들과 친해졌다. 특히 여자애보다 남자애들과 더 허물없이 지내는 사이가 되었다. 내 직설적인 말투와 거친 장난이 여자애들보다는 남자애들과 잘 맞았기 때문이다. 자연스럽게 주로 가는 곳은 PC방과 운동장. 나는 어느새 남학생들 사이에서 홍일점이 되어 있었다.

그렇게 새로운 생활에 적응해 가던 어느 날, 우리 학년의 여자 일진이 나를 불렀다. 그 아이와는 몇 번 같이 게임도 하고 놀아 본 적이 있었지만, 따로 만나자는 말에 불안해진 나는 아빠에게 조언을 구했다. 나를 앞에 두고 아빠는 한참을 말없이 있다가 물었다.

"명지야, 그 아이들 몇 명 정도 돼?"

"대여섯 명 정도요."

"네가 만난다 해도 좋을 일은 없을 것 같은데, 안 나가면 안 되겠니?"

"오늘 안 나가고 나서 내일 학교에서 보면 걔들이 가만히 있지 않을걸요. 그리고 제가 잘못한 것도 없는데요, 뭐."

아빠는 내게 만 원짜리 몇 장을 쥐여 주셨다.

"명지야, 이걸로 애들 맛있는 거 사 주고 와. 옛말에 지는 게 이기는 거라잖아. 당장은 조아리는 것 같지만 결국은 그 애들이 널 우러러보게 될 거다. 그러니 지금은 무슨 일이 일어나든 휘둘리지 말고 참았으면 좋겠다."

"아빠, 그렇게까지 안 해도 돼요. 더 비굴해 보일 것 같다구요."

"글쎄, 아빠는 네가 다칠지도 모르니까 그러지."

내가 머뭇거리고 있는 사이에 아빠는 부드럽지만 힘주어 내 손을 꼭 잡았다.

"그렇게 하는 게 좋겠다. 알았지?"

아빠 말이 틀린 것은 아니지만 그 상황에서 적절한 것인지 가늠하기가 어려웠다. 가타부타 따질 만한 여유도 없었고.

해가 산 뒤로 넘어가고 있었다. 낮엔 왁자지껄하게 붐비던 약수터도 저녁때라 인적이 드물었다. 약속 장소에 가까워질수록 도망가고 싶은 생각이 굴뚝 같았지만 달리 뾰족한 수도 없었다. 여자애들은 이미 약수터 옆 공터 벤치에 앉아 있었다.

"왔냐?"

짱인 수진이가 대뜸 말했다.

"왜 나오라고 했어?"

"너 요즘에 너무 나대는 것 같아서 말이야."

"나 그런 적 없는데?"

"우리 반에서도 모자라 다른 반까지 너무 설치고 다녀서 주의 좀 주려고 불렀어."

"무슨 말이야? 그냥 친해진 애들하고 어울려 논 것뿐인데. 지난번엔 너희들도 같이 PC방에 갔었잖아."

"적당히 해야지. 딴 반 남자애까지 니가 어떤 애냐고 물어보고 다니더라. 전학 왔으면 좀 조용하게 지낼 것이지, 왜 그리 활개를 치고 다니냐? 관심을 한 몸에 받으니까 좋냐?"

수진이 곁에 있던 영화도 눈을 부라리며 다가왔다. 그 뒤로 다른 애들도 한마디씩 거들며 위협했다. 혼자 약수터까지 올라갔던 용기는 어느새 저만치 달아나고 있었다. 나는 그 상황에서 조심하겠다고 대꾸할 수밖에 없었다.

애들 뒤를 따라 산에서 내려오면서 나는 바지 주머니 속에 든 돈을 만지작거렸다. 잘못도 없이 잘못했다고 인정해 버린 내가 창피했다. 그리고 단돈 몇만 원으로 뭔가를 사 준다면 애들이 나를 더 경멸할 것 같았다. 그렇다고 이대로 헤어졌다가는 또 어떤 일을 당할지 모르는데……. 나는 쭈뼛쭈뼛 수진이에게 다가가 조심스럽게 말했다.

"저기…… 내가 떡볶이 살게."

지금 생각하면 무슨 정신으로 그랬는지……. 의아해하는 것도 잠시, 수진이는 씨익 웃더니 나머지 다섯 명과 함께 학교 앞 분식점으로 들어갔다. 떡볶이와 김밥을 사 주고 헤어져 돌아왔던 일이 새삼스레 머릿속을 어지럽힌다. 그날 아빠는 잘했다며 위로해 주셨지만 나는 전혀 위안이 되지 않았다. 그 뒤로 며칠 밤을 수치심 때문에 잠들지 못했다.

이번에도 크게 다를 게 없다. 내 입장을 적극적으로 해명해 봐도 피해자가 되긴 마찬가지였다. 왜 이런 일이 자꾸 반복되는 것일까?

2

현우를 알게 된 것은 학교 수련회 장기자랑에서였다. 그리고 그 후 교내 실용음악 동아리에서 다시 만났다. 현우의 노래 실력이면 동아리 발표회뿐 아니라 청소년 음악제에도 함께 출전할 수 있을 것 같았다. 춤도 잘 춘다고 하니 금상첨화고. 의향을 물었더니 현우는 흔쾌히 그러자며 연습 계획까지 적극적으로 세웠다. 현우와 은비가 커플이란 것은 그 뒤에 알게 된 사실이다. 은비네 패거리는 워낙 시끌벅적한 아이들이라 그들만의 비밀이란 게 없었다. 교실에 앉아 있으면 그 아이들의 사생활이 시시콜콜한 것까지 생중계되었다. 둘이 사귄 지 2년이 다 되어간다는 것도 그렇게 알게 되었다.

그러던 지난 주말부터 이상한 낌새가 보이기 시작했다. 토요일 저녁, 카톡 알림음이 쉴 새 없이 들려왔다. 확인해 보니 내가 원하지도 않은 카톡방에 초대되어 있었다.

미리 명지 노래 실력 어떤 것 같아?

슬기 그게 노래냐? 세 살 아이도 그 정도는 부르겠다.

은비 ㅋㅋㅋㅋ

미리 세 살? 두 살 아니고? ㅋ

슬기 그래 두 살 실력으로 ㅇㅈ! ㅎㄷㄷ

유미 ㅋㅋㅋㅋㅋ

세정 근데 어제 걔 머리 봤어? 완전 지못미.

주현 왜?

세정 앞머리 완전 진상. 요즘 유행을 모르나 봐. 일자머리에 앞머리 떡졌어.

주현 레알? 아, 좋은 구경 놓쳤네.

유미 나도 보고 깜놀

은비 그러게. 근데 주제도 모르고 이쁜 척하기는.

유미 못생긴 게 왜 그렇게 꼬리를 치고 다녀. 개불쌍.

나는 더 이상 볼 수가 없어서 카톡방을 나왔다. 심장이 벌렁거리고 온 몸이 떨렸다. 카톡방에서 왕따를 만들어 놀린다는 게 이런 것이구나. 그런데 나한테 왜 이러는 거지? 너무나 갑작스럽게 벌어진 그 상황을 어떻게 받아들여야 할지 혼란스러웠다. 그런데 또 카톡 알림음이 울렸다. 이번에도 초대였다.

은비 서명지, 너 현우하고 듀엣으로 발표회 나가지? 안 나갔으면 좋겠다.

유미 그래, 너 은비하고 현우 사귀는 거 몰랐냐?

미리 얘가 왜 눈치 없이 까부냐?

세정 야, 너 보고 있는 거 다 알아. 빨리 대답해.

나는 대답을 할까 말까 망설이다가 답을 올렸다.

명지 우리는 동아리에서 파트너일 뿐이야. 노래만 하는 것도 아니고, 동아리 선배들과 같이 다른 것도 연습하고 있어. 너희들이 오해하고 있는 거야.

유미 근데 왜 너희 둘만 따로 다니며 연습해?

명지 동아리실이 좁아서 여러 팀이 연습을 못 하니까 그렇지. 연습만 하고 집에 갈 때는 각자 헤어져서 가는데.

미리 너랑 연습한다고 현우는 은비하고 만날 시간이 없다더라. 이러다 둘이 깨지면 네 책임이야.

세정 그래, 누가 봐도 네가 현우하고 은비 사이에 끼어든 거로밖에 안 보여.

주현 아까 학교에서 말하려다가 너 생각해서 이렇게 카톡 보내는 거니까 잘 새겨들어.

명지 아니야, 끼어들다니. 난 그런 생각 해 보지도 않았어.

은비 변명은 됐어. 이번 주말 안으로 현우한테 그만두자고 말해. 그리고 나한테 알려 줘. 내일 자정까지다. 안 그러면 그 뒤가 어떨지는 나도 장담 못 해.

아이들은 순식간에 빠져나갔다. 내 입장은 생각지도 않는 아이들. 마른하늘에 날벼락도 이 정도는 아닐 것이다. 너무나 화가 나고 황당해서 상황 정리가 잘 되지 않았다. 나는 우선 현우와 얘기를 해 보자고 마음을 추슬렀다. 자초지종을 들은 현우는 음악제에는 꼭 나가고 싶다면서 자기가 오해를 풀어 보겠다고 나를 안심시켰다. 그때 현우를 믿고 가만히 있었던 게 잘못이었나? 시간을 되돌릴 수 없다는 것이 서글프기만 하다.

유미와 나는 처음부터 악연으로 맺어진 걸까? 학기 초 수련회 때 유미 패거리가 나를 은근히 비꼬면서 뒷담화했던 일이 떠올랐다. 수련회 장기자랑이 끝난 후, 우리 반끼리 캠프파이어를 하는 자리에서 선생님은 우리 반의 위상을 높였다며 나를 크게 칭찬해 주셨다. 아이들도 한껏 환호하며 손뼉을 쳐 주었다. 그때 유미가 "춤은 좀 추네……. 근데 얼굴이 좀 그렇지 않냐?" 하며 옆자리에 앉은 애와 낄낄거렸다. 옆자리에 앉은 아이는 아마 그 패거리 중 하나가 아니었을까? 말소리가 꽤 커서 아이들이 들었고 내 기분도 언짢았지만 즐거운 분위기여서 그냥 참고 넘어갔다. 그런데 다음 날부터 나를 만날 때마다 자기들끼리 소곤거리며 위아래로 훑어보는 거였다. 나는 불편했지만 대응하기가 난감했고, 내 편에서 무시해 버리면 저러다 말 거라 생각했다.

그 사건 말고 더 어처구니없는 일도 있었다. 부반장 서영이는 개그맨 같은 말솜씨와 웃긴 외모로 반 분위기를 즐겁게 만드는 아이였다. 짝코, 불독, 자두 등 어떤 별명으로 불려도 서영이는 별 불만이 없었다. 그것이 자기의 인기를 입증하는 것이라고 생각했는지 어떤 때는 이름으로 불리는 것을 어색해할 정도였다. 하루는 까무잡잡한 피부에 볼만 연지 찍듯이 화장을 한 서영이가 너무 우스워 내가 먼저 에스키모라고 놀린 적이 있었다. 그랬더니 서영이는 그 말에 쿵짝을 맞추어 털이 북슬북슬한 모자를 쓰고 와서 노를 젓는 시늉을 하는 것이다. 재치 넘치는 서영이의 행동에 모두들 배꼽이 빠져라 웃고 있는데, 갑자기 교실 한쪽에 서 있던 유미가 화를 냈다. 함부로 별명을 부르지 말라는 것이다. 모두 어리둥절해진 틈에 유미는 누가 먼저 별명을 불렀냐며 서영이를 다그쳤다. 서영이는 눈을 끔뻑이며 나를 쳐다보았고 눈치를 챈 유미가 호통을 쳤다.

"너는 뭐가 잘나서 함부로 별명을 지어 부르냐? 남의 단점 가지고 놀렸다가 언젠가는 큰코다친다. 너희들 다 마찬가지야."

난데없이 끼어든 유미의 행동에 모두가 황당해 했다. 지금에 와서 생각해 보니 그때 유미는 단지 내가 즐거워하는 것이 보기 싫어 그랬던 것 아닐까? 그렇지 않고는 일관성 없는 유미의 행동이 이해가 되지 않았다.

이런저런 생각을 떨쳐 내며 다시 현우를 만나 봐야겠다고 생각한 나는 동아리실로 향했다. 축제가 2주 앞으로 다가와 있었다. 연습도 마저 해야 하는데, 이런 상태에서 계속할 수 있을까? 내가 가장 잘할 수 있는 게 노래와 춤인데, 그걸 포기하면 그 아이들이야 좋아하겠지. 그런 생각이 들자 오기가 고개를 들었다. 포기하지 말자. 그 아이들에게 보란 듯이 상 타는 모습을 보여 주고 말리라.

동아리실에는 현우가 먼저 와 있었다. 선배들과 얘기를 나누다가 내가 들어서자 당황한 기색이었다.

"연습은 언제 시작해요?"

나는 아무렇지 않은 척 선배들에게 물었다. 선배들과 함께 출전하는 댄스 퍼포먼스도 있었기 때문이다. 그런데 대답 대신 현우가 다가오더니 나를 데리고 밖으로 나왔다.

"은비하고 싸웠다는 얘기 들었어. 우리가 그런 사이 아니라고 해명해도 은비가 믿지를 않더라고. 유미까지 가세해서 나를 몰아세우는데 나도 어쩔 도리가 없더라. 너희들이 싸운 뒤로 학교에 소문이

파다해. 나는 바람피운 나쁜 놈이 됐고. 쪽팔려서 얼굴도 못 들고 다니겠다. 그래서…… 도저히 안 되겠어서…….”

현우는 나와 눈을 마주치지도 않고 발로 계단 모서리를 툭툭 차며 말을 이어갔다.

“이런 상황에서 계속 연습하고 발표회에 나가는 게 나는 부담스럽다. 너도 그렇지 않냐? 억울하고 답답하기야 한데, 난 남들 입에 오르는 게 더 싫거든.”

“그러니까, 나하고는 이번 발표회에 못 나가겠다는 거지?”

“응. 그동안 연습한 게 아깝긴 하지만. 선배들한테는 아까 얘기했어. 나는 이번에 아예 빠지겠다고. 넌 계속하고 싶으면 다른 파트너 구하는 게 좋겠다. 미안하다.”

“선배들이 네가 왜 빠지려는지 안 물어봐?”

“자꾸 캐물어서 어쩔 수 없이 사정은 대강 말했어.”

땅이 푹 꺼지는 것 같았다. 선배들이 나를 어떻게 볼까? 여자 선배들은 처음부터 현우를 파트너로 고집한 나를 더 미워하겠구나. 간신히 붙잡고 있던 오기가 밀물에 허물어지는 모래성처럼 무너졌다.

“네가 싫다면 할 수 없지 뭐. 다른 사람 찾아볼게.”

현우를 대신하려는 애가 있을까? 연습 시간도 얼마 없는데. 연습을 안 하면 엄마와 아빠가 물어보실 텐데 그땐 또 뭐라고 대답하지? 머리가 복잡했다.

어지러운 마음을 다잡으며 동아리실로 돌아갔더니 선배들은 음악에 맞춰 퍼포먼스 연습을 하고 있었다. 저 앞줄이 내가 있어야 할 자린데……. 구석에서 멍하니 그 장면을 바라보고 있자니 회장이 다가

왔다. 언니는 내 눈치를 살피며 말을 꺼냈다.

"생각해 봤는데…… 이번 대회에 니가 좀 빠지는 건 어때? 동아리 애들 의견도 그렇고, 이런 상황에서 합류한다면 우리 이미지도 안 좋아질 것 같아서. 앞으로 대회는 많으니까 잠잠해지면 그때 출전하는 걸로 하자."

"언니, 어떤 얘기를 들었는지 모르지만요, 저는 결백해요. 소문만 듣고 이러신다니 너무 억울하구요. 노래도 안 되는 상황에서 퍼포먼스라도 나가고 싶었는데……."

"소문 때문에 이러는 건 아니야. 이왕 이렇게 됐으니 하는 말인데 그동안 동아리에서 쭉 지켜본 선배들이 네가 좀 불편하대. 선배들이랑 친하게 지내는 건 좋은데 너무 과하다고. 여자애들은 너 보려고 남자애들이 동아리실로 찾아오는 걸 몇 번 보더니 물 흐려 놓는다고 싫어하더라고. 그래도 나는 이번 대회 끝나고 말해 보자 설득했는데, 그 일이 터졌으니. 이젠 어쩔 수가 없네. 내 입장에선 동아리를 먼저 생각할 수밖에."

"섭섭해요. 이제 와서 이런 말을 하신다니, 그것도 일방적으로요. 제가 일부러 그런 것도 아닌데. 진작 말해 줬으면 제 선에서 해결할 수도 있었잖아요."

떨리는 목소리로 외쳤지만 선배의 마음을 움직이기에는 역부족이었다. 기회를 더 달라고 말해야 하는데 입이 떨어지지 않았다.

간신히 동아리실을 나왔다. 태풍이 휩쓸고 간 듯이 황폐해진 내 모습이 너무 처량했다. 나한테 왜 이런 일들이 일어나는 걸까? 이렇게 안 좋은 일들만 줄줄이 생길 줄 알았으면 차라리 참지 말걸, 하는 후회가 밀려왔다. 눈물이 맺혀 앞이 보이지 않았다.

현우마저 뺏기긴 싫어 – 은비

1

어디선가 찬바람이 불어왔다. 오소소 소름이 돋았다. 간신히 일어나 보니 방문은 활짝 열려 있고 마주 보이는 베란다 문도 열린 채 커튼이 새벽바람에 살랑거리고 있었다. 무거운 몸을 일으켜 거실로 나갔다. 어젯밤 늦게 들어와서 문단속을 안 하고 잤더니 밤새 열려 있었나 보다. 아침 7시. 다시 침대에 누워 잠을 청했지만 잠이 오지 않았다. 핸드폰을 보니 아직도 명지의 답장은 오지 않았다. 현우, 명지의 얼굴이 번갈아 스쳐 지나간다. 둘이 마주 보고 웃는 모습에 명치끝이 아프다.

"은비야! 너, 명지 가만히 놔두면 안 돼."

유미의 말이 울려 퍼졌다.

"둘이 사귀는 것 같지 않아?"

미리의 말도 머릿속을 어지럽혔다.

유미와 미리는 현우와 명지 사이가 수상쩍다며 난리를 쳤지만, 나는 현우를 믿는 마음이 컸다.

밖에서 기척이 들렸다.

"은비야, 빨리 일어나라. 학교 가야지."

거동이 불편한 엄마가 거실로 나오는 소리였다. 엄마는 화난 목소리다.

"너, 어제 몇 시에 들어왔어? 내가 11시까지 기다리다가 잤다. 좀 일찍 다녀!"

"알았어요. 일찍 다닐게요. 어젠 친구랑 얘기 좀 하다가 늦었어요."

"문자라도 해야 할 것 아냐! 엄마 전화 받기 힘들다고 무시하면 안 된다. 알았니? 그리고 화요일마다 엄마 재활치료 있는 거 알지? 오늘 오후에 시간 맞춰서 병원으로 와. 어디 딴 길로 새지 말고."

"알았어요."

엄마는 왼쪽 팔다리는 쓸 수 있지만, 오른쪽은 잘 움직이지 못하신다. 사고 후유증이 심해서 재활치료를 꾸준히 받아야 한다고 했다. 아버지는 이번에도 지방에 일이 있어서 한 달이 넘도록 집에 안 계신다. 그러니 집안일은 온전히 내 몫이고, 동생 뒤치다꺼리까지 하려니 몸과 마음이 쉴 여유가 없다. 그런 나에게 현우는 큰 위로를 주는 존재, 아니 전부였는데……. 나는, 현우를 잃기 싫다.

2

유미는 나보다 먼저 학교에 와 있었다. 나를 보자마자 옆자리에 와서 앉더니 쉰 목소리로 거칠게 내뱉었다.

"도저히 안 될 것 같아서 현우한테 문자 보냈어. 명지하고 발표회에 나가는 거 너무하다고. 그리고 나에 대한 안 좋은 소문도 어디서 듣게 된 건지 정확하게 물어보려고 했는데, 답이 없어. 답이 오든 안 오든 나 오늘 명지하고 담판 지을 거야. 현우는 지금 자기가 뭘 잘못했는지 잘 모르는 거 같아. 나쁜 새끼."

유미는 자기가 꼬리를 치며 다닌다는 안 좋은 소문이 돈다면서, 자기 뒷담화를 하는 게 누구인지 알아내겠다고 난리였다.

"어젯밤에는 명지가 네 뒷담 까는 것 같다고 그러지 않았어?"

"현우 눈치가 그렇긴 한데……."

"그럼 그 얘기했던 정화한테 물어보지?"

"정화는 모른다고 잡아떼기만 해. 어디서 들었다나? 그게 말이 돼? 그래서 다른 애한테도 물어봤는데 말을 흐리면서 누군지 안 알려 주더라구."

유미의 표정은 당장에라도 사고를 칠 것처럼 위태해 보였다.

중학교 때 현우를 소개해 준 것이 유미였다. 유미는 나에게 연애 조언도 해 주고 다퉜을 때 중재자를 자처하기도 했다. 그래서 이번 일에도 자기 일처럼 팔을 걷어붙이고 나섰다. 나는 든든한 아군을 얻은 것 같아 힘이 났지만 한편으로는 부담스럽기도 했다. 예전에 유미가 아이들과 싸우는 모습을 보았기 때문이다. 어쨌든 지금은 그런 걸 생각할 처지가 아니었다.

아침 일과 시작종이 울릴 무렵 명지가 교실에 들어왔다. 가슴이 요동치기 시작했다. 때마침 먹이를 보고 몰려드는 고기떼처럼 주현이와 미리가 우리 주변으로 모여들었다.

"은비야, 오늘 쟤한테 말할 거야?"

"알아듣게 확실히 본때를 보여 줘야 해."

미리와 주현이는 분개하면서 명지 쪽을 노려보았다. 명지는 친구들과 이야기를 나누고 있었다. 그 태연한 얼굴을 보니 갑자기 화가 치밀었다.

"아, 답답해! 자기가 뭘 잘못했는지 모르나 봐. 어떻게 이럴 수 있어? 지가 얼마나 잘났기에 사람 말을 무시하냐구!"

나도 모르게 목소리가 커졌다. 주위가 조용해지고, 그 틈에 나는 유미와 미리, 주현이와 함께 명지 앞에 섰다. 깜짝 놀란 눈으로 명지가 우리를 올려다보았다.

"왜 답장 안 보냈어?"

"…… 내 대답은 똑같아. 그리고 현우가 너희들한테 대신 얘기한다기에 가만히 있었지. 난 딴생각 없어. 그때 말한 대로 그냥 우리는 노래 파트너일 뿐이야."

"니가 그럴수록 은비가 힘들어지니까 그렇지! 그리고 니가 내 뒷담 까고 다녀서 내가 얼마나 괴로운지 알아?"

유미가 참지 못하고 소리를 질렀다.

"그건 또 무슨 소리야? 난 뒷담 까고 다닌 적 없어. 누가 그래? 말해 봐!"

"누구라고 말하면, 어쩔 건데? 다 믿을 만한 애들한테 들은 거야. 나를 포함해서 너 때문에 상처받는 애가 한둘이 아니야. 그러니까 우리가 말한 대로 축제 그만두고, 미안하다고 사과도 해!"

"내가 뭘 잘못했는데? 지금 니네들 행동 엄청 유치한 거 알고는 있어?"

한마디도 지지 않고 대꾸하는 게 보통이 아니었다. 더 단단히 따져야지, 안 그럼 도리어 창피만 당할지도 모른다고 생각하자 마음이 조급해졌다. 내 속을 아는지 모르는지 유미는 계속 자기 뒷담 얘기만 하고 있었다.

“니가 동아리 남자애들한테 내 사생활 말하고 다닌 거 맞지? 웬만한 애들은 다 아는 것 같아서 내가 고개를 못 들고 다녀. 쪽팔리게 왜 사람을 걸레로 만들어?”

“안 그랬다니까! 니가 니 입으로 남자친구하고 헤어질 거라고, 성복고에 좋아하는 애 생겼다고 말했잖아. 우리 반 애들도 다 들었어!”

“뭐?”

유미의 말문이 막혔다. 명지는 계속 말을 이어 나갔다.

“그러니까 나한테만 그러지 말라구. 왜 내 말을 안 믿는데?”

그 말은 나에게 한 말이었다. 주현이와 미리가 내 옆으로 바싹 다가왔다.

“우리가 안 믿는다고? 네 행동을 생각해 봐. 믿을 만한가. 현우하고 내가 멀어진 이유가 뭔데? 니가 등장하기 전까지는 이렇지 않았어. 애초에 발표회 파트너만 아니었으면 아무 문제도 없었다구. 니가 요만큼이라도 날 생각했으면 진작 물러났어야지. 파트너를 바꾸든가.”

명지가 무엇인가를 말하려던 순간, 유미가 나를 향해 입을 벙긋거렸다.

‘그냥 깔까?’

내 대답을 듣기도 전에 유미는 이미 명지의 머리채를 휘어잡았다. 아파서 고함을 치는 새된 소리와 머리카락을 잡고 흔드는 성난 목소리가 뒤엉켰다.

"아야! 왜 이래? 이거 놔!!"

"우리가 니 얘기 듣고 '응, 알았어' 이럴 줄 알았어? 넌 자세가 잘못됐어. 반성의 기미가 없어, 미친년!"

그런 유미 옆에서 가만히 있을 수는 없었다. 나도 명지 어깨를 잡아 흔들며 소리쳤다.

"너는 아무 잘못도 없이 떳떳하다고 생각하나 본데 니 행동을 잘 봐. 얼마나 이기적인지. 앞으로 행동 조심해! 우리 말대로 안 하면 그땐 이 정도로 끝나지 않을 거다!"

미리와 주현이도 쌍욕을 하며 명지를 몇 대 더 쥐어박았다. 명지는 우리들의 힘을 당해 내지 못하고 밀리는 대로 이리저리 몸을 가누지 못했다. 그때 수업 시작을 알리는 종이 울렸다. 싸움 구경을 하던 아이들이 흩어졌다. 재빨리 자리로 돌아와 보니, 앞자리의 명지와 규원이가 사라지고 없었다. 설마 그새 선생님한테 이르러 간 건 아니겠지? 불안함에 눈길은 자꾸 교실 문으로 향했다. 시간이 너무 더디게 흘러갔다.

얼마 지나자 명지와 규원이가 돌아왔다. 명지의 머리와 옷매무새는 단정해졌지만 얼굴이 붓고 눈가는 벌게져 있었다. 화장실에서 세수를 하고 온 모양이었다.

"뭘 잘했다고 울고 지랄이야?"

옆에 앉은 미리가 소곤거렸다. 그러나 맞장구를 쳐 주기에는 교실이 너무 고요했다. 좀 전의 소동은 먼지처럼 사라지고 그 자리에는 침묵만이 가득했다. 사회 시간 내내 살얼음 위를 딛는 듯 조심스러웠다. 선생님이 눈치를 채기라도 하면 끝장이다. 나는 선생님 말씀을 열심히 듣는 척하면서 앞자리에 앉은 명지에게서 눈을 떼지 않았다. 명지는 엎드리다시피 고개를 처박고 있다.

쉬는 시간, 교실에 있자니 아이들 보기가 겸연쩍었다. 그렇지만 어디로 숨고 싶은 생각도 없었다. 여럿이서 다그치면 쉽게 항복할 줄 알았다. 그렇다고 손찌검까지 할 생각은 없었는데……. 저질러 놓고 보니 찜찜했다. 유미가 나서 준 것은 고마웠지만, 명지를 쥐고 흔들던 모습이 썩 통쾌하게 느껴지지는 않았다. 유미는 언제 그랬냐는 듯이 자고 있고, 미리와 주현이는 학원 숙제를 펼쳐 놓고 수다를 떨고 있다. 겉으로 보기에 교실은 여느 때처럼 돌아가고 있다. 담임선생님이 이 사실을 알지는 못 하시겠지?

얼마 전 영어 시간에 있었던 일이 생각났다. 화이트데이 선물로 현우가 준 사탕을 학급 아이들에게 나눠 주고 있었다. 시작종이 울렸지만 여기저기서 사탕을 달라고 아우성이라서 아예 분단마다 돌아다니는 중이었다. 담임선생님이 들어오셨지만 내게는 사탕 나눠 주는 게 더 중요했다.

그런데 갑자기 선생님이 화를 내셨다.

"은비야, 수업 시작했잖아. 선생님까지 기다리게 하면서 뭐하고 있는 거야?"

"예, 예, 잠깐만요."

나는 잠깐 주춤했지만 마저 나눠 주는 것이 좋겠다 싶어 행동을 멈추지 않았다. 다시 선생님의 목소리가 들렸다.

"야! 박은비, 너 이리 나와 봐!"

교실은 일순간 조용해졌다. 나는 교실 앞으로 나가면서 재빠르게 머리를 굴렸다. 어떻게 하면 이 상황을 잘 넘어가지? 다들 나를 쳐다보고 있는데. 고민 끝에 나는 아무렇지 않은 척하며 말했다.

"선생님도 하나 드실래요?"

사탕 통을 선생님께 내밀었다.

"아니! 안 먹어!"

선생님의 냉랭한 반응에 살짝 비위도 상했고, 또 어쨌든 그 상황을 얼버무리기 위해 나는 장난기를 섞어서 냉큼 대꾸했다.

"그럼 말구요!"

그러고는 휙 몸을 돌려 자리로 돌아와 버렸다. 몇 초가 흘렀을까. 선생님의 낮은 목소리가 들렸다.

"너, 다시 이리 나와 봐."

내가 앞으로 나가자 선생님이 물었다.

"내가 왜 너를 앞으로 나오라고 했을까?"

"……."

"대답해 봐."

"잘 모르겠는데요."

"그래? 그럼 알게 될 때까지 저 뒤에 사물함 앞에 서서 공부해."

선생님은 아이들에게 수업 시간이 공적인 자리라는 점을 강조하면서 수업 시간에 지켜야 할 점을 이야기했다. 한 시간 내내 서서 선생님의 말을 되새겨 보니 내가 선생님 앞에서 중딩처럼 센 척을 한 것 같다는 생각이 들었다. 현우에게 사탕을 받았다는 사실에 들떠서 실수를 한 것이 좀 부끄러웠다. 수업이 끝나고 선생님께 갔다.

"선생님, 아까는 제가 잘못했어요. 순간적으로 욱해서 철없이 행동했어요. 죄송합니다."

"그래, 누구나 실수는 할 수 있어. 앞으로 조심하면 되고. 은비도 잘할 수 있다고 선생님은 믿는다. 잘 지내 보자, 우리."

"예."

의외로 자상하신 선생님의 태도에 놀랐다. 나를 나쁜 애로 보실까 봐 걱정했는데, 용서를 받아주고 믿는다고까지 하니 마음이 놓였다. 올해는 괜찮은 담임을 만난 것 같았다.

문득 어제 아침에, 선생님이 나를 불러내 싸우지 말라고 당부하시던 게 떠올랐다. 선생님의 기대를 저버리고 싶지는 않았는데…….

누구에게나 좋은 선생님 – 담임

1

"선생님, 반 애들 좀 유심히 봐야 할 것 같은데요? 지금 11반 남자애가 그러는데, 선생님 반 애들 싸울 것 같다고 하더라고요."

교무실로 들어오는 나에게 같은 2학년부의 허 선생이 조용히 다가와 말했다.

"예? 걔가 그걸 어떻게 알았대요? 누가 싸운대요?"

"오늘 선생님 반 애한테 문자를 받았는데 낌새가 안 좋다고 저한테 살짝 귀띔해 주더라고요. 어떤 애인지는 정확히 얘기 안 했고요."

"아, 예. 주의해서 지켜볼게요. 고마워요, 선생님."

일단 아무렇지 않은 척 대답했지만, 심장박동이 빨라지기 시작했다. 서둘러 교실로 향했다. 멀리서 은비의 목소리가 귀청을 때렸다. 책으로 책상을 내려치는 위협적인 소리도 들렸다. 소리 나는 곳을 보니 은비와 유미, 미리, 주현이, 세정이가 누군가를 둘러싸고 있었다. 개구쟁이 같은 은비가 아이들 사이에서 으스대는 모습이 떠올랐다. 그렇잖아도 얼마 전 영어 시간에 있었던 일로 요주의 인물이라는 직감은 있었지만 그 조짐이 이렇게 빨리 나타날 줄이야.

"은비야!"

다급한 마음에 교실에 들어서기도 전에 이름을 불러 버렸다. 내가 갑자기 등장하자 아이들은 후다닥 흩어지고 덩그러니 은비만 남겨졌다. 엉겁결에 혼자가 되어 안절부절못하는 모습이 묘하게 안도감을 불러일으켰다.

"예? 선생님, 저 왜 부르셨어요?"

"응……. 아침 조회 때 뭘 물어보려다 까먹었는데. 좀 전에 떠올라서."

"뭔데요?"

"아침에도 그렇고, 지금도 그렇고 네 얼굴빛이 별로 안 좋아 보여. 무슨 일 있나 궁금하다."

"……."

"아까 복도에서 들으니까 화가 난 것 같던데? 애들이랑 무슨 얘기한 거야?"

"별일 아니에요."

경직된 표정, 은비의 입술이 파르르 떨렸다.

"선생님이 도와줄까? 힘든 일 있으면 얘기해 봐."

"아니에요. 제가 알아서 해결할 수 있어요. 걱정하지 마세요."

"그래? 누구랑 싸우려고 했던 건 아니지? 혼자서 해결하려 들지 말고, 선생님한테 말해라. 알았지?"

"예."

좀 더 깊이 캐물을까 하다가, 그랬다가는 더 깊이 숨길까 싶어서 내가 눈치는 채고 있다는 것만 알려 주었다. 설마 담임선생이 알고 있는데도 일을 벌일까.

수업을 끝낸 나는 교무실로 돌아와 학기 초에 받았던 자기소개서를 꺼내 훑어 내려갔다.

박은비 아버지, 어머니, 남동생과 함께 살고 있음. 어머니는 교통사고 후 재활치료 중. 아버지는 건설업 종사(일용직 노동자). 가까운 곳에 할머니가 살고 계심. 친한 친구는 유미, 미리. 선생님께 하고 싶은 말—일 년 동안 잘 부탁드립니다.

학기 초 면담에서 은비가 가정환경 때문에 주눅이 들어 있다는 것을 느낄 수 있었다. 까만 글씨 사이로 은비의 드센 표정이 나타났다.

나는 자기소개서를 내려놓으며 은비와 어울리는 아이들을 떠올렸다. 골칫거리 6인방 유미, 미리, 슬기, 주현, 세정. 문과반인 우리 반은 선택과목 때문인지는 몰라도 온순한 아이들이 대부분이었다. 그래서 은비의 무리는 튈 수밖에 없었다. 서로가 강한 자력에 이끌리듯 한 덩어리가 되었고 남의 눈치 따위는 보지 않고 활개를 치고 다녔다. 특히 학기 초에는 존재감을 드러내고자 무척 열심이었다. 수업만이 아니라 학급임원, 교과부장, 학급행사 등 나설 수 있는 자리에는 무조건 들이댔다. 그러나 거의 다 탈락하고 미리만 간신히 과학부장이 되었을 뿐이다. 그런 모습을 지켜보면서 얼마나 가슴을 쓸어내렸는지.

그들의 언행에 주목하다 보니 상대적으로 다른 아이들에게 눈길이 덜 갔다. 웃고 떠드는 자리든, 야유와 불만이 가득한 자리든 어느 곳에서도 그들이 중심에 있었다. 그러니 선생님들의 주목을 독차지하며 야단을 맞는 것도 부지기수. 어떤 날은 세정이가 교무실에 불려 오고, 다른 날은 유미가, 또 어떤 날은 미리가 반성문을 썼다. 이들은 담임선생으로서의 내 능력을 시험하는 리트머스 시험지와도 같았다. 나는 나머지 아이들이 소외되지 않도록 자주 상담을 하고 칭찬하기 프로젝트를 하는 등 더욱 신경을 썼다. 6인방과 다른 아이들의 조화, 이것이 학급 운영의 목표가 되어가고 있었다.

수업을 알리는 종이 울린 후, 종례를 마치고 교무실로 돌아오니 옆자리에 미술 선생이 앉아 있었다.

"선생님, 최유미란 애, 어떤 아이예요?"

"왜요? 수업 중에 유미하고 무슨 일 있으셨어요?"

미술 시간, 수업을 시작했는데도 유미가 자리에 가지 않고 돌아다녀서 지적을 했더니, '내 얘기가 끝나면 바로 가서 앉을 건데 왜 그러냐?'면서 오히려 화를 내더라는 것이다. 그러고는 사물함에서 준비물을 꺼내는 척하며 미적거리다가 문을 부서질 정도로 쾅 닫고는 겨우 자리로 돌아갔다는 것이다. 미술 선생은 그 전에도 유미가 교사의 지시를 잘 듣지 않고 불평도 많아서 지도하기가 힘든 아이라며 하소연을 한 적이 여러 번 있었다. 또 유미인가, 싫어지면서 씁쓸함이 밀려왔다.

"유미는 성미가 급해서 불만이 있으면 못 참고 바로 내뱉는 편이에요. 자기 입장만 생각해서 배려심이 부족할 때도 있고요. 그래서 예전에도 자주 혼났대요. 저하고 면담할 때 그러더라고요. 자기도 자제하려고 노력은 하는데 잘 안 된다고요. 그 얘기 들은 후로 저도 유미 대할 땐 이해하고 참으려고 하죠."

"저도 굉장히 부드럽게 얘기했어요. 그런데도 그 애가 터무니없이 거칠게 대꾸하고 화를 내는데…… 정말 곤혹스러웠어요."

"정말 그랬겠네요, 그 뒤로 수업에서는 별일 없었어요?"

"그렇긴 한데요. 그 뒤로 수업 분위기가 확 가라앉아서 다시 끌어올리기가 힘들었어요. 애들이 유미 눈치를 상당히 많이 보는 것 같더라구요."

우리 반에서 유미의 영향력이 그렇게 컸나? 담임 앞에서는 애교 부리는 집고양이지만 만만한 선생 앞에서는 발톱을 잔뜩 세운 들고양이가 되는 유미. 학기 초 면담에서 유미의 가정환경이 안 좋다는 것을 알게 되면서 애정결핍으로 그럴 수도 있겠다고 생각한 나는 유미에게 더 많은 관심을 쏟으리라 마음먹었던 일이 떠올랐다.

2

익숙해진다는 것은 참 신기한 일이다. 아이들과 만난 지 3개월쯤 되었을 무렵, 잘났든 못났든 서로에게 적응하고 보니 말썽쟁이들도 내 자식처럼 애틋해졌다. 6인방과도 익숙해져서 처음만큼 크게 신경이 쓰이지 않았다. 은비, 유미와도 자주 얘기하고 다독이다 보니 친해져서 더 이상 문제아로 생각되지 않았다.

그러나 사소함 속에서 숨겨졌던 일들이 드러나는 법. 뒤통수를 때리는 사건이 예고도 없이 찾아왔다. 식곤증으로 나른한 5월 오후. 커피 한 잔으로 졸음을 몰아내고 있을 때, 교무실로 명지가 찾아왔다. 명지의 손에는 가방이 들려 있었다.

"선생님, 저 조퇴시켜 주세요."

"왜? 어디 아파?"

"……."

"무슨 일인지 알아야 보내 주든지 말든지 하지. 어서 말해 봐."

고개를 든 명지의 눈이 젖어 있었다.

"미리하고 싸웠어요. 그래서 교실에 더 못 있겠어요."

명지를 달래가며 자초지종을 들었다.

5교시 미술 시간. 물감이 옷에 튄 미리가 명지에게 물티슈를 빌려 달라고 했단다. 그런데 명지는 그 말을 못 듣고 마지막 남은 한 장을 옆 친구에게 줘 버렸고, 화가 난 미리가 은비, 유미와 합세해 명지에게 욕을 퍼부으며 지저분한 휴지 따위를 던진 모양이었다.

"일단 미리하고 이야기해 보자."

주저하는 명지를 상담실에 앉혀 놓고, 미리를 불렀다. 미리는 명지를 보자 표정이 험악해졌다.

"명지야, 정말 미리 말 못 들었니? 미리가 먼저 얘기했다는데?"

"정말 못 들었어요. 저번 시간에 지원이 물티슈를 제가 다 써 버렸거든요. 미안한 마음에 지원이 주려고 일부러 사 온 거란 말이에요. 근데 이 애 저 애 빌려주다 보니까 정작 지원이한테는 갚지도 못해서 마지막 장이라도 주려고 했던 거예요. 그때 미리가 말을 시켰나 봐요. 수업 끝날 때라 시끄러워서 더 못 들었죠."

"미리는 명지 얘기 듣고 어떤 생각이 드니?"

맞은편에서 사나운 눈빛으로 명지의 기를 죽이고 있던 미리가 톡 쏘듯이 대답했다.

"저는 그런 사정 몰랐어요. 그리고 그런 일은 아까 말하면 될 걸 왜 선생님한테 와서 이른 건지 이해가 안 돼요. 저만 나쁜 애가 된 것 같잖아요."

"명지는 아까 왜 얘기 안 했니?"

"얘기할 틈이 없었어요. 대뜸 무시했다고 욕하고 떼 지어 달려드는데 너무 당황해서."

"미리 너는 유미, 은비하고 같이 셋이었고 명지는 혼자였잖아. 그런 상황에선 선생님도 제정신 차리기 어려웠을 것 같은데, 어떻게 생각해? 니가 명지라고 생각해 봐."

"뭐, 힘들긴 했겠네요."

한껏 비꼬아 얘기하는 태도가 맘에 들지 않았지만 일단 참고 대화를 이어갔다.

"그럼, 미리는 명지가 일부러 그러지 않았다는 거, 명지는 미리가 몰라서 그랬다는 거 서로 이해할 수 있지?"

"네."

명지는 움츠러든 표정으로 미리를 바라보았다. 미리는 여전히 쏘아보며 마지못해 대답했다. 그러고는 덧붙였다.

"근데, 얘는 너무 사람을 무시하고 잘난 체하는 경향이 있어요. 지난번에 은비하고 유미한테 그렇게 당해 놓고도 태도가 안 바뀌잖아요."

뭐라고? 나는 미리가 한 말의 앞뒤를 짐작하느라 잠시 혼란스러웠다. 그리고 잊고 있던 학기 초의 일이 떠올랐다. 아! 그때 사단이 났었구나! 마음이 걷잡을 수 없이 요동쳤다.

각자만의 진실

1

담임교사로서 유미, 명지와 각각 맺었던 정을 생각하면, 절대로 두 아이를 칼로 무 자르듯 가해자와 피해자로만 나눌 수가 없었다. 가해와 피해 가르기가 중요한 것이 아니라 싸우게 된 원인, 진실의 규명이 중요한 것이다. 그런데, 그 진실을 어떻게 찾을 수 있을까?

유미가 억울함을 호소했던, '꼬리 치는 애'라는 소문. 그 실체가 있긴 한 걸까? 소문이 소문을 낳는 왜곡된 구조를 생각하면 아무것도 못 믿을 것 같았다. 유미의 억울함을, 명지의 결백을 어디까지 믿어야 할까? 만약 그 사건을 뒤늦게라도 근본을 파헤쳐 해결했다면 이번 소프트볼 폭력 사건을 막을 수 있었을까? 갖가지 의문과 자책감으로 머리가 복잡했다. 또 한편으로는 폭력 사건을 해결한들 달라지는 건 없을 거라는 회의감이 나를 괴롭혔다.

나는 어느새 아이들의 따돌림으로 호된 신고식을 치렀던 초임 시절로 돌아가 있었다. 당시 중1 담임이던 나는 일 년 내내 벌어졌던 학급 따돌림을 학년 말에 가서야 알게 되었다. 그 사실을 안 뒤로 얼마나 충격을 받았는지. 진실을 터놓고 얘기하기 위해 마련한 자리에서 친구를 헐뜯고 자기만 옹호하기 바빴던 아이들. 그들의 목소리가 아직도 들리는 듯했다.

"선생님, 제 말 좀 들어 보세요. 미란이가 우리랑 겉으론 친한 척하면서 다른 애들한테 얼마나 욕을 하고 다녔다고요!"

"맞아요. 저도 제 뒷담 듣고 완전 황당했어요. 그뿐인 줄 아세요? 자기 맘에 드는 애한테 착 달라붙어 가지고 돈 쓰면서 홀딱 넘어가게 만들어서 자기편을 만들어요. 그러면서 우리를 돌아가면서 따돌리기 일쑤였고요."

"저한테도 그랬어요."

"저도 당했어요."

"선생님, 미란이 전학 간다고 그냥 보내면 안 돼요. 데려와서 당장 사과부터 시켜야 한다고요!"

"징계를 받고 나서 전학을 보내야 해요!"

"애들아, 좀 천천히, 차근차근 말해 봐. 그렇게 여러 사람이 한꺼번에 얘기하면 정리가 안 되잖아?"

검은 머리들이 점점 나를 포위하고 다가온다. 목소리들이 포화처럼 쏟아진다. 한쪽에서 또 다른 목소리가 나를 짓누른다.

"이 선생, 힘들었겠어. 이 아이들 데리고 어떻게 일 년을 살았어? 아이고, 감당이 안 되는구먼."

감당이 안 되는구먼, 안 되는구먼, 구먼……. 아직도 학년부장 선생님의 목소리가 맴돈다. 결국 미란이는 아이들 탄원에 못 이겨 모두가 있는 자리에서 사과를 한 후에야 전학을 갔다. 그렇지만 그 뒤에도 미란이는 아이들을 몰래 만나고 다니며 불화를 일으켰다. 사과는 무용지물이었던 셈이다.

복잡한 심경으로 안전생활부장을 만났다. 부장은 피해자인 명지가 학교폭력대책자치위원회를 열기를 원하는 이상 안 열 수가 없으며, 따라서 담임 종결 사안은 아니라는 사실을 알려 주었다. 그리고 이제부터 담임교사는 이 사안에 대해 비밀 유지의 의무만 있을 뿐 어떤 조치도 취할 수 없다고도 했다. 학교폭력대책자치위원회에서는 명지와 유미, 그리고 몇몇 아이들의 진술과 담임인 내 의견을 들은 뒤에 결론을 내릴 거라며 이 사실을 명지, 유미의 부모님께 전해 달라고 부탁했다. 또 학교폭력대책자치위원회가 열릴 때까지 명지는 학교에 출석하지 않을 것인데, 이건 법적으로 가해자와 피해자는 격리조치를 해야 하기에 내려진 결정이라고 했다. 더구나 명지는 격리조치를 떠나 6인방의 보복이 두려워 학교에 나오지 않겠다는 뜻을 밝혔다는 사실도 알려 주었다.

나는 무거운 마음으로 명지 어머니에게 전화를 걸었다.

"선생님, 제가 지금 가슴이 뛰어서 듣기가 힘드네요. 잠깐만요."

자초지종을 들은 명지 어머니는 전화기 너머에서 숨을 고르며 심호흡을 했다. 명지 어머니는 학기 초 학부모 상담을 할 때 활달하면서도 인자한 인상을 주었던 분이다.

"어머니, 괜찮으세요? 너무 갑작스런 일이라 정신이 없으시죠?"

"예, 명지한테 그런 일이 있었다니. 중학교 때는 안 그랬는데 고등학교 올라와서는 말수도 줄어들고 해서 걱정을 하기는 했어요. 근데 이런 일이 생길 줄은 몰랐네요. 그냥 당연히 커가면서 애가 변하는 거라고만 생각했죠. 그래도 나름대로 집에 있을 때는 대화도 하면서 신경을 쓴다고 썼는데……."

"때린 아이 유미하고는 이전에도 안 좋은 일이 있었어요. 그 사건은 저도 나중에 알게 돼서 양쪽 아이들을 훈계하고 상담만 하고 지나갔거든요. 그런데 얼마 지나지 않아 또 이런 일이 벌어지니, 책임을 통감하게 되네요. 죄송합니다."

"선생님도 오죽하시겠어요. 명지가 크게 다치지는 않았다지만 마음은 얼마나 상처받았을까 걱정되네요. 유미하고는 얼마나 사이가 안 좋았기에 그런 건가요?"

나는 학기 초의 사건을 내가 알고 있는 대로 간단히 얘기했다. 명지 어머니는 잠자코 듣고는 말을 이었다.

"오래 묵은 감정들이 복잡하게 얽혀 있겠다 싶네요. 이제 명지 올 시간이 됐으니까 자세히 얘기해 봐야겠어요. 선생님, 또 제가 알아야 할 일이 생기면 전화 주세요. 그날 뵐게요."

이제 유미 어머니와 이야기를 나눌 차례였다. 유미 어머니와는 학기 초 학부모 면담도 못 했다. 유미한테 들은 얘기로는 어머니가 유통업계에서 임시 계약직으로 일하시는데 근무시간에 빠질 수가 없어서 학부모 면담에 도저히 참석을 할 수는 형편이라고 했다.

"선생님, 좀 전에 유미가 와서 대강 얘기는 들었어요. 저도 억울한 게 있는지 명지 험담을 막 늘어놓더라구요. 얘기 들어 보니까 유미만 잘못한 건 아닌 것 같던데요?"

"예, 그래도 이번 사건은 변명의 여지가 없어요. 물리적 폭력을 휘둘렀다는 것 때문에요. 저도 유미하고 얘기하면서 아무리 잘못을 했어도 말로 풀어야지 완력을 쓰면 안 된다고 강하게 얘기했고요."

"그 점에 대해서는 할 말이 없네요……. 선생님, 전 이번에 그 회의에 참석을 못 할 것 같아요. 이미 유미한테는 얘기했어요. 니가 알아서 하라고요."

전화기 너머로 들려오는 목소리에서 무기력함이 느껴졌다.

"그래도 부모님께서 오셔서 진행 상황을 지켜보시고 발언도 하셔야 유미 처벌에도 변화가 생길 수 있을 텐데요."

"아뇨, 제가 가서 무슨 말을 하겠어요. 이미 전에도 몇 번 겪었던 일이라 다시 하고 싶지도 않고요. 그러니 선생님께 부탁드릴게요. 결과는 어떤 것이든 받아들이겠지만, 우리 유미 상황을 참작해 주셨으면 좋겠어요."

아무리 설득을 해도 유미 어머니의 마음은 바뀌지 않았다. 어쩔 수 없이 학교폭력대책자치위원회의 결과는 무조건 수용한다는 약속을 받고 전화를 끊었다.

2

우리가 겪는 고통과 상관없이 일상은 변함없이 흘러가고 있었다. 그러나 미세한 변화들도 조금씩 고개를 들기 시작했다. 6인방은 이제 6인방이 아니었다. 유미는 자기 무리에서 떨어져 나와 9반 은정이와 짝지어 다닐 때가 많았다. 그리고 은비를 위시한 나머지 다섯 명도 교실에서 벗어나 벤치에서 얘기하는 모습이 자주 눈에 띄었다.

예전처럼 소란을 떠는 모습은 자취를 감추었다. 유미의 사건이 그들에게 새로운 변화를 불러온 것 같았다. 사태의 심각성을 느꼈는지, 모두 내 눈치를 살피며 학폭위가 언제 열리는지, 진행 과정이 어떤지, 명지가 왜 학교에 안 나오며 유미는 앞으로 어떻게 되는지 등을 물었다.

그에 비해 학급의 나머지 아이들은 큰 동요가 없었다. 잦은 폭력에 노출되어 무덤덤해진 것인지 개인주의적인 건지 잘 파악이 안 되었고, 나는 무덤과 같은 교실 분위기에 숨이 막혔다. 아이들에게 이 사안을 설명하기에는 나 역시 마음의 여유가 너무 부족했다.

그런 가운데 나는 유미를 상담실로 불렀다. 유미의 표정을 보니 학폭위와는 상관없이 그냥 넘어가서는 안 되겠다는 생각이 들어서였다. 유미는 명지와 다시 만날 수 없다는 것에 큰 불만을 가지고 있었다. 만나서 대화로 오해를 풀고 사과도 해서 학폭위가 열리는 것을 막고 싶은데, 그럴 수 없다는 현실이 납득이 안 간다고 토로했다.

"이번 사건, 아빠는 모르고 계세요. 아빠가 아시는 날엔 우리 집 난리 날 거예요……. 아빠는 엄마한테 잔소리를 해댈 거고, 저도 혼나겠죠. 맞을 수도 있고요. 또 저만 맞는 게 아니니까 더 힘들어지죠. 엄마도 그걸 예상하고 아빠한테는 당분간 비밀로 하자고 하셨어요."

절대적인 가장, 유미 아버지. 오빠와 남동생만을 편애하는 집안 분위기. 그 사이에서 유미가 얼마나 천덕꾸러기로 자랐을까 생각하니 안쓰러웠다.

"유미야, 명지하고 오해가 왜 없어지지 않았던 거니? 내가 1학기 때 너희들끼리 싸운 걸 알고 나서 상담도 하고 더 싸우지 않기로 약속도 했잖아? 그런데 이제 와서 또 그 일을 걸고넘어진다는 게 이해가 잘 안 된다."

"그때 명지한테 본때를 보여 주고 나서 명지가 쥐 죽은 듯이 지냈으니까요. 축제도 그만뒀고, 별로 문제 삼을 게 없었죠. 소문이야 이미 나 버린 걸 어쩌겠어요. 참아야지 별수 있나요."

"그래, 나는 너하고 명지가 서로 말도 하고 웃기도 하는 걸 자주 봐서 화해하고 잘 지내는 줄 알았거든."

"그냥 겉으로만 그런 거예요. 걔가 어떻게 좋아지겠어요? 어쨌든, 2학기에 와서 명지가 다시 제 속을 긁어 놓을 줄은 몰랐어요. 그건 그렇고, 선생님, 학폭위 열리기 전에 명지하고 얘기할 기회는 없을까요? 이대로 가다가는 징계받을 게 뻔한데, 아무것도 못 한다는 게 너무 답답해요."

나는 학교폭력대책자치위원회가 열리기까지의 절차와 방침을 설명해 주었다. 그러나 유미의 부탁이 간절하여 일단은 명지에게 물어보겠다고는 말해 주었다.

명지가 학교에 안 나온 지 이틀째 저녁, 나는 집 근처로 찾아가서 명지를 만났다. 명지는 나를 보자 대뜸 학폭위가 언제 열리는지부터 물었다.

"다음 주 화요일에 열릴 예정이야."

"왜 그렇게 늦게 열려요? 저는 진술할 것 다 했고, 피해와 가해도 명확하잖아요. 준비할 게 뭐가 있다고."

아직도 유미에 대한 분노가 사그라들지 않은 모양이었다.

"명지야, 유미가 춤추지 말라고 했을 때, 왜 유미 얘기를 무시했니? 평소 너답지 않다는 생각이 들어서 말야."

"…… 유미 비위를 맞추기 싫었어요. 내가 자기 뜻대로 할 수 있는 상대가 아니란 걸 보여 주고 싶었거든요. 선생님 보실 때 보란 듯이 이겨서 기를 죽이고 싶었어요."

끼는 있지만 얌전하고 다소곳한 아이라고 생각했는데, 의외로 이런 깡다구가 있었나 싶어 명지가 새롭게 보였다.

"교실에서 맞을 때, 실은 저도 같이 주먹다짐하고 의자도 던지면서 대응하고 싶었는데, 참은 거예요. 유미 패거리가 같이 있었거든요. 일 대 일로 싸우면 저도 지지 않을 자신 있었어요."

"그런 생각을 하고 있었구나. 니가 받은 상처와 수치심이 얼마나 컸을지 선생님은 짐작도 못 하겠지. 도와주지 못해 미안하다."

"아니에요, 선생님. 그동안 제 얘기도 많이 들어 주시고 위로도 많이 해 주셨잖아요."

"그런데, 유미는 너하고 만나서 얘기해 보고 싶다는데? 오해도 풀고, 사과도 하고 말이야."

"이제 와서 무슨 말로 저를 설득하려는지 모르겠지만, 만나기 싫어요. 그리고…… 유미 패거리 앞에서는 왠지 자신감도 없어지고, 제 의사도 제대로 표현을 못 하겠어요. 제 의지가 꺾이지 않으려면 차라리 안 보는 게 나아요."

"그래도 용기를 내 보는 건 어떻겠니? 서로 얼굴을 안 보니까 오히려 오해만 커지잖아."

"제 말을 들으려고도, 믿으려고도 않는데 무슨 오해를 풀어요. 현우 문제 때문에 애들한테 당한 것만 생각해도 억울한데요. 선생님, 전 참을 만큼 참았어요. 유미를 꼭 전학 보내고 말 거예요."

명지는 유미를 만나는 것을 한사코 거부했다. 명지가 원하는 것은 강제 전학 조치였다. 명지는 자기가 느꼈을 비참함을 유미에게 그대로 돌려주고 싶어 했다.

아무도 모른다

1

학교폭력대책자치위원회가 열리기 전까지 유미와 명지, 두 아이를 따로따로 만나면서 나도 점점 지쳐갔다. 처음에는 대화의 물꼬를 트고 해결의 실마리를 찾을 수 있길 바라는 마음이 간절했는데, 시간이 흐를수록 서로 입장이 얽히고설켜 무엇이 옳고 그른지조차 판단이 희미해질 지경이었다. 스트레스와 이명에 시달리며 자포자기의 상태가 될 즈음, 그날이 왔다.

위클래스(Wee class) 상담실에는 학교폭력대책자치위원장, 학교 전담경찰관과 지역 변호사, 학부모 위원 및 교감, 학생부장, 학폭 담당교사, 명지의 부모님, 유미, 그리고 담임인 나, 이렇게 자리를 잡고 앉아 있었다. 유미는 부모님 대신 참석을 했고, 담임인 나는 가해 학생에 대한 의견 진술을 한 뒤 퇴장하기로 했다.

무거운 분위기 속에서 담당 선생님의 사안 설명이 끝난 뒤 위원들의 질의응답이 이어졌다. 주로 진술서를 토대로 이루어진 질문은 가해와 피해 사실 확인, 가해의 원인과 정도 등에 대한 것이었다. 교원 위원 외에는 사안에 대해 자세히 알지 못했기 때문에 담당 교사가 자세한 상황 설명을 덧붙여야 했다. 설명이 끝난 후 부모님들의 차례였다. 명지 부모님의 모습은 맞은편에 홀로 덩그러니 앉은 유미를 더욱 왜소하게 만들었다. 유미는 불안하고 애처로운 표정으로 주변을 둘러보았다.

유미를 잠깐 내보낸 후, 명지 아버지는 명지와의 대화를 통해 그동안 명지가 당한 일이 어떤 것이었는지 알게 되었다며 떨리는 목소리로 얘기했다. 명지의 피해를 뒤늦게 알게 되어 부모로서 자책감을 느끼며 다시는 이런 일이 일어나지 않도록 강한 조치를 취해 달라고 요구했다. 명지의 부모님이 퇴장하고, 유미가 들어온 뒤에 위원장이 나섰다.

"유미는 이번 사건에 대해 어떻게 생각하니? 네 의견을 말해 봐."

"명지와 저, 우리 둘의 오해를 말로 풀었어야 했는데, 육체적인 폭력으로 상처를 주고 괴롭힌 것에 대해 사과하고 싶습니다. 앞으로는 이런 일 없도록 할게요."

기어들어 가는 소리로 말하는 유미가 한없이 작아 보였다.

"자, 유미는 잠깐 담당 선생님 따라 나가 있어라."

유미가 나간 뒤 가해자의 담임으로서 내 의견 진술이 이어졌다. 나는 사건 발생 후 여러 번의 상담을 통해 유미가 반성하며 사과하고 싶어 했다는 것을 전했다. 명지가 유미의 전학을 바라고 있지만, 유미의 집안 사정이 강제 전학 조치가 내려져도 이행하기 어렵다는 것도 아울러 설명했다. 그리고 유미와 명지의 폭력 사건은 이번이

처음이 아니며, 더 이상 싸움이 일어나지 않게 하려면 사건의 정확한 원인을 알아내는 것이 중요하다고 역설했다. 위원들은 내 얘기를 듣긴 했으나 원인 규명보다는 이번 사태를 어떻게 처리할 것인가, 결과에 따른 해결을 더 중시하는 입장이었다. 변호사와 경찰관 역시 여학생들끼리의 단순한 따돌림으로만 인식하는 인상이었다. 씁쓸함을 뒤로하고 담임인 내가 퇴장을 한 후 위원들은 징계 수위와 절차 등의 논의에 들어갔다.

2

유미에게는 피해자에 대한 접근 금지, 학급 이동과 사회봉사라는 징계가 내려졌다. 명지 부모님은 우선 그 결정을 따르겠다면서 앞으로 지켜보자고 했다. 그래서 결정에 불만이 있었던 명지도 더 이상 어쩌지 못하고 학교에 나와야 했다. 유미는 우리 반에서 가장 멀리 떨어진 1반으로 학급 이동을 했다. 반을 옮긴 첫날 유미가 찾아와 애절하게 소리쳤다.

"선생님, 왜 제가 반을 옮겨야 해요? 이제 와서 다른 반에서 어떻게 지내라고요, 아는 애도 별로 없는데. 명지도 저하고 똑같이 다른 반으로 가야죠. 명지는 부모님도 학교에 오셔서 할 말 다하고 저는 아무도 못 오셨는데……. 그게 유리하게 작용했던 거 아니에요? 흑흑흑. 걔는 다 가졌잖아요. 근데 왜 저한테만 이렇게 불공평한 결정이 내려지는 거예요!"

유미를 다독이고 나니 이번에는 명지가 찾아와 울먹였다.

"선생님, 반을 옮겼으면 이제 우리 반에 오지 말아야죠. 쉬는 시간마다 뻰질나게 드나드는데, 제가 어떻게 해야 할지 모르겠어요. 피해당한 게 억울해서 학폭에 회부했던 건데, 이렇게 되면 저만 계속 피해자로 남는 거잖아요. 이건 하나 마나 한 징계라고요!"

불공평한 결정. 유미가 전학을 가는 것도, 명지가 학급 이동을 하는 것도 공평한 처사는 아니었다. 명지와 유미의 하소연으로 몸살을 앓으며 나는 학교폭력대책자치위원회로 나아진 게 무엇인지 생각해 보았다.

처음에는 위원회만 열리고 나면 모든 일이 잘 해결될 줄 알았다. 그렇지만 학교폭력대책자치위원회는 단죄하고 처벌만 내렸을 뿐, 폭력으로 일그러진 우리의 삶까지 어루만지지는 못했다. 나는 명지, 유미가 겪고 있는 오해의 진실이 드러나고, 그것을 통해 진정한 화해가 이루어지는 것을 기대했다. 그러나 학폭위가 열리는 자리는 심판대였을 뿐이지 교육이 이루어지는 자리는 아니었다. 가해자와 피해자라는 형식적이고 법적인 틀에서만 아이들을 바라볼 뿐이었다.

허탈하게 앉아 있는 나에게 허 선생이 커피 한 잔을 내밀었다.

"이 선생님, 많이 실망스럽고 힘들죠? 학폭이 끝났어도 애들 관계는 나아진 것도 없고, 선생님이 감당할 몫은 여전하고요."

"예, 허탈하기만 하네요. 뭣보다 아이들 싸움이 아직도 끝나지 않은 것 같아서 혼란스럽고요. 여전히 각자 입장만 내세우고 있으니……."

"맞아요. 유미하고 명지만 그런 게 아니죠. 하나같이 어쩌면 그리 이기적인지."

"허 선생님, 아무리 생각해도 이해 안 되는 게 있어요. 유미, 명지,

은비, 세 아이들의 입장 차이는 왜 좁혀지지 않을까요? 왜 하나의 사실을 두고도 서로 다르게 보게 됐을까요?"

내내 가슴에 응어리졌던 의문이었다. 허 선생은 내 질문에 곧바로 대답하지 못했다. 한참을 침묵하던 허 선생은 대답 대신 책장에 꽂혀 있는 DVD 하나를 들고 왔다.

"이건……?"

"용산 참사를 다룬 다큐멘터리 영화에요. 참사 당시 철거민과 경찰 특공대원이 사망하면서 엄청난 사회적 반향을 일으켰죠. 피해자의 죽음을 놓고 검찰은 철거민의 불법폭력시위가 참사의 원인이라고 결론을 내렸어요. 그리고 반대로 경찰특공대의 과잉진압이 원인이라는 비판의 목소리도 거세게 일어났죠. 결국 진실 공방은 법정 싸움으로 이어졌고요. 이 DVD는 그 참사의 진실을 추적한 영화에요."

"아, 저도 TV 뉴스에서 본 기억이 나요. 경찰과 철거민이 맞서던 모습과 철거건물 옥상에서 화재가 나던 장면도요. 그런데 그게 제 질문하고 어떤 연관이 있기에?"

"이 영화의 시각이 이 선생님의 질문에 대한 답이 될 것 같아서요. 저도 이 영화 보고 나서 진실의 상대성에 대해 생각하게 됐거든요. 갈등을 해결하기 위해서는 그걸 뛰어넘어야 하는데, 그게 쉽지가 않잖아요."

"영화에서는 진실을 어떻게 찾아 나가는데요?"

"보통은 어떤 사건이 일어나면 피해자 대 가해자 식의 이분법적 시각을 갖게 되잖아요. 사법적 논리가 그렇다 보니 우리들은 그걸 당연시하고요. 이 사건을 표면에서 보면 검찰의 기소로 철거민들이 가해자, 경찰대원 측이 피해자였던 셈인데, 영화는 그런 구도에서 벗어나 있어요. 잘잘못을 가리는 것보다는 진실 추적이 목적인 거죠."

"이분법적 시각에서 벗어났다……?"

"그래요. 영화는 주로 진압작전에 참여했던 경찰특공대원의 시각으로 사건을 재구성하고 있어요. 그러면서 건물옥상에서 아비규환을 경험한 경찰이 '…… 농성자들도 동료 경찰들도 결국은 시민일 뿐이다'고 쓴 진술서를 보여 주죠. 이걸 보면서 저는 숨은 진실이 뭘까, 생각하게 되더라고요."

"'내가 철거민의 입장은 아니지만 그들이 겪었던 것도 우리 경찰과 다를 바 없었다'는 걸 말하는 거죠? 결국은 서로 다른 입장이었지만, 같은 고통을 겪었다는 걸 드러낸 거네요."

"맞아요. 그런 공감이 있었으니 진실 규명에 다가설 수 있던 것 아니겠어요? 마찬가지로 유미, 명지, 은비에게도 공통된 진실이 있었을 거예요. 그런데 자기 입장에 유리하게, 자기 눈에 보이는 것만 믿게 된 거죠. 자기 상처만 아파하다 보니 다른 사람의 아픔은 느끼지 못했던 거예요."

"아, 그러니 진실을 볼 수가 없었던 거네요. 각자를 둘러싼 고통에서 벗어나야 했는데……."

"이 선생님 말처럼 자기 고통에서 벗어나 상대의 아픔을 볼 수 있는 용기를 가졌을 때, 갈등과 폭력에서 벗어날 수 있어요. 그 고통의 감옥을 깨지 않는 한 진실은 아무도 모른 채 묻히겠죠."

"그런데 학폭위도 그렇고, 담임인 저도 그렇고, 아무도 그 감옥의 문을 열어 주지 못했으니……."

말끝을 흐리는 내 머리가 점점 수그러들었다. 나조차도 혼자만의 진실 속에 갇혀 있었던 것이다.

3

유미는 1반에 적응하지 못했다. 친한 친구도 없는 데다가 1반 아이들도 유미에게 호의적이지 않았기 때문이다. 학급을 이동한 초기에는 남은 5인방도 유미를 반갑게 맞아 주었다. 그러나 그것도 시간이 지날수록 시들해졌다. 구심점이 사라진 그들도 차츰 와해되더니 둘, 셋으로 쪼개져 버리고 말았다. 은비는 주로 주현이와 어울렸고, 미리, 슬기, 세정, 세 명도 그들끼리 따로 다녔다. 똘똘 뭉쳐서 학급을 들었다 놨다 하던 무리가 사라지고 나니, 우리 반은 고요하지만 평화로운 학급이 된 것 같았다.

사람들은 흔히 시간이 약이라는 말로 상처를 치유하려고 한다. 그 세 아이는 어땠을까? 정말 평화라는 걸 찾았을까?

이장우

변절자

생활지도의 체계가 무너져 내린 학교. 교육의 실패. 그 결과를 감당해야 하는 것은 오로지 교사의 몫이다. 무기력감과 소외는 교사들이 겪는 일반적 증후군이 되었다. 어떤 학교에서는 잘 먹히던 인권 교육이 또 다른 공단 학교에서는 무용지물이다. '좋은 교사'가 되려는 노력은 조롱거리가 되고, 폭력과 권위 앞에서만 순종하는 아이들. 절망의 끝에서 부여잡은 교사 현석의 선택은?

참교사

"안녕! 반갑다."

올해 담임은 과연 어떤 선생일지 기대 반, 걱정 반으로 궁금해하는 아이들 앞에서 현석은 일부러 웃으며 인사한다. 경력 있는 선배 교사들이 신규 교사에게 조언하는 것 중에 다음과 같은 금언이 있다.

'3월에는 절대 웃지 말 것.'

아이들과 처음 만나 관계를 맺을 때 웃지 않고 엄격한 모습을 연기함으로써 아이들에게 쉬운 선생이 아니라는 것을 보여 주어야 한다는 뜻이다. 현석은 신규 때부터 그 말을 따라 본 적이 없다. 오히려 현석은 보란 듯이 웃으며 내가 엄한 사람이 아니라는 것을, 다른 평범한 선생들과 다르다는 것을 아이들에게 보여 주고 싶어 했다.

현석이 경계심 없는 웃음으로 아이들에게 인사하자 아이들이 오히려 당황스러운 표정을 지었다. 현석은 그게 뿌듯했다.

"안녕하세요!"

몇몇 아이들이 호기심 어린 웃음을 띠며 현석에게 인사를 건넸다.

'음, 너희들이구나.'

빨간, 파란색 패딩의 지퍼를 목까지 채워 안에 교복을 입었는지 확인할 수 없는 몇몇 아이들이 현석을 쳐다보며 웃고 있다. '재미있는 사람'으로 여기는 듯하고 '우리 편'인지 아닌지 재고 있는 것 같기도 했다.

현석은 교사들 눈 밖에 난 드센 학생들에 대해 특별히 애정을 쏟았다. 현석이 보기에 그 아이들은 경쟁에서 밀려난 약자이며, 두발이니 복장이니 해 가며 순종적인 아이들을 길러 내기 위한 학교 규칙에 저항하는 자유인들이었다. 학교는 말 잘 듣는 착한 아이들을 좋아하지만 현석은 이렇게 부당한 제도에 반항하는 아이들에게 더 마음이 갔다. 그 아이들을 감싸 주고 바른길로 인도하는 것이 교사로서의 임무라 여겼다.

그런 현석의 노력이 빛을 발해 모두가 포기한 아이를 졸업시키기도 했고, 일탈 행동을 일삼는 아이들의 삶 속에 파고들어 학생부에서도 해결 못 하는 가출, 폭력 등의 문제를 미리 막아 낸 적도 있었다. 학교에서 좀 논다는 아이들은 모두 현석을 알고 좋아했으며 '진짜 좋은 선생님'이라 불렀다. 현석에게 그것은 최고의 명예이자 자부심이었다.

현석이 교사가 된 첫해, 교장은 교사들을 통해 전교생에게 특정 문제집을 구입하라는 지시를 내렸고, 현석을 비롯한 몇 명의 교사들이 이에 반발했다. 신규인 현석이 그나마 말을 잘 들을 거라 생각한 교장이 아이들 앞에서 현석을 나무랐는데, 현석은 그 자리에서 교장에게 대들며 당장 교실에서 나가 줄 것을 당당하게 요구했다. 이를 계기로 현석은 교장을 비롯해 나이 많은 교사들의 적이 되었고, 젊은 교사들에게는 영웅이 되었다. 얼마 지나지 않아 현석은 학교뿐 아니라 지역에서도 꽤 알려진 '강성 교사'가 되었다.

현석은 아이들에게 열심이었다. 수업을 준비하느라 밤을 새운 적도 많았고, 아이들과의 상담이나 학급 단합대회 때문에 늦게까지 학교에 남는 것을 기꺼워했다. 가출한 학생을 찾는다고 수업이 없을 때마다 동네를 돌아다녔고, 가출 학생을 잘 안다는 동네 백수 청년에게 술을 사 주며 정보를 캐기도 했다.

아이들에게는 허물없이 대했다. 아이들은 교사의 권위를 내세우지 않는 젊은 현석에게 환호했다. 몇몇 아이들이 현석을 '형'이라고 부르거나 심지어 그냥 이름을 부르기까지 했는데, 주변 교사들이야 질색을 했지만 현석은 자랑스러웠다. 자신이 다른 교사들과 달리 아이들의 삶 속으로 파고든 증거라고 생각했다. 자연히 현석에 대한 평은 극과 극으로 갈렸다. 주관이 뚜렷한 좋은 선생, 혹은 권위를 무시하는 불량 선생. 어쨌든 논란의 인물로 현석은 교직 사회에 자리 잡았다.

몇 해 뒤 현석은 같은 학교에서 만난 동료 여교사와 축복 속에 결혼을 했다. 모든 것이 순탄했다. 아이가 태어났고, 경력이 쌓이면서 학교와의 불필요한 충돌은 줄어들었다. 권위를 내세우는 고참 교사들에게 적당히 예의를 갖추며 자존심을 챙기는 법도 알게 되었다. 이미 현석은 강성 교사로 인정받고 있어서 굳이 얼굴 붉힐 필요도 없이 문제가 해결되는 경우가 많았다. 몇 년의 시간이 더 흘렀다. 여전히 모든 것이 순탄했으나 현석에게는 알 수 없는 무기력감과 불안감이 생겨나기 시작했다.

'나도 결국 이렇게 편안히 늙어 가는 걸까?'

더 이상 현석을 불량 선생이라고 부르는 사람도 없었고, 더 이상 그렇게 젊지도 않았다. 왜 교사들이 취미 활동에 몰입하는지 알 것 같았다. 통기타를 배우고, 영어 회화를 시작해 보았지만 금방 그만두었다. 일상과의 전쟁 속에서 무기력과 불안감은 현석의 일부가 되었다. 그때 김으로부터 전화가 왔다.

"현석이 요즘 잘 지낸다며?"

반가움인지 빈정거림인지, 웃음기 가득한 목소리가 안부를 물었다. 김은 현석과 같은 지역에서 활동하던 교사로 몇 해 전 공단지역으로 옮겨갔었다.

"야, 오랜만에 그게 인사냐? 너야말로 잘 지내? 못 본 지 오래됐네."

"어우, 여긴 힘들지. 그나저나 현석이 너 옮길 때 안 됐냐?"

"뭐? 학교?"

"아니, 학교 옮기는 거야 알아서 할 문제고 지역 말이야, 지역. 그 편한 데서 계속 눌러 있지 말고 이쪽 지역으로 좀 넘어와 보셔. 여긴 장난 아니야. 넘어오면 내가 현석 샘 자리는 마련해 줄게. 같이 고생 좀 해 보자 이거지. 그간 많이 쉬었잖아?"

김은 늘 그렇듯 장난인 듯 진담인 듯 쾌활하게 할 말만 하고 전화를 끊었다. 현석의 마음이 심하게 요동쳤다.

'지역을 옮긴다, 나를 필요로 한다.'

생각만으로도 가슴이 뛰었고, 무기력한 불안감은 기분 좋은 긴장감으로 바뀌어갔다. 그곳으로 가면 알 수 없는 무기력과 불안감에 대한 해답을 찾을 수 있을 것 같았다. 힘든 아이들과 같이 고생한다, 그것이 자신이 교사가 된 목표라는 생각도 들었다. 생각은 점점 확신으로 바뀌어 갔고 결국 아내와의 다툼 끝에 지역을 옮기기로 결심했다.

공단지역에서 근무하는 교사들에게는 승진에 필요한 점수를 준다. 승진을 바라는 교사가 많았으므로 교장의 힘이 강했고, 웬만한 비리는 그냥 넘어가는 분위기라고 했다. 김은 그런 문화를 바꾸기 위해 지역 교사들과 몇 년 전부터 노력해 왔는데 쉽지 않은 모양이었다. 대부분의 교사들은 공단지역에 살지도 않았고, 필요한 점수를 받거나 빨리 다른 지역으로 나가는 데만 관심이 있었다.

그리고 그 지역 출신의 몇몇 교사들은 텃세가 심했다. 김이 호언장담한 현석의 '자리'는 기약이 없었고, 현석은 아는 사람 한 명 없는 그곳의 교직 사회에서 완전히 고립되었다.

학교는 현석의 예상보다 훨씬 힘들었다. 부모들은 가난에 지쳐 자식에게 화풀이를 하거나 아이를 버리고 도망가기도 했다. 아이들은 학교에 와서 경쟁하듯이 욕을 하며 교사에게 반항했고, 물건을 훔치고 본드를 불었다. 현석은 더 이상 아이들의 삶 속으로 파고들 수가 없었다. 이해도 되지 않았고, 아이들 역시 받아주지 않았다. '진짜 좋은 선생님'으로 인정받았던 현석은 자신의 진심이 교실 바닥에서 쓰레기가 되어 뒹구는 것을 경험했다. 착한 노력은 배신당했고, 아이들은 끊임없이 사고를 쳤다. 매일이 실패의 연속이었다. 자신감과 함께 여유가 사라졌고 현석은 스스로를 의심하기에 이르렀다. 자신이 그동안 무시했던 엄격한 선배 교사들의 방법을 훔쳐보았고, 현석에게 거짓말을 늘어놓던 아이가 학생부에 불려 와서는 순한 양이 되어 무릎을 꿇는 모습을 보며 분노와 함께 부끄러움을 느꼈다. 현석은 변하고 있었지만 아직 아이들에게 '좋은 선생님'이고 싶은 마음을 버리지는 못했다. 그것은 현석의 오래된 믿음이었기 때문이다. 그렇게 3년이 지나갔다.

선배

"아, 형! 진짜 오랜만이다."

"그러게. 근데 현석이 너, 편한가 보다. 얼굴이 똥그래졌네."

"형, 이거 다 스트레스 살이에요. 하하."

"들어가자. 저녁은 먹었지?"

대학들이 밀집한 곳, 휘황찬란한 불빛이 번쩍이는 거리에서 현석은 졸업한 지 거의 10년 만에 대학 선배 종운을 만났다. 종운은 현석과 같은 과는 아니었지만 현석에게는 멘토 같은 존재였다. 현석은 선배 손에 이끌려 간 동아리 세미나에서 종운을 만났다. 종운은 동아리의 리더였고, 처음 본 현석을 반갑게 맞아 주었다. 그 후 몇 번의 세미나가 더 이어졌고 현석은 종운과 함께 사범대 학생회에서 여러 가지 활동을 함께하며 종운을 형처럼, 동지처럼 따르고 아꼈다.

맥주를 곁들인 대화는 결혼생활에 대한 고민에서 시작해 대학 시절의 추억을 더듬은 뒤 다시 현실의 문제로 돌아왔다.

"현석이 너 요즘 괜찮은 거냐? SNS에 글 올린 건 가끔 보는데……."

"뭐, 나만 힘든가? 애들이 좀……, 집에서 케어가 안 되는 애들이 많아서."

"아, 거기 공단지역이라 그랬지? 힘들겠다. 근데, 그럴 땐 너무 그렇게 통제하려고 하지 마. 너도 겪어 봤지만 애들은 그러다가 또 제자리로 돌아가고 하잖아, 그치?"

현석은 종운의 말이 불편해서 무어라 대꾸를 하려다가 입을 다물고 인상을 찌푸렸다. 종운은 현석의 불편함을 눈치 못 챘는지 말을 이어갔다.

"야, 아직도 학교에서 욕하고 때리고 그러는 선생들 많지? 참, 때가 어느 땐데. 그런 놈들은 다 원칙대로, 응? 인권조례도 통과된 마당에 그런 행위 자체가 불법이잖아. 그리고 그런 방식이 어디 효과가 있냐? 애들도 애들이지만 난 그런 선생들이 더 문제라고 본다. 그렇게 반인권적으로, 억압적이고 권위적으로 접근하니까 애들도 반발심이 생겨서 더 지랄하는 거라고."

"형…… 아, 그 말이 맞아. 형 말이 다 맞는데, 나도 알지. 근데 그게……."

"맞는데? 맞는 걸 알면 그렇게 해야지."

현석은 다그치는 종운의 말투에 숨이 턱 막힌다. 화가 나는데 왜 화가 나는지 설명이 잘 되지 않아 말을 이어가기 힘들다.

"나도…… 애들 안 때려. 인간적으로 대하려고 노력하고. 근데 그게……. 오늘 이런 일이 있었어. 어떤 여선생 시간에 1학년 남자애가 엄청 떠들었어. 밖으로 나가라 했지. 근데 애가 복도에 나가서도 떠들면서 막 돌아다녀. 그래서 그 선생이 계속 참다가 수업 끝나고, 너 내려와, 이랬단 말이야."

"그래서 안 내려왔다고?"

"어, 안 내려왔지. 안 내려오니까 그 선생이 열 받아서 다시 5층까지 올라갔네. 그래서 끌고 내려오려 했는데 얘가 안 가. 버티니까, 애들 몰려서 구경하고, 뭐 이제 누가 이기나 해 보자 이거지. 그 선생이 진짜 순한 사람이거든. '너 이 새끼 안 내려와?' 하면서 손을 잡았어. 그랬더니 이 중학교 1학년 남자애가…… 씨발년아, 니가 뭔데 욕해, 하면서 손을 확 뿌리치다가 그 선생이 맞은 거야."

"아…… 맞았어?"

종운은 잠시 뭔가를 생각하는 듯했다. 현석은 속으로 상황이 생각보다 만만치 않다는 걸 종운이 알아주었으면 했다. 그러나 종운의 눈빛은 흔들림이 없다.

"그러니까 교사와 학생의 관계가 그렇게 억압과 통제로만 돼 있으니까 그런 일이 생긴 거 아닐까? 애초에 그 선생이 통제를 할 필요가 없었다면, 자유로운 인간 대 인간의 관계에서도 그런 일이 일어날까? 난 아닐 것 같거든."

현석은 거대한 벽이 가로막고 있는 듯한 답답함을 느꼈다. 마음속에서부터 수많은 말들이 쏟아져 나오려 했지만 무엇부터 꺼내야 할지 알 수 없어 현석은 입을 굳게 다물었다. 현석이 침묵하자 종운은 현석의 표정을 살폈고 잠깐 어색한 침묵이 흘렀다. 현석이 무겁게 입을 뗐다.

"나도 형 말에 반대하는 게 아니야. 아니, 동의해. 우리 학교가 권위, 통제, 그래, 그런 것보다 인간적으로 접근해야 하는데…… 맞아. 근데 이게 다 교사들 책임처럼 돼 버리니까 우리는 힘든 거고. 그렇지만…… 하…… 내가 지금 뭐라는 건지 모르겠다. 형, 우리 딴 얘기 할까?"

"…… 그래. 야, 간만에 만나서 형이 괜히 기분만 다운시킨 거 같다. 미안하다. 맥주 한잔 더 하자. 형이 잘 모르니까 그런가 보다 해. 니가 잘 알아서 하겠지, 그치?"

현석과 종운은 도망치듯 학교에 대한 주제를 벗어나 정치나 스포츠에 대한 잡다한 이야기를 나누다 헤어졌다. 현석은 집으로 돌아오며 다시는 종운과 학교에 대한 이야기를 나누지 말아야겠다고 다짐했다.

학생부장

학생부장인 종석은 현석이 늘 탐탁지 않았다. 종석의 교직 경력은 이미 30년이 넘었으므로 현석 정도 되는 젊은 교사들은 제자도 아닌 자식뻘에 가까웠다. 경력과 능력, 학교 안에서의 지위에서 오는 자신감과 우월감은 말투와 행동에서 여지없이 드러났다. 종석의 입장에서 젊은 교사들은 미숙하고 아직 뭘 모르는, 누군가 뒤를 봐줘야 하는 존재였다. 종석은 자신을 비롯한 경력이 풍부한 남자 부장교사들이 학교의 주축이 되어 어린 교사들을 이끌어야 한다고 믿었고 실제로 그렇게 했다. 종석이 보기에 현석은 가끔 등장하는 고집 센 애송이였다. 사람 좋은 미소를 흘리며 인사는 잘하지만, 현석은 종석의 말에 시원하게 그렇다고 동의하는 적이 거의 없었다. 가끔 현석의 교무실에 가 보면 아이들이 놀러 와 시끄럽게 떠들면서 냉장고를 벌컥벌컥 열고 "이거 먹어도 되죠?" 하며 버릇없는 행동을 해도 현석은 가만히 있거나 오히려 맞장구를 치기까지 했다.

'저게 애야, 선생이야?'

한심한 생각에 버럭 소리를 지르며 화를 내려다 참은 적이 한두 번이 아니었다. 알아듣게 이야기를 하거나 돌려서 말하려고 해도 현석은 비죽비죽 웃으며 자리를 피할 뿐이었다. 현석처럼 고집 센 애송이들은 학급 운영에도 티가 나기 마련이다. 교실은 가장 더럽고, 수업 때는 시끄럽고, 용의복장 검사 같은 학생부의 중요한 행사에도 협조는커녕 미적거리며 봐주기 일쑤다.

'너만 혼자 참교육이냐? 뭣도 모르는 게 고집만 있어 가지고, 쯧.'

아무리 나이와 경력이 차이가 나도 공식적으로는 같은 직급이기 때문에 함부로 말했다가는 현석과 같은 젊은 교사들에게 꼬투리를 잡히기 일쑤다. 종석은 언젠가 한 번 이야기를 해야겠다고 마음먹었고 체육대회가 끝난 회식 자리에서 일부러 현석의 앞에 자리를 잡았다.

"이현석, 너는 니가 잘하고 있다고 생각하지?"

"네? 아하하…… 아뇨, 뭘 제가."

"내가 볼 때 너는 잘해야 C야."

"네……?"

현석의 표정이 조금 일그러졌으나 이내 표정을 바꾼다.

"아, 뭐, 부장님만큼 하려면 멀었죠. 하하……."

종석은 굳은 표정으로 단호하게 말한다.

“잘 들어. 아이들을 통제하려면 딱 정해진 말투로 짧게, 여러 번, 지시를 따를 때까지. 화를 낼 필요도 없다고. 눈을 보면서, 그렇게 계속하면 나중에 애들이 내 눈만 봐도 겁을 먹고 고개를 숙이지.”

현석은 부장이 호칭을 생략한 채 이름을 불렀을 때부터 마치 아이를 가르치는 듯한 말투에 기분이 나빴다. 몇 년 전만 하더라도 정색을 하며 자리를 박차고 나갔을지도 모른다. 그러나 현석은 정곡을 찔린 채 이야기를 듣고 있을 수밖에 없었다. 그는 사실 아이들을 통제하는 데 자신이 없었다. 그리고 아이들을 통제할 수 없는 자신에 대해 패배감을 느끼고 있던 차였다.

길수

“여러분, 반갑습니다. 1년 동안 국어를 가르치게 됐구요. 국어 시간에는 활동지를 위주로 할 테니까 활동지를 넣어 갖고 다닐 수 있는 파일을 하나씩 갖고 오세요.”

“돈 없는데요.”

한 학생이 큰 소리로 말했다. 주변 아이들 몇이 낄낄거리고 웃는다.

누군가 하고 봤더니 길수다. 길수는 작년부터 1학년의 요주의 인물로 선생님들이 주목하고 있었다. 현석은 직접 가르치지 않았지만 작년부터 가끔 마주치면 농담을 건네며 잘 대해 주려고 노력했다. 현석은 선생님들 눈 밖에 난 아이들과 친하게 지내며 친분을 쌓기 위해 애써 온 터였다.

"길수야, 파일이 얼마나 한다고, 그 돈이 없냐?"

현석은 갑작스런 대꾸에 당황했지만 일부러 웃으며 대답했다.

"몰라요. 돈 없어요. 우리 집 가난해요."

아까보다 더 많은 아이들이 웃는다.

현석은 기분이 살짝 나빴지만 티를 내지 않기로 한다.

"야, 요즘 파일이 얼마 정도 하냐? 한 500원 하지 않나?"

대부분의 다른 아이들은 이 상황을 지켜보고만 있는 것 같다. 시원한 대답이 나오지 않는다.

"내가 잘은 모르지만 싼 걸로 사, 응? 꼭 갖고 다녀. 교과서에 끼워 갖고 다니다 잃어버리지 말고."

"빌려도 돼요?"

"뭘…… 빌린단 얘기야? 파일을?"

"네."

이제 현석은 길수의 말을 이해하기가 힘들다. 파일을 빌린단 얘기는 뭔가. 파일을 빌렸다가 다시 돌려준다는 건가? 대화 자체가 무의미하게 느껴지면서 머리가 헝클어지는 것 같다. 우리 집 가난하다는 얘기를 스스럼없이 한다는 것도 좀 의외다. 길수의 집은 정말 가난하다.

"파일을…… 빌린다고?"

"그럼 선생님이 하나씩 사 주세요."

현석이 미적거리는 틈을 타 길수는 잽싸게 잽을 날렸고 멋지게 성공했다.

"와~"

길수의 뜬금없는 얘기에 아이들이 환호성을 지른다. 머리가 지끈거린다. 이 아이들을 도무지 이해할 수가 없다. 어떻게든 화를 내지 않고 이성적으로 문제를 해결하려고 현석은 마음을 다잡는다.

"알았다. 그럼 이렇게 하자. 파일을 살 사람은 사서 갖고 다니고, 사기 힘든 사람들은 교과서에 끼워서 다녀도 돼. 대신에 절대 잃어버리지는 마라. 나중에 수행평가에 반영할 테니까. 됐지?"

"아, 선생님, 사 주기 싫어서 그러는 거죠? 와, 치사하네."

이미 대부분의 아이들이 길수의 말에 맞장구를 치며 웃고 있다. 치사하다는 표현에 현석은 당황한다. 치사하다는 표현을 함부로 쓴 것이 괘씸하게 느껴지지만 그 정도 표현에 당황해서 받아치지 못하면 더 못나 보일 것 같다. 현석은 도리어 너스레를 떨며 이 분위기를 반전시켜 보려 작정한다.

"우리 집이 재벌이야. 집 안에 마을버스 다니잖아. 현관에서 내 방까지 버스로 20분 걸려."

"와하하하! 마을버스, 대박!"

이제 아이들은 현석의 말에 웃기 시작했다. 현석은 뭔가 분위기를 자기 쪽으로 가져온 것 같아 뿌듯하다.

"근데 왜 안 사 줘요? 치사해, 치사해."

길수는 치사해라는 말을 주문처럼 외웠지만 이미 아이들에게는 들리지 않는다. 현석은 분위기를 자기 쪽으로 가져온 것에 만족하며 대화를 끝내기로 한다.

"자, 이제 그만하자. 어쨌든 활동지 잃어버리지 말고 잘 가지고 다녀."

수업을 진행하면서 현석은 길수가 또 이상한 소리를 하면 어쩌나 걱정했지만 다행히 길수는 금세 엎드려 자기 시작했다. 현석은 굳이 길수를 깨우지 않았다. 수업이 끝나고 교실을 나서며 현석은 피로감을 느꼈다. 길수의 태도가 괘씸하고 자존심이 상하기도 했으나, 오늘처럼 부드럽고 재치 있게 대하다 보면 점차 변화가 일어날 거라 믿기로 했다.

게임이 시작되다

다음 수업 시간, 현석은 나름의 전략을 세웠다. 길수가 또 이상한 말을 늘어놓아도 대꾸하지 않고 수업을 해야겠다고. 교사가 학생의 장난스러운 말에 휘말려 감정적으로 된다는 게 자존심도 상하고 교육적이지 않다고 생각했다. 수업에 들어간 현석은 일단 마음이 놓였다. 길수는 이미 엎드려서 자고 있었기 때문이다. 하지만 수업이 계속되어도 길수가 일어날 기미가 보이지 않자 현석은 다른 생각이 들기 시작했다.

'재가 수업에 방해가 된다고 해서 깨우지 않는 건 교사로서 비겁한 행동이 아닐까?'

'내가 이런 식으로 저 아이를 모른 체한다는 건 저 아이를 포기하는 게 아닐까?'

현석은 자신을 좀 희생하더라도 좋은 교사의 길을 걸어가야 한다고 결심하고 굳이 길수를 깨우기로 한다.

"길수야, 일어나."

미동이 없다.

"길수, 일어나라니까! 애들아, 쟤 좀 깨워 봐라."

애들은 쭈뼛거리며 길수를 건드려 본다.

"아이 씨발, 뭐야!"

길수는 주변 아이들에게 무섭게 욕을 한다. 현석은 갑자기 욕을 내뱉는 길수가 당황스럽고 화가 났지만, 일단 깨우기로 결심한 이상 상황을 이어가야 한다.

"길수야, 수업 시간이야. 일어나야지?"

현석은 짐짓 아무렇지도 않은 듯 웃으며 말을 건넨다. 부드럽고, 재치 있게 그 아이를 다뤄 보기로 한다.

"아, 씨발. 좆나 짜증 나. 왜 깨우고 지랄이야."

이건 도가 지나치다.

"뭐? 너 지금 뭐라 그랬어?"

"선생님한테 한 거 아닌데요?"

길수는 현석을 똑바로 쳐다보며 인상을 잔뜩 쓴다. 이건 도발이다. 교실은 고요해졌다. 두 명의 배우가 대결을 펼치는 연극이 시작됐고 다른 관객들은 숨죽이며 이 연극의 결말을 지켜보고 있다. 현석은 본능적으로 그 행위가 도발이라는 걸 알아차렸고 화가 치밀어 올랐으나 그 상황은 본인이 주도한 것이다 보니 주도권을 놓치지 않기 위해 발버둥 친다.

"선생님한테 한 게 아니든, 기든. 수업 시간에 욕을 해? 수업 시간 내내 엎드려 자다가 깨우니까 욕을 하냐?"

"그럼 피곤한데 깨우면 화가 안 나요?"

현석은 갑자기 머리가 복잡해졌다. 이 아이가 나를 도발한 것이 아니라 단지 피곤한데 깨워서 화가 났던 것인가? 내가 교사로서 뭔가 실수를 한 건가? 현석은 뜨거워진 머리를 억지로 식히며 오래된 믿음을 떠올렸다. 교사는 아이들의 정당한 이야기에 귀를 기울이고 받아 줘야지 권위로 누르려 해서는 안 된다. 짧은 순간 수많은 생각이 뭉쳤다 흩어진다. 이미 현석은 화를 낼 타이밍을 놓치고 있었다. 동시에 길수는 얼굴에 여유로운 웃음을 띠기 시작했다. 이제 주도권은 길수의 것이다.

"아무리 피곤해도 그렇지, 수업 시간에 그렇게 잠을 자면 되냐? 졸리면 뒤로 나가 있던가 해야 할 거 아니야?"

"네, 알았어요."

길수는 이제 완전히 여유롭다. 아이들은 구경이 끝났다는 듯, 재잘거리며 자기 일을 하기 시작했다. 현석은 설명할 수 없는 패배감에 휩싸여 괴로웠지만, 애써 이것은 이기고 지는 싸움이 아니며 나는 할 일을 했다고 믿기로 한다. 수업은 무사히 끝났지만 현석은 점점 불안한 마음이 든다.

'다음 4반 수업이 언제였지?'

현석은 그 반의 다음 수업 날짜를 확인하고 있는 자신을 보며 무언가 어긋나기 시작했다는 걸 알았다.

게임이 악화되다

길수의 도발은 다음 시간에도 계속되었다. 길수는 이제 현석의 수업 시간에 엎드려 자지 않았다. 수업이 시작되어도 자리에 앉지 않고 돌아다녔고, 아이들에게 욕을 했으며 현석의 지도를 무시했다. 겨우 자리에 앉히고 나면, 책상에 테이프를 계속 붙였다 뗀다든지, 책이나 종이를 찢어 던진다든지, 멀리 떨어진 아이에게 큰 목소리로 오늘 급식이 뭐냐고 물어본다든지, 수업 시간에 하지 말아야 할 행동을 연구라도 한 듯 매일 새로운 레퍼토리로 현석을 괴롭혔다. 아마 길수는 현석의 수업 시간을 기다리는 것 같았다. 나중에 알게 되었지만 그런 식으로 길수의 표적이 된 교사가 족히 세 명은 되었다.

길수는 평소에도 자기보다 약한 아이들을 집요하게 괴롭히고 망신을 주는 일을 잘했다. 가장 센 아이는 아니었지만 아이들이 가장 무서워하는 아이였다. 아무 생각이 없는 것처럼 바보같이 굴다가도 무섭게 욕을 하거나 교사들에게 반항했고, 규칙 따위는 상관없는 것처럼 굴다가도 굽혀야 될 사람에겐 깍듯했다. 큰 덩치에 매서운 눈매로 무시무시한 욕을 입에 달고 다니다가 갑자기 농담으로 아이들을 웃기기도 했고, 공부는 전혀 안 했는데 글씨는 반듯한 게 어른이 쓴 것 같았다. 모든 아이들은 그 애를 싫어했지만, 아무도 티를 내지 못했다.

원래도 무서운 아이였는데 수업 시간에 교사들 몇 명을 그렇게 바보로 만들 정도니 더 이상 아이들이 대적할 만한 상대가 아니었다. 수없이 아이들을 괴롭히는 것 같았지만 증거가 드러난 적이 거의 없었다. 무엇보다 교사들은 그 아이가 자신에게 대들지 않는 것만으로 다행이라 여겼다.

'이런 애는 무시가 상책이다.'

마음먹고 수업에 들어가도 계속해서 끈질기게 도발하는 길수를 더 이상 참지 못하고 현석은 결국 화를 내곤 했다.

"오길수, 교무실로 따라와."

"예? 왜요?"

"몰라서 물어? 한 시간 내내 떠들고 뭐하는 짓이야?"

"아, 그냥 여기서 얘기해요."

"따라와."

"아, 싫어요, 안 가요. 제가 왜 가요?"

"빨랑 안 따라와?"

현석은 결국 소리를 지르고 마는 것이다. 길수는 따라오는 둥 마는 둥 끊임없이 뭐라고 불평을 했고, 내려오는 내내 낄낄대며 지나가는 아이들에게 장난을 걸었다.

"이리 와 앉아."

교무실에 내려온 현석은 뜨거워진 머리를 식히고 생각을 해 본다. 데리고 내려오긴 했지만 무슨 말을 해야 할지 도통 마음을 다잡을 수가 없다. 이유나 물어보자.

"너, 선생님이 계속해서 조용히 하라고 하는데 왜 계속 떠들어?"

"안 떠들었는데요?"

"뭐?"

현석은 기가 막히고 화가 난다. 애초에 상담을 어떤 식으로 시작할지 감을 잡을 수도 없다.

"그냥 얘기한 건데요?"

"그냥 얘기한 거라고?"

"네."

"수업 시간에 얘기를 왜 해! 끝나고 하거나 해야지. 무슨 급한 일이라고 그걸 꼭 수업을 방해하면서까지 얘기해?"

"네."

"뭐가 네야?"

현석은 역정이 났고 길수는 웃기 시작한다.

"앞으로는 잘할게요."

"앞으로? 하…… 길수야. 선생님이 굉장히 여러 번 얘기했지, 그동안?"

"네."

"선생님은 작년부터 복도에서 길수 볼 때마다 아는 체도 하고, 나는 니가 나쁘다고 생각 안 해. 그런데, 수업 시간에 계속 그런 식으로 행동하면 선생님이 수업하기가 좋겠니? 생각을 한번 해 봐. 니가 선생님 입장이라면 어떨까?"

"힘들겠죠."

"그래. 게다가 수업은 다 같이 듣는 거잖아. 니가 하고 싶은 대로 행동하면 그게 수업이 될까? 같이 생활하는 거잖아. 니가 수업을 따라가기 힘들거나 해도 좀 참고, 응? 이제 고등학교도 가야 하는데 당장은 잘 몰라도 자꾸 듣다 보면 나중에 시험 볼 때 생각나는 게 있다고."

"네, 샘."

길수의 표정이 조금 부드러워진 듯도 하고, 현석은 이제 대화의 물꼬가 트인 것 같아 기분이 조금 나아졌다.

"길수 보면 머리도 좋은 것 같고, 좀 더 노력하면 잘할 것도 같은데 안 한단 말이야."

"네, 샘. 앞으로 진짜 잘할게요."

"그래, 앞으로 진짜 어떻게 하는지 볼 거야. 다음에는 이렇게 안 끝난다. 알았지?"

"네."

"그래, 가 봐."

"네."

길수는 웃으며 교무실을 나갔다. 의기양양하게 떠나는 길수의 뒷모습을 보며 현석은 이 모든 일이 다시 반복될 것이라는 불안감에 휩싸였다. 하지만 도무지 어떻게 이 상황에 대처해야 할지 알 수가 없었다. 그래도 교사로서 상담을 통해 학생에게 교훈을 주기 위해 노력했다는 것으로 애써 위안을 삼는다.

우려했던 대로 길수의 고의적 수업 방해는 계속되었다. 여러 번의 상담이 이어졌지만 길수가 교무실로 내려오라는 지시를 완강히 거부하면 도무지 방법이 없어 현석은 점차 상담을 포기하게 되었다. 게다가 영혁이라는 아이도 길수의 놀이에 합세했다. 영혁이 역시 작년에 수업 태도로 문제가 된 적이 있는 아이이다. 더 심각한 점은 상대적으로 조용했던 그 반의 다른 아이들도 길수가 무슨 말을 했다 하면 맞장구를 치며 반 전체가 웃고 떠들어대는 통에 전혀 수업을 할 수 없는 분위기가 된다는 거였다. 참다못한 현석이 화를 내며 상황을 진정시켜도 그때뿐, 돌아서면 다른 장난이 시작되었다. 매 수업이 전쟁터 같았고 현석은 지쳐갔다.

그런 상황이 한 달 정도 반복되자, 길수와 영혁은 이제 대놓고 현석을 무시했다. 앞에 선생님이 있건 말건 소리를 크게 지르며 마음대로 교실을 활보했다. 앉으라는 소리에 인상을 찡그리며 욕설을 뱉기도 했다. 현석과 두 아이와의 전쟁은 그날도 계속되고 있었다.

"앉아."

"왜요?"

"앉아."

"아, 왜요오?"

유들거리는 길수의 말에 아이들이 웃기 시작한다.

"아, 왜요래. 존나 웃겨."

영혁이 맞장구를 치자 아이들은 이제 마음 놓고 웃고 떠든다. 교실은 통제불능이다. 현석은 엉망인 교실 한가운데서 모든 아이들이 자기를 비웃고 있는 듯한 환상에 사로잡힌다. 이미 그냥 넘어갈 상황이 아니다.

"앉으라고, 이 새끼야!"

"왜 욕해요?"

쿠당탕!

참다못한 현석이 교탁 옆에 있던 의자를 집어 던졌다. 교실 바닥에 부딪힌 의자 한쪽 다리가 뒤틀리며 튕겨 나가 벽에 부딪혔다. 순간적으로 벌어진 일에 아이들은 그때서야 겁을 먹고 조용해진다. 현석은 아직 분노가 가시지 않은 채 잡아먹을 듯이 길수를 노려본다.

"앞으로 나와!"

길수는 뭔가 욕을 중얼거리며 어기적어기적 앞으로 나온다. 잠시 주춤하는 듯했지만 교실 앞으로 나와선, 현석의 앞에 비스듬히 선 채로 현석을 노려본다.

"왜요?"

"손 들고 서 있어."

길수는 비죽비죽 웃으며 벽을 보고 손을 드는 둥 마는 둥 한다. 현석은 분노를 억누르며 수업을 진행한다. 머리가 지끈거리지만 빠른 속도로 수업을 진행한다. 마치 방금 전의 상황에서 도망치듯, 빠르게 설명을 이어간다. 어수선한 분위기가 정리되는 것처럼 보이자 아이들은 하나둘 수업을 듣기 시작한다. 신기하게도 언제 그런 일이 있었냐는 듯, 해야 할 수업은 진행되고 아이들은 차분히 필기도 한다. 종이 울리고 현석은 교실을 나서며 무사히 수업을 마쳤다는 사실에 안도한다. 하지만 현석도 반 아이들도 모두 알고 있다. 전쟁은 끝나지 않았고, 상황은 반복될 것임을.

지위경쟁

길수와 영혁이 있는 4반은 원래부터 드센 아이들이 많기로 유명한 반이었다. 현석은 드세고 반항적인 아이일수록 더 열린 마음으로 대하려고 했다. 권위를 내려놓고 장난도 받아 주며 진심으로 대하면 변화될 것이라 믿었다. 4반의 길수, 영혁도 작년부터 알고 지내던 아이들이니 괜찮을 것이라고 생각했지만 상황은 계속 악화되었다. 처음에 장난처럼 시작된 반항은 점점 노골적이고 지속적으로 이어져 한 시간 내내 수업이 불가능한 때도 있었다.

그런데 그런 일이 길수의 표적이 된 몇몇 선생님들의 수업에서만 벌어진다는 사실이 현석을 더욱 화나게 했다. 학생부 선생님이나 완고한 성향의 선생님들은 오히려 그 반이 수업하기가 더 편하다며 머쓱한 미소를 지었다. 수업이 잘 안 되는 것보다 아이들이 대놓고 자신을 무시한다는 사실이 더 참을 수 없었다. 현석은 알고 지내던 교사들에게 연락을 해 고민을 털어놓고 조언을 구하기로 했다.

"샘, 그거 애들하고 지위경쟁에서 선생님이 진 거네."

"예? 지위경쟁……이요?"

"응, 사회 어디서나 나타나는 현상인데, 사람이 처음 만나면 내가 저 사람보다 위인지 아래인지를 정한다는 거야, 자기도 모르게. 예를 들어 친구들 사이에도 보면 어디서 볼까, 뭐 먹을까 이런 걸 결정하는 분위기를 리드하는 친구가 있잖아? 그럼 그 친구들 사이에선 이미 지위경쟁이 끝난 거야. 누가 위인지 아래인지가 암묵적으로 정해져 있는 거지. 근데 다들 아래로 생각했던 애가 어느 날 갑자기 목소리를 높이면서 막 자기 생각대로 하자면서 분위기를 리드하려고 해. 그럼 지위경쟁이 벌어지는 거지. 직장에서 사장하고 말단 직원 같으면 지위가 달라도 너무 다르니까 그런 경우엔 경쟁이라고 할 만한 게 없어. 그냥 저절로 고개 숙이는 거지."

"그러니까…… 좀 엇비슷한 관계에서 지위경쟁이 심하다 이런 건

가요?"

"그렇지. 근데 우리나라 학교에서는 불행하게도 교사가 아이들한테 지위경쟁에서 밀리는 경우가 생겨. 그 반에서는 교사가 약자가 되는 거야. 아이들도 그렇게 느끼고. 좀 웃기지? 교사가 아이들보다 밑이라는 게. 법으로 보장된 교사의 권리라는 게 너무 허술해서 생겨난 일이긴 한데, 우리나라 선생님들은 아이들이 교사의 지도를 무시하거나 심지어 뭐 욕을 해도 각자 알아서 대처하고 처신을 해야 하거든. 법적으로 보장된 뭔가가 없어요, 그걸 또 애들이 알고 있고. 샘 얘기를 들어 보니 이미 그 길수란 애는 적어도 수업 시간에는 샘보다 높은 지위에 서 있네. 그거 극복하기 쉽지 않을 텐데……."

현석은 갑자기 모든 상황이 이해되는 기분이 들면서 피가 거꾸로 솟았다. 3월부터 한 달간 수업 시간에 벌어졌던 상황들을 복기하며 자신이 이기고 졌던 순간들을 떠올렸다.

'내가 왜 이렇게 멍청했지? 그러니까 내가 지금 길수와의 지위경쟁에서 계속 밀렸던 거야? 내가 길수보다 아래라고? 내가 약자라고?'

현석으로선 참을 수 없는 일이었다. 현석은 지위경쟁에 대한 책을 읽으며 곰곰이 생각에 빠졌다. 생각의 대부분은 지위를 회복하기 위한 방안이었다. 책에서는 지위경쟁에서 이기기 위한 방법도 제시하고 있었는데, 대담하게도 도덕과 죄책감에서 벗어나 뻔뻔하게 지위경쟁에 몰입해 보라고 권유하고 있었다. 현석은 드디어 답을 찾은 듯 머리가 맑아졌다. 지금까지의 상황이 누가 위에 서는가를 가늠하는 게임이라면, 한 번 이 게임에서 이기기 위해 모든 것을 걸어 보자는 게 현석의 결론이었다. 그동안 어설프게나마 가져 왔던 '좋은 교사'로 보이고 싶다는 마음을 버리자 해방감과 함께 묘한 쾌감마저 느껴졌다.

반격에 나서다

현석은 전장에 나가는 장수처럼 칼을 갈았다. 아니, 차라리 투전판에 나가는 싸움닭 같았다. 언제든 싸울 준비가 되어 있는 사람처럼, 싸움을 기다리는 사람처럼 눈을 부라리며 학교를 누비고 다녔다. 학생들의 복장이나 태도가 안 좋거나, 말투나 눈빛에서 자신을 조금이라도 깔보는 듯한 느낌이 들면 현석은 바로 불러 세워 지적했고, 지시에 불응한 아이에게는 고함을 지르고 으르렁대며 물어뜯을 듯 위협했다. 아이들은 판이하게 달라진 현석의 예상치 못한 공격에 당황하며 겁을 먹기 시작했다.

'내가 지금 뭐하는 거지?'라는 자괴감보다 '지위경쟁에서 이겨야 한다'는 절박함이 현석을 압도했다. 현석은 의도적으로 자신이 나쁜 사람으로 변할 수 있음을 아이들에게 보여 주었다. 하루하루가 전투의 연속이었고, 현석은 크고 작은 승리를 올리며 스스로 지위경쟁이라 이름 붙인 게임에 몰두했다. 주변의 동료 교사들은 현석의 변화에 의아해했지만 무언가 이유가 있겠거니 하며 묵인했다.

전쟁을 시작한 현석은 적군의 핵심 세력인 길수와 영혁에게 선전포고를 했다.

"오길수, 조영혁! 태도 그 따위로 계속하지? 너네는 다음 선도위원회에 회부할 거야. 지금부터 너네들 태도 선생님이 누적해서 기록할 거고. 알겠어?"

"선도위원회요? 첫, 작년에도 받았어요, 그거. 사회 샘하고 똑같이 얘기하시네."

길수와 영혁은 짐짓 태연한 척했지만 긴장된 표정을 숨기지 못했다. 그동안 길수와 영혁의 표적이 되었던 교사는 세 명 정도였는데, 사회를 담당하는 나이가 좀 많은 여교사가 아이들의 집단적인 모욕과 수업 방해를 견디다 못해 길수와 영혁을 대상으로 선도위원회를 요청했다. 그리고 현석에게도 길수와 영혁의 행동에 대한 진술서를 써 달라고 했다. 현석은 자신이 아이들에게 당하고 있다는 사실이 알려져서 창피하고 화가 났지만, 선도위원회를 여는 것이 아이들의 반항적인 행동을 멈추는 데 효과가 있을 것 같아 그러마 했다. 현석은 이 기세를 몰아 전쟁의 종지부를 찍고 싶었다.

"헛소리하지 말고 조용히 해라. 행동 똑바로 안 하면 전부 기록할 거야. 알았어?"

"네, 맘대로 하세요."

"선생님한테 '맘대로 하세요'라는 게 제대로 정신 박힌 소리야, 이 새끼가?"

현석은 금방이라도 폭발할 것처럼 고함을 지르며 기선을 제압하려 한다.

"아, 왜 또 욕이에요. 알겠어요."

높은 지위를 차지하고 말겠다는 현석의 굳은 집념 때문인지 아이들은 조금 누그러지는 듯했다. 현석은 작은 성취감을 느낀다.

변한 것은 없다

선도위원회가 열릴 거라는 통보 후에도 길수의 행동에는 변화가 없었다. 현석의 말투와 행동은 점점 더 거칠어졌고, 위험을 무릅쓰고 폭력적인 면도 드러냈지만 길수의 행동은 변할 기미가 보이지 않았다. 여전히 수업을 방해했고, 현석의 지시를 무시했고, 현석 앞에서 보란 듯이 욕설을 해댔다. 그리고 여전히 학생부 선생님이나 완고한 성향의 선생님들 앞에서는 한발 물러났다.

현석은 예전과 달리 길수의 행동 하나하나에 불같이 화를 냈고, 욕설을 해댔고, 발로 정강이를 걷어차거나 밀쳐서 꿇어앉히기도 했다. 현석은 이제 교사의 권위를 내려놓아야 아이들과 진정한 소통을 이룰 수 있다고 믿던 그런 부류의 교사가 아니었다. 현석은 그동안 자신이 지위경쟁에서 학생들에게 밀렸던 것이 너무 억울했고, 그 억울함을 분풀이라도 하듯이 자신의 분노를 아이들에게 발산했다. 오직 승리만이 중요한 가치였고 나머지는 아무래도 좋았다.

몇몇 아이들은 현석의 달라진 반응에 놀라 수업을 방해하는 행동을 멈췄지만 길수는 달랐다. 뭔가 자기 확신에 찬 사람처럼 반항과 저항을 반복했다. 여전히 수업을 방해했고 현석에게 야유를 보냈다. 현석은 괴로웠고, 점점 지쳐갔다. 자존심도 양심도 버리고 폭력적인 방법을 써서라도 길수를 이기려고 했으나 길수는 제압되지 않는 견고한 성 같았다.

선도위원회가 열렸지만 현석은 굳이 참석하지 않았다. 자신이 학생들에게 당한 피해자로 그 자리에 선다는 것에 자존심이 상해서 바쁘다는 핑계를 댔다. 선도위원회를 요청한 여선생은 그 자리에서 아이들이 자기에게 가한 모욕에 대해 진술하며 울었다. 길수와 영혁 두 학생에게는 외부 기관에서 위탁교육을 받는 징계가 내려졌다.

길수와 영혁에 대한 징계는 방학기간 중에 이루어졌다. 방학 중에 징계가 이루어지면 통제가 잘 되지 않아 아이들이 빠지는 경우가 많지만, 길수와 영혁은 의외로 성실하게 징계를 잘 받고 돌아왔다.

방학 동안 현석은 힘들었던 한 학기를 곱씹었다. 여러 번 곱씹으면서도 억울한 마음이 가시지 않았다. 현석은 자신이 좋은 교사라 자부했고, 아이들을 가르치는 일에 자신감도 있었다. 그러나 몇 년간 연이은 사건 사고와 아이들과의 갈등을 경험하면서 자신감은 깎여 나갔고, 자신이 그동안 해 왔던 모든 방식들이 통하지 않는다는 절망감을 느끼고 있었다. 그나마 현석을 버티게 해 준 건 당장 효과가 보이지 않더라도 장기적으로는 자신의 방식이 교육적 효과가 있을 거라는 믿음, 그러니까 자신이 옳다는 믿음이었다. 그러나 올해 현석은 그 믿음마저도 버렸다. 버린 정도가 아니라 일부러 이전과 반대로 행동했다. 아이들에게 좋은 선생이 되고 싶어 했던 현석은 이제 나쁜 선생이 되고 싶어 안달했다. 정확히는 자신이 나쁜 선생이 될 수 있다는 것을 아이들에게 보여 주려고 했다.

그 과정에서 현석은 몇 가지 의미로 상처를 받았는데, 첫째는 자신의 무능이 동료 교사들에게 드러났다는 수치심이었고, 둘째는 자신이 지켜 왔던 신념을 깨 버렸다는 자괴감, 결정적인 셋째는 아무리 생각해도 자신이 이긴 것 같지 않다는 패배감이었다. 현석은 모든 것을 걸고 싸움에 이기려 했으나 결국 이기지 못했다.

개학 전날 현석은 길수네 반에 수업이 있는지를 확인했고, 그런 자신을 한심스럽다고 생각했다.

모든 것이 바쁜 개학 첫날, 다행히 학교는 생각보다 조용했다. 아이들은 조금 철이 든 것 같기도 하고, 서로 눈치를 보는 것 같기도 했다.

'아이들은 정말 그때마다 다르구나.'

그런 생각을 하고 있는데 멀리서 길수가 걸어오는 게 보였다. 길수는 현석을 알아보고 웃으며 오고 있었다. 현석은 또 머리가 아프고 긴장이 된다.

"선생님, 선생님 때문에 방학 때 징계받았잖아요."

길수는 웃으며 마치 오랜만에 만나서 반갑다는 투로 말을 건넨다. 현석은 이 아이의 이상한 인사에 적잖이 화가 치밀지만 내색하지 않고 부드럽게 받아넘기기로 한다.

"그래? 방학 때 징계받느라 힘들었겠네. 잘 받았어?"

"네. 저 한 번도 안 빠지고 다 했어요. 잘했죠?"

잘했죠? 하고 묻는 아이의 천연덕스러운 말투에 현석은 자칫하면 웃음이 나올 것 같다. 이걸 칭찬해 달라는 건가? 잠시 생각하다가 길수가 또 무슨 우스꽝스러운 상황을 만들어 창피를 줄지도 모른다는 불안감에 현석은 빨리 대화를 끝내고 싶다.

"그래, 잘했다. 2학기 때는 또 새로운 모습으로 잘할 거지?"

"아니요."

형식적인 질문을 던졌을 뿐인데, 정반대의 대답을 듣고 현석은 어떤 대꾸를 할 기력도 없이 그저 길수를 쳐다만 보고 있다.

"농담이에요, 선생님! 저 상점 주세요."

"헛소리 그만하고 빨리 올라가라."

"아, 왜요. 상점 주세요."

"그만 안 해?"

현석은 어쩔 수 없이 또 버럭 화를 내고 만다.

"아, 왜 또 화내요. 선생님 잘못했어요. 안녕히 가세요."

인사를 끝내기가 무섭게 등을 돌리며 아이들과 낄낄거리며 올라가는 길수를 보면서 현석은 분노와 패배감이 뒤섞인 불쾌한 기분에 사로잡혔지만 바쁜 학기 초 일정을 소화하려면 감정에 사로잡힐 여유가 없었다.

연극이 끝나다

2학기는 1학기와 별다를 바가 없다. 그저 비슷한 과정을 한 번 더 반복할 뿐. 다만 기간이 좀 짧다는 점과 1학기 때는 한 학기를 마무리하지만 2학기 때는 한 학년을 마무리해야 한다는 부담감이 있다는 정도의 차이가 있다.

정해진 시간표대로 돌아가는 학교에서 교사가 한두 명의 아이에게 집중한다는 건 쉬운 일이 아니다. 크고 작은 일들이 마감 시한이라는 꼬리표를 달고 교사에게 날아들면 교사는 하루 종일 그 일을 처리하는 데에만 시간을 꼬박 사용한다. 문제가 있는 학생을 꾸준히 지도한다거나 상담하려면 다른 일을 모두 처리한 뒤 남는 시간에 해야 하는데 그게 말처럼 쉽지 않다. 학생을 방과 후에 남게 해서 지도하려고 해도 학생들이 학원이나 집안일을 이유로 거부하면 강제할 방법이 없다. 교사들은 점점 생활지도를 기피하게 되는 것이다. 현석 역시 길수한테까지 지속적으로 신경 쓸 여력이 없었다.

그날도 별다를 바 없는 수업 시간이었다. 학교에서 징계를 받은 뒤에도 길수나 영혁의 수업 태도는 여전히 좋지 않았지만, 적어도 예전처럼 선생님들에게 대놓고 반항하지는 않았다. 그날도 늘 있어 왔던 사소한 반항이 시작되었고, 아이들은 또 저러다 말겠거니 생각했다. 센 아이들이 어느 정도 선생의 지시를 무시하고, 선생이 어느 정도 화를 내다 보면 적당한 선에서 아이들이 수그러드는 척하면서 그날의 '상황'은 마무리되는 것이다.

길수는 늘 그렇듯 삐딱하게 앉아서 뒷사람과 떠들고 있었고, 현석이 들어왔지만 못 본 척하고 계속 이야기하는 데에 열중했다. 현석은 아무렇지 않게 수업을 진행하면서 길수에게 화를 낼 타이밍을 재고 있었다. 역시 길수는 아랑곳하지 않고 떠들고 있다. 현석은 이제 길수에게 화살을 쏘기로 한다.

"길수, 앞에 안 봐?"

"아, 왜요."

또 아이들은 킥킥거리며 웃는다. 현석은 오랫동안 이런 무시를 당해 왔고, 할 수 있는 모든 것을 통해 이 게임의 승자가 되기 위해 노력했지만 번번이 실패했다. 새로울 게 없는 상황이지만 쌓이고 쌓인 자존심의 상처는 현석 안의 무언가를 순간적으로 끊어 버렸다. 바로 자신이 교실에서 교사로 서 있다는 자각이었다.

"나와, 이 새끼야."

목소리가 살짝 떨리는 것을 느끼며 현석은 자신이 감정적으로 동요하고 있다는 것을 알았다. 잠시 심호흡을 했다.

"아, 맨날 욕이야……."

길수는 늘 그렇듯 거들먹거리며 앞으로 나온다.

"벽 보고 가만히 서 있어!"

"네."

현석은 수업을 진행하는 척하지만 길수가 뒤로 돌아 맨 앞자리에 앉은 아이에게 장난을 걸고 있다는 걸 알고 있다. 현석의 감정은 버티기 힘들 정도로 흔들린다.

"가만히 안 있어?"

이건 그냥 화를 낸 것이다.

"아, 예."

현석이 화를 내자 길수는 그에 맞춰 보란 듯이 더 능글맞게 앞자리 아이에게 장난을 친다.

"내가 조용히 하라고 했지?"

현석은 분필을 집어 던지고, 길수에게 걸어갔다. 학생과 교사가 교실 안에서 벌여 왔던 연극이 그 순간 변했다. 현석은 교사로서의 역할을 연기하기를 포기했다. 현석은 그냥 나이가 많은 남자 어른이 되어 길수에게 다가간 것이다. 그러고는 그냥 힘이 더 센 사람으로

서 힘이 더 약한 사람의 빰을 후려쳤다. 철썩, 하는 큰 소리와 함께 길수는 빰을 맞은 충격으로 교실 벽에 반대쪽 얼굴을 부딪혔다. 현석은 말 그대로 물리적인 폭력을 길수에게 행사했고, 교실은 고요해졌다. 길수를 포함한 모든 아이들은 익숙한 연극이 전혀 다른 양상으로 전개되자 당황하고 긴장하며 현석이 보여 준 폭력의 권위에 굴복했다.

현석은 순간 그동안 받은 모멸감을 보상받는 듯한 통쾌함을 느꼈다. 폭력을 통해 만든 질서는 달콤하기까지 했다. 그러나 짧은 정적이 흐른 뒤 현석은 자신이 교사로서 해서는 안 되는 행동을 보였다는 사실을 알아차리고는 이내 침울해졌다.

현석이 수업 시간에 길수의 따귀를 때렸다는 소문은 아이들 사이에서 금세 퍼져 나갔다. 몇몇 아이들은 지나가면서 현석에게 '멋있어요, 선생님' 하면서 응원을 보냈다. 길수와 영혁 같은 아이들이 만들어 낸 질서가 영 마음에 들지 않는 아이들일 것이다. 하지만 현석은 도저히 그 응원에 답을 할 수 없었다. 현석은 자기 행동을 용납할 수 없어 스스로를 비난하며 괴로움 속으로 빠져들어 갔다. 그러나 괴로움 역시 오래가지 않았다.

현석은 이제 그토록 원하던 높은 지위를 얻은 듯했다. 이후 길수는 적어도 대놓고 현석에게 반항하지 못했다. 현석은 자신의 폭력적 행동에 스스로 놀랐고 깊은 자책감에 빠지긴 했지만 결국 이 승리를 자신의 것으로 받아들이기로 한다. 어쩌면 이 게임에 빠져든 현석에게 예상된 결말이었는지도 모른다.

승자는 없다

드디어 전쟁 같은 한 해가 끝난 겨울방학, 현석은 학교에 볼 일이 있어 나왔다가 살 게 있어 동네 상가에 주차를 했다. 주차를 하고 목이 말라 편의점에 들어갔는데 길수가 들어오는 것이 아닌가?

길수와 마주친 현석은 조금 당황했지만 길수는 반가워하며 현석을 불렀다.

"선생님! 와, 여기 웬일이에요?"

"음, 학교에 좀 볼일이 있어서."

"저 먹을 거 사 줘요."

아무렇지 않게, 오히려 당당하게 길수는 현석에게 먹을 것을 사 달라고 요구했다. 사실 현석은 그러기 싫었지만 딱히 거절할 말이 생각나지 않았다. 그저 빨리 그 상황을 벗어나고 싶은 마음뿐이었다. 현석은 아직 길수가 불편했다. 길수를 볼 때마다 뭔가 자신의 치부를 들여다보는 기분이었다.

"먹을 거는 무슨……. 자, 음료수나 하나 먹어."

"와, 치사하네."

"싫어? 음료수도 안 먹을래? 응?"

"아, 먹을래요. 그럼 이거 사 줘요."

길수는 음료수를 하나 골라 계산대 위에 올려놓았다. 계산을 하고 나오며 현석은 길수에게 선생이라면 해 줄 법한 의례적인 충고 몇 마디를 하고 나서 주차된 차로 걸어갔다. 길수와 오래 있고 싶지 않았다. 길수도 약속이 있다며 서둘러 제 갈 길을 갔다.

운전대를 잡고 집으로 오는 길에 현석은 깨달았다. 교사로서 자신이 철저히 실패했다는 것과 일 년간 현석이 그토록 이기려 했던 길수야말로 진정한 승자였다는 사실을. 그것을 승리라 부를 수 있다면 말이다. 교사의 권위를 무시하는 행동을 통해 자신이 센 존재라는 사실을 기어코 드러내 보이려는 아이들, 그들에게 동조해 살아남으려는 아이들, 어디에도 끼지 못해 눈치만 보는 아이들, 약하다고 찍혀서 대놓고 무시당하는 아이들……. 현석은 그 아이들 누구도 변화시키지 못했다. 현석은 아이들의 문화와 삶에 영향을 미치는 데 실패했다. 길수나 영혁도, 다른 아이들도 지금까지 살아온 그대로 살아갈 것이다. 교사가 아이들과 이기고 지는 게임 속에 빠지는 한 교사는 게임 자체를 멈추지 못한다. 현석은 일 년간의 경험을 통해 이 사실을 아프게 배웠다.

이야기는 계속된다

'이 학교에 온 지 벌써 3년이 지났구나.'

집으로 돌아온 현석은 힘들었던 3년을 돌이켜 본다. 처음 이 학교에 배정되고 대중교통이 여의치 않아 어쩔 수 없이 중고차를 사고, 초보 운전으로 출퇴근을 시작했다. 아침저녁으로 꽉 막힌 도로 위에서 초보 티 안 내려 진땀을 흘렸지만 정작 현석을 힘들게 한 건 아이들이었다. 거대한 공단 주변에 형성된 도시는 가난했고 아이들은 이미 거친 세계에 내던져져 있었다.

"자기야, 이제 됐어, 그만 힘들어하고 지역을 옮기자."

현석의 아내는 걱정스레 말했다. 하지만 그럴 때마다 현석은 고개를 저으며 대답했다.

"도망가는 것 같아. 싫어."

"고집 좀 그만 부려. 자기 좀 폭력적으로 변한 거 알아? 그리고 그나마 올해라야 자리가 좀 많이 난대. 내년에는 옮기고 싶어도 못 갈 수도 있어."

"아, 알았어! 생각 좀 해 보자. 미안해."

상황이 힘들어질수록 현석은 아이들 문제에 매달렸다. 하지만 까도 까도 계속 나오는 양파처럼 끝도 없이 벌어지는 사건, 사고 속에서 현석은 지쳐갔다. 기가 센 아이들을 누르기 위해 거친 말투와 행동을 쓰기 시작했고, 폭력적인 아이들의 문화를 닮아갔다. 아이들에게 '좋은 교사'라는 말을 듣는 것이 자랑이던 현석은 계속된 실패 속에서 드디어 완전히 방향을 잃어버렸다. 현석은 이제 더 이상 좋은 교사도 아니었고, 그렇다고 폭력적인 교사로 계속 살 수도 없었다. 변화가 필요했다.

'내가 길수를 이겼다면, 나는 그 아이들을 바꿀 수 있었을까?'

'원래 지역으로 돌아가면, 나는 이 실패에서 벗어날 수 있을까?'

현석은 쉽게 답을 내릴 수 없었다. 사실 대부분 학교에서 교사의 자리가 계속 줄어들고 있었기 때문에 언제 지역을 옮기는가는 중요한 문제였다. 현석의 아내 말대로 가장 힘들었던 올해가 공교롭게도 가장 지역을 옮기기 좋은 타이밍이었다. 너무 좋은 핑계 때문인지 현석은 주저하고 있었다. 생각에 잠겨 있을 때, 때마침 김에게서 전화가 왔다.

"여~ 현석이, 어떻게 지내? 오랜만이지?"

"어, 그래 진짜 오랜만이네. 근데 웬일로 전화를 다 하시나? 사람 여기 불러다 놓고 왕따나 만들고……. 그럴 땐 코빼기도 안 보이더니 웬일이야?"

"하하하! 아, 이현석 선생이야 워낙 알아서 잘하니까, 믿잖아 내가."

"아이고, 알겠습니다. 말 돌리지 말고 용건이나 말하셔."

"아 이번에, 우리 지역에 그…… 학교폭력 예방 모임인데, 평화교육이라고 모임을 만든다는데 일단 그쪽으로 한번 들어가 보면 어때? 생각 있어?"

"평화교육? 뭐 연구회 같은 건가?"

"그렇지. 모임 자체는 생긴 지 오래됐다는데 우리 지역에서도 뭔가 모임을 만들려나 봐. 이 선생이라는 사람이 주축이고."

"그래? 알았어, 한번 가 볼게."

그때 현석에겐 무엇이든 괜찮았다. 평화교육이란 생소한 이름이 새로운 돌파구를 찾던 현석의 마음에 들었다.

현석은 첫 모임에서 그동안 쌓였던 자신의 고민을 모조리 털어놓았다. 누군가 해결해 줄 거라는 기대는 없었다. 현석의 경험상 어떤 모임이든 자기 얘기를 털어놓으면 서로 위로나 칭찬을 주고받으면서 몇 권의 책을 형식적으로 돌려 보고 친목을 다지는 게 다였다. 어쨌든 현석에게는 그런 친목 모임이라도 필요했다. 그런데 이 선생의 반응은 예상 밖이었다.

“그래요, 정말 힘드셨겠어요. 지역의 상황을 제가 잘 몰라서 좀 그렇긴 하지만, 한번 이렇게 해 보면 어떨까요?”

그렇게 현석의 고민은 모임에서 하나의 과제가 되었다. 몇 권의 책이 쌓였고 여러 사례에 대한 얘기를 나누면서 점점 여러 학교의 여러 문제들을, 같은 문제의 다른 모습으로 바라보기 시작했다.

“사실 어느 학교든 학교폭력 문제가 있다고 보시면 됩니다. 드러나는 모습은 달라도 같은 문제에요. 현석 샘 학교처럼 거칠게 때리고 욕하고 교사에게 반항하는 학교도 있겠지만, 보이지 않게 경쟁하고 따돌리며 고립시키는 문제가 심각한 학교도 있어요. 이미 학교폭력은 모든 학교에 퍼져 있어요. 그걸 폭력의 문제로, 교육의 문제로 보느냐, 그렇지 않고 외면하면서 우리 학교는 문제가 없다는 식으로 자기합리화를 하느냐의 차이뿐이죠. 저도 좀 힘든 학교를 거쳤어요. 그때는 정말 아무것도 모르고 열정만 있어서 혼자서 울기도 많이 울고……. 그런데요, 교사에게는 물론 열정이 필수지만, 그 열정의 방향이 더 중요한 거 아닌가 싶어요.”

“네, 선생님도 그렇게 고생하셨다는 건 알겠어요. 그런데 이 지역은 정말 가난하고 가정들도 다 해체 직전이고, 애들이 본드 불고, 편의점 털고, 경찰서 들락거리고 난리도 아니에요. 저도 다른 데서는 좋은 교사 소리 들으면서 잘 살았습니다. 그런데 정말 이런 학교에서도 선생님 방식이 통할 수 있을까요? 그 방향이라는 게 과연 맞는 건지 틀린 건지 어떻게 알 수 있죠? 사람들은 모두 다른 사람의 인정을 받기 위해 들끓고 있는, 끊임없이 인정투쟁을 벌이는 존재라는 거, 그것만으로 다 설명이 될까요?”

"네, 전 학교폭력을 이해하려면 우선 아이들의 인정욕망을 제대로 읽기만 해도 많은 부분 해결이 된다고 봐요. 샘, 왜 아이들이 같은 브랜드의 담배를 피우고, 교칙을 어기고, 선생한테 반항한다고 생각하세요?"

"싸가지가 없어서? 아닐까요?"

"하하, 그럴 수도 있겠네요. 그렇지만 단지 그것만은 아니에요. 어른들이 보기에 그런 무의미하고 폭력적이고 하찮은 행동이 아이들 세계에서는 타인의 인정을 얻어 내는 코드로 작동하고 있기 때문이죠. 아이들은 이미 초등학교 때부터 그렇게 살아왔어요. 그래서 누가 센지, 누가 약한지를 가늠하고 내가 어떻게 행동해야 이 학교에서 살아남을지 전략을 세우는 거죠."

"네, 저는 그 전략의 희생양이 된 거구요."

"그렇습니다. 그것도 아주 호되게 당하셨죠. 그래도 현석 샘은 아직 포기하지 않으셨습니다. 그래서 우리 모임에도 나오시고, 후후."

"네, 뭐 사실 지푸라기라도 잡자는 심정으로 나오긴 했습니다만, 그럼 이 선생님은 왜 포기하지 않으셨어요? 저야 뭐 고집도 세고, 지는 것도 싫어하고……. 사실 처음 이 지역으로 옮길 때 힘든 지역에서 고생하는 게 보람 있을 것 같아서 왔어요. 결과는, 처참하게 실패했지만요."

"현석 샘이 굳이 힘든 지역의 학교로 옮겨온 것도, 샘이 인정받을 수 있는 자리를 찾아온 것 같아요."

이 선생이 부드러운 말로 현석의 심중을 찔렀다. 현석은 머리를 얻어맞은 듯했다. 현석은 계속 이 선생을 쳐다보고만 있었다.

“현석 샘은 아마도 권위에서 자유롭고, 아이들한테는 헌신적인, 그런 교사로 인정받아 왔던 것 같아요. 하지만 점점 권위에도 기대게 되고, 학생들에게 헌신하기도 힘든 상황들이 생겨난 거죠? 그리고 아기도 태어났고. 샘이 느낀 불안감은 거기에 있었을 겁니다. 내가 더 이상 예전 같지 않다는 거, 예전만큼 남들이 나를 인정해 주지 않는 것 같다는 불안. 그러던 차에 옛 동료한테 전화가 왔고, 새롭게, 새로운 지역에서 다시 시작해 보려고 한 거죠. 하지만 실패했죠. 이 공단지역의 아이들은 교사들의 헌신을 받아 본 적이 없었을 거예요. 받아 본 적이 없는 걸 주려고 했으니 실패했죠. 친한 동료 하나 없는 이곳에서 학교의 권위에 맞서 싸우기도 무서웠을 거구요. 아이들한테도, 교사들한테도 지지를 못 받고 몇 년을 그렇게 지냈죠. 처음에야 견뎠겠지만, 계속 사람들한테 무시당하면 어떤가요? 저는 올해 현석 샘이 그동안 쌓였던 분노를 폭발시킨 거라고 생각해요.”

“네, 선생님 말이 모두 맞다고 쳐요. 솔직히 저도 어느 정도 그런 생각은 했습니다만, 이렇게 직접 말로 들으니 기분이 좋진 않네요. 네, 맞습니다. 인정투쟁에서 말하는 이론대로, 제가 그렇게 흘러갔더라구요. 돌이켜 보니 그렇습니다. 하지만 저는 항상 열심히는 했어요. 나쁜 의도도 없었고, 오히려 저는 늘 열심히 사는 교사였습니다. 실패할 줄 알고 가는 사람이 어디 있겠어요? 그래도 저는 여기 나왔잖아요. 나와서 같이 공부하고 다시 한 번, 또 시작해 보겠다고 이렇게 하고 있는데, 그렇게까지 얘기하시는 이유가 뭡니까? 저는 이 선생님이 무엇 때문에 포기하지 않았는지, 그걸 여쭤봤잖아요?”

“기분 나쁘게 하려는 건 아니었어요, 한번쯤 현석 샘이 실패한 원인이 뭘까 정확한 말로 짚어드리는 게 좋겠다고 생각했어요. 기분 나쁘셨다면 죄송해요."

"아니, 뭐 괜찮습니다. 필요하다고 생각하니 말씀하셨겠죠."

"현석 샘, 이 모든 게 하나의 이야기라면 어떨까요? 짧은 소설 말이에요. 현석 샘이 교직 사회에 서서히 젖어 드는 자신이 불안해서 굳이 힘든 지역으로 옮겨가고, 고립되고, 아이들한테 거부당하고, 결국 센 척하는 아이의 희생양이 되어 나락으로 떨어지는 한편의 비극 말이죠. 이 이야기의 결말은 어떨까요?"

"네? 그게 뜬금없이 무슨……."

현석은 흔들리면서도, 어렴풋이 이 선생의 말을 이해하기 시작했다.

"저는 학급이 하나의 이야기를 가진다고 봐요. 하나의 학교도 하나의 이야기를 가지고 있구요. 사실 한 사람의 인생도 긴 이야기로 볼 수 있잖아요. 아이들은 늘 자신들의 결말이 실패일 거라 생각해요. '샘, 우리 반 개판이에요, 우리 반은 안 돼요.' 애들은 낄낄거리면서 자신들이 실패할 거라 주문을 외워요. 아마 현석 샘 학교 아이들은 더하겠죠. 하지만 비슷해요. 저는 교사가 아이들의 이야기를 바꿔 줘야 한다고 생각해요. 폭력과 실패로 가득한 이야기가 아니라, 평화로운, 적어도 평화를 위해 우리가 이만큼 노력했어, 라는 이야기로요. 그러자면 교사는 이야기를 만드는 능력이 있어야 해요."

"그게 선생님이 도망치지 않은 이유와 관계가 있다는 말인가요?"

"교사가 계속 이야기를 만들 수 있는 한 실패도 실패가 아닌 게 돼요. 평화라는 끈을 놓지만 않는다면 비극으로 끝나는 이야기도 실패는 아니죠. 그러면 다시 일어설 수 있으니까요. 우리는 나무를 보다가 숲을 보잖아요. 그러다 다시 나무들 속으로 들어가기도 하구요. 교사는 연극 속의 배우도 됐다가, 무대 밖으로 나와 연극을 지휘하기도 하고, 한편으로는 계속 평화의 이야기를 그리는 이야기꾼도 되어야 하죠. 일종의 1인 3역이랄까요?"

"설득력은 있습니다, 그런데 감은 잘 안 잡히네요."

"어차피 우린 안 될 거라는 아이들의 이야기는 단단한 것 같아도 사실 빈틈이 많아요. 교사가 그 빈틈을 평화의 이야기로 채워 넣어 아이들의 삶을 흔들어 주는 겁니다. 학급 평화를 위한 목표를 세우고 규칙을 만들고, 아이들 사이의 관계를 관찰하고 분석해서 교사의 뜻에 함께할 수 있는 그룹을 찾구요. 처음에는 학급을, 그리고 학년을, 가능하다면 학교를 바꿔 보는 거예요. 그러자면 현석 샘과 함께 할 수 있는 동료 교사도 찾아야겠죠."

"그럼, 제 이야기의 1막은 여기서 비극으로 끝났고, 2막은 이제 제가 평화의 이야기꾼이 되어 다시 시작되는 건가요?"

"그렇죠, 현석 샘. 2막을 웅장하게 열어 주세요. 현석 샘이 앞으로 써 나갈 이야기가 1막의 의미를 반대로 바꿔 줄 겁니다. 기대가 돼요. 현석 샘처럼 고집 세고 지는 걸 싫어하는 비극의 주인공이 어떤 이야기를 써 나갈지 말이죠."

현석은 끈질기게 자신의 실패를 곱씹었다. 이대로 이야기를 끝내고 싶지는 않았다. 어차피 뭘 해도 실패할 거라 믿는 아이들의 이야기를 바꿔 주고 싶었다. 현석은 새로운 계획을 세우기로 했다. 자신이 일 년간 실패한 경험을 글로 써 보기로 했고, 내년의 계획을 다른 선생님들과 나누기로 한 것이다.

탄생부터 죽음까지 인생이 하나의 긴 이야기라면 학교는 일 년간의 짧은 이야기들이 이어지는 곳이다. 올해의 1막이 비극으로 끝났다면, 내년의 2막을 아이들의 삶을 뒤흔드는 웅장한 이야기로 만들기 위해 현석은 탄탄한 연출을 준비해야 할 터였다. 현석은 계속 이 학교에 남기로 했다.

남연우

잃어버린 이야기를 찾아서

신체적 장애를 가진 새내기 교사 서연.
희망에 부풀어 교단에 서지만 정작 그녀가 마주해야 했던 현실은,
가르치는 기쁨이나 사제 간의 정이 아니라, '학교폭력'이라는
어이없는 현실. 외면하면 따라오고, 권위를 내세우면 경쟁하듯
더 교활해지는 아이들. 감당하기 버거운 현실과 심각한 내상의
상처를 딛고 서연 샘은 기적 같은 평화를 이루어 낼 수 있을까.

잃어버린 이야기

1

공공기관에도 장애인 근로자가 있고, 일반 사기업에도 장애인 근로자가 있으며, 법조계에도 장애인 판·검사, 변호사들이 있는데 유난히 장애인을 찾아보기 힘든 곳이 바로 학교 교단이다.

아이들은 친구들의 사소한 실수에도 "애자야~"라거나 "하하! 병신 새끼, 애자냐?"라는 말로 놀려대는 일이 다반사다. 의도적인 비아냥거림이든, 무심결에 자신도 모르게 나오는 말이든 간에 이런 표현이 거리낌 없이 사용되는 문화 속에서 아이들은 비장애인들의 실수를 장애인에 빗대어 대놓고 놀려대고 자신도 모르는 사이에 장애인에 대한 편견을 쌓아간다. 장애인인데, 어떻게 선생님이 되었느냐고 신기하다는 듯이 묻던 초등학교 5학년 병선이. 그때 받은 충격은 시간이 꽤 흐른 지금까지도 가시지 않는다. 장애인에 대한 편견이 그 어린아이에게까지 뿌리를 내린 현실, 서연은 가슴이 아프다.

서연은 장애를 극복한 사람이 아닌, 장애인에 대한 편견을 이겨낸 사람으로 살고 싶었다. 그녀는 장애를 갖게 된 후에 단 한 번도 이 생각을 잊은 적이 없었다. 그것은 막연한 희망 사항이라기보다는 스스로 만들어 가고 싶은 삶에 대한 결연한 의지이기도 했다. 서연은 그런 꿈을 꾸며 교단에 섰다. 학교는 인간이 서로 배우며 성장하는 곳, 또한 교육은 서로의 마음이 만나 교감하는 일—그렇다면 학교는 다를 것이다, 최소한 학교만은.

그러나 서연이 꿈꾸며 만들어 가고 싶었던 이야기가 악몽으로 변한 것은 교단에 선 지 얼마 되지 않아서였다.

중학교 1학년은 국어 수업이 하루도 빠짐없이 일주일 내내 있다. 그래서 수업을 맡은 반 아이들과는 날마다 만나게 된다. 아이들을 예닐곱 번쯤 만났을 때니까 아마도 학기가 시작되고 한 주 반쯤 지난 때였을 것이다. 옆 반 근수가 서연을 보고 히죽히죽 웃으며 말했다.

"어, 팔등신 선생님이다."

'팔등신이라고? 내가 무슨 모델만큼 키가 큰 것도 아니고 몸매가 좋은 건 더더욱 아닌데, 왜 나보고 팔등신이라고 부르지?'

의아하던 서연은 친구 경아에게 학교에서 있었던 일을 이야기했다. 그러자 경아가 대뜸 말했다.

"바보야, 팔등신이 아니고 팔 '등신'이라고. 팔 병신, 니 왼쪽 팔."

그런 줄도 모르고 서연은 근수가 자신을 보고 팔등신 선생님이라고 불렀을 때, 근수의 의도를 알 수 없어 불편하면서도 때론 인정이라도 하는 듯 씨익 웃곤 했다. 눈썰미 있는 아이라면 오른손만 쓰는 서연의 불편함을 단번에 알아차리고도 남았을 것을, 어쩌자고 질정없이 웃어댔단 말인가. 서연은 자신이 한심하고 부끄러워 죽을 지경이었다.

다음 날, 근수가 또 서연을 보고 "팔등신 선생님이다!" 하고 말했을 때 서연은 애써 다정하게 물었다.

"근수야. 그런데 내가 왜 팔등신이야?"

근수는 아무렇지도 않다는 듯 시큰둥하게 말했다.

"그냥~ 샘, 기분 좋으라고 그런 건데요?"

"아, 그래? 그런데 선생님은 강서연이란 이름이 있잖아. 그냥 강서연 샘이나, 국어 샘이라고 불러 주면 좋겠는데……."

"네!"

근수는 유쾌하게 대답했다.

'그래……, 아니겠지. 경아가 과민반응한 걸 거야. 설마 그렇게까지 못된 아이들이 있을라고.'

서연은 한편으로는 외면하고 싶은 심정으로, 다른 한편으로는 아이들에 대한 믿음을 놓고 싶지 않으려는 조바심으로 고개를 저었다.

아직 완연한 봄이라고 하기에는 바람이 찼던 어느 날 아침, 학급함에 장애인의 날 안내 가정통신문이 들어 있었다. 장애인의 날을 맞아 '장애인차별금지법' 안내와 장애이해교육과 관련된 가정통신문이었다. 서연이 대부분의 사람들처럼 평범하게 살던 그때는 '장애인의 날'이라는 것이 있는 줄도 몰랐다. 그리고 자신의 몸이 불편하게 되고 난 다음에도 아주 오랫동안 그런 날에 대한 관심은 거의 없었다.

남들은 서연을 모두 장애인이라 말하며 불쌍하게 봤지만, 정작 서연은 자신의 삶이 즐겁고 행복했다. 왜냐하면 불편하고 느릴지언정 그들과 똑같이 학교에 다니며 공부하고, 연애하고, 어울리며 살았다. 똑같은, 아니 어쩌면 더 큰 사랑을 받았기 때문이다. 서연에게 그들은 '그들'이 아니라 '우리'였다. 그러면서 서연 자신도 장애인들을 '그들'이라 말했다. 사고 이후 병원에 다니며 정말 많은 장애인들을 만났지만 자신보다 심한 장애를 가진 그들을 서연은 자신과는 다른 존재라 생각했고, 바라보았다. 서연의 그런 생각은 비장애인들이 서연을 바라볼 때의 시선과 똑같은 것이었으리라. 대학교 1학년 때 같은 과 홍표가 군대 가기 전날 술에 취해 서연에게 이런 말을 했었다.

"서연아, 사실…… 나, 너 보면서 항상 불쌍하다고 생각했어. 근데 너랑 한 학기 같이 다니면서 우리랑 똑같다는 거 알게 됐다. 짜~식."

그때 서연은 몹시 불쾌했었다. 당시에는 그 불쾌함이 다였지만 그건 서연이 어려서 그렇게 느꼈을 뿐이라는 것을 돌이켜 생각하니 알 수 있었다. 또 서연은 그렇게 그녀 주변의 비장애인들에게 장애인에 대한 편견을 조금씩 깨뜨리며 살아왔음도 알게 되었다. 서연은 자신이 장애인이었음에도 장애인으로 취급돼 만만하게 보이는 것이 싫었고, 또 자신의 경솔한 언행으로 인해 장애인에 대해 어떤 편견이나 부정적인 이미지를 남기는 것도 용납할 수 없었다.

서연은 대체로 그녀의 주변 사람들이 아는 유일한 장애인이었다. 그런 그들에게 서연은 우리나라 장애인을 대표하는 1인이었을 것이고 그런 만큼 잘 살아야 한다는 책임감 같은 것이 서연에겐 있었다. 서연은 가정통신문을 계기로 수업에 들어가는 반마다 10분 남짓 '장애인에 대한 이해'를 주제로 이야기했다.

점심을 먹고 난 뒤에 이어지는 5교시엔 졸음을 못 이기는 아이들이 많다. 11반 아이들의 눈도 이미 반쯤 감겨 있었다. 아이들과 통신문을 가지고 이야기하고 있을 때, 교탁 앞에 앉은 수환이가 순진하고 걱정스런 얼굴로 이야기를 꺼냈다.

"선생님, 선생님보고 좀비 워킹이라고 부르는 것도 장애인 차별이죠?"

"응? 내가 좀비 워킹이라고? 누가 그래?"

"애들이요."

"애들 누구?"

"13반 재현이랑 선생님 반 안재민이요."

"그래? 근데 내가 왜 좀비 워킹이야?"

"좀비처럼 걷는다고요."

"……."

방망이로 머리를 세게 얻어맞은 듯했다. 서연은 머릿속이 하얘지고 심장은 두근거려 아무 말도 할 수가 없었다. 앞에서는 고분고분 말 잘 듣고 착한 아이들인 줄 알았는데, 뒤에서는 선생의 가장 아픈 상처를 화제 삼아 희롱하며 낄낄댔다는 말인가. 아무리 싸움의 법칙이라는 것이 상대의 가장 약한 부분을 공격하는 것이라지만, 서연은 충격과 배신감에 휘청거렸다.

다리가 후들거려 더 이상 서 있을 힘조차 없었다. 수업을 이어 나가야 하는데 아무것도 떠오르지 않았다. 남은 30여 분이 어떻게 흘러갔는지도 모르게 종이 쳤다. 서연은 도망치듯 교실을 빠져나와 교무실 한편에서 서럽게 울었다. 교직에 나오기 전 이런 일을 겪게 될 것이라고 충분히 예상하지 않았던가. 아무리 스스로를 진정시키려 해도 잘 되지 않았다. 분명 마음의 준비를 단단하게 했다고 생각했는데 막상 현실에서 마주하게 되니 그것은 생각보다 훨씬 더 감당하기 힘든 일이었다. 치밀어 오르는 분노와 업신여김당한 억울함이 마음을 마구 헤집어 놓았다.

10분이라는 짧은 시간에 그 복잡한 마음이 진정될 리야 없지만, 겨우 흐르는 눈물을 닦고 목소리를 가다듬어 마지막 수업에 들어갔다. 자신을 보고 좀비 워킹이라며 낄낄거리고 웃었을 재민이가 있는 담임 반이었다. 교실에 들어가 정리 정돈을 하고 아이들에게 서운한 마음을 털어놓았다.

"내 별명이 좀비 워킹이라면서요? 우리 반 친구들도 날보고 좀비 워킹이라고 부른다던데……."

무거운 화제에 교실은 쥐 죽은 듯 조용했다.

"그런데, 좀비 워킹이고 뭐고 다 괜찮은데……. 얘들아, 우리는 한 배를 탄 사람들이잖아. 죽어도 같이 죽고 살아도 같이 사는 1학년 9반 공동체잖아. 다른 반 아이들이 나보고 좀비 워킹이라고 하는 거…… 괜찮아요. 하지만 우리는 그러면 안 되는 거 아닌가? 누가 나한테 여러분들 욕하고 모함하면 난 아니라고 대신해서 싸워 줄 수 있는데, 여러분들은 그들과 한편이 되어 나를 놀리고 욕했다는 게 참 슬프네."

또 눈물이 핑 돌았다. 말을 더 이상 이어 나갈 수도, 아이들 앞에서 눈물을 흘릴 수도 없어 고개를 돌리고 말았다.

"선생님, 울지 마세요."

위로하는 아이들의 목소리가 들렸다.

2

며칠이나 지났을까. 좀비 워킹이 머릿속에서 떠나지도 않고 그렇다고 딱히 뾰족한 수도 떠오르지 않아 좌절도 극복도 아닌 우울한 기분으로 멍하게 하루하루를 보내고 있을 때였다. 수도원에 사는 작은 오빠에게서 전화가 왔다. 잘 지냈냐는 안부 전화. 목소리가 안 좋은 것 같다며 걱정하는 오빠에게 그간의 일을 털어놓았다.

"오빠, 나 너무 힘들어. 마음이 잡히지가 않아. 어떻게 하지?"

또다시 눈물이 났다. 전화기를 붙잡고 한참을 펑펑 울었다.

"서연아. 한두 번 겪은 일도 아닌데 뭘 그렇게 서럽게 울어?"

그래…… 맞다. 한두 번 겪은 일도 아니었다. 그녀의 몸이 불편해서 받아야 했던 상처. 부당한 거절. 불합리한 대우.

"서연아, 다 알고 있었잖아. 이런 일이 일어날 거라는 거. 아이들이 너를 놀려댈 거라는 거. 생각보다 일찍 일어난 것뿐이야. 그리고 너…… 살면서 이런 일 계속 겪게 될 텐데 그때마다 이렇게 힘들어하고 울고 상처받을 거야? 평생 그럴 수는 없잖아. 어차피 니가 평생 감당하고 살아가야 하는 문제야. 그냥 쿨하게 받아들이고 인정해! '피할 수 없다면 즐기라'는 말도 있잖아. 즐길 수야 없겠지만 인정할 수는 있지 않아? 또 인정하지 않는다고 다른 뾰족한 수가 생기는 것도 아니고."

"어떻게 인정해? 바보처럼 당하고만 있으라고? 친구도 아니고 제자들한테?"

"서연아, 그건 당하는 게 아니야. 지금처럼 네가 힘들어하고 상처받아야 당하는 거지. 모든 걸 인정하고 받아들이면 아이들이 너한테 당하는 거고 네가 이기는 거야. 오빠가 항상 이야기하잖아. 뭐든 일단 결심하고 나면 그다음은 쉬워진다고."

"그래, 오빠는 항상 머리로는 잘 알지. 가슴이 움직이지 않아서 문제지."

"쉽지 않을 거란 거, 오빠도 잘 알아. 그래도 그동안 잘해 왔잖아. 할 수 있어, 내 동생! 잊지 마. 네가 결심하고 나면 그다음은 정말 쉬울 거야. 내 동생 강서연, 파이팅!"

"몰라. 노력은 해 볼게. 그리고 엄마한텐 얘기하지 마. 속상해하시니깐."

"그래, 기도할게. 힘내고."

오빠의 말 한마디에 가뿐히 해결되고 마음에 결심이 설 것 같으면 얼마나 좋을까? 수도자이면서 성직자로 사는 서연의 오빠가 제시하는 해결책은 늘 어려웠다.

'오빤 수도원에 사는 사람이니까. 밥 먹고 하는 일이 기도하고 자기 수양하는 거니까 말이 쉽지. 하지만 난 달라. 그걸 어떻게 인정해?'

하지만 서연의 마음속에선 또 다른 목소리도 들려왔다.

'그럼 어떡해? 인정하지 않으면 그럼 어떻게 할 건데? 다른 선택이 있는 것도 아니잖아. 그냥 인정해? 오빠 말을 들어? 아, 몰라, 몰라.'

고민과 갈등의 연속이던 날들. 드디어 서연은 작전을 바꾸기로 했다. 수업 시간에 서연 스스로가 아이들에게 '내 별명이 좀비 워킹'이라고 인정하기로 결심한 것이다. 물론 쉽지 않았다. 하지만 계속 상처받고 그때마다 우는 것보다는 인정하고 툴툴 털어버리는 편이 덜 아프겠다 싶었다. 넘어져 그 자리에 엎드려 울고만 있는 것보다는 다시 일어나 걷는 것이 더 쉬웠다던 어느 교수님의 말처럼 서연은 다시 일어나야 했고 계속해서 걸어야 했다.

정말 그랬다. '좀비 워킹'은 그 이상도 그 이하도 아닌, 말 그 자체일 뿐이었다. 인정하고 나니 정말 아무것도 아닌 일처럼 여겨졌다. 그녀가 인정을 한다는 것은 아이들이 놀려도 아무런 반응을 하지 않는 것이었다. 물론 그 말에 흔들리지도, 상처받지도 않아야 했다.

스승의 날 아침, 교문 앞에는 각 반 반장들이 출근하는 선생님들에게 감사 인사를 전하는 피켓을 들고 줄지어 서 있었다. 그 무리들 중에 근수도 있었다. 서연을 본 근수는 한 발짝 걸어 나와 얼굴을 들이밀며 놀려댔다.

"우~ 좀비 워킹. 좀비 워킹!"

약을 바짝바짝 올리려는 듯 계속 따라오며 놀려댔다. 하지만 서연은 예전의 서연이 아니다. 아파했던 시간만큼 인정하기로 작정한 그녀의 결심은 단단했고 흔들림이 없었다. 근수에게 서연은 눈길을 한 번 주었을 뿐 화가 나지도 슬프지도 서운하지도 않았다. 그것은 그녀가 이미 스스로를 좀비 워킹이라고 인정한 데서 오는 너그러움 같은 것이었다. 이미 결심하고 나면 그다음은 쉬워질 거라던 오빠 말이 거짓말처럼 기적을 낳은 것이다.

그렇게 며칠이 지났을까. 아무리 놀려대도 반응을 보이지 않자 근수는 작전을 바꿨다. 복도에서 서연을 발견한 근수는 걸음을 빨리해서 서연을 따라잡았다. 그리고 서연을 앞지르는 지점부터 서연을 따라 '똑같이' 걷기 시작했다. 자신과 똑같이 걷는 근수를 보자 서연은 그 아이가 무서웠다. 이제 고작 열네 살이건만, 더 이상 근수가 아이로 느껴지지 않았다.

'어떤 마음이어야 저런 행동을 할 수 있을까? 악마 같아.'

서연은 근수가 도저히 이해되지 않았다. 서연의 걸음걸이는 얼핏 보면 단순하게 절뚝대는 것 같지만, 유심히 관찰하면 절뚝대는 것이 아니다. 발을 들어 올릴 때 무릎은 바깥쪽으로 벌어지고 발은 안쪽으로 굽어졌다가 바닥에 디딜 때는 뒤꿈치가 아닌 발가락이 먼저 땅에 닿는, 그런 걸음걸이였다. 근수는 그런 서연의 걸음걸이를 자세하게 관찰하고 나서, 똑같이 흉내 내어 걸은 것이리라. 마음 같아서는 앞서가는 근수를 불러 세워 호통이라도 치고 싶었지만 그럴 용기가 나지 않았다.

'그래, 마음껏 놀려대렴. 난 점점 더 강해질 테니.'

서연은 이를 악물었다. 인정하는 순간 그녀 스스로 강철이 되어가고 있다고 믿었다. 자신들이 거는 게임에 쉽사리 걸려들지 않는 서연의 반응에 더 이상 재미가 없었던지, 아이들은 또 다른 별명을 붙였다.

"선생님, 애들이 선생님보고 워킹 데드래요."

"왜?"

"선생님 왼쪽 발 질질 끌고 다닌다구요."

"나, 다리 안 끌고 다니는데?"

"애들이 그랬어요."

서연은 자신도 모르게 일단 자기방어를 했지만, 소용없는 일이라는 것을 곧 알아차렸다.

'침착하자, 강서연. 좀비 워킹이나 워킹 데드나 뭐가 달라. 똑같은 거야. 쿨하게 인정해!'

마음을 다잡은 서연은 짐짓 아무렇지도 않은 듯 시큰둥하게 대꾸했다.

"그래?"

아이들의 눈은 참으로 예리하다. 예쁘게 걸어야지 다짐하다가도 피곤하고 지치면 서연은 자신도 모르게 정말 왼쪽 다리를 질질 끌고 다니는 버릇이 있었다. 하지만 분명한 건, 이제 서연은 아이들의 그런 놀림에 "그래?" 하고 넘어갈 수 있게 되었다는 것이다.

돌이켜 생각해 보니, 아이들을 전혀 이해할 수 없는 것도 아니었다. 나중에 알게 된 사실이지만, 아이들은 무료하고 심심한 일상 속에서 끊임없이 놀이를 추구한다. 물론 그 놀이에는 대상도 필요하고 재미도 있어야 한다. 문제는 재미본능을 자극하는 그 놀이가 요즘 아이들에게는 폭력의 형태로 나타난다는 것이다. 또 아이들이 추구하는 재미본능은 맹목적이다. 그것이 타인에게 어떤 상처를 주는지, 도덕적으로 그것이 얼마나 잘못된 행동인지는 전혀 상관하지 않는다.

근수도, 재민이도, 재현이도, 그 누구도 처음부터 서연을 괴롭히려는 목적으로 그런 게임을 시작한 것은 아닐 것이다. 그러나 반복되는 놀이 속에서 자신들이 해서는 안 될 짓을 했다는 도덕적 자각을 했더라도 이미 돌이킬 수 없을 정도로 게임에 길들여진 상태였을지도 모른다. 도덕적으로 무기력해져 버렸을 수도 있다는 말이다. 이른 아침부터 자신들을 가두는 학교. 정해진 시간, 정해진 장소 안에서만 제한적으로 움직여야 하는 그곳에서 학교가 가하는 무언의 폭력에 그들이 대응하는 방식이란, 그것이 놀이처럼 행해진다고 하더라도 어쩌면 폭력을 예비하고 있는 것인지도 모른다. 하지만 놀이로 위장된 그들의 폭력은 더 이상 놀이가 아님을, 또 그것이 타인에 대한 폭력으로 이루어졌다는 것을, 그래서 그들이 하는 놀이는 범죄라는 것을 그들은 알고 있을까?

서연은 스스로를 위안했다. 그래야 그런 상황이 아이들에 대한 원망과 분노로 이어지는 것을 막을 수 있을 것 같았기 때문이다. 아이들이라서, 몰라서 그랬을 뿐, 그 아이들도 모두 우리 교육의 피해자라고.

3

얼마 지나지 않아 근수의 폭력성이 드러나는 사건이 벌어졌다. 근수는 반에서 절대 권력을 휘두르고 있었다. 같은 반 태호는 그런 근수가 못마땅했던 것. 그러기에 근수가 하는 말에 딴죽을 걸거나 입바른 소리를 했단다. 공부는 잘하지만 말을 더듬고 고릴라를 닮은 태호는 반에서 철저하게 홀로 근수에게 맞서고 있었다. 물론 침묵으로 근수에게 저항하는 소극적인 아이들도 있었지만 태호는 그들보다 훨씬 더 적극적으로 근수에게 대항하고 있었다. 아이들 표현에 의하면 겁대가리 없이 나대는 아이가 태호였다. 그날도 괜히 시비를 거는 근수에게 태호는 있는 힘을 다해 소리쳤다.

"씨발! 한 번만 더 나, 나, 나한테 시비 털면 주, 주, 죽여 버릴 거야!"

태호는 두 주먹을 불끈 쥐고 목에 핏대를 세워가며 소리쳤다.

"아~유, 이 좆만 한 새끼가 뭐래는 거야? 죽고 싶어 환장했냐? 씨발놈아.”

“씨발! 이 개새끼야, 건드리지 말랬지! 내, 내, 내가 너, 너보다 키, 키도 크고 힘도 더, 더, 더 세거든!”

“아~ 이 씨발놈이 오늘 또 열 받게 하네. 야! 니들 교실에서 다 나가. 내가 오늘 이 새끼 아주 묻어 버린다.”

근수는 교실에 있던 아이들을 모두 내쫓고 앞, 뒷문을 걸어 잠갔다. 그 후의 상황은 굳이 말하지 않아도 뻔한 것이었다. 내쫓긴 아이들의 말을 듣고 몇몇 교사들이 교실로 달려갔을 때 태호는 이미 피투성이가 되어 울고 있었다. 친구를 가둬 놓고 때리겠다는 발상 자체가 서연에게는 충격이었다. 근수의 폭력은 그뿐이 아니었다.

2학기가 막 시작되었을 무렵 근수가 다른 반 영호를 화장실에서 괴롭히며 모욕감을 준 사건도 있었다. 영호는 평소 말수가 적고 피부가 하얀 아이였는데, 어쩌다 말을 할 경우 말투가 좀 투박하고 다른 사람에 대한 배려 없이 함부로 말하는 듯한 인상을 주어 아이들의 분노를 사는 경우가 더러 있긴 했다.

그런데 근수가 영호를 괴롭힌 이유는 자신에게 인사를 하지 않았다는, 좀 생뚱맞은 이유였다. 동급생끼리 인사라니……. 근수는 머리 숙여 인사하라는 요구에 영호가 응하지 않아 화가 나던 차에 영호를 화장실에서 만난 것이다. 그때 화장실에는 다른 아이들도 있었지만 근수는 무언의 압박으로 다른 학생들을 내쫓고 화장실 문을 걸어 잠갔다. 그러고는 영호에게 바지를 벗으라고 했다. 싸울 줄 몰랐던 영호는 화장실에 갇히자 도저히 저항할 수 없어 조용히 바지를 벗었다고 한다. 그 상태로 근수는 자신에게 90°로 허리를 숙이고

"안녕하세요" 인사를 하라고 시켰고 겁에 질린 영호는 그대로 했다. 그것도 모자라 근수는 팬티만 입은 영호를 자신의 가랑이 사이로 기어서 지나가라고 요구했다. 영호가 얼마나 치욕스럽고 견디기 힘들었을까.

그런 근수가 서연에게 팔등신 선생님이니, 좀비 워킹이니 놀리는 것은 일도 아니었을지 모른다. 누가 근수를 그렇게도 끔찍하고 무서운 아이로 만들었을까? 그런 근수를 서연은 무작정 나쁜 아이로만 생각했다. 다른 사람의 아픔에 전혀 공감도, 이해도 하지 못하는 반사회적 인격 장애를 가진 아이라고 말이다. 그러나 시간이 지나면서 서연은 그런 근수 역시 우리 사회의 잔인한 폭력 구조에 놓여 악을 습득한 희생자일 수 있다는 생각이 들었다. 수단과 목적이 전도된 이기적인 사회에서 아이들만은 순수하길, 평화롭길 바라는 것은 어른들의 지나친 욕심과 착각일 뿐이다.

4

10반의 승욱이는 유머러스한 성격과 반듯한 이목구비, 적당한 학업 성적으로 인기가 많은 아이였다. 서연도 그런 승욱이가 싫지 않았다. 승욱이와의 관계가 나름 괜찮다고 생각하던 서연에게 언제부턴가 승욱이 슬금슬금 대들기 시작했다. 아마도 서연이 여러 아이들에게 깨지고 상처받는 일들이 계속되면서 승욱이도 그녀에게 '강펀치를 날려 볼까?' 하는 마음이 생긴 것이 아니었나 싶다.

승욱과 서연 사이에 크고 작은 갈등이 지속되던 날, 4교시 수업시간이었다. 안 그래도 점심시간을 앞두고 아이들의 엉덩이가 들썩

들썩하며 어수선하던 중에 교실 어딘가에서 탄내가 나기 시작했다.

"얘들아, 어디서 탄내 안 나니?"

그때 맨 뒷자리에서 의자를 멀찌감치 빼고 앉은 승욱이가 한쪽 다리를 방정맞게 떨면서 당당하게 얘기했다.

"아~ 그거요? 제가 지금 담배 피는 거예요!"

"뭐?"

"제가 담배가 피고 싶어서요. 종이를 말아서 담배 피웠어요."

놀란 서연이 승욱의 자리로 가니, 타다 만 종이가 교실 바닥에 재와 함께 뒹굴고 있었다.

'침착하게 대처하자, 강서연.'

서연은 속으로 스스로를 타이르면서 태연하고 무심하게 얘기했다.

"이승욱, 수업 시간에 불장난했네? 벌점 10점. 그리고 라이터도 소지하고 있었던 거지? 벌점 10점. 총 20점."

서연은 승욱에게 화를 내지도 않았고 가르치려 하지도 않았다. 그런데 갑자기 승욱이가 일어나 두 주먹을 불끈 쥐며 소리쳤다.

"아, 씨발! 왜 나한테 벌점 주고 지랄이야!"

서연은 승욱을 보고 똑똑히 말했다.

"그건 벌점 항목에 있는 내용이야. 너도 알잖아!"

하지만 승욱이는 더 길길이 날뛰며 말했다.

"씨발! 지랄하지 말라고!"

승욱이는 분이 풀리지 않는 듯, 있는 힘을 다해 교실 문을 연거푸 발로 걷어찼다. 문이 부서지지 않은 것이 신기할 정도였다. 아이들이 숨을 죽인 채 모든 상황을 지켜보고 있었다.

'이 아이를, 이 상황을 어떻게 하지?'

고민하는 사이 종이 쳤고 서연은 겨우 말했다.

"이승욱, 교무실로 와."

승욱이가 오지 않을 것을 서연은 알고 있었다. 하지만 그 상황을 고스란히 지켜본 아이들이 있었기에 서연은 승욱을 지도하는 척이라도 해야 했다. 서연은 교실에서 승욱이를 지도하려 했다가는 흥분한 승욱에게 맞을 수도 있겠다는 두려움이 엄습했다. 그래서 도망치듯 교실을 빠져나왔고, 교실을 벗어나는 서연의 뒤통수에 대고 승욱은 목청껏 소리쳤다.

"강서연, 이 개새끼! 씨발년아!"

이미 복도에는 많은 아이들이 있었고, 승욱이의 욕설은 복도를 타고 울려 퍼졌다. 당연히 복도 끝 교무실에도 생생하게 들렸다. 서연이 교무실에 들어섰을 때, 그 욕설을 생생하게 들은 선생님들이 물었다.

"왜 그래? 강 선생, 무슨 일이야?"

서연은 상황을 설명했지만 돌아오는 반응은 답답했다.

"재, 원래 그런 애야. 너무 상처받지 마."

게다가 50대 선생님 한 분도 말하길,

"재, 나한테도 저러는데, 강 선생한테야 더 쉽지!"

이것이 위로인가. 주변의 반응은 '재수 없게 미친개한테 물렸다'는 식이었다. 차라리 진짜로 미친개한테 물린 것이라면 좋겠다. 승욱의 욕설은 이제껏 거친 말을 입에 담지 않고 살아온 서연에겐 충격이었고 가르치는 학생한테서 들은 최고의 모욕이자 상처였다. 물론 그것은 서연 혼자서 감당해야 하는 몫이기도 했다. 주변의 위로는 더 이상 위로가 아니었고, 공문 처리만으로도 허덕이는 생활지도부에서는 징계는커녕 '어떻게 했기에 애한테 그런 말을 듣나?'는 식의 반응이었다.

5

의준이는 서연의 반에서 제일 센 아이였다. 쪼그만 녀석이 새카만 눈으로 사람을 노려볼 땐 도무지 겁이라는 게 없어 보였다. 사실 학기 초부터 서연은 의준이 눈치를 보기도 했다. 농담을 해도 웃지 않고 자신의 어떤 제안에도 또박또박 딴죽을 거는, 쉽지 않은 아이였다.

2학기 중간고사가 끝나고 아이들이 자신의 본색을 서서히 드러낼 무렵, 수업 중 의준이가 없어졌다. 소위 논다는 아이들이 무단결과를 밥 먹듯이 하던 때였다.

"의준이 어디 갔니? 교실에 숨어 있으면 어서 나와라. 지금 안 나오면 무단결과 처리한다."

얼마가 지났을까. 반 아이들도 의준이가 교실에 없음을 인정했고 서연은 의준을 원칙대로 처리한 후 수업을 이어 나갔다. 그런데 종례 시간에 의준이가 씩씩거리며 따졌다.

"저 교실에 있었어요. 숨어 있었다구요."

"의준아, 교실에 없었잖아. 거짓말하지 마."

"선생님, 제가 나가는 거 보셨어요? 선생님 왼쪽 눈 안 보이잖아요. 선생님 제가 나가는 거 봤냐구요!"

의준이는 목에 핏대를 세우며 악을 쓰기 시작했다. 그렇다. 서연은 왼쪽 눈의 시야가 좁아 왼쪽으로 나 있는 출입문이 잘 보이지 않는다. 소리에만 의지해 출입문을 확인할 뿐 살금살금 기어 교실을 빠져나가는 아이들까지 확인할 재주가 서연에게는 없었다. 눈이 보이지 않아 아이들 관리가 되지 않는다는 의준의 말에 서연은 무력함을 느꼈다. 의준이에게 교실에 없었다는 말만 되풀이할 뿐이었다.

의준이의 공격은 계속해서 이어졌고, 대체로 서연은 힘없이 당하거나 교사라는 권위로 눌렀다. 그러면 그럴수록 서연은 작아졌고 그럴 때마다 자신이 교사라는 게 한심하게 느껴졌다. 물론 의준이는 잡히지도 눌리지도 않았다. 서연의 꼴만 우스워질 뿐.

2학기 기말고사를 앞두고 진도 나가느라 정신없이 바쁘던 날. 앞뒤로 앉은 수현이와 의준이는 쉬는 시간을 방불케 하는 거친 장난을 계속해서 해댔다.

"수현아, 바로 앉아서 책 봐야지. 의준이도 수현이한테 장난 걸지 말고 똑바로 하자."

수업을 진행하지 못할 만큼 둘의 장난은 이미 도를 넘어 서연이 인내심에 한계를 느꼈을 때, 서연은 말을 하지 말았어야 했는지도 모른다. 스스로가 이미 한계를 느끼고 있었으니 말이다. 하지만 결국 서연은 소리를 지르고 말았다.

"의준아, 수현아, 똑바로 앉으라는데 말 못 알아듣니?"

서연의 목소리에는 감정이 가득했다. 순간, 의준이가 앞에 앉은 수현이를 장난치듯 때리며 하는 말.

"이 장애인 새끼야, 똑바로 하라잖아! 이 병신, 장애인 새끼야, 똑바로 하라고!"

의준이가 수현이에게 한 말이었지만 그건 누가 보아도 서연이 들으라고, 서연을 겨냥한 말이었음이 분명했다. 서연뿐만이 아니라 교실에 있는 모든 아이들이 의준의 의도를 알아차렸다. 어수선하고 시끄러웠던 교실이 일시에 쥐 죽은 듯 조용해졌다. 다른 아이들은 서연의 반응을 주시하며 지켜보고 있었다. 서연은 모욕감을 감출 수 없었다. 그럼에도 모르는 척, 수업을 이어 나갔다. 의준이는 그렇게 서연을 공격한 것이 속 시원했는지 더 이상 수업을 방해하지 않았다. 서연은 비겁한 자신의 '모르는 척'이 상처받지 않기 위한 자기방어라고 스스로를 위로했지만 깊은 곳부터 곪아가는 줄은 모르고 있었다. 시간은 흐르고 종이 울렸다. 다음 수업이 없어 서연은 눈이 시뻘게질 때까지 울었지만 쉽사리 진정되지 않았다. 다음 교시가 한창 진행 중일 때 그녀는 교실로 올라가 수현을 불렀다.

"수현아, 선생님이 수현이 왜 불렀는지 알아?"

"네……."

수현이는 복도 창틀에 고개를 처박고 서연을 쳐다보지 못했다.

"선생님은 저번 시간에 의준이가 수현이한테 한 말…… 선생님 들으라고 한 말처럼 들렸는데, 수현이 생각은 어때?"

"죄송합니다……."

"수현이도 그렇게 느꼈어?"

아무 말도 못 하고 고개만 떨구는 수현의 반응에 더 맥이 빠지고 가슴이 쿵쾅쿵쾅 뛰었다. 수현이는 아니라고도 말 못 하고 그렇다고도 말 못 했다. 그 이유를 서연은 안다.

서연은 눈물을 참을 수가 없었다. 이 일을 계속할 수 있을까? 평생 선생으로 살 수 있을까? 회의감을 넘어서 두려움이 엄습해 왔다. 그것은 인정하고 안 하고의 문제가 아니었다. 멈추게 해야 했다. 아이들의 폭력성을. 그것이 누구를 겨냥한 것이든 무조건 멈추게 해야 하는 것이다. 하지만 그녀에게는 그럴 힘이 없었다. 능력도 없었다. 자신을 향하는 아이들의 공격을 인정한다 해도 출구가 필요했다. 하지만 그녀가 하소연하고 물을 수 있는 곳이 없었다. 젊은 여교사들이 함께 상처받은 것을 토로하고 수다를 떠는 자리는 많았다. 하지만 남들과 다른 그녀는 물을 곳도 수다를 떨 곳도 없었다. 누구에게도 자신의 아픔과 약점을 말할 수 없었다. 그들이 언젠가 다시 자신에게 그 약점을 가지고 공격해 올 것이라 생각했기 때문이다. 서연의 가슴에 상처는 쌓여만 갔다.

아…… 어쩌자고…… 이 아이들을 데리고…… 어떻게 하자고…… 어떻게 해야 하냐고…… 길을 묻고 싶었다. 서연은 종이 위에 마음을 써 내려갔다.

길을 묻다

길을 묻습니다.
막막함 속에 길을 묻습니다.

모르고 시작한 것도 아니면서

상처받을 각오 되어 있다, 당당하게 말했으면서
끝없는 나락으로 떨어지고 있는 것은
나의 나약함 때문입니까,
그들의 잔인함 때문입니까.
그들을 내 사람으로 만들지 못하고
나를 향해 욕설과 놀림을 퍼붓는 것을 지켜볼 수밖에 없는 것은
나의 무능함 때문입니까,
그들의 사악함 때문입니까.

참으로 아픕니다.
그들에게 상처 주지 않는 좋은 모습을 보여 주겠노라 다짐하고
또 노력하고 있습니다.
그러는 사이
그들에게서 받는 내 마음의 상처는
나를 휘청거리게 만듭니다.

나는 어찌해야 합니까,
그들을 어떻게 대해야 합니까,
또 나를 어떻게 보듬어야 합니까.

그저
참아야 하는 겁니까.
몸이 안 좋은 내가, 불편한 내가 마냥…… 참아야 하는 겁니까.

어찌해야 합니까.
막막함 속에 길을 묻습니다.

서연은 자신이 써 놓은 글을 읽고 또 읽었다.

잃어버린 이야기를 찾아서

1

서연은 괴로웠다. 그리고 생각하고 또 고민했다.

'왜 아이들이 나를 이렇게도 괴롭히는 걸까? 내가 초임 교사라서? 내가 젊은 여자라서? 그래도 나는 선생인데? 아무리 요즘 아이들이 예의가 없다고 하더라도 선생님을 이렇게 죽어라 괴롭히면 안 되는 거 아닌가? 아이들은 무서운 선생님의 말은 잘 듣는데, 나는 아이들한테 욕도 안 하고 때리지도 않는 너무 순한 교사라서 그런가? 내가 아이들 앞에서 너무 웃었나? 그래서 만만하게 보인 걸까? 그러면 앞으로 어떻게 해야 하지? 아이들 앞에서는 웃지도 말고 친절하게 대하지도 말아야 하나? 아니면 내가 장애인이라서 괴롭히나? 정말 그래서일까? 그게 다였을까? 그렇다면 내가 할 수 있는 게 하나도 없는데…….'

많은 생각이 머릿속을 헝클었다. 그렇게 며칠을 고민하고 괴로워하던 시간들. 도저히 탈출구가 보이지 않고, 서연을 구해 줄 동아줄도 내려오지 않아 절망스러운 시간이 계속되었다. 동료 선생님들과는 나누기 힘든 고민, 교직에 있지 않은 친구들에게 털어놓으면 언제나 믿을 수 없다는 반응뿐이었다.

"말도 안 돼! 무슨 헐리우드 영화 찍어? 우리나라 학교에서 그런 일이 어떻게 벌어질 수 있어?"

그 어디에도 답은 없었기에 서연은 물에 빠진 사람이 지푸라기라도 잡는 심정으로 학교폭력에 대한 정보를 얻으려 인터넷 사이트를 뒤져 책 한 권을 찾아냈다. 《이 선생의 학교폭력 평정기》. 자신에게 일어난 이 믿을 수 없는 일이 어쩌면 이 책 속에서도 펼쳐지고 있을지 모른다는 막연한 기대감, 그렇다면 해결책도 나와 있으리라는 실낱 같은 희망을 걸고 그녀는 그날로 서점으로 갔다.

책을 구입하고는 빠져들어 가듯 앉은 자리에서 단숨에 책을 읽어 내려갔다. 서연은 글들 중에서 마지막에 있는 '나이팅게일의 일기'를 읽고 감동을 받았을 뿐만 아니라 자신도 그 글의 주인공인 이경원 선생처럼 당당하게 학생들의 폭력성에 맞서면서 학교폭력 문제를 근본적으로 해결해 나가는 멋진 선생님이 되고 싶다는 간절한 소망이 생겨났다. 이경원 선생을 만나서 자신의 고민을 이야기하면 자신의 문제를 해결할 수 있는 길이 열리지 않을까 하는 생각도 들었다.

서연은 출판사를 통해 이경원 선생의 연락처를 알아내고 당장 만나고 싶다고 일방적으로 요청했다. 그만큼 급했고 간절했다. 그 마음이 전해졌는지, 서연의 요청에 이경원 선생은 머뭇거림 없이 만나자고 했다.

다음 날 서연이 만난 이경원 선생은 과연 학교폭력의 전문가라고 해도 될 만큼 아이들의 심리와 폭력적인 학교 문화, 그리고 그 갈등의 해결 방안에 대해서 오랜 시간 고민하고 연구한 모습이 역력했다. 아이들의 속내를 도대체 알 수 없었던 서연은 이경원 선생과 많은 고민을 나누었다.

“선생님, 아이들이 왜 유독 저를 그렇게 괴롭힐까요? 저는 정말 이해가 안 돼요. 교사라는 이 일을 계속할 수 있을지 자신도 없고요. 제가 아이들한테 이렇게 무시당하려고 햇빛도 못 보고 깜깜한 독서실에 처박혀서 임용고사를 준비했나 싶은 게 정말 답답하고 막막해요. 저 어떻게 하죠?”

“아이고, 선생님, 많이 힘들었겠어요. 첫해는 원래 누구나 다 힘들어요. 애들이 선생님만 괴롭히는 것 같죠? 그렇지 않아요. 아이들은 그 대상이 누구건 자기보다 약하다 싶으면, 또 누군가의 약점을 알아차리면 철저하게 괴롭혀요. 그게 센 척하는 아이들의 심리에요.”

“센 척이요?”

“네. 센 척이요. 아이들은 타인에게 인정받으려고 센 척을 해요. 마치 경쟁이라도 하듯이요. 대부분의 센 척은 폭력성으로 나타나죠. 그런 아이들의 폭력성은 또래 친구들만을 대상으로 하진 않아요. 당연히 교사도 그 대상에 포함되죠. 아이들은 교실 안의 모든 것에 폭력을 행사해요. 그리고 그 센 척의 이면에는 보여 주기가 있죠.”

“뭘 누구에게 보여 준다는 거예요?”

“친구들에게 자신의 힘을 보여 주는 거죠. 음…… 이를테면 이런 거죠. ‘나는 선생님도 괴롭힐 수 있는 사람이야. 그러니까 너네는 내 말 잘 들어’ 또는 ‘부럽지? 너네가 못 하는 거 내가 다 해 줄게. 난 영웅이니까’ 이런 심리가 센 척하는 아이들의 내면에 공통적으로 자리하고 있어요. 관객이 없다면 굳이 힘들여 가며 센 척할 필요가 없는 거죠. 아이들이 선생님을 놀리는 건 그 자체가 목적이 아니에요. 센 척하기 위한 수단인 거죠. 교사와 아이들 사이의 힘겨루기는 흔하게 벌어지는 일이에요. 교사나 아이들이나 그 힘겨루기에서 밀리지 않으려고 안간힘을 쓰는 거예요. 교사는 더 고압적인 자세로 나가기 십상이고 아이들은 그에 질세라 센 척하며 막 나가기 일쑤죠. 저도 그랬고 어쩌면 많은 교사들이 그래 왔거나 그러고 있을 거예요. 교사와 아이들 사이의 힘겨루기는 상호작용하면서 점점 과격해지는데 그런 아이들의 심리가 어떨 거라고 생각하세요?"

"글쎄요. 기 싸움 같은 거 아닐까요? 밀리면 안 된다는 자존심 같은 거 말이에요."

"아이들 사이에서는 분명 어떤 작용들이 일어나고 있어요. 아이들 사이에서 어떤 힘의 작용이 어떻게 일어나느냐에 따라 그 교실의 모습은 정반대로 나타날 수 있어요. 힘의 무게중심이 어느 한 아이한테로 쏠려 현대판 '엄석대'가 존재할 수도 있고 힘의 무게중심이 학급 아이들한테 골고루 실려 있다면 어느 한 아이가 대장 노릇을 하기 어려운, 비교적 평등한 구조일 수도 있는 거죠."

"그렇군요. 센 척하는 아이들의 내면 심리가 그것만이 자신을 드러내는 하나의 방법이고 또 다수의 아이들에게 인정받기 위한 가장 편한 방법이라면 교사인 저는 그걸 막아야 하네요."

"당연하죠. 아이들이 더 이상 교사나 다른 아이들에게 공격적인 게임을 걸지 못하도록 하는 것, 그래서 그 게임을 중단하게 하는 게 중요해요. 선생님은 교사이기도 하지만 동시에 학교폭력 대상인 거예요."

"교사도 학교폭력의 피해자가 될 수 있다는 사실이 참 충격적이네요."

"그럴 거예요. 제가 앞서 말했지만, 아이들의 공격성과 교실 안의 폭력성은 또래 관계를 넘어 다른 관계를 대상으로 할 수도 있는데, 요즘은 교사가 당하는 일이 많아졌죠."

서연은 아이들이 자신을 공격하는 것은 자신의 신체적 장애 때문이라고 생각했는데 그게 그렇게 단순한 문제가 아니라는 사실을 깨달을 수 있었다. 단순히 '장애'에 초점을 맞추어 거기서 벗어나지 못했던 것이야말로 그녀의 자격지심이었고 결국 교실 속에서, 아이들과의 관계 속에서 고민해야 하는 일이라는 자각은 서연의 시야를 넓혀 주었다. 교실 안의 폭력 구조를 파악할 안목이 없던 서연은 감정적으로만 대응해 왔다. 하지만 이제 서연은 아이들에게서 한 발짝 물러서서 교실을 볼 수는 여유를 가질 수 있을 것 같았다. 그러면 이성적 판단도 조금씩 가능해질 터였다.

'그래…… 의준이가 나한테 교실에서 그런 막말을 했던 것도 나하고 기 싸움을 했던 것일 수 있어. 또 다른 아이들이 보고 있는 상황이니만큼 교사인 나를 더 확실하게 누르고 밟으려 했던 거야. 그래야 스스로가 센 아이로 친구들에게 인정받을 수 있고 그래야만 자신의 학교생활이 편해질 테니까. 이제 와 생각하니 반 아이들이 내 말보다도 의준이의 말이나 근수의 말을 더 잘 들었어. 그러면 의준이나 근수 혹은 다른 아이들이 정말 그렇게 계획적으로 나를 괴롭힌 걸까? 아이들은 그럴 만큼 똑똑하지도 치밀하지도 않을 것 같은데?'

서연은 번뜩 새로운 깨달음을 얻은 것 같으면서도 확신이 서지 않았다. 다시 이경원 선생을 만났다.

"선생님, 지난번에 해 주신 이야기요, 제가 학교폭력의 피해자라는 거요. 아이들이 저를 센 척의 수단으로 삼는다는 게 사실일까요? 아이들이 그렇게 치밀한 계획을 가지고 저를 괴롭히지는 않았을 것 같기도 해서요. 아이들은 그냥 그때그때 기분이나 감정에 충실하게 행동하는 건 아닐까 하는 생각도 들거든요. 제가 아이들하고 관계 속에서 확인해 보고 싶어요. 어떻게 하면 될까요?"

"네. 충분히 그렇게 생각하실 수 있어요. 그러면 교실에서 아이들이 선생님한테 대들거나 공격적인 행동을 보일 때 그 자리에서 아이한테 대응하지 마시고 교무실로 따로 불러서 이야기해 보세요. 관객이 없어진 공간에서 아이들의 센 척은 의미가 없거든요. 아마 교무실로 불려 온 아이들은 다른 태도를 보일 겁니다."

"정말 그럴까요? 만약 아이가 교무실에서도 길길이 날뛰고 대들면 그땐 어쩌죠?"

"물론, 그럴 수도 있어요. 하지만 그렇지 않을 가능성이 더 높아요. 일단 한번 시도해 보세요."

서연은 백 마디 말보다 경험을 통해서 확인해야 했는데, 곧 기회가 왔다. 그건 13반 재현이를 겪으면서였다.

2

재현이는 수업 중 자신에게 말을 걸거나 질문을 하면 서연의 말을 무시하거나 대들었다. 그것도 필요 이상으로. 처음에는 그런 재현이가 너무 힘들고 밉고 솔직히 무섭기까지 했다. 그래서 서연은 애써 재현이를 피했다. 그렇게 피하는 것이 비겁하다는 것을 알고 있었지만 재현이와 부딪히며 감정싸움하기가 싫어 못 본 척했던 것이다. 그렇게 재현이를 피하며 지내던 어느 날이었다.

"오늘 숙제 있었지요?"

"……."

"3단원 문제 풀어 오기였던 것 같은데, 짝끼리 확인하고, 안 해 온 사람은 일어나세요."

아이들은 대부분 양심에 따라 행동했기에 서연은 숙제검사를 시간 내서 하지는 않았다. 그날 재현이가 일어나지 않자 서연은 '웬일이래?' 하며 놀랐다. 그래도 재현이가 숙제를 안 해 왔을 거란 의심은 하지 않았다. 그런데 교실을 돌다 재현이의 텅 비어 있는 공책을 보았다.

"이재현, 국어 숙제 안 했네? 그런데 왜 안 일어났어? 한 시간 편하자고 양심을 속이다니, 쯧쯧."

서연은 흥분해서 재현이를 다그치는 대신 조용히 재현이의 자존심을 긁었다.

"아이~ 썅! 나가면 될 거 아냐!"

재현이는 자리를 박차고 일어나 뒷문을 쾅 열고 나가 버렸다. 이 장면을 목격한 아이들은 숨죽여 서연의 반응을 주시했다. '덩치 큰 남학생한테 욕설을 들은 우리 선생님이 어떤 반응을 보일까?' 아이들은 궁금했을 것이고 '이 위기를 선생님은 어떻게 넘길까?' 걱정했을 것이다. 서연은 속으로 '반 아이들이 지켜보고 있다. 나는 교사다' 하고 스스로 다독였다. 그리고 그녀는 차분한 목소리로 말했다.

"우리 어디까지 했지요?"

그렇게 그 시간이 끝나고 서연은 재현이를 교무실로 불렀다. 재현이도 많이 차분해진 후였다.

"재현아, 아까 내가 재현이 때렸니?"

"아니요."

"그럼 내가 재현이한테 욕했니?"

"아니요."

"그러면 내가 재현이한테 거짓말했다고 소리 지르고 혼냈니?"

"아니요."

"그러면 재현이는 아까 뭐가 그렇게 화가 나서 선생님한테 욕하고 문 쾅 닫고 나간 거야? 선생님 진짜 깜짝 놀랐어."

"죄송합니다……."

관객이 없어진 교무실에서 재현이는 그 누구보다 온순한 아이가 되어 있었다.

하지만 그 이후에도 교실에서 재현이의 태도는 변하지 않았고 교무실로 부르면 어김없이 고분고분했다. 서연은 이런 재현이가 처음에는 진심으로 반성하고 뉘우치는 줄로만 알았다. 하지만 시간이 지나고 같은 일이 여러 차례 반복되면서 재현이의 속내를 알게 되었다. 이경원 선생의 이야기가 딱 들어맞은 것이다. 그것은 비단 재현이만의 특성은 아니었다. 센 척하고 싶어 하는 모든 아이들에게서 나타나는 공통된 행동이었다. 그렇기에 아이들은 교무실에서 대체로 온순했다. 하지만 교무실에도 그들이 원하는 관객이 많이 있다거나 아이들이 교무실 밖에서 그 상황을 지켜보고 있다는 것을 아는 아이들은 보란 듯이 더 길길이 날뛰며 욕을 하고 대들었다. 이는 여선생들에게만 있는 일은 아니었다. 남자 체육 선생님들에게도 목에 핏대를 세우고 거품을 물며 욕을 하는 아이도 있었다.

대부분의 사람들이 그렇듯 10대들도 남의 눈에 비친 자신의 모습을 무엇보다 중요하게 생각하고 있었고 자신이 어떻게 행동하느냐에 따라 자신이 어떤 사람으로 보이는지도 알고 있었다. 그렇기에 아이들에게는 점점 더 과격한 '센 척'이 필요했던 것이고 그래서 그 대상을 또래보다 조금 더 어려운 교사로 삼은 것이었다. 그중에서도 서연은 젊은 여교사에 새내기인 데다 장애인이기까지 한, 최상의 조건을 갖춘 대상이었던 셈이다.

3

서연은 지금껏 피해의식 때문에 자신에 대한 폭력이 학생들 사이에 만연한 학교폭력의 한 고리라는 것을 의식하지 못했다. 이경원 선생과의 만남을 통해 서연은 아이들의 폭력이 자신만을 향한 것이 아니라고 생각하자 다행이다 싶었고 힘이 나는 듯했다. 아이들은 사악하지도 않고 천사도 아니라는 사실도 알았다. 하지만 그것은 더 큰 문제일 수도 있었다. 서연을 향했던 폭력은 또다시 힘없는 다른 누군가를 겨냥할 것이다. 자신보다 더 약한 누군가를 행해……. 막아야 했다. 반드시 막아야만 했다.

아이들은 폭력적인 문화가 만연한 교실에서 생존전략을 세우는 일에 익숙해져 있었고 스스로 살아남기 위해 몸부림쳤다. 서연은 평화롭고 안전해야 할 교실마저 치열한 정글이라 생각하니 안타까웠다. 동시에 약자들이 이렇게 무자비하게 당할 수밖에 없는 세상이 두렵기도 했다. 하지만 반드시 해결책도 있으리라.

고민하고 헤매는 사이, 이경원 선생과의 만남은 더욱 잦아졌다. 이경원 선생은 자신이 평소 잘 알고 지내는, 폭력에 맞서 평화교육을 꿈꾸는 선생님들을 여럿 소개해 주었다. 서연은 그들과의 만남 속에서 답을 찾을 수 있을 거라 확신했다. 일 년여간 지속된 만남과 교류를 통해 서연은 열심히 배웠다. 학급 운영은 물론, 평화교육 방법론, 자기 치유 등등 어디에서도 알려 주지 않은 것들을 배울 수 있었다. 무엇보다 소중했던 것은 '할 수 있다'는 용기와 '도전할 수 있는 힘'을 얻었다는 것이다.

자신이 없어 망설이기만 하던 서연은 이경원 선생의 격려에 용기를 얻어 다시 담임을 맡았다. 고민하고 괴로워하던 시간이 마냥 헛된 시간만은 아니었다. 그녀는 달라졌고, 배운 대로 하나씩 실천했다. 학급 전체의 목표를 평화로 내걸고 먼저 폭력과의 전쟁을 선포했다.

이경원 선생이 말했듯이 아이들은 센 척과 폭력이 일상화되어 있어서 거기에 젖어 있다고도 볼 수 있었다. 하지만 너무 불안하기 때문에, 그 불안만큼이나 평화를 바라는 마음도 크지 않을까? 만약 그렇다면 교사가 평화라는 목표를 내세웠을 때 거기에 호응하고 기대는 아이들도 많을 것이다.

물론 아이들이 호응해 주지 않으면 어쩌나, 걱정이 없었던 것은 아니었다. 하지만 그것은 기우에 지나지 않았다. 서연이 앞장서서 평화를 이야기하자 아이들은 커다란 호응으로 반응해 주었다. 결국 평화로운 교실 만들기란 결코 교사가 일방적으로 원하거나 결정하는 것이 아니라, 아이들 스스로가 먼저 원하고 있는 교실의 모습이었던 것이다.

나쁜 별명 부르지 않기, 뒷담화하지 않기, 시비 걸지 않기, 혼자 밥 먹는 친구와 함께 먹기, 친구에게 '고마워'라고 자주 말하기 등등. 모든 아이들이 그렇게 정한 평화규칙을 완벽하게 지키는 것은 아니었지만, 대체로 지키고자 하는 노력은 이어졌다. 덕분에 서연의 반 분위기도 달라졌다. 그러자 신기하게도 서연에 대한 공격이 사라졌다. 서연은 이제 마음의 여유가 생겼고 자신감도 되찾았다. 아이들 간의 폭력을 막는 것이 서연 자신에 대한 폭력을 막는 길이기도 했다. 이제 서연은 수동적으로 당하고 인내하는 것이 아니라 아이들의 심리를 알아차리고 폭력에 대해 날카롭게 대응해 나가는 제법 교사다운 교사였다. 그러자 아이들도 서연을 보는 눈이 바뀌었다.

4

절대 싸움이라고는 모를 것 같았던 명철이, 그 명철이가 기현이와 치고받고 싸운다며 아이들이 몰려왔다. 허겁지겁 교실로 가니 이미 상황 종료. 명철이가 울고 있지는 않았지만 딱 봐도 명철이의 완패인 듯했다. 명철이가 많이 맞은 것 같아 남학생반장을 붙여 보건실로 보내 놓고 기현이를 교무실로 데려왔다. 화가 가시지 않는 듯 벌겋게 달아오른 얼굴을 한 기현이는 쉽사리 진정되지 않았다. 교무실 의자에 앉혀 놓고 말없이 등을 토닥였다. 그리고 낮은 목소리로 기현이에게 물었다.

"무슨 일이야?"

"저 새끼가 먼저 때렸어요!"

씩씩대는 기현이는 억울하다는 듯 말했다.

"그래? 명철이가 먼저 널 때렸다고?"

잘 상상이 되지 않았다. 평소 조용하고 책 읽는 것을 좋아하는 명철이가 먼저 주먹을 날리다니. 정말 명철이가 왜 기현이에게 먼저 주먹을 날렸을까? 기현이와 명철이는 체격이 비슷했지만 기현이는 태권도를 오래 했고 다부지고 깡이 세서 아이들이 만만하게 볼 수 없는 아이였던 반면, 명철이는 피부도 하야니 늘 책만 보며 말수도 적은 조용한 학생이었다.

서연은 분명 기현이가 싸움의 원인을 제공했을 거라 생각했다. 그제서야 담임의 마음을 눈치챈 기현이가 순순히 그간의 일을 털어놓았다.

"김명철이요…… 맨날 말을 더듬거든요. 그래서 그거 가지고 좀 놀렸는데, 평소에는 가만히 있더니 오늘 갑자기 주제도 모르고 막 덤비잖아요! 저만 놀린 것도 아니데."

"평소에는 놀려도 가만히 듣고만 있던 명철이가 오늘은 너한테 주먹을 먼저 날렸다는 얘기구나?"

"네! 저는 먼저 때릴 생각은 절대로 없었어요. 아빠가 애들 때리지 말라 그랬거든요."

기현이는 마치 싸움의 모든 책임을 명철이에게 떠넘기려는 듯했다. 잠시 후 명철이가 교무실로 들어왔다. 얼굴이 좀 까져 있었고 손에도 반창고가 덕지덕지 붙어 있었다. 조용하고 내성적인 명철이가 어떻게 기현이하고 한판 붙을 생각을 했는지 내심 궁금했지만 일단은 넘어가기로 했다.

"명철이 이리로 와서 앉아 볼까? 좀 괜찮아? 보건 선생님께서 뭐라셔? 병원에 안 가도 된대?"

"네, 괜찮아요."

"명철이가 괜찮은 것 말고. 선생님께서 괜찮다고 하셨냐고?"

"네."

"둘이 무슨 일로 싸웠는지 여기다가 자세히 솔직하게 써 볼까?"

20분쯤 지나자, 둘이 종이를 내밀었다. 명철이의 것은 빽빽하게 채워져 있는 반면 기현이의 것은 서너 줄로 짧게 끝나 있었다. 애들을 돌려보내고 찬찬히 읽기를 마친 서연은 먼저 명철이를 불렀다.

"기현이가 아까 명철이보고 뭐라고 놀렸어?"

"제가 선생님을 슨상님이라고 부른다면서 슨상~님, 슨상~님 하면서 따라 하고 또 저보고 김명철이 아니라 김멍청이라고 계속 놀렸어요."

"음, 그러니까 명철이보고 멍청이라고 놀리면서 슨상님이라는 말투를 기현이가 따라 했다는 거구나."

"네."

"기현이 말고 명철이한테 그렇게 놀리는 친구들 또 있니?"

"네, 신원이랑 기민이랑 민우랑 상우랑 또…… 남자애들이요. 주현이랑 용민이 빼고는 다 한 번씩은 놀린 것 같아요."

"그랬구나. 우리 명철이가 그동안 많이 힘들었겠네."

"네. 학교도 오기 싫었어요."

"에휴…… 명철이가 학교도 오기 싫을 만큼 친구들 놀림이 견디기 힘들었구나. 그래, 그동안은 당하기만 했는데, 오늘 기현이를 한 대 치고 나니까 기분은 어때? 시원할 것 같은데."

명철이가 쑥스럽게 웃으며 고개를 끄덕였다.

"그럼 이제 어떻게 하고 싶어? 반 애들하고 사이에서 선생님이 뭐 도와줄 게 없을까?"

"아뇨. 어차피 제가 이겨 내야 할 일이잖아요. 제가 오늘 기현이를 한 대 쳤으니, 기현이나 우리 반 애들도 제가 계속 참기만 하진 않는다는 걸 알았겠죠. 더 이상은 저를 건드리지 않을 거예요."

"그래. 폭력은 나쁜 거지만 그래도 오늘 명철이 용기는 참 멋있다. 선생님은 우리 반이 평화롭길 바라는 만큼 명철이도 친구들과 잘 지내길 바라니까, 힘들면 선생님한테 와서 얘기해 줄래?"

"네, 그럴게요."

명철이가 가고 기현이가 왔다. 기현이는 아까와는 달리 많이 차분해져 있었다.

"기현아, 명철이랑 무슨 일이 있었던 거야? 선생님한테 이야기해 줄 수 있겠어?"

"김명철이 평소에 말을 더듬어요. 장애인 같아요. 그래서 애들이 막 놀려요. 근데 오늘 제가 말투 좀 따라 했다고 갑자기 막 때리잖아요."

"그래? 명철이가 말을 더듬어? 선생님은 전혀 그렇게 생각 안 했는데."

"선생님이 모르셔서 그런 거예요. 걔 말할 때마다 완전 더듬어요."

"그랬구나. 그래서 장애인 같다고 놀린 거구나."

"네……."

"그런데, 기현아. 명철이는 진짜 장애인도 아니고, 그렇다고 말을 못 알아들을 정도로 심하게 더듬는 것도 아니잖아. 장애는 오히려 명철이보다 선생님이 더 심하고, 선생님은 장애인 같은 것도 아니고 진짜 장애인인데, 왜 선생님은 안 놀리고 명철이만 놀리는 거야?"

"그야…… 선생님은 선생님이니까, 저보다 권력이 더 세잖아요. 그러니까 못 놀리는 거고, 김명철은 저보다 권력이 약하니까 놀리는 거죠."

기현이는 당연하다는 듯, 선생님이 그것도 모르냐는 듯 당당하게 말했다. 기현이의 말만큼이나 평소 생각도 확고해 보였다.

"아, 내가 교사가 아니라 학생이었다면 기현이는 나를 엄청 놀리고 장애인이라고 불렀겠네."

"그랬을 수도 있죠."

서연은 놀라울 만큼 솔직한 기현이의 대답을 듣고 실망스러웠다. 또 열다섯 살 아이가 권력을 운운하며 서열을 매기고 있다는 사실도 놀라웠다.

"기현이가 명철이보다 권력이 세다는 건 무슨 뜻이야?"

"김명철은 저보다 힘도 약하고 친구도 더 적고 용기도 별로 없어요."

"그래…… 그래도 명철이는 기현이보다 공부를 잘하잖아. 책도 더 많이 읽고. 학생한테는 그게 더 중요한 거 아닌가?"

"애들은 그런 거 인정 안 해 줘요. 애들은 힘세고 친구 많은 게 더 중요해요. 그래야 인정받아요."

"아! 그런 게 권력이 세다는 말이구나!"

예상치도 못한 기현이의 말에 서연은 할 말을 잃었다. 자기보다 권력이 세기 때문에 놀릴 수 없고, 자기보다 권력이 없기 때문에 놀린다는 힘의 논리에 지배당한 중학교 2학년 남학생에게 그녀는 하고 싶은 얘기가 너무나 많았다. 하지만 아무리 좋은 말이라도 모든 게 잔소리처럼 들릴 게 뻔해서 서연은 기현이의 말에 대해서 더 이야기하지 않았다. 싸우고 난 지금보다 더 적절한 때, 더 진실되게 받아들일 수 있는 자리에서 풀어내리라.

"기현아, 그런데 우리, 학기 초에 친구 놀리지 않기를 학급 평화규칙으로 정하지 않았어?"

"네…… 하지만……."

기현이는 규칙은 규칙이고 현실은 현실이라 말하고 싶어 하는 듯했다. 서연이 철석같이 믿었던 반의 평화에 균열이 생긴 것이다.

5

아이들은 호락호락 서연을 놓아주지 않았다. 따뜻한 봄기운이 더운 열기로 넘어가려는 6월. 아이들의 이름이 완벽하게 익숙해지려던 어느 날 오전이었다.

서연은 수업에 들어가느라 복도를 지나고 있었다. 종이 쳤는데도 복도에는 남학생들이 몰려 있었다. 놀던 무리 중 성훈이가 서연과 마주쳤지만 눈을 피하지 않은 채 서연을 응시하며 걷는 것이었다. 그런데 다리가 이상했다. 아니, 정확하게 말하자면 다리가 이상한 것이 아니라 걷는 것이, 걷는 폼이 이상했다. 성훈이가 다리를 다친 게 아니라 자신을 따라 걷는다는 것을 서연은 본능적으로 알 수 있었다. 첫해에 만났던 근수의 끔찍했던 기억이, 그날의 모욕적인 느낌이 떠올랐다. 하지만 그날의 서연처럼 똑같이 당할 수는 없었다. 서연은 더 이상 맥없이 당하기만 하던 과거의 강서연이 아니었고, 또 이제 서연은 센 척하는 아이들의 내면에 있는 약함을 알고 있었다. 성훈이에게 다가가 각별히 다정하게 물었다.

"성훈이 다리 다쳤니?"

"아니요."

"근데, 왜 그렇게 걸어?"

"그냥요."

성훈이의 표정은 무덤덤했다. 물론 서연도 무덤덤했다. 아니 오히려 성훈이에게 호의적이었다.

"다친 것도 아닌데, 왜 그렇게 걸어. 제대로 걸어야지. 교실로 들어가자."

애써 모르는 척하고 교실로 들어와 성훈이를 자리에 앉혔지만, 서연의 마음은 마구 요동치고 있었다. 교탁 앞에 섰지만, 마음이 불편해 아무렇지도 않은 듯 수업을 시작할 수가 없었다. 그래서 다시 성훈이를 불렀다. 교탁 앞으로 나온 성훈이와 그 앞에 선 서연. 두 사람의 불편한 눈빛과 표정을 아이들도 느끼고 있으리라.

"성훈아, 성훈이가 아까, 그냥 그렇게 걸은 거라고 했는데, 선생님은 왜 그 말이 거짓말 같지? 꼭 어떤 의도가 숨겨진 것만 같아."

"어떤 의도요?"

"그건 성훈이가 가장 잘 알지 않을까?"

"그런 거 없는데요."

"그래? 그런데 선생님은 왜 성훈이가 일부러 선생님을 따라 걸은 것 같은 불쾌한 느낌이 드는 걸까?"

"글쎄요. 선생님의 자격지심이겠죠."

"성훈이는 전혀 그런 의도가 아니었다는 거지?"

"네."

"그래? 알았어, 들어가."

서연의 느낌과는 달리 성훈이는 쉽사리 인정하지 않았다. 물론 서연이 틀렸을 수도 있고, 정말 자격지심에서 그러는 것일 수도 있었다. 하지만 과연 그럴까? 수업이 끝난 후 서연은 다시 성훈이를 교무실로 불렀다.

"성훈아, 아까 교실에서 이야기했지만, 선생님은 성훈이랑 더 얘기하고 싶어서 불렀어."

"네……."

아까의 그 당당한 기색은 온데간데없고 성훈이는 온순한 표정으로 고개를 들지 못했다.

"성훈아, 아까 네가 복도에서 장난친 거, 정말 선생님 보라고 일부러 따라 한 거 아니야?"

"……."

"선생님은 왜 자꾸 성훈이가 선생님 흉내 낸 것 같지? 선생님은 성훈이가 그렇게 걷는 거 보고 정말 놀라고 슬펐어. 마치 선생님을 놀리는 것 같은 기분이 들었거든."

"죄송합니다."

성훈이는 고개를 들지 못했다.

서연은 성훈이가 끝까지 센 척을 하며 뻗대지 않은 것을 내심 다행이라고 생각했다.

"뭐가 죄송해?"

"선생님 놀린 거 맞아요. 죄송해요."

"흉내 낸 게 맞구나. 그런데 어떤 마음으로 그런 거야? 물어봐도 될까?"

"그냥…… 별생각 없이…… 재밌을 것 같아서요."

"그래서? 정말 재밌었어?"

"아니요."

"성훈아, 선생님 눈 좀 한번 봐 줄래?"

성훈이가 천천히 고개를 들고 슬픈 눈으로 서연을 보았다. 되었다. 성훈이도 이제 아픈 서연의 마음을 읽었을 것이다.

'성훈이를 어떻게 하지?'

처벌을 하자니 성훈이를 변화시키는 데 별 효과가 없을 것 같았다. 서연은 고민했다. 목적은 성훈이를 혼내 주는 것이 아니라 성훈이가 다시는 다른 사람의 상처를 후벼 파지 않는 것이었다. 상대가 누가 되었든 약자에 대한 배려와 이해가 성훈이의 마음속에 싹트기를 바랐다.

고민하던 서연은 성훈이에게 벌을 주는 대신 데이트 신청을 했다.

선천적으로 팔다리가 없이 태어난 장애인이 평범하지 않은 몸으로 지극히 평범하게 살아온 기적 같은 삶을 쓴 책을 선물하고 그 책을 날마다 조금씩 읽고 만나서 그 사람의 삶에 대해, 그리고 성훈이의 생각에 대해 대화를 나누었다. 생각보다 성훈이는 많은 것을 느끼는 눈치였고 솔직하게 자신의 감정이나 생각들을 이야기했다. 이후 서연은 성훈이와 둘만 알고 느낄 수 있는 친밀감이 생겼다. 성훈이는 그 누구보다 열심히 수업에 참여했다.

물론 서연에 대한 뒷담화나 은밀한 놀림이 완전히 사라진 건 아닐 것이다. 하지만 그것까지 일순간에 사라지기를 바라는 것은 지나친 욕심이라 생각했다. 큰 사건이나 상처 없이 지내는 서연의 반 아이들, 그리고 성훈이와의 진실된 만남은 서연에게 큰 힘이 되었다. 그렇게 조금씩 변해가는 아이들과의 관계를 통해 서연은 아이들과 더 많은 이야기를 나누었고, 생각을 공유했다. 덕분에 서연은 교단에 설 때 가졌던 자신의 꿈, 그녀 마음속의 이야기를 다시 찾을 수 있을 것만 같았다.

그사이 서연은 많이 성장해 있었고 또 아이들을 이해하기 위해 부단히도 노력했다. 그 노력의 결과가 서연을 성장하게 했고 아이들을 이해하게 되었다고 감히 말하지만, 아이들은 "우리 선생님은 너무 깐깐해. 그리고 우리들 마음을 너무 몰라줘. 짜증 나" 하며 투덜거릴지도 모를 일이었다.

6

아이들과의 관계 속에서 조금씩 진실함을 맛본 서연은 이제 이경원 선생을 만날 자신이 생겼다. 성훈이와의 일에서도 상처받지 않고 잘 대처했노라고 자랑하고 싶은 마음도 있었다. 그러던 차에 마침 이경원 선생한테서 먼저 연락이 왔다.

"강서연 선생님, 잘 지냈어요?"

"네. 덕분에 학교생활도 많이 안정되었고 아이들도 편해졌어요. 잘 지내고 있어요."

서연은 그간 성훈과 있었던 일에 대해 이경원 선생에게 털어놓았다.

"강 선생님, 잘하셨네요. 그런데 선생님과 아이들 사이는 좋아져서 선생님은 안전해졌겠지만, 아이들 사이도 그럴까요? 이제부터 선생님이 정말로 아이들을 위한 교육을 해야 해요. 그 반의 아이들은 여전히 서로 싸우고 괴롭히는 일을 하지 않나요? 교사가 최하위 약자일 때는 아이들의 폭력이 교사를 향하고 학생 상호 간의 폭력은 줄어들 수도 있어요. 하지만 최하위 약자가 그 폭력에서 벗어나게 되면 학생 상호 간의 폭력은 더 늘어날 수도 있어요. 그 반에는 폭력이 없나요?"

서연은 무언가 간파당한 사람마냥 얼굴이 붉어졌다. 서연 자신은 안전했지만 정작 아이들 간의 폭력은 어느 정도 간과하고 있었기 때문이다. 사실 개입하기가 쉽지 않았다. 잘못 개입하면 가까스로 좋은 관계로 만들어 놓은 학생들과의 관계가 허물어질 것 같아 두려웠다.

얼마 전 수련회에서 있었던 은비와 희정이의 일이 떠올랐다. 은비와 희정이는 모두 내성적이고 조용한 학생들이었다. 희정이가 좀 더 소심하고 친구가 없는 편이었다. 은비에게는 그나마 같이 어울리는 무리가 같은 반에 있었지만, 희정이는 반에서 함께 어울리는 친구가 거의 없었다. 그렇다고 아이들이 희정이를 대놓고 괴롭히거나 못살게 구는 정도는 아니었다. 그런데 얼마 전 수련회 오락 시간, 두 명씩 짝을 지어 게임을 할 때였다. 맨 뒷줄에 앉은 희정이와 그 앞에 앉은 은비가 자연스럽게 짝이 되어야 했다. 하지만, 은비는 희정이를 혼자 버려두고 앞에 앉은 친한 친구와 셋이서 맞지도 않은 짝을 지어 게임을 하고 있었다. 서연은 그것을 보고 가만있을 수가 없었다. 학급 아이들이 자신을 공격할 때는 보이지 않던 아이들 사이의 미묘한 따돌림과 무시가 이제 서연의 눈에도 들어오기 시작했던 것이다.

"은비야, 네 짝은 희정이잖아. 뒤돌아 앉아서 희정이하고 해야지."

"……."

수차례 다가가 얘기했지만, 은비는 꿈쩍도 하지 않은 채 서연의 말에 대꾸조차 하지 않았다.

"은비야, 네 짝은 희정인데, 왜 희정이랑 안 하는 거야? 희정이랑 짝하기 싫어?"

"……."

한참을 망설이다 은비가 입을 열었다.

"제가 성격이 좀 내성적이라서요. 친하지 않은 애랑은 그런 거 잘 못해요."

은비의 말은 '희정이랑은 같이하고 싶지 않아요. 차라리 혼자 있겠어요' 하는 말이나 다름없었다. 만약 짝이 인기도 많고 공부도 잘하는, 소위 잘나가는 아이였더라도 그랬을까? 서연은 은비의 얘기가 변명 같았다. 몇 차례 더 권해 보았지만, 말을 듣지 않는 은비를 어찌할 수는 없는 노릇이었다. 서연은 다급히 앞으로 가 희정이와 기꺼이 짝을 해 줄 만한 아이에게 양해를 구한 뒤 희정이도 게임에 참여할 수 있게 하였다.

그 일이 있은 뒤 은비를 보는 서연의 마음이 편하지 않았다. 물론 겉으로 드러나는 갈등은 없었다. 하지만 전처럼 고운 시선과 마음으로 은비를 대할 수가 없었다. 그렇게 수도 없이 이야기해 왔건만, 서로 더 많이 배려하고 상처 주지 말자 이야기해 온 평화가, 그동안의 외침이 허사였음을 은비를 통해 확인하게 된 것만 같았고, 은비를 보는 자신의 마음이 불편해진 것을 알아차리자 좋은 관계가 틀어진 것만 같았다.

물론 이경원 선생의 말처럼 교사가 학생들 간의 폭력을 외면하지 않고 피해 학생을 조금이라도 줄이려면, 교사가 중재자로 나서서 아이들 관계의 문제를 해결할 수 있는 문제해결역량을 키워야 한다. 교사가 단순한 직업인이 아니라 진정한 교육자가 되기 위해서 그것은 반드시 필요한 요소일 것이다.

하지만 많은 교사들은 학생들 사이의 폭력에 개입하지 않으려고 한다. 개입했다가 자칫 역효과가 날 수도 있고, 오히려 교사가 공격을 당할 수도 있기 때문이다. 실제로 많은 교사들이 학생들 간의 폭력 문제를 모르는 척 외면하는 경우가 많다. 나중에 무슨 일이 생겼을 때, 교사는 대체 무얼 했느냐는 추궁을 피해 갈 수 있는 방편이 되기 때문이다. 즉 책임을 회피하기 위해 개입하지 않는 것이 좋다고 생각하는 것이다. 그도 아니면 피해자의 성격이나 심리적 장애를 탓하고 관망하면서 전전긍긍, 일이 터지지 않기만 바라거나.

서연은 생각했다. 자신이 진정한 교육자로 거듭나려면 교사로서의 그런 개입은 꼭 필요한 것이며, 언젠가는 반드시 경험하고 넘어가야 할 일이 아닌가 하고. 이경원 선생의 말처럼 개입하지 않는 것도 개입이고, 교사가 개입하지 않는 것은 결국 방관자가 되는 것이다. 그렇다면 적극적으로 개입해서 함께 문제를 풀어나가야 하지 않을까? 교사 스스로는 방관자의 자세를 취하면서 어떻게 학생들에게 폭력과 따돌림에 대해 방관자가 되지 말라고 말할 수 있을 것인가?

서연은 은비와 희정의 일을 떠올리며 오랫동안 생각에 잠겨 있었다. 서연의 침묵이 길어지자 이경원 선생이 먼저 말을 꺼냈다.

"반에 뚜렷이 드러나는 폭력이 없다고 자신해서는 안 돼요. 대놓고 괴롭히지 않아도 고립되어 외로운 아이들이 있어요. 그들이 내성적일 것 같죠? 자신을 있는 그대로 받아줄 것 같지 않은 반 아이들에게 자기 모습을 드러내지 못하는 걸 잘 보아야 해요. 그 고립아와 친구를 맺게 해 주는 게 부자연스러우면 안 돼요. 아이들 중에는 고립아와 가까이 있는 것만으로 다른 아이들의 시선을 부담스러워하는 경우도 많거든요. 선생님이 노력하는 모습을 보이는 걸 넘어 더 치밀하게 접근하고 더 부드럽고 세련되게 친구 관계를 만들어 주는 전략이 필요한 거죠. 이렇게 자신을 숨기고 조용히 혹은 다른 모습으로 살아가는 아이들의 진짜 이야기가 궁금하지 않으세요?"

"네? 어떤 이야기요?"

"아이들의 생각, 아이들의 삶…… 모든 것들이요. 그게 아이들의 학교생활과 또 학교폭력과 직결돼 있는 거잖아요. 선생님이 아이들의 이야기를 끌어낼 수 있다면 더 진실된 만남과 교육이 될 수 있을 거예요. 물론 아이들의 이야기를 듣기 위해서는 선생님의 이야기를 먼저 할 수 있어야 해요. 선생님이 먼저 선생님의 이야기를 꺼내는 것도 쉬운 일은 아니에요. 센 척하고도 아닌 척, 장난인 척하는 연극이 돼 버린 교실에서 진실된 선생님의 이야기를 전할 수 있는 방법을 한번 고민해 보세요. 되도록 많은 아이들에게, 많은 사람들에게 전달할 수 있는 방법으로요. 그게 바로 우리가 고민해 온 '이야기 학급 운영'의 실천이 될 거예요."

"교사와 학생이 서로 이야기를 주고받는다? 이야기를 공유한다? 이야기 학급 운영이라고요? 그게 무슨 힘이 있을까요? 그게 가능할까요?"

서연은 자문하듯이 연거푸 질문을 던졌다.

"그리고 아이들이 제 이야기를 궁금해할까요? 어떤 이야기를 어떻게 전해야 할지도 모르겠고…… 어색하기도 해요."

"학교폭력의 피해자로 살아온 선생님이 그동안 아이들과 있었던 일들, 선생님의 감정, 아픈 마음을 전하는 거죠. 아이들은 그것들이 다 폭력이라는 걸 미처 인지하지 못하고 있을 테니까요. 그렇다면 분명 선생님 자신을 위해서도 우리 아이들을 위해서도 이야기를 하는 게 필요하지 않을까요?"

"그럴까요? 저는 좀 걱정이 되는군요. 괜히 아이들한테 책만 잡히고 우스워 보이면 어쩌나 하는 걱정이요."

"그런 걱정이 드는 건 당연해요. 하지만 아이들은 선생님이 생각하는 것보다 훨씬 더 진실해요. 선생님께서 진실을 담아 아이들에게 다가가면 아이들은 선생님의 마음을 분명 느낄 거예요. 아이들이 선생님의 진심을 느끼고 또 선생님의 상처에 공감하게 된다면 아이들도 학교폭력에 대해 좀 더 진지하게 고민하고 생각하게 될 거고요. 선생님을 향한 폭력만이 아니라 친구들을 향한 모든 학교폭력에 대해서 말이죠."

알 듯 모를 듯한 이경원 선생의 말을 뒤로 한 채 둘은 헤어졌지만, 서연의 뇌리에는 이경원 선생의 말이 화두처럼 떠나지 않았다. 그러다가 드디어 그 화두를 깨칠 기회가 왔다.

다시 장애인의 날이 왔고 서연은 처음 교단에 섰던 해에 참담한 일을 겪으면서 썼던 '길을 묻다'라는 넋두리가 떠올랐다. 까마득히 잊고 있던 그때의 절규가 만져질 듯 되살아났다. 서연은 교사와 학생이 이야기를 주고받기 위해서는 먼저 교사가 마음을 열고 자신의 이야기를 학생들과 공유해야 한다는 사실을 되새기며 새로운 글을 적어 나갔다.

길을 가다

학교는, 또 아이들은 어느 한 개인의, 더 정확하게 말하자면 한 선생의 노력만으로 완벽하게 바뀌지 않는다. 교사는 아이 하나하나를 둘러싸고 있는 세계의 한 일부일 뿐이다. 하지만, 영향을 줄 수는 있다.

내가 아이들에게 바라는 것은…… 앞으로 세상을 이끌어갈 우리 아이들이 좀 더 평화로운 세계에서 공존하는 것……. 그러기 위해서는 스스로가 먼저 상대에게 너그러워져야 하고, 주변을 평화롭게 만들어야 한다. 다른 사람이 아니라 내가 먼저, 그리고 우리 아이들이 먼저 그런 세상과 환경을 만드는 일에 나서야 한다.

부디……

서연은 전에 썼던 글 '길을 묻다'와 새로 쓴 자신의 글을 놓고 거듭 읽었다. 서연은 아이들의 이야기를 듣고 싶었고 그러기 위해서는 자신의 이야기를 먼저 꺼내 놓아야 했다. 서연은 마침내 자기가 만났던 모든 학생들에게 보내는 편지를 쓰기로 결심했다.

동료 교사들이 어떻게 받아들일지 교장, 교감이 어떻게 받아들일지 걱정이 되었지만, 그 길밖에 없었고 그 길은 가야만 했다. 그러기 위해서는 먼저 학교 구성원들의 동의를 얻어야 했다. 서연의 학급 아이들에게만 보내는 글이라면 서연 마음대로 전달해도 괜찮겠지만, 전교생을 대상으로 하는 글이라면 상황은 달라진다. 때문에 동료 교사들에게 서연이 자신의 이야기를 해도 괜찮을지, 편지를 전하는 데 동의하는지를 물어야 했다. 서연은 창피를 무릅쓰고 두근거리는 마음으로 먼저 교감 선생님께 자신이 겪었던 이야기를 털어놓았다.

"강서연 선생, 그런 일을 겪고도 왜 얘기를 안 했어요. 그렇게 힘든 일이 있었으면 나한테 와서 얘기를 했어야죠. 많이 힘들었죠?"

"……."

"그 일이야 이미 일어난 거니까 어쩔 수 없지만, 앞으로는 그런 일이 또 일어나서는 절대로 안 됩니다."

"네, 고맙습니다."

"힘들겠지만, 강 선생이 아이들을 직접 교육해 주세요. 앞으로 한 번만 더 이런 모욕적인 언행으로 선생님을 괴롭히면 강력하게 처벌받는다는 것을 학생들에게 알려 주세요. 생활기록부에도 기재되고 졸업해도 절대 지워 주지 않는다고 분명하게 알려 주세요. 이건 절대로 용서할 수 없는 일입니다. 제가 옷을 벗는 한이 있어도 이대로 할 겁니다. 지난번 일이야 사전교육이 안 되었으니 어쩔 수 없다 치더라도, 다시는 그런 일이 일어나지 않게 아이들을 확실하게 교육해야 합니다."

교감 선생님의 반응은 빈말이라고 해도 감사한 일인데, 말과 표정에는 단호함이 있었다. 교감 선생님의 적극적인 지원과 더불어 학년부 선생님들도 서연이 아이들을 교육하는 데 흔쾌히 동의하고 힘을 실어 주었다. 어떻게 전달하는 것이 가장 호소력 있게 전달할 수 있을 것인가에 대한 논의도 있었다. 모두에게 통신문의 형식으로 나누어 주자는 의견과 읽지 않을 아이들을 생각해서 종례 시간 아이들에게 직접 읽어 주자는 의견, 교실에 한 장씩 붙여 두어 언제라도 아이들이 다시 읽을 수 있게 하자는 제안 등등. 모든 것이 가능했고, 또 필요했다.

그리고 서연은 그간 학교폭력 피해자의 한 사람으로 겪었던 이야기를 차분히 써 내려가기 시작했다.

강 샘의 러브레터

연우중학교 학생들에게

안녕하세요?^^ 저는 2학년 2반 담임이면서 국어를 담당하고 있는 강서연입니다. 새 학년 새 학기가 시작된 지도 어느덧 한 달, 서로에게 조금은 익숙해졌다 싶은 지금, 때마침 장애이해교육을 하는 날이 되었군요! 저는 이날을 맞아 제 이야기를 여러분들과 나누려고 합니다.

'나는 왜 교사가 되려 했던가?'를 회상할 때면 어김없이 떠오르는 아이가 있습니다. 선생님이 되어야겠다고 꿈꾸기 이전, 대학원 학비를 마련하려고 동네 학원에서 초등학생들을 가르쳤습니다. 그때 5학년 병선이란 아이는 눈을 동그랗게 뜨며 "선생님, 선생님, 이렇게 이렇게 한번 해보세요." 하며 왼손을 쥐었다 폈다를 반복했습니다. 그래서 저는 오른손으로 똑같이 해 보였답니다. 그러자 병선이는 "아니, 그 손 말고 이 손이요" 했습니다. 그래서 저는 "병선아, 선생님은 어렸을 때 큰 사고가 나서 병선이처럼 그렇게 왼손을 움직이는 건 잘 못해. 선생님처럼 몸을 자유롭게 움직일 수 없는 사람을 장애인이라고 해. 장애인 들어 봤지?" 하고 답해 주었습니다.

하지만, 병선이는 그다음 날도, 또 그다음 날도 똑같은 이야기를 했습니다. 그러던 중 하루는 안 그래도 동그란 눈을 더 동그랗게 뜨며 "선생님, 선생님! 선생님은 장애인인데, 어떻게 선생님이 됐어요?" 하고 물었습니다. 그 아이의 천진한 물음에 저는 깜짝 놀랐고 또 마음이 아팠습니다. 열두 살밖에 안 된 그 아이에게 그토록 견고하게 박힌 장애인에 대한 편견 때문이었습니다. 그래서 저는 아이에게 상냥하게 이야기했습니다. "병선아, 장애인도 열심히 공부하고 노력하면 뭐든지 다 될 수 있는 거야."

그 일이 있고 난 후에 저는 꼭! 교사가 되어야겠다고 결심했습니다. 저 같은 사람이 교사가 된다면 제가 만나는 수많은 아이들에게 장애인에 대한 편견을 깰 수 있을 거라는 기대가 있었기 때문입니다.

하지만, 현실은 꼭 그렇게 생각대로 되지는 않았습니다. 학생들은 제 걸음걸이를 흉내 내서 똑같이 따라 걸으며 인간적인 모욕감을 안겨 주었고, 좀비처럼 걷는다며 저를 좀비 워킹이라 놀리기도 했습니다. 말할 수 없는 모욕감에 화도 나고 눈물도 많이 흘렸습니다. 하지만 새내기 교사였던 그때의 저는 상황을 바꿀 힘이나 능력이 없었습니다.

며칠 전 2학년 한 남학생이 복도에서 저를 보자 갑자기 걸음걸이를 바꾸어 흉내 내며 걸은 일이 있었습니다. 순간적으로는 화가 났지만 이제는 화가 나기보다는 안타까운 마음이 더 앞섭니다. 다른 사람을 배려하지 못하고 상대의 아픔에 공감하기보다는 약점으로 악용하는 아이의 모습이 속상했고, 그런 아이들이 짊어지고 갈 우리 사회의 앞날이 걱정되었기 때문입니다.

또 얼마 전에는 한 남학생이 자기보다 약해 보이는 친구가 말을 더듬는다며 그 친구의 말을 흉내 내고 나쁜 별명을 지어 부른 일도 있었습니다. 저는 그 아이에게 "그 친구보다 선생님이 장애가 더 심한데, 선생님은 안 놀리고 그 친구를 놀리는 건 어떤 마음인 거야?" 하고 물었습니다. 그러자 그 아이가 이렇게 대답했습니다. "선생님은 저보다 더 큰 권력을 가지고 있잖아요. 그러니까 못 하는 거고 걔는 저보다 약하니까……."

그 아이의 말을 듣고 정말 마음이 아팠습니다. 철저하게 강자에게 약하고 약자에게 강한 비겁한 모습 때문이었습니다. 그러면서 내가 선생이 아니라 학생이었으면 얼마나 큰 놀림과 괴롭힘을 당했을까, 하는 마음에 아찔해지기까지 했지요.

연우중학교 학생 여러분!

저와 우리 학교 모든 선생님들은 여러분이 언제, 어느 곳에서나 정의롭고 멋진 모습으로 인정받고 사랑받는 사람이기를 바랍니다. 자신보다 약한 상대를 괴롭히는 일, 인간적인 모멸감을 주거나 상대를 악의적인 마음으로 놀리고 괴롭히는 일은 그 상대가 장애인이건 비장애인이건, 혹은 교사이건 학생이건 상관없이 모두 폭력입니다. 이 점을 분명하게 알고 서로를 배려하는 건강한 사회인으로 성장해 주십시오. 다시는 그렇게 상처 주고 상처받는 일이 그 누구에게도 일어나기 않기를 바랍니다. 부디 상대를 배려하고 공감하는 마음으로 모두가 행복한 연우인으로 지내는 일에 동참해 주십시오.

되찾은 이야기

1

아이들이 갑자기 바뀔 거란 기대는 하지 않았다. 그냥…… 알아만 주어도 좋겠다고 생각했다. 전체 학급에 그 편지가 나가던 날, 아이들은 복도에서 서연을 마주치면 앞다투어 반갑게 인사했다. 심지어 얼굴도 알아볼 수 없을 만큼 멀리 떨어진 복도 끝에서 대걸레를 빨고 있던 아이가 "강서연 선생니임~!" 하고 소리쳐 불렀다. 서연이 무슨 급한 일인가 싶어 돌아보자 그 아이가 "안녕하세요~" 하며 인사하는 것이 아닌가. 서연은 가슴이 뭉클했다.

분명 평소와는 다른 기운이 아이들한테서 느껴졌다. 얼굴도 모르는 아이들이 와서 말을 걸거나 웃으며 인사를 건네기도 했다. 서연은 자기의 시도가 절반은 성공했다는 생각이 들었다. 물론 아이들은 일주일이면 서연의 편지를 모두 잊을 것이다. 또 어쩌면 그녀의 러브레터를 이미 쓰레기통에 던져 버린 아이들도 있을 것이다. 그러나 서연은 다짐했다.

'모든 아이들에게 내 마음이 완벽하게 전해질 수는 없겠지. 그것도 단 한 번, 단 한 장의 편지로는. 계속해야지. 이 편지는 시작에 불과해.'

그리고 그런 서연의 다짐에 화답하듯이 신기한 일들이 벌어졌다. 서연은 그 한 장의 편지로 인해 학교 전체의 뒷담화에서 자유로워졌던 것이다. 아마 그녀가 자기 자신을 숨김없이 그대로 드러낸 것이 스스로에게 당당한 일이었고, 그 진심이 아이들에게 고스란히 전달된 것인지도 모를 일이었다. 또 몇몇 아이들에게는 마음을 울리는 이야기가 되었을지도.

이제 아이들의 이야기를 들을 차례였다. 호의적인 분위기를 몰아서 서연은 학교폭력과 관련된 아이들의 이야기를 끌어내야겠다 싶었다. 이제 그녀는 학교폭력으로 고통당하는 모든 아이들을 살리는 일을 해야 했다.

사실 학교폭력에 전혀 노출되지 않고 학교생활을 해 나가는 아이들은 단 한 명도 존재하지 않는다고 보아야 한다. 가해자와 피해자라는 당사자야 말할 것도 없고, 방관자의 태도로 주변에서 일어나는 폭력을 무책임하게 바라만 보거나, 혹은 동조하는 많은 아이들도 알게 모르게 결과적으로는 학교폭력에 가담한 것이기 때문이다.

서연이 이런 고민에 빠져 있을 때 한 통의 편지가 배달되었다. 첫해 담임을 했던 반의 여학생. 언제나 서연을 위로하던 민영이, 그 민영이가 서연에게 보낸 편지였다.

강서연 선생님께

선생님 안녕하세요.^^ 저 민영이에요. 3년 전 선생님 반 김민영이요.

어제 제 동생 호영이가 '강 샘의 러브레터'를 보여 줬어요. 호영이는 선생님께 국어를 배우지는 않지만, 제가 자주 선생님 이야기를 해서 선생님이 친근하게 느껴진다고 했어요. 어제 선생님의 러브레터를 저희 가족이 같이 보고 많은 이야기를 나누었습니다. 저희 아빠는 선생님이 대단하시다고, 누구나 자신의 상처가 있지만 그것을 이렇게 극복하고 또 드러내는 일은 아무나 할 수 있는 게 아니라면서 저희가 좋은 선생님을 만나 다행이라며 감사해 하셨어요. 저도, 제 동생 호영이도 선생님의 솔직한 이야기가 큰 감동이었고, 살면서 큰 힘이 될 것 같아요. 아직까지는 저에게 큰 시련이 없어 다행이지만, 언젠가 제가 감당하기 힘든 일이 닥쳤을 때 선생님을 생각하며 이겨 낼 수 있을 것 같아요.

학교폭력에 대해서도 많이 생각해 볼 수 있는 기회였어요. 선생님과 처음 만났던 그해에 선생님과 다른 약한 친구들을 괴롭히는 아이들을 보고도 모르는 척했던 저의 비겁한 모습이 떠올라 부끄럽기도 했고요. 제가 그때는 그렇게 비겁했지만, 지금 서 있는 이 자리에선 선생님의 뜻을 따라 평화의 전사가 되어야겠다고 다짐도 했답니다. 호영이도 지금 자기 반에서 학교폭력으로 고통받는 아이들을 적극적으로 돕겠다고 했어요. 선생님의 편지로 저와 호영이는 더 용감하게 더 정의롭게 살아갈 거예요!!

저희뿐만 아니라 분명 더 많은 아이들이 선생님의 편지로 힘을 얻었을 거라고 믿어요. 특히 학교폭력으로 고통받던 아이들이나 폭력으로 남을 괴롭히던 아이들이요. 어쩌면 다른 누군가를 괴롭히지 않는 새 출발의 기회가 될지도 모르지요.

선생님의 자리에서 언제나 최선을 다하시는 그 모습을 본받아 저와 호영이 열심히 공부하고 열심히 학교생활도 잘할 거예요.

저희에게 늘 감동과 힘을 주시는 강서연 선생님, 선생님을 늘 잊지 않겠습니다. 감사합니다.

제자 김민영 올림

재학생도 아닌 졸업생까지 이렇게 편지를 보내다니! 정말 반갑고 놀라운 일이었다. 조금씩…… 하나씩…… 변화해가는 것이리라.

그리고 편지는 민영이의 것만이 아니었다. 평소 친하게 지내던 영준이도 편지를 주고 갔다. 영준이는 주뼛주뼛 교무실로 들어와 부끄럽게 편지를 건넸다.

"이게 뭐야?"

"답장이요, 제 러브레터."

"진짜? 역시 영준이 최고다!"

"……."

눈도 잘 마주치지 못하고 쑥스럽게 웃는 영준이에게 서연은 진심으로 말했다.

"고마워, 영준아!"

남학생이 러브레터라고 주고 가는 편지를 뜯으며 서연은 마치 여중생 시절로 돌아간 것처럼 가슴이 두근거렸다.

국어 선생님께

안녕하세요. 저 2학년 1반 영준이에요. 선생님이 예뻐해 주시는 최영준이요. 며칠 전 담임선생님께서 종례 시간에 선생님의 편지를 나누어 주시고 읽어 주셨어요.

선생님의 편지를 받고 여러 가지를 생각하게 되었어요. 수업 시간늘 유쾌하시고 잘 웃는 선생님의 모습 뒤에 저희가 알지 못했던 그런 깊은 상처가 있었다니 놀랍기도 하고 또 죄송하기도 했어요. 수업 시간 간간이 학교폭력에 대해 열변을 토하시던 선생님의 모습도 떠올랐고, 또 학교폭력과는 무관하다고 생각했던 저 자신이 부끄럽기도 했어요.

저도 학교폭력을 목격한 적이 있었어요. 바로 작년에요. 그 아이는 뚱뚱했고 목소리가 컸어요. 발표할 때도 목소리가 너무 커서 친구들이 조금 거슬려 했거든요. 어느 날 선생님이 무슨 일로 화가 나서 반은 금세 조용해졌는데 그 아이는 분위기 파악을 못 하고 큰 소리로 웃고 떠들었어요. 담임선생님은 더 크게 화를 내셨고, 친구들은 그 애한테 야유를 보냈어요. 그때부터 학교폭력이 시작된 것 같아요. 친구들은 유령게임이란 것을 만들었어요. 항상 그 아이를 유령처럼 대하고 못 본 척하는 거예요.

저는 그 아이에게 나쁜 마음은 없었지만 친구들과 어울리다 보니 자연스럽게 그 아이에게 무관심해졌어요. 그때 그 아이가 얼마나 괴로웠을까요? 어찌어찌 해서 그 유령게임은 끝이 나고 저희는 그 아이와 잘 지내게 되었지만, 앞으로 또 친구가 따돌림을 당한다면 저는 이렇게 말할 거예요. "만약에 저 친구의 그런 단점 때문에 왕따를 시킨다면 누구든지 왕따가 될 수 있어. 무조건 저 친구를 이상하게 보지 말고 더 친해지면서 장점을 살펴보는 것이 어떨까?"라고요. 꼭! 그렇게 할 거예요!!

어때요? 저, 이 정도면 선생님의 애제자라고 할 만하죠? 수업 시간에도 늘 강조하셨지만 선생님의 솔직한 이야기를 들으니 저도 부끄러운 고백을 안 할 수가 없었어요. 중학교에 와서 선생님을 만난 건 정말 큰 행운이에요. 남은 학교생활은 물론이고 어른이 된 후에도 선생님의 따뜻한 가르침을 잊지 않고 자랑스러운 제자로 살아가겠습니다.

쌤, 사랑해요~

선생님의 애제자 최영준 올림

서연이 다시 이경원 선생을 만났을 때 서연은 자랑할 게 많았다.

러브레터에 관한 일들이며 달라진 아이들의 반응, 그리고 몇몇 학생들의 답장까지. 서연은 시시콜콜 아이들과 있었던 일들을 이야기하며 상기되어 있었다.

"강서연 선생님, 러브레터는 그만하면 성공이네요. 용기 내어 아이들에게 다가간 보람이 있어서 다행이에요. 아이들이 굳이 편지로 전하지 않더라도, 오며 가며 만났을 때 아이들의 달라진 태도만 봐도 그 변화를 느끼기에 충분하잖아요. 이번 기회를 통해 선생님을 괴롭혔던 아이들하고 '진실과 화해의 시간'을 가질 수 있게 된 거예요. 일일이 한명 한명 아이들을 만날 수 없는 현실적인 여건에서 러브레터는 폭넓은 화해의 장을 만들어 준 거죠."

"정말, 그럴까요?"

"당연하죠. 그렇지만, 아직 화해 못 한 아이들이 있지요? 바로 의준이하고 근수. 그 애들은 만나지 못했나요? 그 아이들은 어떤 생각을 했을지 궁금하네요."

"솔직한 심정을 말하자면…… 그 아이들을 만나고 싶지 않습니다."

서연의 목소리가 잦아들었다. 그런 서연의 마음을 아는지 모르는지 이경원 선생은 단호하게 말했다.

"강 선생님 자신을 위해서도 그렇고 그 아이들을 위해서도 만나야 합니다. 강 선생님이나 아이들이나 그 마음을 간직하고 살면 안 돼요. 선생님은 선생님대로 피해의식을 해소해야만 나중에도 미움으로부터 자유로울 수 있고, 아이들은 아이들대로 자신의 잘못을 사과하는 기회를 가져야만 선량해질 수 있어요."

서연은 이경원 선생에게 어떻게 하겠다, 똑 부러지게 말할 수가 없었다. 서연은 걱정스런 눈으로 자신을 바라보는 이경원 선생과 헤어져 집으로 향했다. 그냥…… 그들과 만나는 일이 다시는 없기를, 그들이 그냥 지금처럼 자신의 눈앞에 나타나지 않기를 바라는 마음, 회피하고자 하는 마음만이 가득했다. 하지만 아무리 두렵고 회피하고 싶어도 의준이와 근수를 직접 만나서 진실과 화해의 시간을 가질 필요가 있다는 것을 서연도 인정할 수밖에 없었다. 이경원 선생의 말처럼 자신의 상처를 치유하지 않고서 어떻게 다른 사람의 상처를 치유하는 데 전념할 수 있겠는가? 그런 사람은 나이팅게일이 될 수가 없다. 그러나 이경원 선생의 말대로 적극적으로 아이들을 불러서 이야기를 할 용기는 좀처럼 생겨나지 않았다. 서연은 그 아이들을 생각만 해도 몸서리가 쳐졌다.

그런데 뜻하지 않은 기회가 왔다. 의준이가 졸업하고 한 해가 지난 스승의 날이었다. 의준이는 종종 중학교에 찾아와 축구부 선생님들에게 인사를 하고 갔는데, 그러다 서연과 마주친 것이다.

2

서연은 의준이의 고등학교 생활로 이야기를 꺼냈다. 뻔한 이야기들이었다. 좀 더 솔직하고 친밀한 대화를 나누고 싶었지만 서연은 방법을 몰랐다. 또 그럴 만큼 서연의 마음이 누그러진 것도 아니었다. 그동안 서연은 근수나 승욱이, 의준이에게서 받은 상처를 회피하기에 바빴으니 상처가 치유되었을 리 없었다. 그 아이들과 마주하는 것도 서연에게는 힘든 일이었다. 그래도 해야 했다. 이경원 선생의 말대로 하나씩, 차근차근 진실과 화해의 시간을 가져야 했다. 서연은 용기를 내어 조심스럽게 이야기를 꺼냈다.

"의준아, 의준이가 기억하고 있는지 모르겠는데, 의준이가 1학년 때 던진 말 때문에 아직도 여기가 막 아플 만큼 너무 속상하다."

"왜요? 제가 뭐라고 그랬는데요?"

"1학년 때 선생님이 의준이보구 수업 시간에 바로 앉자, 똑바로 하자, 그랬더니 의준이가 앞에 앉은 수현이를 막 때리면서 '병신 새끼야 똑바로 하래잖아. 이 장애인 새끼야. 병신 새끼야'라고 그랬어. 의준이가 어떤 의도로 그랬는지 잘 모르지만 선생님은 의준이가 나 들으라고 일부러 그렇게 얘기하는 것 같았어. 수현이도 그때 그렇게 들렸다고 죄송하다고 하고 갔는데, 의준인 기억 안 나?"

"제가요? 아니에요! 전 전혀 기억이 안 나요. 그리구 제가 일부러 선생님 들으라고 그렇게 심하게 말하고, 그렇게까지는 안 했을 거예요."

"그래? 그럼 그건 그냥 별 뜻 없이 한 건가 보다. 그런데 또 있어."

"또 뭐요?"

"전에 의준이가 수업 시간에 무단결과 하고 그랬을 때 선생님이 무단결과 체크했다고 와서 따지듯이 했던 말. '선생님 제가 나가는 거 봤어요? 선생님 왼쪽 눈 안 보이잖아요! 제가 나가는 거 봤냐구요! 저 교실에 있었거든요!'라고 했던 말. 다른 애들도 다 의준이가 교실에 없다고 그랬는데."

"아! 그건 쫌 기억나는 거 같아요. 죄송합니다."

"선생님, 그날, 의준이한테 그 얘기 듣고 교무실에 내려와서 펑펑 울었다."

"죄송합니다."

"선생님은 의준이가 철없을 때 그렇게 심하게 얘기해 놓고 애가 대학 가고, 어른 돼서 나한테 미안하고 스스로한테 부끄러워서 어쩌려고 그러나…… 걱정했어. 지금이야 철이 없어 그랬다고 해도 나중에 크면 엄청 부끄러울 텐데……."

"네……."

"의준이는 잘 기억 못 하고 있었구나? 그냥, 선생님은 의준이가 그렇게 말했을 때 엄청 속상하고 슬펐다는 걸 얘기하고 싶었어. 선생님이 말 안 하면 의준이가 모를 것 같아서."

"네……."

그날 서연과 의준은 웃으며 악수까지 나누고 헤어졌다. 서연은 한결 마음이 가뿐해졌다. 언제고 풀어야 할 숙제처럼 안고 있던 이야기를 풀어놓았으니 말이다. 서연은 의준이가 학원으로 향하는 마음이 어땠을까를 상상해 보았다.

'내가 그렇게까지 못되게 말했다니, 내가 중1 땐 정말 형편없었구나!' 아니면, '아…… 정말, 그냥 별생각 없이 한 그런 말들을 다 기억하고 담아 두냐, 쪽팔리게!'

의준의 속마음이 그 어떤 것이래도 서연은 상관없었다. 어차피 처음부터 의준을 반성시키겠다는 오기 따위는 없었으니까. 의준이에 대한 기억은 그렇게 끝이 났다. 이제 근수를 만나야 한다.

의준이와 만나고 몇 달이 지난 어느 날, 서연은 퇴근하려고 학교를 나오고 있었다. 운동장에서 공을 차고 있던 아이 하나가 달려오는 게 보였다. 근수였다.

서연도 소문을 들었다. 근수는 전학 간 학교에서 적응하지 못하고 자퇴한 후에 고입검정고시를 봐서 근교의 특성화고등학교에 다닌다고 했다. 근수가 전학 간 학교에서 적응을 못 하고 자퇴한 것은 그 학교의 분위기가 서연의 학교와는 확연하게 달랐기 때문이다. 서연의 학교는 근수의 센 척이 통하는 폭력적인 문화였지만 새로 전학 간 학교에서 근수의 센 척은 "쟤 왜 저래? 미친 거 아냐?" 혹은 "너 선생님한테 그게 무슨 말버릇이야?" 하는 싸늘한 반응을 불렀을 뿐이라고 했다. 그 학교에는 근수의 센 척에 맞서는 아이들이 많았던 것이다. 서연의 학교에서 근수가 영웅이었다면 전학 간 학교에서 근수는 '또라이'였다는 것. 대장 노릇을 할 수 없게 된 근수는 차츰 학교를 빠지는 날이 많아졌고, 그러면서 자연스럽게 자퇴를 하고 검정고시를 봐서 진학했다고 한다.

그렇게도 친구들 사이에서 영웅이고 싶었던 아이, 이제는 친구들과 비슷하게 평범한 학생으로 변한 근수가 반갑게 웃으며 다가와 인사를 했다.

"선생님, 안녕하셨어요? 저 기억나세요?"

"그럼 기억나지! 근수잖아."

"헤헤, 절 다 기억해 주시고, 고맙습니다."

"그런 소리 마라, 얘. 그래 학교는 잘 다녀?"

"네. 그렇죠, 뭐. 근데 선생님, 다리 많이 좋아지신 것 같아요."

"그래? 그래 보인다면 다행이네."

내 걸음걸이를 가지고 그렇게 놀리던 아이가 그런 말을 하니 서연은 기분이 묘했다. 그리고 한편으로는 에두르지 않고 하고 싶은 말을 할 수 있는 기회인 것 같아 반갑기도 했다. 근수가 다시 물었다.

"재활치료 받으시나 봐요?"

"아니, 그렇지는 않아. 그런데 근수야, 전에 근수가 선생님 따라서 똑같이 걸은 적 있었는데, 혹시 기억나?"

제발 아니라고 말하기를…… 부정하는 게 아니라 그런 사실 자체가 없었다고 확실하게 말해 주기를 바라는 심정으로 서연은 물었다.

"아~유, 선생님. 그런 걸 다 기억하시고…… 제가 그때는 철이 없어서…… 죄송합니다, 정말 죄송합니다."

근수는 멋쩍게 웃으며 꾸벅 인사를 하고 뛰어 도망치듯, 운동장을 빠져나갔다.

'사실이었구나. 정말로 나를 흉내 내어 걸은 거였구나…….'

늘 확인하고 싶었던 것인데 막상 확인하고 나니 서연은 다리에 힘이 풀리고 눈앞이 하얘졌다. 그래도 다행인 건 근수가 자기 행동을 부인하지 않았다는 것, 자신의 행동에 부끄러워하고 있다는 사실이었다. 그래…… 어릴 때여서, 철이 없어서라잖아. 서연은 운동장 가의 벤치에 앉아서 가만히 마음을 추슬렀다.

'갓 교단에 선 나한테 가장 큰 상처를 주었던 근수와 의준이가 그때의 일을 모두 기억하고 진심이든 거짓이든 (진심이라 믿고 싶다!) 스스로의 행동을 부끄러워했잖아. 그것만으로도 충분해. 나로 인해 다른 누군가에게 상처를 줬던 일들이 기억났을지도 몰라. 그 아이들이 앞으로 만나게 될 사람들에게 같은 방식으로 상처 주지 않을 것이라 믿을 수밖에. 설사 다시 똑같은 방식으로 상처를 주더라도 그

때는 알고 한 일이니까 책임도 따르겠지.'

서연은 자리를 털고 일어섰다. 운동장에 석양이 가득 내려앉아 있었다. 서연은 천천히 학교를 빠져나왔다. 뭔가 좀 더 자유로워졌다는 느낌이 가슴에 차올랐다. 그리고 비로소 서연 자신의 이야기를 되찾은 것 같았다.

'이제야말로 나만의 새로운 이야기를 만들 수 있을 것 같아!'

서연은 편안한 마음으로 그동안 만남을 미뤄 왔던 이경원 선생에게 전화를 걸었다.

이신아

프레임 쉬프트

부단한 자기 계발과 다양한 교육프로그램을 수업에 적용하는 열혈 교사, 이 선생. 반에서 일어난 학교폭력 사건의 트라우마로 인해 담임을 회피하고, 정체성에 대한 깊은 고민에 빠진다. 폭력을 폭력으로 인식하지 못하는 아이들에게 어떻게 평화를 가르칠까? '수업'에서부터 변화가 일어나야 한다. 수업이 바뀌어야 한다,

길을 잃다, 책을 읽다

1

졸업식 날, 이 선생이 담임했던 아이들이 이 선생과 기념사진을 찍기 위해 우르르 교무실로 몰려왔다. 저마다 꽃다발을 들고 3년간의 추억을 한 장 사진 속에 담으려는 듯 꽃처럼 환하게 웃으며 이 선생의 팔짱을 끼었다.

"선생님, 그동안 감사했어요. 졸업해서도 자주 찾아올게요."

"그래, 졸업 축하한다. 대학 가면 많이 바쁠 텐데, 어쨌든 좋은 친구들 많이 사귀고. 재미있게 잘 지내."

"네, 선생님도 재미있게 잘 지내시고, 저희 잊으시면 안 돼요."

"그럼, 너희를 어떻게 잊겠니?"

"헤헤, 자주 연락할게요."

"그래."

기념사진을 찍은 후 아이들은 썰물처럼 교무실을 빠져나갔다. 창밖으로 앙상하게 가지를 드러낸 나무들이 추위에 떨고 있는 듯, 안쓰러워 보였다.

'나는 아직도 미궁 속에서 헤매고 있는데 아이들은 벌써 늪에서 빠져나온 것일까? 아니면 괜찮은 척 연기를 하는 것일까? 벌써 2년이란 시간이 지났고 아이들도 무사히 졸업을 했지만, 이 불편한 마음의 정체는 대체 뭘까?'

이 선생은 의자 깊숙이 몸을 묻으며 2년 전의 일을 떠올렸다.

2

이 선생은 새로 옮긴 학교에서 새로 만난 아이들과 행복하게 지내려고 담임으로서 최선을 다했다. 집에 있는 어린 자식보다 학급 아이들에게 더 많은 에너지를 쏟았다. 방과 후에 집단상담도 하고, 학급 단합대회도 열고, 날마다 종례신문을 통해 아이들과 소통하려고 애썼다. 하지만 시간이 지날수록 반 여자아이들 사이에서 친한 친구들끼리 모여 다른 누군가의 뒷담화를 하고, 그룹 내부에서만 공유해야 할 이야기를 다른 친구에게 의도적으로 흘리고 과장하면서 누군가를 번갈아 가며 따돌리는 일이 반복되었다. 이 선생의 노력에도 불구하고 여자아이들의 따돌림 문제는 쉽게 해결되지 않았다.

믿었던 아이들에게 배신을 당했다는 생각과 아이들을 위한 자신의 노력이 물거품이 되었다는 좌절감에 이 선생은 몹시 지치고 괴로웠다. 이 선생은 왜 이런 따돌림의 패턴이 반복되는지, 교사로서 어떤 역할을 해야 하는지, 어떻게 이 문제를 해결해야 하는지, 누구의 말이 사실인지, 무엇이 진실인지 몰라서 얼굴에서 먹구름이 떠나지 않았다.

이 선생은 교사가 된 이래 한시도 쉬지 않고 학급 운영 노하우며 수업 방법, 상담, 인권, 독서, 토론, 논술 등등 그때그때 현장에서 필요로 하는 것들을 배우는 데 게을리하지 않았다. 가르치는 일이 좋아서 교사가 되었고 잘 가르치기 위해 누구보다 많은 노력을 기울였지만, 고통스럽고 혼란스러운 교실에서 이 선생은 무기력하게도 아무런 대응을 할 수 없었다. 예전에 가졌던 교사로서의 자부심도 속이 들여다보이는 거짓이 되어 버린 것만 같았다.

이 선생은 자신이 상담 공부도 했고, 그동안 학급 운영도 잘해 왔다는 평가를 받는 교사였기 때문에 따돌림 문제도 간단하게 해결할 수 있으리라 생각했다. 하지만 그것은 착각이었다. 자신에게 그런 문제를 해결할 힘과 능력이 없다는 사실을 깨달았을 때 이 선생이 받은 충격은 엄청났다. '나는 10년 넘는 교직 생활을 하며 대체 무엇을 배운 거지?' 하는 물음이 머릿속을 떠나지 않고 이 선생을 괴롭혔다. 얼른 방학이 되어서 이 아이들로부터 도망치고 싶다는 생각만 간절했다. 담임으로서 능력을 인정받으며 평화롭게 학교생활을 하고 싶었던 이 선생의 바람은 그렇게 좌절되었다.

어느새 이 선생은 긴긴 겨울방학이 있다는 사실만으로 겨울이란 계절을 좋아하게 되었고, 봄이 오는 것과 담임을 맡는 것을 두려워하는 교사가 되어 버렸다. 그토록 자신만만했던 담임 자리를 회피하기 시작했고 이런저런 핑계를 대면서 담임 자리를 다른 교사들에게 넘겼다.

그해도 이 선생은 비담임을 신청했다. 업무분장이 본격적으로 이루어지는 2월, 선배들이 했던 조언이 생각났다.

"학기 초에는 미친 척하고 자기 것 챙겨야 해."

"그러다가 동료들한테 미움받으면 어떻게 해요?"

"업무분장 끝나고 잘해 주면 되지. 처음에는 욕먹는 게 좀 힘들겠지만, 나중에 시간 좀 지나면 일 년이 편해지는데?"

"그래도 저는 그렇게는 못 할 것 같아요. 그냥 제가 힘들고 말지……."

"으이구, 순간 힘든 걸 참기만 하면 되는데, 왜 바보 같은 선택을 해?"

"그래도…… 저는 일 년을 바보같이 사는 게 더 편할 것 같아요."

이 선생은 불과 몇 해 전만 해도 바보 같은 선택이 훨씬 마음 편한 교사였는데 이제는 그런 선택을 결코 하고 싶지 않은 교사가 되어 가는 중이었다. 게다가 비담임을 원하는 교사들이 많아지고 있는 것이 학교 사회의 엄연한 현실이기도 했다. 경력이 많은 교사들이 담임을 기피하다 보니, 젊은 교사들과 힘없는 기간제 교사들이 담임을 떠맡게 되는 상황이 두드러졌다. 그들에게는 참으로 미안한 일이지만, 피할 수 있으면 피하는 것이 즐거운 학교생활의 시작이라는 생각이 퍼져가고 있었다.

아닌 게 아니라 담임은 맡는 순간부터 고행 길의 시작이었다. 아이들이 학교에 있는 동안에는 안전, 학교폭력 예방과 학생 지도, 친구 관계, 입시 상담, 학업 상담, 진로 상담, 청소 지도 등 신경 써야 할 일이 끊이지 않았고, 학교 밖의 삶에 대해서도 계속 신경을 써야 했다. 사정이 이렇다 보니 담임수당 안 받고 차라리 담임 안 하는 것이 마음 편하다고 생각하는 교사들이 많아졌다. 담임을 한다는 건 일 년 동안 가슴에 돌덩이 하나를 얹고 사는 것과 다름없었다. 한때 교직의 꽃이었던 담임이 이제는 교사들 사이에서 천덕꾸러기 직책이 되어 버렸다. 그래서 비담임은 하늘의 별따기처럼 되어 버렸고, 권한은 없고 책임만 지게 되는 담임 직책 따위, 피할 수 있으면 피하는 것이 상책이라는 인식이 점점 확대되었다.

옆에 앉은 동료 교사가 이 선생에게 담임을 확실하게 피할 수 있는 방법을 귀띔해 준 적이 있다.

"이 선생, 담임하기 싫으면 사람들이 가장 기피하는 부서를 지망하겠다고 해. 그럼 확실하게 빠질 수 있을 거야."

"선생님들이 어디를 기피하는데요?"

"뭐, 그거야 해마다 똑같지. 학생, 교무, 연구."

"그래요? 그럼 교감 선생님께 거기 배치해 달라고 할까 봐요."

"남들이 하기 싫어하는 일 자청해서 하겠다고 나서는데, 억지로 담임까지 맡으라고 하지는 않을 거야."

그리고 얼마 후 업무분장 발표가 있던 날, 이 선생은 담임 명단에서 빠졌다. 작년에 이어서 연구부 평가계 업무를 맡게 되었고, 2학년 문학을 가르치게 되었다.

"이 선생, 올해도 담임 빠졌더라. 연거푸 2번이나 비담임을 하는 비결이 뭐야? 정말 부럽다."

동료 교사들이 웃으며 인사를 건넸지만 불편한 시선이 느껴졌다. 이 선생은 일 년의 행복을 위해서는 순간의 불편함쯤은 충분히 견뎌낼 수 있다고 생각했다. 작년에 담임을 안 해 보니, 학기 초에 조금 허전하긴 했지만 조례, 종례 들어갈 일 없고, 생활기록부 신경 안 써도 되고, 학급 아이들 때문에 속 썩을 일 없고, 학교생활이 편했다. 하지만 이 선생이 편한 대신 동료 가운데 누군가는 힘들어질 것이다. 부장교사 빼고, 원로교사 빼고, 담임 업무를 수행하는 게 불가능한 사정 있는 한둘 빼고 나면 비담임 자리가 없는데, 이 선생이 담임에서 빠지고 나니 그 자리를 기간제 교사가 대신하게 되었다. 이 선생은 기간제 교사에게 특히 미안했다.

2월, 겨울이 아직 끝나지는 않았지만 학교에는 또다시 봄이 찾아오고 졸업한 아이들이 남기고 간 빈자리는 또다시 신입생들로 채워질 것이다. 앙상한 가지로 서 있는 저 나무가 머지않아 새잎을 피우듯 이 선생도 뭔가를 새롭게 시작해야겠다는 생각이 들었다. 책이라도 읽으면 새로운 아이디어를 얻을 수 있까?

담임 배정을 받은 교사들의 바쁜 움직임에 미안한 마음이 들어 이 선생은 새 학기 문학 수업과 독서 자료도 찾을 겸 교무실을 슬그머니 빠져나와 학교 도서관으로 향했다. 봄방학이라 그런지 학교 도서관은 텅 비어 있었고, 싸늘한 냉기만 가득했다. 이 선생은 문학 수업에서만큼은 아이들이나 동료 교사에게 인정받고 싶었다. 어떤 분야에서든 10년이 넘으면 베테랑이 된다지만 학생들을 가르치는 일은 늘 새롭고, 갈수록 어렵기만 하다고 이 선생은 생각했다.

새 학년 준비를 위해 어떤 책이 좋을까, 서가를 두리번거리고 있는데 현직 교사들이 직접 썼다는《이 선생의 학교폭력 평정기》라는 책이 눈에 들어왔다. 작년 독서토론 연수에서 강사가 적극 추천했던 책이었건만 지금까지도 읽지 못했다. 혹시나 이 책에 새로운 길이 있을지도 모른다는 막연한 기대감에 서가에서 책을 뽑아 선 채로 지은이의 말을 읽었다. 무엇보다 책을 쓴 교사들도 학교폭력 때문에 많이 힘들었다는 사실이 이 선생에게 위안이 되었다. 저자들이 직접 경험한 이야기를 소설로 그려 냈다고 하는데, 어떤 이야기일지 궁금해서 책을 대출했다. 그동안 자신을 괴롭혀 왔던 따돌림 문제에 대한 해결책이 있기를 간절히 바라며 이 선생은 책을 읽어 내려갔다.

책 속에서 길을 만나다

1

교실에서 다른 아이들에게 늘 놀림을 당하는 아이, 쉬는 시간이면 교실 밖을 맴도는 아이, 자리를 바꿀 때마다 거부당하는 느낌을 받는 아이, 모둠을 구성할 때 혼자 남는 아이, 교실에서 센 척을 하며 교사와 아이들을 희생양 삼는 아이, 반 아이들이 장난삼아 한 번씩 툭툭 건드리는 아이, 끼리끼리 어울리다가도 돌아가며 한 명씩 따돌리는 아이, 교실에서 이 선생을 힘들게 했던 아이들이 하나둘씩 책 속에서 툭툭 튀어나왔다. '누가 내 교실을 들여다보고 있었나?' 하는 생각이 들 정도로 교실의 이야기가 적나라하게 살아 움직이고 있었다.

이 선생은 '교실에서 나도 일상적으로 겪었던 일인데, 왜 이런 문제에 대해 소설 속의 선생님들처럼 민감하게 반응하지 못했을까?' 하는 생각이 들었다. 이 선생은 책을 통해 평소 자신이 스스로를 아이들에게 관심 많은 교사라고 생각해 온 것이 얼마나 오만한 생각이었는지를 절실하게 깨달았다. 실제로 자신은 아이들에 대해서 아는 것이 별로 없다는 것을 인정하지 않을 수 없었던 것이다.

작년에 있었던 일 하나가 머리를 스쳐갔다. 1교시 수업 시작종이 쳤지만 복도에서 어슬렁거리는 학생들이 많았다.

"야, 수업 종 쳤잖아. 얼른 들어가서 수업 준비 해야지!"

복도를 지나는 선생님들이 모두들 한마디씩 하는데도 몇몇 녀석들은 아랑곳하지 않고 그때서야 화장실에 간다, 물 먹으러 간다, 책

빌리러 간다며 요리조리 핑계를 대고 조금이라도 쉬는 시간을 더 끌려고 안간힘이었다.

이 선생이 교실로 들어섰을 때, 교실 뒤편 사물함 주변에 아이들이 둥그렇게 모여서 낄낄거리고 있었다. 낄낄거리는 웃음소리를 비집고 "아! 악! 야, 아퍼! 그만, 그만, 살려 줘!" 하는 소리가 새어 나왔다. 그뿐이 아니었다. 자리에 앉아 있는 아이들은 주말 동안 있었던 이야기를 나누느라 교실 안은 시장 통처럼 시끌벅적했다. 반장이 조용히 하라고 소리쳐도 소리는 허공으로 흩어졌다.

그 소란한 틈을 타 남자아이들 몇 명이 생일빵을 한답시고 사물함 앞에서 규석이를 때리는 중이었다. 규석이는 규석이대로 맞지 않으려고 완강히 저항했다. 하지만 다섯 명의 남자애들이 작정하고 달려드니 당해 낼 재간이 없는지 나중에는 묵묵히 맞기만 했다. 넘어진 규석이를 둘러싸고 엉덩이와 등에 반복적으로 발길질이 이어졌다. 규석이도 드디어 고통을 호소했다.

"야, 아퍼. 그만 때려."

"무슨 소리야, 너는 좀 맞아야 돼."

"윽! 야, 그만해. 정말 아퍼!"

"큭큭. 이 자식 엄살떠네?"

규석이는 교실 바닥에 쓰러져 고통을 호소했지만 그를 돕거나 말리는 아이는 없었다.

"애들아, 수업 종 쳤는데 왜 이렇게 소란스러워? 거기, 뒤에 몰려서 뭐하는 거야?"

아무래도 사태가 심상치 않다는 낌새를 알아차린 이 선생은 교실

뒤편 구석에 웅크리고 있는 규석이에게 다가갔다. 한바탕 주먹과 발길질 세례를 당해 곤욕을 치른 규석이는 이 선생을 보고도 쉽게 일어나질 못했다. 큰 부상이라도 입은 게 아닌가, 가슴이 철렁한 이 선생은 규석이를 둘러싸고 있던 다섯 명의 남자아이들을 날카로운 눈초리로 쳐다보았다.

"너희들 친구한테 이게 무슨 짓이야!"

평소에 늘 부드러운 웃음으로 대해 주던 선생님이 정색하며 혼내는 것이 어색했던지 아이들은 머뭇거리며 대답했다.

"오늘 규석이 생일이라서 생일빵 한 거예요."

"생일이면 축하를 해 줘야지, 이렇게 때리면 어떡해?"

"때린 게 아니고, 그냥 장난으로 한 거예요."

"규석이가 심하게 맞아서 일어나지도 못하는데, 이게 장난이라구? 이게 어떻게 장난일 수 있어? 너희들 너무 심한 거 아냐?"

규석이 이마에는 땀이 송글송글 맺혀 있었다. 웅크렸던 허리를 겨우 펴면서 규석이가 일어났다.

"선생님, 애들이 제 생일 축하해 주려고 그냥 장난한 거예요."

"에이, 그것 봐요. 이게 우리 문화라구요. 친구 생일에 다들 이렇게 해요. 규석이도 우리 생일에 많이 때렸어요."

"맞아요, 저 자식은 평소에 잘못한 게 많아 저렇게 맞아도 싸요."

상민이의 말에 현석이가 맞장구를 쳤다. 자신들은 잘못한 것이 없는데 이 선생이 괜한 트집을 잡는다는 표정이었다.

"생일날 친구들한테 맞아서 멍이 시퍼렇게 든 아들을 보면 규석이 엄마가 얼마나 속상하시겠어?"

"선생님, 그건 오버에요. 이건 그냥 장난이라구요."

이 선생은 더 이상 말을 잇지 못했다. 이 선생이 느끼기에 그건 분명 장난이 아니었다. 그런데 때린 아이도, 맞은 아이도 장난이라고 했다. 뭔가 찜찜했지만 다음에 또 그러면 학생부로 넘긴다는 엄포만 놓고 수업을 했다.

남자아이들은 '생일빵'이라는 이름으로 공식적으로 친구에게 폭력을 휘둘렀다. 그러다 걸리면 장난이라고 둘러대면 그만이었다. 폭력을 장난으로, 학창 시절의 자연스러운 문화로 미화하는 논리는 누가 가르쳐 주지 않아도 아이들은 자연스럽게 체득했다. 그러나 이 선생은 아이들의 장난이 분명 폭력이었음을 설득할 용기가 없었다. 자신들의 의도가 들켜도 계속 장난이라고 둘러대면 된다고 생각하는 아이들, 장난이라고 말하는 아이들에게 화를 냈다가는 자신의 속좁음이 드러날까 괜찮은 척, 뒤끝 없는 척 연기를 했던 규석이, 이 선생은 아이들이 쓴 전략을 비로소 이해한 것 같은 생각이 들었다. 아이들은 이 선생이 자신들의 세계를 모른다고 생각하고 그것을 이용했던 것이다. 당시 이 선생이 아이들의 인정욕망과 그 인정욕망을 달성하기 위한 폭력성을 이해하기만 했어도 아이들의 심리게임에 넘어가지 않았을 텐데.

이 선생은 계속해서 '평화의 신은 있다'라는 꼭지를 읽었다. 시기와 질투, 따돌림에 물들어 있는 겉모습과는 다르게 아이들의 마음속에 숨어 있는 평화에 대한 욕구를 글쓰기와 시 쓰기를 통해 이끌어 내는 모습이 인상적이었다. 평화의 가치를 내면화하기 위해서는 아이들 스스로 삶에 대해 성찰할 수 있도록 교사가 역할을 해야 한다는 내용이었다. 이 선생은 소설 속 인물이 갈등에 어떻게 대응하고 극복하는지, 어떤 결말을 맞이하는지 곱씹어가며 책을 읽어 나갔다.

그러는 동안 이 선생은 교사로서 정말로 고민해야 할 일이 무엇인지 어렴풋하게 알 것 같았다. 아이들에게 많은 것을 해 주는 교사였지만, 정작 아이들이 정말로 필요로 하는 것을 가르쳐 주지 못했던 자신을 발견했던 것이다. 어떤 문제가 생겼을 때, 근본적인 원인에 대해 알기를 두려워하고, 일단 피하고 덮어 버리려고 했던 자신의 모습과 소설 속에 나오는 교사의 모습이 자꾸만 비교되었다. 아이들이 교실에서 센 척을 하며 가면을 쓰는 것처럼, 이 선생은 사실은 하나도 모르면서 아이들 일을 모두 알고 있는 척 연기했던 것은 아닌가. 이 선생은 학교폭력 문제가 교실에서 어떻게 작동하는지를 그때서야 어렴풋하게 알 것 같았다. 아이들의 세계를 세밀하게 관찰해서 분석해 내고 있는 그 책을 아이들과 함께 읽고 글쓰기를 해 봐야겠다고 생각했다.

2

교무실로 돌아온 이 선생은 새 학기를 맞이하는 각오도 다지고 기분도 전환할 겸 책상 정리를 시작했다. 어지럽게 쌓인 책들과 유인물, 그리고 먼지가 쌓인 잡동사니들을 버릴 것은 버리고, 남길 것은 다시 분류하며 정리해 나가다가 책상 서랍 깊숙이 처박혀 있는 종이 뭉치를 발견했다.

'이건 뭐지? 아, 애들 진술서네. 그런데 진술서가 왜 이렇게 깨끗하지? 설마 내가 안 읽었나?'

2년 전, 아이들이 쓴 진술서를 읽다가 서운하고 화가 나는 마음 때문에 더 이상 읽지 못하고 책상 서랍 안에 처박아 놓았던 일이 그제야 생각났다. 이 선생은 일손을 멈추고 깨알같이 써 놓은 진술서를 차분하게 읽어 내려갔다. 특히 세 명의 진술서가 이 선생의 시선을 사로잡았다.

선생님, 저희의 말을 믿고 끝까지 들어 주셨으면 좋겠습니다. 지금까지 일어난 일들은 저희들이 부풀린 것이 아니라, 어른들의 지나친 보호 본능이 부풀린 것입니다. 이 문제는 저희 잘못도 있고, ○○와 △△의 잘못도 있고, 선생님과 어른들에게도 잘못이 있어요. 그러니까 연대책임이에요. 제가 글을 직설적으로 써서 선생님 기분을 상하게 해드리는 것은 죄송해요. 하지만 할 말은 하고 싶어요. 이번 일은 저희도 피해자입니다. 어쨌든 이 일이 좋게 해결되었으면 좋겠습니다.

어른들은 ○○, △△, □□만 화해하면 다 끝날 줄 아시는데, 그럼 저희는요? 뒷담을 들은 저희는 어떻게 되는 건가요? 제발 저희 말에도 귀 기울여 주시고, ○○네랑 솔직한 대화를 할 수 있게 해 주세요. 이 일이 얼른 좋게 해결이 되었으면 좋겠어요. 그리고 남의 이야기를 전달한 저도 잘못은 있습니다. 제발 다시 이야기할 수 있는 기회를 마련해 주세요.

저는 이 일이 이렇게 커질 일인지 잘 모르겠습니다. 그냥 서로 잘못한 아이들이 솔직하게 잘못을 인정하고 사과하면 되는 일을 가지고 일을 너무 크게 벌이는 것 같아 보기에 별로 좋지 않습니다. 앞에서는 둘도 없는 친구처럼 잘 챙겨 주고 친하게 지내다가, 뒤돌아서서 욕을 하는 이중성이 이런 일을 만들었다고 생각합니다.

이 선생은 '그때 왜 실패를 했을까? 왜 아이들의 간절한 바람을 외면했을까?'를 생각했다. 만약 그때, 아이들의 세계에 대해서 좀 더 잘 알았다면 아이들이 그렇게 갈등하고 힘들어하는 것과 따돌림이 반복되는 것을 막을 수 있었을 것이다. 아이들이 적어 낸 글에는 행간마다 간절함이 담겨 있었다. 아이들의 바람대로 서로 마음을 터놓고 이야기할 수 있는 기회가 있었다면 진실과 화해에 이르는 방법을 찾을 수 있었을 텐데…… 후회가 되었다. 말과 글 어떤 방법으로든 서로 마음을 표현하고 이해할 수 있게 했어야 했다. 그러나 이 선생은 문제를 덮기에 급급해서 진실을 밝히고 화해할 수 있는 기회를 주지 못했다.

학생부장이든 부모든 담임이든 어른들은 어떠한 일이 일어났을 때, 적당히 덮어 두고 당사자끼리 사과하고 넘어가면 된다고 생각한다. 하지만 상처를 치유하기 위해서는 조금 힘들더라도 속마음을 솔직하게 나누는 것이 필요하다. 왜 힘들었는지, 서로 무엇을 원하는지, 무엇을 원치 않는지 차근차근 이야기로 풀어가야 하는 것이다.

이 선생은 그동안 자신이 아이들과 충분하게 소통하고 있다고 착각했다. 그러나 마음 따뜻하게, 세심하게 챙겨 주는 엄마 같은 역할은 했을지 몰라도 실제로 아이들이 문제 상황에 맞닥뜨렸을 때 그것을 해결할 수 있도록 도와주는 어른 역할은 하지 못했다. 교사로서,

진실을 찾기 위해 아이들과 함께 이야기했어야 했다. 하지만 담임으로서 아이들 사이의 갈등 문제를 해결해 나갈 자신이 없었고 방법도 알지 못했다. 결국 문제를 덮어 두었기 때문에 문제를 해결할 수 없었다는 사실을 이 선생은 인정했다.

이 선생은 자신의 교육 방법과 교육관이 어디서부터 어떻게 잘못되었는지 곰곰이 생각했다. 이 선생이 익숙하게 알고 있는 모든 교육 방법이나 기존의 프로그램들은 아이들의 세계를 반영하지 못했고, 아이들과 소통하는 방법을 알려 주는 것이 아니었다.

이 선생은 자신의 수업에 대해서도 생각해 보았다. 문학은 삶을 변화시키는 힘이 있다고 가르쳤지만, 자신의 문학 수업은 아이들의 삶을 반영한 것이 아니었기에 아이들의 삶을 변화시킬 힘이 없었던 것은 아닌가. 새로 시작할 학기의 첫 수업을 미리 상상해 보았다. 늘 그렇듯이 2년 전과 똑같은 내용으로 첫 시간을 시작하는 모습이 그려졌다.

"문학은 사람이 살아가는 이야기입니다. 우리는 어떤 관계를 맺어야 하며, 어떻게 살아야 더 행복하게 살 수 있는지, 삶에서 어떻게 갈등을 극복하고 살아가야 하는지를 가르치는 것이 문학이라고 할 수 있어요. 여러분은 지금까지 많은 문학작품을 읽고 공부했을 텐데, 이때까지 읽었던 문학작품 중에서 여러분에게 가장 큰 재미와 감동, 깨달음을 주었던 작품은 무엇인가요?"

해마다 거의 똑같은 말로 시작하느라 어느덧 입에 붙어 버린 말이 줄줄 흘러나왔다. 이 선생은 얼굴이 화끈거렸다. 작년 첫 수업 시간이 떠올랐기 때문이다. 그때도 이 선생은 비슷한 말로 서두를 떼었고 아이들이 대답했다.

"'운수 좋은 날'이요."

머뭇거리는 듯한 교실 분위기를 깨며 형진이가 대답했다. 이 선생은 이야기의 포문을 열어 준 형진이가 반가웠다.

"어떤 점에서 '운수 좋은 날'이 인상적이었나요?"

"욕이 많이 나와서 재미있었어요. 아내한테 '오라질 년'이라고 하는 거요. 헤헤."

형진이의 장난기 있는 대답에 주변 아이들이 서로 눈을 맞추며 키득거렸다.

"작가가 하층민들의 삶을 실감나게 표현하기 위해서 비속어를 많이 쓰고 있어요. 김 첨지의 아내는 병이 들어 설렁탕을 먹고 싶어 했지만, 가난한 김 첨지는 아내의 부탁을 들어줄 수가 없었어요. 마침 비가 와서 인력거 장사가 잘되었던 운수 좋은 날, 김 첨지는 설렁탕을 사서 집에 들어왔지만 아내는 이미 죽은 상황이라 남편이 사 온 설렁탕을 먹지 못한다는 이야기입니다. 가장 운수 좋은 날이 곧 아내가 죽은 날이었다는 이야기를 담은 소설이죠. 방금 발표한 학생이 장난스럽게 이야기를 했지만, 이런 내용 때문에 기억에 남았을 거예요. 그렇지요?"

"네."

그 수업은 분명 문학작품에 대한 이야기는 있어도 아이들의 삶과 연결되는 고리는 하나도 없는, 아이들의 삶이 빠진 문학 수업이었다. 문학교육은 삶을 근거로 해야 하며 각자의 삶의 서사와 만나야 가능하다고 입버릇처럼 말해 왔건만 거기에 아이들의 삶은 없었다.

삶과 문학의 관계를 이야기하면서도 이 선생은 아이들의 삶에 대해 잘 몰랐기 때문에 문학교육으로 아이들의 삶에 다가가지 못했다. 서로의 관계가 서서히 붕괴되고 있는데도 아이들의 세계와는 동떨어진 삶을 이야기하고 문학을 이야기했다. 입시에 길들여지고 교사용 지도서와 참고서에 의존하다 보니 작품에 대한 해석 또한 비판적 읽기가 결여되었다. 그 결과 작품에 대한 감상은 판에 박힌 듯 획일화되고, 이 선생이 가르치는 내용을 아이들은 수동적으로 이해하는 식이었다.

서사의 주체인 학생을 소외시킨 문학 수업. 그렇기에 이 선생의 의지와는 무관하게 그 작품들은 삶의 의미보다는 학생들의 성적과 진학을 위한 도구가 되고 말았다.

삶의 어딘가에 서서히 금이 가고 있었는데 이 선생은 그것을 모르고 있었다. 삶의 진짜 위험은 바깥에서 오는 것이 아니라 우리 안의 내면이 서서히 붕괴되면서 조금씩 시작된다는 파커 파머의 말이 떠올랐다.

새로운 길

1

2월의 어수선함을 뒤로하고 다시 새 학년 새 학기가 시작되었다. 업무분장과 수업시수 배분을 둘러싼 교사들 간의 신경전은 여전하겠지만, 다시 아이들과 함께하는 3월은 희망으로 가득한 법.

이 선생은 이번 학기부터는 아이들의 삶과 이 선생이 부딪친 교육 현실을 반영한 작품으로 수업해야겠다고 생각했다. 새 학기 수업을 준비하면서 외장하드 자료를 정리하던 중 '프리덤 라이터스 다이어리'란 영화를 발견했다. 동료 교사가 좋은 영화라고 꼭 보라고 외장하드에 담아 준 영화였다. 이 선생은 새 학기 수업에서 독서와 글쓰기를 계획하고 있던 터라 관심을 갖고 영화를 보았다.

학교폭력과 가정폭력, 인종차별 등 아픔에 멍들고 소외된 아이들에게 자신의 삶을 들여다볼 수 있는 소설을 읽게 하고, 자신의 삶을 글로 쓰게 하면서 아이들 스스로 상처를 극복하고 자신의 미래를 변화시키도록 이끈 국어 선생의 이야기. 변하지 않을 것 같은 아이들이 소설을 읽고, 선생님이 나누어 준 공책에 글을 쓰면서 자신의 삶을 변화시켜간 이야기. 반복되는 일상의 경험들을 새롭게 되짚어 보면서 자신을 둘러싼 관계를 새롭게 인식하고, 자기 삶의 진실을 재발견한다는 감동적인 영화였다.

새 학기 수업을 준비하는 이 선생에게 그 영화는 단비 같았다. 영화 속의 이야기처럼 교실의 평화는 아이들 상호 간의 관계를 화목하게 만들고, 아이들 개개인의 삶의 변화는 교실을 평화롭게 만들 터였다. 교사는 학생들이 과거의 경험을 통해 써 온 사적 서사인 인생각본을 학급 공간을 통해 수정하고, 올바른 각본을 써 나갈 수 있도록 도와주는 서사 능력을 가진 사람이어야 한다는 것을 다시금 깨달았다. 교실은 개인의 사적 서사와 학급의 공적 서사가 만나는 공간이라는 말이 이 선생의 머릿속을 스쳤다. 이 선생은 '평화와 우정'이라는 이야기를 아이들과 함께 만들어 가야겠다고 생각했다.

2

첫 문학 수업 시간, 이 선생은 이렇게 말문을 열었다.

"문학은 사람이 사는 이야기, 즉 우리의 삶을 다루고 있어요. 우리가 세상을 살아가면서 많은 문제들과 부딪히게 되는데, 그런 것들 중에서 삶의 핵심을 드러내는, 즉 전형성을 띤 사건을 문학으로 표현하게 됩니다. 다음 시는 2년 전, 선생님의 삶에서 핵심적인 사건이 될 만한 어떤 일이 있었는데, 그 일을 시로 표현해 본 거예요. 선생님이 겪은 일이 무엇이었는지 한번 상상해 보기 바랍니다."

이 선생의 소외와 실존

아는 것과 사는 것이
분리될 때
삶은 조금씩 조금씩
금이 갔다.

같은 시간, 같은 공간에 있어도
서로가 마음의 문을 닫아
각자의 마음은
폐허가 되었다.

삶의 절망과 고통을
극복하게 하는 힘은

서로의 삶에 대한
깊은 관심과 용기였다.

"자, 그 일이 어떤 일이라 짐작되는지, 또 어떤 느낌이 드는지 아무나 얘기해 보세요."

얼마간의 침묵 끝에 한 아이가 입을 열자 여기저기서 발표가 이어졌다.

"사랑하는 사람과 이별했던 경험을 적은 시 아닌가요?"

"주변에 있는 사람과 싸워서 힘들었던 경험을 적은 것 같은데요?"

"학생들이 선생님을 많이 힘들게 했어요?"

"가족들이 선생님을 힘들게 한 것 아니에요?"

아이들은 이 선생이 겪은 핵심적인 사건이 무엇이었는지 호기심 가득한 얼굴로 다음 이야기를 기다렸다.

"2년 전 내가 담임을 할 때, 학급에서 일어난 따돌림 문제를 해결 못 해서 교사로서 무력감에 빠져 많이 힘든 적이 있었어요. 아무리 문제가 복잡하게 얽혀 시간이 오래 걸리더라도 진실을 찾고 아이들을 화해시켰어야 하는데, 그 과정이 너무 힘들어서 그저 회피하고 싶었거든요. 그래서 결국 진실과 화해를 포기했고, 그래서 많이 힘들었어요. 나중에야 문제를 더 깊이 파고들어 가야 문제에서 빠져나올 수 있다는 걸 깨닫게 됐는데, 그 경험을 시로 쓴 거예요."

이 선생은 진지한 표정으로 자신의 이야기에 귀 기울여 주는 아이들이 고마웠다. 상대에게 존중받는다는 느낌, 이해받는다는 느낌이 이렇게 큰 힘이 될 줄은 몰랐다. 어디에서도 쉽게 말하지 못했던 자신의 부끄러운 과거를 학생들에게 이야기하고 나니 불현듯 이성복 시인의 시구가 떠올랐다.

'이야기된 고통은 고통이 아니다.'

고통을 이야기한 빈자리에 희망이 자리 잡았으면 좋겠다고 생각했다. 그동안 자신의 부끄러운 과거를 입 밖으로 꺼낼 수 없었기에, 벗어날 수도 없었다는 것을 이 선생은 알게 되었다.

"과거의 아픔과 고통이 현재를 지배하게 되면 자기 모습을 객관적으로 볼 수가 없는 것 같아요. 선생님도 그랬어요. 일 년 동안 문학 수업을 하면서 학생들과 어떤 관계를 맺고 살아야 더 행복할 수 있는지, 살아가면서 어떤 갈등을 겪고, 그 갈등을 어떻게 극복하면서 살아야 하는지 여러분과 함께 이야기를 나누고 싶어요. 삶을 가르치고 배우는 문학 수업, 평화와 우정을 만들어가는 문학 수업이 됐으면 좋겠어요."

말을 마친 이 선생은 아이들과 함께 읽을 첫 작품으로 오스카 와일드의 '헌신적인 친구'를 학생들에게 소개하며 활동지를 나누어 주었다.

늙은 쥐는 우정이 사랑보다 좋은 것이며, 그중에서도 헌신적인 우정이 최고라고 말한다. 이에 새 한 마리가 헌신적인 친구에 대한 이야기를 들려준다.

몸집은 작지만 정직한 한스, 그는 정원에서 꽃과 과일을 가꾸어 내다 파는 일을 하고 있다. 그는 많은 친구 중에서도 가장 헌신적인 방앗간 주인 밀러와 친했다. 밀러는 진정한 친구란 모든 것을 함께해야 하고 진실한 우정이란 이기적이지 않은 마음이라고 말하지만 늘 한스의 일방적인 희생만을 바라고, 한스는 이것에 대해 불만 없이 행복해 한다.

겨울이 되어 꽃과 과일을 팔 수 없게 된 한스는 가난하고 외롭게 지내는데, 밀러는 한 번도 한스에게 오지 않는다. 밀러는 한스를 위해 그의 집에 가지 않는 것이며 우정과 식량은 별개라고 생각하기 때문이다.

다시 봄이 와 한스의 정원이 풍족해졌을 때 밀러는 다시 과일과 꽃을 가지러 한스를 찾아간다. 또 자신의 낡은 손수레를 주겠으니 그 대가로 자기 집의 양을 돌보고 창고의 지붕을 고쳐 달라고 하는 등 쉴 새 없이 일을 시킨다.

한스는 자신의 생업을 포기하면서까지 밀러가 해 달라는 대로 다 해 준다. 급기야 어느 폭풍우 치는 밤 밀러의 부탁으로 의사를 부르러 가게 되고, 돌아오다가 길을 잃고 늪에 빠져 죽고 만다.

그의 장례식에서 밀러는 자신이 한스의 가장 친한 친구였으며, 이제 낡은 손수레는 줄 곳도 없으니 버려야겠다고 한탄한다.

늙은 쥐는 새에게 말하기를, 이 이야기를 들려준 이유를 처음부터 알았다면 듣지 않았을 것이라고 화를 내며 가 버린다.

"이 작품을 읽고, 어떤 느낌이 드나요?"

"한스에게 일방적으로 헌신을 강요하고, 손수레를 빌미로 우정의 의미를 악용하고 있는 이기적인 밀러를 보니 답답해요."

"밀러의 속셈을 모르고 속고 있는 한스도 답답해요. 잘못된 우정으로 목숨까지 잃게 되니까 슬퍼요."

이 선생은 아이들의 눈을 보며 이야기를 이어 나갔다.

"여러분이 말한 대로 밀러와 한스는 서로에 대한 이해와 사랑으로 맺어진 친구가 아니라고 생각해요. 그런데 한스는 왜 밀러의 일방적인 요구를 거절하지 못했을까요?"

"한스는 친구와 관계가 깨지는 게 두려웠던 것 같아요."

"맞아요. 한스는 그런 두려움 때문에 친구의 일방적인 요구를 거절 못 한 거죠. 한편 밀러는 그런 친구의 약점을 이용해 희생을 강요하는 자기중심적인 인물이라고 볼 수 있어요. 여러분은 인간관계에서 한스, 밀러처럼 '우정이란 이런 것이야'라는 이데올로기에 묶여 뭐가 잘못됐는지도 모른 채 끝까지 관계를 끊지 못했던 적은 없었나요? 그 경험을 나눠 준 활동지에 적어 보도록 합시다."

자기 경험과 비슷한 소설을 읽으면 사람은 지나간 기억을 떠올리기 마련이다. 아이들은 각자의 기억에 따라 천천히 글을 써 내려갔다.

나와 혜지는 늘 같이 다니는 친구였다. 그런데 어느 순간부터 관계가 일방적으로 되어가고 있다는 것을 느꼈다. 나는 혜지의 '꼬붕'이나 '시다바리'밖에 안 된다고 느꼈지만 반항할 수 없었다. 그 아이가 무서웠던 것이 아니다. 다만 내가 무슨 말을 했다가 그 아이와 멀어지면 함께 놀던 무리에 끼지 못할까 봐, 그게 두려웠다.

나는 무리에서 배척당하지 않기 위해 노력했지만 결국 그 무리의 첫 번째 희생양이 되었다. 나는 아이들에게 '내 문제점이 무엇인지, 문제점을 알려 주면 고치겠다'고 물어보기도 했다. 하지만 돌아온 것은 "너는 너의 문제점을 모르는 게 문제야" "넌 그냥 느낌이 안 좋아" "그걸 왜 나한테 물어?" 하는 싸늘한 대답과 차가운 시선이었다.

태어나서 처음으로 친구들에게 버림받았기에 충격이 컸다. 항상 같이 있어 줄 것 같던 친구가 순식간에 내 옆에서 사라진 후 학교를 가려고 준비하는 매 순간이 긴장되고 불안했다. 학교에 가면 사람과 눈도 못 마주칠 정도가 되었다. 혼자가 된 후로 나는 점심시간에 급식을 먹지 않았다. 어떤 아이들은 내 상황을 뻔히 알면서도 "너 왜 점심 안 먹어?" "너 왜 친구들하고 안 놀아?"라고 물으며 나를 더 비참한 바닥으로 밀어 넣었다. 학교에서 나는 투명인간 같았다. 내가 있는 곳 어디서나 아이들은 힐끔힐끔 쳐다보며 수군거렸다. 학교에서는 집에 가는 시간만 기다렸다. 그리고 집에 가서는 학교에서 잘 지내고 온 것처럼 행동했다.

그러나 그 절망의 상황이 언제 끝날지 모른다는 것이 더욱 절망스러웠다. 체육이 든 날은 꾀병을 부리며 학교를 빠지기도 했다. 아무도 내가 얼마나 힘든지 몰랐다. 담임선생님은 이런 사실을 모른 채 학교에 자주 빠지는 나를 나무라기만 했다. 그렇게 힘든 상황을 혼자 참아내면서 힘겹게 보냈다.

밀러가 진실한 우정을 지껄이면서 허풍을 떨고 과시하는 것처럼 혜지는 늘 우정이란 이름으로 나와 친구들을 지배하면서 자신의 위치를 굳혀갔다. 그때의 나도 한스처럼 친구를 잃을지도 모른다는 두려움 때문에 혜지에게 당당하지 못했다. 물론 한스처럼 목숨을 잃는 상황까지 가지는 않았지만, 그때의 나는 죽은 거나 다를 바가 없었다.

어느 한쪽만 일방적으로 희생하는 것은 우정이 아니다. 한스와 밀러의 관계도, 나와 혜지의 관계도 진정한 친구 관계는 아니었다. 사람들은 인간관계가 깨지는 것에 대한 두려움 때문에, 어쩌면 고통스러운 인간관계를 이어가고 있을지도 모른다. 관계가 깨져서 얻을 고통을 겪기가 싫기 때문이다.

옳지 않은 사랑과 우정은 깨져야 한다. 고등학생이 된 나는 좋은 친구를 만나서 행복한 학교생활을 하고 있다. 한쪽이 다른 한쪽에게 일방적으로 따라가는 관계가 아니라 서로 주체적인 관계로 만나니까 좋다. 물론 그래서 사소한 다툼이 있기는 하지만, 그래도 서로 평등하다고 느껴지는 지금이 행복하다.

희선은 소설의 내용과 관련된 자기 경험을 이야기하고, 자신을 성찰하는 글을 썼다. 글을 쓰는 과정에서 자신의 상처를 들여다보고, 얼마쯤 상처를 치유하게 되었을 것이다. 희선을 보면서 소설과 현실이 서로를 비추고 있음을, 이 선생은 처음으로 느낄 수 있었다.

2학년 9반 – 센 척 바로잡기

1

이 선생이 수업하는 네 개 반 중에서 2학년 9반은 유난히 센 척을 하는 아이들이 많은 반이다. 다섯 명 정도 되는 그 아이들 때문에 수업 흐름이 자주 끊겼고, 자기들끼리 주고받는 이야기가 교실 분위기를 썰렁하게 만들기도 했다.

수업을 하다가 갑자기 진지해지면, 그중 한 명인 영호가 "아 놔, 이런 분위기 진짜 싫어" 하면서 찬물을 끼얹었다. 그러면 나머지 아이들이 나도, 나도 하면서 동조하는 분위기를 만들어갔다. 걔들은 자기들끼리의 사적인 대화를 수업 시간에 큰 소리로 자유롭게 주고받았다.

"야, 어제 급식실에서 그 누나 봤어?"

"어, 존나 예쁘지?"

"나 오늘도 일찍 가서 그 누나 꼭 볼 거야."

"미친놈…… 그 누나 남친 있어."

"누가 뭐래? 그냥 보기만 하는 건데."

"니 스토커냐? 병신아."

"지랄."

"하하하."

이 아이들은 교실에 있는 다른 사람들은 의식하지 않고 마치 교실에 자기들만 존재하는 양 행동했다. 그러나 다른 아이들은 별다른 반응 없이 그냥 침묵할 뿐이었다. 이 선생은 이런 분위기가 답답하고 불편했다. 왜 이 학급의 아이들은 자신들의 권리가 몇 명에 의해 침해를 당하고 있는데도 침묵하는 것인지 도무지 이해할 수 없었다.

이 선생은 수업이 끝난 뒤 정도가 심한 남자아이 세 명을 교무실로 불렀다.

“너희가 나누는 얘기 때문에 수업에 방해가 되는데, 알고 있니?”

“네.”

“다음부터는 너희끼리 사적인 대화는 너희끼리 있는 곳에서 나누면 좋겠는데.”

“네.”

“너희는 수업 시간에 말하고 싶은 걸 말할 자유가 있다고 생각하지만, 너희가 하는 행동은 다른 사람의 권리, 예를 들면 선생님의 수업권, 다른 아이들의 학습권을 침해하는 행동이야. 너희 자유가 다른 사람 권리를 침해한다면 그 자유는 정당하지 못한 거야. 알겠니?”

“네.”

교실에서는 센 척을 하던 아이들이 교무실에 와서는 의외로 얌전한 자세를 취했다. 자신들에게 유리한 공간이 아니라는 판단이 들었는지, 이 선생의 말을 즉시즉시 수용했다. 이 선생은 다음 수업 시간부터는 잘하라는 당부를 끝으로 아이들을 돌려보냈다.

2

학교의 시간은 차 한잔 마실 여유도 없이 빠르게 흘러갔다. 이 선생은 7교시 마지막 수업을 2학년 9반에서 하려고 하니 갑자기 마음이 무거워졌다. 며칠 전 세 녀석을 교무실로 불러 주의를 주었고, 녀석들도 그러지 않겠다고 약속을 했지만 막상 교실에서는 어떻게 행동할지 생각하면 걱정이 되었다. 그때 머리에 반짝 떠오르는 게 있었다.

'그 책에 비슷한 상황이 있었던 것 같은데?'

이 선생은 학기 시작 전에 읽었던 《이 선생의 학교폭력 평정기》를 꺼내 빠르게 훑어보았다. 역시 2학년 9반과 비슷한 상황이 있었다. 이 선생은 활동지를 만들어서 교실로 향했다.

《이 선생의 학교폭력 평정기》를 통해 교실 엿보기

지민이는 아이들 한 명 한 명을 상대로 기 싸움을 벌이고 있었다. 자신보다 센가 약한가, 재미있는가, 재미없는가, 무시해도 좋은가, 무시할 수 없는가 등등.

간단한 몇 가지 항목들로 반 아이들을 재편성하고 있었다. 새 학년의 교실에는 이렇게 교사의 레이더에 잡히지 않는, 아이들끼리의 기싸움이 조금씩 조금씩 진행되고 있었다.

– '그래도 연극은 계속된다' 232쪽

"여러분 이 교실의 상황은 몇 학년 교실을 반영한 것 같아요?"

아이들이 여기저기서 대답을 했는데 모두 제각각이었다.

"중1부터 고2까지 모두 나왔네요. 그런데 학기 초 중·고등학교 교실이 정말 이런가요?"

"네!"

아이들은 자신 있는 목소리로 크게 대답했다.

"그래요? 그럼 여러분 교실도 그렇겠네요?"

"……."

갑자기 싸늘한 침묵이 흘렀다.

"왜 대답이 없지요?"

"그런 것 같아요."

어디선가 작은 목소리가 희미하게 흘러나왔다.

"그럼 다음 교실 상황도 한번 살펴봅시다."

《이 선생의 학교폭력 평정기》를 통해 교실 엿보기

아이들은 수업을 방해하고 약자를 깔보는 농담을 즐겼다. 아니 즐기는 것인지 즐기는 척하는 것인지 알 수 없었다. 악동들이 유치하고 기분 나쁜 유머를 시작하면 그것에 보조를 맞추듯 아이들은 웃었다. 아니 웃어 주었다. 그러면 홍진이와 석주는 더욱 신이 나서 떠들어댔다.

– '나이팅게일의 일기' 286쪽

"여러분 교실에도 이런 학생이 있어요?"

"……."

이 선생은 2학년 9반의 문제가 바로 이 침묵에 있음을 눈치챌 수 있었다. 침묵을 통해 폭력이 확대 재생산을 반복하고 있는 것이다.

"수업을 방해하고 약자를 깔보는 농담을 하는 친구, 여러분은 어떻게 생각해요?"

"싫어요."

이 선생은 그동안 센 척을 했던 다섯 명의 남자아이들을 번갈아 살펴보았다. 수업 내용에 무관심한 척 고개를 숙이고 있는 아이도 있었고, 한 명은 아예 엎드려서 수업을 거부하는 듯한 자세를 취하고 있었다. 이 선생은 엎드려 있는 영호를 일으켜 다른 교실의 상황을 읽게 했다.

《이 선생의 학교폭력 평정기》를 통해 교실 엿보기

"선생님이 아무리 센 척을 하지 말라고 해도 안 하는 애들이 어딨어요? 안 그런 애들만 병신 된다고요!"

"하지만 센 척은 센 척일 뿐이야. 강한 사람이 되는 것과는 달라. 그리고 왜 애들한테 센 척을 해야 한다고 생각해?"

"전 보통 사람들이랑 다르게 살 거예요! 선생님이 아무리 노력해도 어쩔 수 없어요. 센 척하는 건 막지 못하실 거예요. 저희는 계속 이렇게 살 거예요."

그녀는 급소를 얻어맞은 느낌이 들었다. 이 아이가 지금 무슨 말을 하고 있는 것인가? 우리 반이 내가 감시해서 만든 무풍지대였다는 말인가? 이런 세상에서 센 놈이 되거나, 그것도 안 되면 센 척이라도 해야 살아남을 수 있다고? 그녀는 눈앞이 캄캄해졌다.

– '그래도 연극은 계속된다' 263~264쪽

"센 척을 하는 이유는 뭘까요?"
"찌질이로 보이기 싫어서요."
"따돌림을 당할까 봐요."
"인정받고 싶어서요."
이 선생은 잠깐 뜸을 들였다가 아이들에게 물었다.
"잠깐. 따돌림을 당할까 봐? 그건 왜죠?"

"약해 보이면 따돌림을 당하니까, 먼저 센 척을 하면서 자기가 따돌리는 거죠."

이 선생은 다시 뜸을 들였다.

"비슷한 얘기 같은데, 타인을 폭력적인 권위로 지배하는 이유는?"

"할 수 있는 방법이 그것밖에 없어서요. 세게 보이면 사람들이 만만하게 보지 않으니까 그런 것 같아요."

"그러면 여러분은 센 척하는 사람을 인정하나요?"

"아니요."

미리 마음을 맞춘 듯 아이들은 큰 소리로 대답했다.

"여러분이 인정하고 싶은 친구들의 모습은 어떤 게 있어요?"

"친구 이야기 잘 들어 주고, 친절하고, 솔직하고, 재미있고, 착하고, 다른 사람 배려해 주고, 다른 사람한테 예의 바르고, 잘난 척하지 않는 모습이요."

"얘기를 들어 보니, 여러분의 진심은 센 척을 인정하고 있지 않은 거네요."

"네……."

"그럼 2학년 9반에서 인정받고 싶은 친구들은 센 척을 하면 안 되겠군요. 혹시라도 센 척을 해야겠다고 생각했다면 전략을 바꿔야겠어요. 그러면 센 척을 멈추게 하려면 어떻게 해야 할까요?"

"센 척하지 말라고 말해야 해요."

그 대답에 이 선생은 일부러 목소리를 조금 높여 말했다.

"네, 맞아요. 폭력에 침묵하게 되면 폭력이 일상이 된다는 사실 잊지 마세요."

사람들은 누구나 다른 사람들에게 인정받기를 원한다. 인정욕망 자체는 문제가 없지만 그 욕망을 과도하게 추구하거나, 다른 사람을 짓밟으면서까지 인정받으려고 할 때 그것은 폭력이 된다.

학기 초 '센 척 연기'에 의해서 교실에는 암묵적으로 느낄 수 있는 계급이 형성된다. '누가 더 수업 중에 쓸데없는 이야기를 해서 수업을 방해할 수 있는가' '누가 더 선생님에게 잘 대드는가' '누가 친구의 약점을 가지고 잘 놀리는가' 등이 인정의 기준이 되는 순간 교실은 폭력으로 물들어간다.

수업을 방해하고, 약자를 놀리는 농담을 하고, 약한 친구를 괴롭히는 힘은 그것을 보고도 침묵하는 교실 분위기에서 나온다. 혹시라도 자기에게 피해가 올까 싶어 모른 척 방관하는 사이에 센 척하는 아이들의 힘은 더욱더 커진다. 그날 수업을 통해 센 척했던 아이들의 행동에 대해서 비판하고, 방관했던 자신들의 모습이 센 척을 오히려 강화하는 행동이라는 것을 느끼면 아이들은 이제 더 나은 행동을 선택할 수 있을 것이라 이 선생은 생각했다.

과연 그 수업 이후 영호를 비롯한 남자아이들의 센 척이 몰라보게 줄어들었다. 그들이 했던 말과 행동이 센 척이었고, 그것이 아이들에게 인정받기 위한 전략이었다는 것을 간파당했기 때문에 더 이상 그런 연기가 의미 없다고 생각했는지, 남들이 알고 있는 것을 또다시 연기하는 것은 부끄러운 일이라고 생각했는지 정확한 이유는 알 수 없었다. 어찌 되었든 그들은 조금씩 아이들의 눈치를 보며 말과 행동을 조심하기 시작했다.

2학년 8반 – 희생양 만들기는 이제 그만

1

2학년 8반 교실은 누군가의 약점을 드러내어 놀리고, 누군가 실수를 하면 앞다투어 공개적으로 비난하는 분위기였다. 집단 놀이처럼 누군가를 희생양으로 만들어 모두가 즐기는 상황이 반복되었다. 대부분의 아이들은 자신이 희생양이 아니라는 안도감에 학급이 평화롭다고 느꼈다.

수업 시간이 되어도 공부할 마음이 없는 아이들에게 이 선생은 중간고사 시간표와 시험 범위를 칠판에 적어 주었다. 2주 앞으로 다가온 시험이라는 말에 방금 전까지 떠들던 아이들은 앓는 소리를 내며 책상 위에 엎드렸다.

"아, 시험이야……."

"고2 되고 처음 치르는 시험이죠? 시험이 인생의 전부는 아니지만 지금 여러분 인생에서 중요한 건 확실합니다."

"시험 안 보면 어떻게 돼요?"

아이들은 '쟤, 뭐야. 또 시작이야?'라는 신경질적인 눈초리로 말한 아이를 쏘아보았다. 평소 수업 시간에 엉뚱한 질문을 자주 해서 선생님이나 아이들에게 자주 지적을 받는 민호였다. 민호는 다른 아이에 비해 덩치가 많이 컸고, 얼굴에는 여드름이 많이 올라와 있었다. 민호는 일본 만화를 즐겨 읽었는데, 아이들은 이런 민호를 '오타쿠'라는 별명으로 불렀다. 또 민호의 부정확한 발음을 약점 삼아서 가끔씩 따라 하며 놀리기도 했다.

날씨가 더워지자 민호는 유난히 땀을 많이 흘렸다. 학급 아이들 사이에서 민호에 대한 이상한 소문이 퍼졌다. 민호가 이마의 땀을 자로 긁어서 교실 아무 데나 턴다는 것이다. 아이들은 "아, 더러워!" 하면서 민호만 보면 슬슬 피해 다녔다. 제비뽑기를 해서 민호와 짝이 되면 아이들은 노골적으로 싫어하는 티를 내기도 했다. 주변의 그러한 상황에 대해 둔감한 민호는 눈치 없이 다시 한마디를 던졌다.

"선생님들은 왜 시험 안 봐요?"

"야, 그만 좀 해."

"제발, 나대지 좀 마."

"조용히 해."

아이들은 민호가 하는 말에 흥분하며 공격적인 말투로 쏘아붙였다. 민호가 평소 수업 시간에 선생님의 말을 뚝뚝 자르면서 끼어들고 쓸데없는 질문을 해서 수업의 흐름을 자주 끊는 것은 사실이지만, 민호 외에도 그런 행동을 하는 아이들은 많았다. 그런데 아이들은 유독 민호의 작은 실수에만 예민하게 반응하며 분노를 드러냈다.

이 선생은 소설 《파리대왕》을 떠올렸다. 아이들에게 같은 제목의 영화를 보여 주고, 이 소설의 내용과 관련해 학급 문화를 성찰하는 글을 쓰게 해야겠다고 생각했다.

《파리대왕》 읽고 학급 문화 성찰하기

"나는 사뭇 시계 생각을 해 왔어" 하고 돼지는 말하였다.

“해시계라면 만들 수가 있어. 모래 속에 막대기를 박아 놓고…….”

해시계에 관한 수학적인 조작을 설명하는 것은 무척 힘든 일이었다. 그는 그 대신 손놀림으로 약간의 설명을 해 보였다.

“그리고 비행기와 TV 세트.”

랄프는 기분이 언짢은 듯이 말하였다.

“또 증기기관도 만들지.”

돼지는 고개를 저었다.

“그런 걸 만들자면 많은 금속이 필요해” 하고 그가 말했다.

“그리고 우리는 금속을 가지고 있지 않아. 그러나 막대기라면 있거든.”

랄프는 돼지를 향해 자기도 모르게 웃고 말았다. 돼지는 지겨운 녀석이었다. 그의 뚱뚱한 모습이라든지 천식이라든지 실제적인 생각이라든지 모두가 따분하였다. 그러나 그를 조롱하는 것은 언제나 재미있었다. 우연히 조롱하게 되는 경우에조차도 그랬다.

돼지는 랄프의 미소를 보고 그것을 우정의 표시라고 잘못 짚었다. 어느새 또래 사이에선 돼지가 이단자라는 의견이 형성되어 있었다. 그의 악센트 탓도 있었지만 그건 대수로운 게 아니고 뚱뚱한 모습, 천식, 안경, 그리고 손으로 일하는 것을 싫어하는 것이 그 원인이었다.

(중략)

불가에서 요리를 하고 있던 소년들이 갑자기 큰 고깃덩어리를 잡아떼어 그것을 가지고 풀밭으로 달려갔다. 그들은 돼지에게 부딪쳤다. 살을 덴 ‘돼지’는 고함을 지르며 이리 뛰고 저리 뛰고 하였다. 이것을 본 랄프와 소년들은 한 덩어리가 되어 배꼽을 뺐고 이에 따라 화목한 분위기가 되었다. 그 전에도 그랬듯이 다시 한 번 '돼지'는 모든 사람의 조롱감이 되었고 이에 따라 모두들 즐겁고 정상적인 감정이 되었다.

"영화로 전체 줄거리는 파악했죠? 소설 속에 유일하게 이름이 아닌 별명으로 소개돼 있는 사람이 바로 피기(돼지)에요. 소년들은 멧돼지 사냥을 하듯 피기(돼지)를 사냥하려고 합니다. 여러분 반에도 누군가를 희생양 삼아서 놀리고, 괴롭히는 모습이 있는지 생각해 봤으면 해요. 있다면 누구를 대상으로, 어떻게, 왜 그러는지를 생각해 보고 또 그 상황을 지켜보는 여러분은 어떤 느낌이었는지 구체적으로 써 보세요."

8반 아이들은 속마음을 들킨 것처럼 흠칫 놀랐다. 솔직하게 써야 하나, 거짓말로 써야 하나 망설이는 눈치가 역력했다. 하지만 교실 한쪽에서 또각또각 부지런히 글씨 쓰는 소리가 들리기 시작하자 그것이 신호인 양 아이들은 뭔가를 열심히 적어 나갔다.

아이들의 활동지를 받아 본 이 선생은 조금 놀랐다. 아이들이 대체로 진솔하게 글을 써냈던 것이다. 그중에서도 평소 수업 시간에 말수는 적지만 주변 상황에 휩쓸리지 않고 늘 진지한 자세를 취하는 지현이와 대일이 글이 눈에 띄었다.

이 소설에서 피기는 유독 이름으로 불리지 않고 돼지라는 별명으로 불린다. 이것을 교실 현실에 빗대어 보면 아이들이 외모를 가지고 놀리는 상황과 비슷하다. 살이 찌고 못생겼다는 이유만으로 그 아이와 함께하는 상황이 되면 대놓고 기분 나빠 하고 때리는 등 그 아이를 따돌린다.

《파리대왕》에서 아이들은 처음 멧돼지를 죽일 때는 두려웠지만 시간이 흐르고, 다른 아이들과 함께 멧돼지를 죽이면 죽일수록 겁을 먹지 않고 자신감 있게 사냥을 한다. 학교폭력도 마찬가지다. 한 아이를 놀릴 때 자신의 행동이 잘못된 것을 알고, 그 아이에게 상처를 준다는 사실도 알지만, 그 아이를 놀리지 않으면 자신에게 피해가 올까 봐 아이들과 함께 놀린다. 처음에는 미안하기도 하고 두렵지만 아이들이 더 많이 놀리고 괴롭힐수록 내 잘못에 대한 죄책감은 줄어들고 마음은 편해진다. '나만 놀리는 것도 아닌데 뭐 어때? 다른 아이들에 비하면 나는 양반이지'라는 생각을 하면서 자신의 잘못을 정당화하기도 한다. 하지만 당하는 피해자 입장에서는 하루하루가 곤욕이고 수치스러울 것이다.

우리 반에서도 소설과 같은 일이 일어나고 있다. 다른 아이들에 비해 덩치와 머리가 크고 얼굴에 여드름이 많은 민호를 두고 아이들은 '돼지' '오타쿠'라고 부르며 놀리고, 피한다. 심지어 짝이 되었을 때는 아이들이 다 보는 앞에서 "씨팔!"이라고 욕을 하고, 책상을 멀찌감치 떨어뜨려 앉는다. 그러면 친구들이 와서 안됐다며 위로를 해 주기도 하는, 어이없는 상황이 펼쳐진다. 놀림을 당하는 아이의 입장에서는 너무 불쾌하고, 계속되는 상황에 지치고 힘들 것 같다. -지현

《파리대왕》에 나오는 돼지는 이미 죽었지만, 유일하게 자신의 죽음을 슬퍼해 주는 랄프의 모습을 보았더라면 좋았을 거라는 생각이 들었다. 돼지도 랄프가 섬에서의 진정한 친구라는 생각을 했으리라 생

각한다. 아마 랄프도 평소엔 돼지의 존재감이 크게 다가오지 않았을 테지만, 돼지가 죽고 나서 슬퍼하는 모습을 보면 랄프는 자신도 모르게 돼지에게 의지하고, 돼지를 믿고 있었던 것 같다.

돼지의 죽음과 랄프의 행동에서 내가 배울 점은 친구가 떠나기 전에 잘하자는 것이다. 평소엔 돼지의 중요성을 모르다 죽고 나서 그제서야 슬퍼하고 후회하는 랄프 같은 상황을 만들지 않아야겠다. 친구와 싸우는 날도 있겠지만, 내가 잘못해 싸우게 된 거라면 내 잘못을 솔직하게 인정하고, 친구가 먼저 잘못해 싸우게 되면 친구가 진심으로 사과했을 경우 군말 없이 받아주는 것이다. 서로 실수할 수도 있지만 그 실수 하나 때문에 관계가 비틀어지고 서로를 잃는다는 것은 너무나 슬픈 일이다.

사실 우리 반 아이들은 민호의 작은 실수에 크게 흥분하고, 장난을 가장한 폭력을 행사하며 즐거워한다. 내가 나서서 아이들에게 "민호 좀 몰아붙이지 마!" 하고 말할 용기는 없지만, 주변의 몇몇 친구들에게는 그러지 말자고 설득도 하는 편이다. 우리 반 아이들이 잘못을 깨닫고 더 이상 친구를 무시하거나 놀리지 않았으면 좋겠다. 소설의 돼지처럼 한 영혼이 죽음에 이르는 것은 옳지 않다고 생각한다. -대일

이 선생은 아이들이 쓴 글을 읽으며 예상한 것보다 학급의 분위기가 훨씬 심각하다는 것을 느꼈다.

2

8반 담임을 맡고 있는 강 선생에게 아이들이 쓴 글을 보여 주었

다. 글을 읽어 나가는 강 선생 표정을 살펴보니 어느 정도 예상은 하고 있었지만 이 정도일 줄은 미처 모르고 있었던 듯했다. 강 선생이 무겁게 입을 뗐다.

"선생님, 아이들이 민호를 좀 심각하게 놀리는 것 같네요. 우리 반 애들이 물리적인 폭력만 폭력이라고 생각을 하는 것 같은데…… 어떻게 해야 할까요?"

이 선생은 《이 선생의 학교폭력 평정기》 가운데 '평화의 신은 있다'에 나오는 구절을 인용해 설명했다.

"아이들은 눈에 보이는 폭력 대신에 교묘한 방법으로 모두의 고통을 덜어 줄 희생양을 만들어 낸다더군요. 따돌림 대상을 발견하면 여론을 부추기고 나쁜 소문을 퍼뜨려 그 대상을 고립시키는 거예요. 이건 일상의 소소한 갈등이나 둘이서 치고받는 싸움과는 전혀 성질이 달라요. 아이들이 쓴 글을 읽어 보면 이미 선생님 반 아이들은 민호를 괴롭히는 게 심각하다는 걸 알고 있어요. 만약 선생님이 알면서도 모른 척하고 있거나, 이 문제에 개입을 회피한다면 폭력을 묵인하고 정당화하는 역할을 하게 될 것 같아요. 제 생각엔 먼저 민호 어머니께 상황을 설명 드리고, 민호를 괴롭히는 아이들 중에서 정도가 심한 아이들을 불러서 사실 확인을 해야 할 것 같아요. 그리고 그 학생들 부모님들께도 연락을 드려서 민호 부모님과 같이 만나 얘기를 하는 게 어떨까 싶어요."

이후 강 선생은 민호와 민호를 괴롭혔던 아이들, 그리고 부모님들이 만날 수 있는 자리를 마련했다. 부모들은 처음에 별것 아닌 일로 선생님이 예민하게 반응한다고 불만을 토로했다. 그러나 학교에 와서 상황이 심각하다는 것을 알고 나서는 문제가 커지기 전에 미리 연락을 해 준 강 선생에게 고마워했다.

삼인성호三人成虎. 세 사람이 시장에 호랑이가 나타났다고 떠들고 다니면 모두들 믿게 된다는 말이다. 8반 아이들은 민호에 대한 헛소문을 근거 없이 믿었던 것이다. '다들 하니까' '나만 안 하면 따돌려질지도 모르니까' 등의 군중심리로 말이다. 이렇게 교실에서 아이들이 동조하는 힘은 아주 크다. 학급 구성원으로서 소외되지 않으려는 동기, 집단에 소속되어 인정받고자 하는 욕구 때문에 객관적 정보가 없는 상황에서도 다른 사람의 말에 쉽게 휩쓸리게 된다. 나중에 문제가 되면, "그냥 장난인데요?" "애들도 다 하니까"라는 말로 자신의 행위를 정당화했던 아이들이 부모들이 모인 자리에서는 더 이상 장난이었다고 항변하지 못했다.

민호 어머니는 민호가 쓴 진술서를 읽으며 눈시울이 붉어졌다. 눈물을 훔치며 "민호야, 많이 힘들었겠구나……. 엄마가 그동안 너가 힘들었던 거 몰라줘서 미안해!" 하며 상처받았던 민호의 마음을 읽어 주고 상처를 어루만져 주었다.

"민호야, 그리고 민호 어머니, 정말 죄송합니다. 우리 아이가 철이 없어서 민호 마음 헤아리지 못하고, 그동안 너무 괴롭혀서 마음에 상처 준 것, 부모로서 대신 사과를 드릴게요. 정말 죄송합니다."

"아니에요, 어머니가 죄송할 필요가……. 저는 선생님 전화 받고, 우리 민호를 놀린 애들이 아주 나쁜 애들인 줄 알았어요. 근데 지금 와서 얼굴 보니까 다 착한 얼굴이라서 깜짝 놀랐어요. 전혀 그럴 애들이 아닌 것 같은데…… 왜 그랬을까 하는 생각도 들고요. 얘들아,

민호랑 친해지라고 아줌마가 말은 못 하지만, 너희가 앞으로 민호 놀리거나 괴롭히지 않았으면 좋겠어. 민호가 가끔 엉뚱한 말은 해도 속은 착해. 민호 단점보다 장점을 봐 주면 좋겠는데……. 학교에 오기 전에는 너무 화나고 속상해서 아줌마가 너희들 다 처벌해야지, 그랬어. 근데 너희 얼굴 보니까…… 그러고 싶은 마음이 안 든다. 앞으로는 친구 괴롭히지 말고, 누가 우리 민호 괴롭히려고 하면 너희가 나서서 그러지 말라고 해 줘."

여기저기서 "죄송합니다" 하는 목소리가 새어나왔다.

"민호야, 미안해. 그동안 우리가 교실에서 너 놀려서 많이 속상하고 창피했을 것 같아. 상처 준 거 정말 미안하다. 앞으로는 너를 모욕하거나 수치심을 주는 행동 안 할게. 정말 미안해."

"응, 괜찮아. 나도 앞으로 쓸데없는 얘기해서 너희한테 피해 주는 일 없도록 할게."

민호의 마음속에는 평소 '학교폭력은 더 이상 내 힘으로 해결할 수 없다'는 생각이 꽉 차 있었다. 중학교 때부터 반복된 따돌림은 민호 마음에 벽을 세워 버렸던 것이다. 어찌해 볼 도리가 없으니 그냥 무시하면서 지내자는 생각을 가졌던 것 같다. 그러나 생각처럼 마음의 문제가 쉽게 해결되지는 않았으리라. 언젠가 민호는 수업 시간에 이런 시를 쓴 적이 있었다.

화산 폭발

내 인내심은

화산처럼
언제 터질지 몰라.

내 인내심은
부글부글 끓고 있어.
조심해야 돼.

내 인내심은
결국 터지고 말 거야.

내 마음에서는
용암과 같은
분노가 터져 나와.

내 입에서는
화산재 같은
욕이 터져 나와.

아이들은
내 화산이 폭발해야
조용해지겠지.

사소하고 일상적인 폭력이 계속되면서 민호 마음속은 부글부글

끓어오르는 용암처럼 변하고 있었던 것이다. 천만다행으로 그런 사태를 미연에 방지할 수 있게 되었으니 얼마나 다행인가, 이 선생은 가슴을 쓸어내렸다. 민호에게 그날의 대화가 어땠는지 물었을 때 민호는 자신의 마음이 끓어넘치지 않게 해 준 그 시간이 참 고맙다고 대답했다.

다시 용기를 내다

교사가 폭력에 대해 민감하지 않으면 아이들은 교사에게 대드는 것도, 진하게 화장을 하는 것도, 거칠게 욕을 하는 것도, 친구의 단점을 파악해서 놀리는 것도 모두 인정의 기준이 되어 서로 세 보이기 위해 연기하며 경쟁하게 된다. 이런 쓸모없는 지위경쟁 때문에 아이들의 삶이 곪아가지 않도록 교사가 늘 깨어 있어야 한다고 이 선생은 생각했다.

한 학기를 마무리하며 이 선생은 아이들에게 수업평가서를 받았다. 평화와 우정을 주제로 한 수업의 내용을 아이들이 어떻게 받아들였을지 궁금했다.

내가 생각했던 고등학교 문학 수업은 시를 읽고, 형식을 외우고, 운율 같은 것을 외우는 줄 알았다. 그런데 문학 수업을 통해 우리는 평화와 우정을 배웠다. 우리는 나를 돌아봤고, 우리를 돌아보았다. 생각할 여유조차 없이 늘 치이는 세상에서 이렇게 우리의 삶을 돌아볼 수

있는 기회가 있었다는 것만으로도 참 의미 있었다. -민하

민감할 수 있는 주제 '학교폭력'을 가지고 아이들과 이야기를 진솔하게 나누면서, 우리들의 문제를 우리가 이야기를 나누면서, 그 과정에서 해결의 실마리도 찾을 수 있다는 것을 알게 되었다. 학교폭력은 남이 해결해 주길 바라거나 당장 내 문제가 아니라고 침묵할 것이 아니라 각자 관심을 가지고 적극적으로 나서야 한다는 것을 느꼈다.
-세영

과거에 내가 겪었던 학교폭력의 희미한 기억들을 다시 일깨워 그 당시의 관점, 그리고 지금의 관점으로 재해석할 수 있는 기회였다. 큰 변화가 있는 것은 아니지만, 평화는 이런 작은 변화에서 시작된다는 것을 알았다. 살아가는 데 필요한 많은 것을 배운 수업이었다고 생각한다. -동규

우리 시기에 가장 많이 당하거나 행할 수 있는 학교폭력에 대해 문제점을 찾아보고, 남이 정해 준 해결 방안이 아닌 우리가 생각하고 공감할 수 있는 해결 방안을 제시하며 이야기하는 시간을 가졌다. 우리가 사소하다고 생각하고 행하는 행동들이 학교폭력이 될 수 있다는 것을 느끼게 되었다. 이제는 좀 더 성숙한 마음가짐으로 학교생활을 해야겠다. -재은

이 선생은 아이들이 쓴 글을 읽으며 문학은 확실히 사람의 삶을

변화시키는 힘이 있다는 것을 느꼈다. 교육은 삶을 근거로, 삶의 서사와 만나야 가능하다는 말이 떠올랐다. 문학이 삶에서 소외되고, 문학을 가르쳤던 이 선생의 삶이 소외되고, 아이들의 삶이 소외되었던 이유, 그리고 그런 소외에서 벗어나 실존하는 방법을 이제야 확실히 알 것 같았다.

강한 쇠를 만들기 위해서는 불에 달구고 두드리고 다시 찬물에 담그고 하는 담금질을 수없이 반복해야 하는 것처럼, 이 선생의 삶에도 실패와 좌절이라는 담금질이 필요했다는 생각이 들었다. 실패와 좌절로 인해 마음이 부서지지 않고, 깨져서 열릴 때에야 새로운 삶으로 이어진다는 말을 생각하며 이 선생은 다시 힘을 내 본다.

묵은 낙엽 털어 내고
추운 겨울 이겨 낸 나무

초록 잎을 틔우기 위해
희망으로 서 있는 나무

간간히 부는 바람과 친구 되어
시원한 그늘 만드는 나무

평화로운 하늘 꿈꾸며
날갯짓하는 새의 둥지 되리

김성수

호모 로쿠엔스 세상

학교폭력의 피해자인 현철, 중학교 때부터 스스로 고립된 삶을 선택한다. '호모 로쿠엔스 세상'은 이렇게 고립된 아이의 아픔 속으로 들어간다. 1년 내내 단 한마디의 말도 하지 않던 현철이가 숨 막히는 교실에서 탈출하기 위해 누구보다 먼저 담임을 찾아와 취업 나가게 해달라는 말로 입을 열었다. 현철이의 함묵은 처절하기 이를 데 없는 '발언'은 아니었을까?

현철, 그리고 김 선생

학생들은 졸업과 동시에 학교를 떠나지만 교사들은 그 자리에 남는다. 교사라면 누구나 그렇게 떠나간 수많은 학생들 중에서 한두 명쯤 특별한 제자가 있게 마련이다. 김 선생에게 현철이는 잊을 수도 없고, 잊어서도 안 되는 제자였다. 현철이는 김 선생에게 좌절을 안겨 준 동시에 교사로서 새로운 희망을 찾게 해 준 아이였기 때문이다.

현철이가 김 선생 곁을 떠나 경기도 평택 안중산업단지에 있는 'Happy전자'로 현장실습을 나간 지도 벌써 4년이 지났다. 현장실습을 나간 지 한 달여 만에 사내 폭언 때문에 힘들다는 연락을 받고 급하게 찾아가서 녀석을 본 것이 마지막 만남이었고 그 후로 내내 소식 없이 지냈다.

바람만 불어도 쓰러질 것 같고 크게 기침만 해도 바스라져 버릴 것 같던 현철이가 취업을 해서도 정착하는 데 어려움을 겪는다는 얘기 때문에 김 선생은 한시도 현철이를 잊은 적이 없었다. 하지만 김 선생은 현철이에게 먼저 연락하지 않았다. 물론 현철이가 먼저 연락을 해 오는 법도 없었다. 김 선생은 세상으로 나간 현철이가 혼자 힘으로 험한 파도를 헤쳐 나가기를 속으로 빌었다. 무소식이 희소식이라는 속담에 딱 들어맞게 두 사람은 무언의 소통을 이어 왔다고나 할까.

호모 로쿠엔스(언어적 인간) 세상에서 선택적 함묵이라는 소통 전략을 택했을 뿐인데 호모 사케르(사회적, 정치적 삶을 박탈당하고 생물적인 삶밖에 가지지 못한 존재)로 전락해 버린 녀석. 무한 경쟁이라는 불평등한 자유주의가 지배하는 폭력적인 세상에서 자신의 어눌함을 드러내기 싫어 말을 하지 않았다는 이유만으로 호모 사케르로 전락해 버린 녀석. '송충이는 솔잎을 먹어야 한다'가 아니라 '솔잎밖에 먹을 게 없다'는 것을 알려 주며 교육 현실을 개탄하게 했던 녀석. 다들 힘들다고 떠나 버린 공장에서, 거기 아니면 갈 곳이 없어 몸부림치면서 몸에 맞는 옷을 겨우 찾아 입기라도 한 듯이 간신히 적응해 가는 눈물겨운 녀석. 더 이상 개천에서 용이 나올 수 있는 시대가 아니라지만 학교가 평화로운 삶의 터전이 되기만 한다면, 비록 개천일망정 거기서는 용이 아닌 인간, 우정을 나누고 평화를 사랑하는 소중한 인간이 자라날 수 있다는 희망을 되찾게 해 준 녀석.

현철이는 김 선생에게 그런 아이였다.

그런데 실로 오랜만에 현철이에게서 문자가 왔다. 절실하게 필요한 말이 아니면 입을 닫고 살던 현철이가 자신의 학교생활에 별 도움이 되지 못했던 김 선생에게 안부 문자를 보낸 것이다. 4년 동안 절치부심했을 현철이가 김 선생에게 했던 말은 그저 한 줄에 지나지 않는 의례적인 인사였지만 말과 말, 그 행간에 스며 있는 무서운 여백의 기운이 김 선생을 온통 휘저어 버렸다.

첫 만남 – 막막함과 두려움

김 선생

김 선생이 현철의 담임을 맡았던 그해에는 워낙 말썽을 일으키거나 주의 깊게 살펴보아야 할 학생이 많았다. 주위에서는 상습적으로 교사에게 대드는 아이들이 모두 모여 있는 반이라서 조심해야 한다고들 말했다. 어떤 선생은 요 근래에 가장 문제가 많은 반이 될 거라고도 했다. 의자를 집어 던져 교실을 아수라장으로 만들며 난동을 부린 학생도 있었고, 성질이 급해서 툭하면 친구들을 폭행하는 학생도 있었다. 게다가 강박증 증상을 보이는 학생, 조울증이 있어서 유리그릇 다루듯 해야 하는 학생까지 있었다.

현철이도 그런 문제 학생 가운데 하나로 분류되었지만, 전년도 담임으로부터 들은 정보에는 특별한 것이 없었다. 그래서 현철이를 직접 만나기 전에는 크게 관심을 두지 않았다. 그런데 막상 교실에 들어가서 현철이의 이름을 부르자마자 녀석은 김 선생의 가슴을 단번에 먹먹하게 만들어 버렸다.

"1번 강영훈, 역시 1번답게 생겼네!"

학생들은 의아해하며 김 선생의 다음 말을 기다렸다.

"깡말라서 잽싸게 생겼어."

학생들은 썰렁하다는 듯 별 반응이 없다.

"2번 곽민수, 카리스마 짱이네!"

선생님들께 상습적으로 대드는 학생이라고 자기만 알게 표시된 2번 곽민수를 친근한 어조로 부르면서 말했다. 학생들은 여전히 별 반응 없이 지켜본다.

"3번 김민철. 와, 잘생겼다."

몇 번 이야기해 봐서 평소 알고 있었고 성격이 좋아 보이는 민철이를 향해 잘생겼다는 말을 던지자 학생들의 야유가 터져 나왔다.

"에이, 어떻게 저런 얼굴을……."

"다들 봐라, 격려가 필요한 얼굴 아니냐?"

학생들이 일제히 웃어대면서 교실 분위기가 순식간에 부드러워졌다.

"4번 김상민, 너는 앞으로 나한테 1미터 이상 접근하지 말 것!"

"귀신이시네요, 저 새끼 안 씻어서 냄새나요."

누군가 말하자 학생들이 일제히 웃었다.

"냄새는 참을 수 있지만 내 키 작아 보이는 건 존심 상하거든. 접근 금지야."

학생들이 또 한 번 웃었다.

"5번 김우석, 못생겼구만!"

누가 봐도 잘생긴 우석에게는 단호하게 못생겼다고 말했기 때문에 녀석은 기분 나빠하기보다는 다음 말을 더 기다리는 듯했다.

"6번 나기철, 7번 박정훈"

뒷자리에서 누군가 말했다.

"왜 걔들한테는 아무 말도 안 해 주세요?"

"무슨 말을 해 줄까?"

김 선생이 되물었다.

"정훈이 저 새끼도 못생겼잖아요!"

누군가 외쳤다.

"정훈아! 너 참 호감 가는 얼굴이다. 내가 가장 좋아하는 얼굴이야."

"에이, 선생님. 눈이 낮으시네요."

"말은 끝까지 들어야지. 나는 머슴형 외모를 좋아하거든."

김 선생은 사람 좋아 보이는 정훈이의 눈치를 살피며 장난스런 분위기를 수습하려는 듯이 출석 부르는 속도를 높여 나갔다.

"18번 이현철."

대답하는 학생도 손을 든 학생도 없다. 김 선생은 교실을 둘러보며 좀 더 큰 목소리로 이현철을 불렀다. 대답은 없었지만 현철이를 찾아내는 것은 그리 어렵지 않았다. 학생들이 모두 복도 쪽 줄 가운데쯤 앉아 있는 한 아이를 쳐다보고 있었기 때문이다.

"선생님, 현철이를 아직도 모르세요?"

이번에는 가운데 쪽 뒷자리에서 누군가 말했다. 김 선생은 현철이를 향해 걸어가면서 녀석의 표정을 살폈다. 김 선생이 가까이 다가가기도 전에 현철이는 이미 얼굴이 벌겋게 상기되어 있었고 눈동자의 초점마저 흐려지더니 이내 고개를 푹 숙여 버렸다. 무표정하고 생기라고는 찾아볼 수 없는 얼굴이었다. 김 선생이 손을 잡으며 눈을 맞추려고 했으나 멍하니 바닥만 쳐다보던 현철이는 어느새 창밖으로 고개를 돌려 버렸다. 무엇을 보고 있는 것 같지는 않았다. 억지로 말을 붙이는 건 현철이에게 곤혹스러운 일이라는 걸 직감하고 김 선생은 발길을 돌려 교단으로 돌아갔다. 현철이가 말을 하지 않는다는 것을 이미 알고 있었지만 막상 현철의 표정을 보니 지금까지의 여유로움은 어디로 달아나 버리고 머릿속이 텅 비어 버린 느낌이었다. 출석을 마저 부르며 하나하나 얼굴을 확인했지만 사실 아무것도 기억 못 할 정도로 마음이 어지럽기만 했다. 어떻게 시간을 보냈는지도 알 수 없을 정도로 허둥대며 수업을 마치고 교무실로 걸어가는 내내 김 선생은 현철이의 허둥대는 눈빛에 감전이라도 된 듯한 기분이었다.

교무실로 돌아온 김 선생은 현철이의 작년 담임을 다시 찾아갔다.

"박 선생님, 이현철에 대해서 물어볼 것이 있어서요."

"아, 현철이 때문에?"

"작년에도 말을 전혀 안 했나요?"

"그랬지. 처음에는 나도 당황했어. 아무리 말을 시켜 봐도 소용이 없었으니까."

"일 년 내내 말을 안 했나요?"

"응, 안 했지."

"학급에서 생활하는 데 문제가 있었을 텐데 어땠어요?"

"처음에는 답답했는데, 으레 그러려니 했더니 나중에는 서로 편했어. 말만 안 했다 뿐이지 지각도 안 하고 결석도 안 하고, 크게 신경 쓸 것 없었어요."

"수업 시간에 듣기는 합니까?"

"응, 듣는지 어쩌는지는 모르지만 수업 시간에 자거나 딴짓을 하지는 않았던 것 같아."

"친구 관계는 어땠습니까?"

"관계고 뭐고 없지, 말을 안 하니까."

"특별히 주의해야 할 일은 없을까요? 친구들이 괴롭히거나, 무슨 일을 시켜야 할 때 거부하거나 하지는 않았나요?"

"아니, 말만 안 했지 다른 큰 문제는 없었으니까 크게 걱정 안 해도 될 거요."

김 선생은 별일 아닐 거라는 전 담임의 설명을 듣자 더 막막해졌다. 사람 얼굴을 제대로 쳐다보지도 못하고 허공만 응시하는 황망한 현철이의 눈빛을 박 선생도 보았을 텐데, 걱정 안 해도 된다고 한다. 더군다나 친구들과 말도 안 하고 주고받는 것도 없이 지내는데, 아무 문제도 없었고 앞으로도 없을 거라는 박 선생의 말을 곧이곧대로 받아들일 수가 없었다.

김 선생은 현철이가 따르고 의지한다는 생활지도부 안 선생을 다시 한 번 찾아갔다. 현철이는 '선택적 함묵증'이라는 진단을 받았다고 했다. 말을 '못' 하는 것이 아니라 '안' 한다는 것이다. 그러나 그 외에 더 자세한 것은 알 수 없었다. 언제부터 말을 하지 않았는지, 말을 하지 않게 된 특별한 이유가 무엇인지, 집에서는 어떻게 생활하고 있으며, 속마음을 털어놓는 친구는 있는지 등등 궁금한 게 많았지만 아무것도 알 수가 없었다. 안개 속을 걷는 듯했다.

김 선생은 오기가 생겨서 이번에는 현철이를 직접 교무실로 불렀다. 교무실로 성큼 들어서지도 못하고 문만 빼꼼히 열고 눈치를 살피는 현철이의 손을 끌고 상담실로 갔다. 최대한 부드럽게 말을 붙였다.

"현철아, 담임이랑 자주 봐야겠어. 앞으로 친하게 지내자."

김 선생의 말에 현철은 더 깊숙이 고개를 숙이는 것으로 의사를 표시했다.

"현철아, 고마워. 고개라도 끄덕여 줘서."

자기 말을 피하려는 의도로 고개를 숙인다는 것을 알았지만 김 선생은 일부러 그렇게 말했다. 그러자 현철은 아주 고개를 무릎에 처박아 버리고 숨도 크게 쉬지 않는 것으로 자신의 의사를 표시했다.

현철의 초점 잃은 표정처럼 김 선생의 마음도 갈피를 잡을 수 없었다. 한 치 앞도 내다볼 수 없이 안개가 자욱한 고속도로에서 운전대를 잡은 사람처럼 김 선생은 막막했다.

현철이

담임이 나를 부를 거라는 예상은 충분히 할 수 있었다. 그래서 별로 당황하지는 않았다. 상대방과 대화할 생각이 없다는 것을 알리는 가장 좋은 방법은 대답을 하지 않는 것이 아니라 상대방과 눈을 마주치지 않는 것임을 경험을 통해 알고 있다. 담임이 이것저것 물어볼 테지만 사실 별로 걱정하지는 않는다. 그 순간만 잘 넘기면 되니까. 그런데 갑자기 담임이 손을 잡으며 바로 코앞까지 얼굴을 들이미는 바람에 순간 당황했다.

너무 가까이 얼굴을 들이밀었기 때문에 얼굴을 돌려서 피할 수도 없었다. 담임의 얼굴이 시야에 들어오고 시선을 마주치려는 걸 재빨리 고개를 반대 방향으로 돌려서 겨우 피했다. 그러고는 가장 강력한 거부의 표시로 깊숙이 고개를 숙여 버렸다. 그 순간 아무런 생각도 나지 않았다. 나만의 영역에 불쑥 침범한 타인에 대한 반사적인 행동이었을 뿐, 담임이 싫어서 그런 건 아니었다.

초등학교 때에는 선생님들이 친절하게 대해 주는 게 마냥 좋을 때도 있었다. 그런데 언제부턴가 친절하게 대하는 선생님들은 필요 이상으로 친절하게 굴어서 사람을 난처하게 만들었다. 선생님의 관심에 어떤 식으로 응해야 할지 당황스럽기도 했고, 선생님이 나에게 무언가를 캐물을 때 친구들의 시선이 일제히 쏠리는 것도 싫었다. 반대로 전혀 관심이 없고 쳐다보지도 않는 선생님은 초등학교 때도 싫었고 고등학생이 된 지금도 싫다.

가장 고약한 선생님은 기어이 대답을 하게 만들려고 포기하지 않고 덤비는 선생님이다. 처음에는 설득하고 달래다가 나중에는 무섭게 굴기도 하고, 대답을 안 하면 집에 보내지 않겠다고 협박도 마다하지 않는다.

중학교 때는 그 말에 넘어가서 한마디씩 마지못해 말을 한 적도 있었다. 하지만 고등학교에 들어와서는 선생님이 무슨 말을 해도 입을 닫고 있으면 끝내는 선생님이 포기한다는 것을 알게 되었다. 한마디도 내뱉지 않고 꿈적도 하지 않고 버티면 아무리 집요한 선생님도 더 이상 조르지 않았다.

"현철아, 고마워. 고개라도 끄덕여 줘서."

담임의 침범으로부터 도망치기 위해 고개를 더 숙인 것인데 오히려 담임은 고개를 끄덕였다고 말했다. 그래서 나는 아주 고개를 처박고 숨도 크게 쉬지 않는 것으로 내 의사를 표시했다. 몸도 좀 떨렸다. 새 담임의 억센 손 떨림에 감전된 듯이 몸이 말을 듣지 않았다. 날 바라보는 담임의 눈빛과 능청스러운 말투가 몸을 칭칭 휘감았다. 벗어나고 싶었지만 꼼짝할 수가 없었다. 올해 담임은 좀 별난 것 같다.

왜 말문을 닫았나? – 조바심과 경계심

김 선생 안개는 날이 밝고 시간이 지나면 걷히지만 김 선생 앞에 낀 안개는 저절로 사라질 것 같지 않았다. 뭔가 하지 않으면 안 될 것 같은 기분으로 김 선생의 머릿속은 분주해지기 시작했다. 속도를 줄이고 비상 깜빡이를 켜서 천천히 시야를 확보해 나가야 할 테지만 김 선생은 좌우 깜빡이를 번갈아 켜면서 속도를 더욱 높였다. 현철이가 말만 했더라도 하나하나 물어보면 되는데, 말은커녕 눈도 마주치지 않는 녀석 때문에 김 선생의 마음은 돌개바람을 만난 연처럼 제멋대로 넓은 허공에서 요동쳤다.

"현철이 아버님이시죠? 담임입니다."

현철이 아버지의 말씨는 몹시 어눌했고 말끝을 제대로 맺지 못하고 떨리는 듯 들렸다. 현철이가 아버지를 닮아 그런가 싶은 생각이 들었다.

"현철이가 학교에서 어떻게 생활하는지는 대충 아시죠?"

김 선생의 질문에 현철이 아버지는 대답이 없었다.

"학교에서 말을 전혀 안 합니다. 그래서 친구도 없습니다. 집에서는 말을 좀 합니까?"

"……."

"언제부터 현철이가 말을 안 했습니까? 현철이에 대해 하실 말씀은 없으세요?"

연이은 김 선생의 질문에 현철의 아버지는 정확하게 대답을 못 하고 말끝을 흐렸다. 생활지도부 안 선생에게 전해 듣기로 현철이는 어머니나 누나하고는 전혀 말을 섞지 않고 아버지에게만 몇 마디씩 말을 한다고 했다. 그뿐만 아니라 현철이 문제에 대해 학교와 연락을 할 때도 아버지가 한다고 했다. 어머니가 계모는 아닌 것 같은데 뭔가 사정이 있는 모양이라고 안 선생이 귀띔해 주었다.

현철이가 말문을 닫아 버린 원인이 가정에 있을 수 있다는 생각이 들어 김 선생은 가정방문을 해야겠다고 마음먹었다. 현철이 아버지는 썩 내켜하지 않았지만 김 선생은 아랑곳하지 않고 몇 번이나 날짜와 시간을 타진한 끝에 3일 후에 현철이 집을 방문하기로 약속을 잡았다. 김 선생은 교실로 올라가서 현철이를 복도로 불러냈다.

"현철아, 목요일 오후에 가정방문 갈 테니 그렇게 알고 있어라."

김 선생의 말에 현철이는 고개를 돌려 버렸고, 순간적으로 얼굴이 붉게 달아오르면서 일그러졌다.

가정방문을 가기로 한 날, 김 선생은 종례 전에 현철이를 밖으로 불러내서 교무실에 가서 기다렸다가 퇴근 시간이 되면 같이 가자고 먼저 내려보냈다. 그런데 종례와 교실 청소를 마치고 교무실로 가 보니 현철이가 보이지 않았다. 화장실에 갔다 오겠지, 하고 기다려도 현철이는 끝내 나타나지 않았다. 아버지와 어렵게 통화가 되어 현철이가 집에 오지 않았다는 사실을 확인할 수 있었다. 김 선생은 답답한 심정을 애써 억누르며 퇴근할 수밖에 없었다.

다음 날 김 선생은 출근하자마자 교실에 올라가 보았다. 그러나 일찍 등교한 학생 몇 명만 교실에 앉아 있을 뿐, 현철이는 보이지 않았다. 교무실에서 조급해지는 마음을 겨우 가라앉히고 김 선생은 조회를 하러 다시 교실로 향했다. 출입문을 열고 들어서면서 눈길을 돌렸을 때 이미 고개를 아래로 처박고 있는 현철이의 모습이 보였다. 현철이에게 더 이상 다가가면 안 되는 것인가. 김 선생은 일상적인 조회를 마치고 그냥 교무실로 돌아올 수밖에 없었다.

점심시간, 김 선생이 서둘러 식사를 마치고 교실로 올라갔으나 현철이는 교실에 없었다. 교실에서 기다려 보기로 했다. 5교시 시작종이 울릴 시간이 되자 현철이가 휘청거리며 서쪽 복도 끝에서 걸어오는 게 보였다. 김 선생은 교실로 들어가려는 현철이를 불러 세워 상담실로 데리고 갔다.

"현철아, 선생님이 너희 집에 가는 게 싫었구나?"

부드럽게 말했지만 여전히 현철이는 고개를 돌리고 있다.

"현철아, 선생님은 네 편이야. 조금이라도 도움을 주고 싶어서 이러는 거야."

손을 힘주어 잡으며 말했으나 여전히 현철이는 미동도 하지 않았다. 더욱 조바심이 난 김 선생은 현철이의 얼굴 가까이 자기 얼굴을 디밀고 말을 이었다.

"네가 말을 해야 선생님이 도와줄 수 있어. 네가 말을 안 하면 내가 어떻게 알고 도와주겠냐?"

현철이는 고개를 더 깊숙이 숙여 버리는 것으로 대답을 대신했다. 답답한 심정을 억누르지 못한 김 선생은 현철이의 얼굴을 손으로 감싸 쥐고 억지로 시선을 마주치려고 했다. 현철이의 눈동자는 초점 없이 흔들릴 뿐이었다. 김 선생이나 현철이 모두 얼굴이 벌겋게 달아올라 대치하는 형국이었다.

"현철아, 한 가지만 물어볼게. 너희 엄마 친엄마 맞냐?"

김 선생의 갑작스런 질문에 현철이는 당황하는 빛이 역력했지만 여전히 아무런 대답도 하지 않았다.

"말을 못 하겠으면 고개라도 끄덕여 봐. 대답하기 전에는 안 보내 줄 거야."

막다른 길에 몰린 것을 깨달은 현철이는 그제야 보일 듯 말 듯 고개를 끄덕였다.

"친엄마 맞다는 말이지?"

현철이는 체념한 듯이 힘없이 다시 고개를 끄덕였다. 김 선생은 내친 김에 다시 도발적으로 현철이를 압박했다.

"그럼 엄마 휴대폰 번호 불러 봐."

김 선생의 강압에 못 이겨 현철이는 더듬거리며 어머니 전화번호를 알려 주었다.

몇 번을 시도한 끝에 8시가 지나서야 겨우 현철이 어머니와 통화할 수 있었다.

"어머니, 현철이 담임입니다. 현철이에 대해서 몇 가지 여쭤 볼 게 있어서 전화드렸습니다."

"예, 선생님. 제가 먼저 전화를 드렸어야 하는데 죄송합니다."

"언제부터 현철이가 말을 안 하기 시작했는지 궁금해서요."

"초등학교 1, 2, 3학년 때는 그래도 말을 제법 했는데 말수가 점점 적어지더니 중학교 2학년 때부터 거의 말을 안 했습니다."

현철이 어머니의 말투는 현철이나 현철이 아버지와 다르게 차분하면서도 조리 있었다.

"말을 안 하게 된 특별한 계기가 있었습니까?"

"어려서는 몰랐는데, 커 가면서 말을 분명히 하지 못하고 끝을 흐려서 저한테 지적도 많이 받았어요. 그래도 끝내 고쳐지지 않았고요. 그러더니 점점 말수가 줄었습니다."

"어머니께서 어떻게 지적하셨는데요?"

"말끝을 흐리지 말고 분명히 이야기하고, 사람 얼굴을 보고 이야기하라고 시간 날 때마다 가르쳤습니다."

"심하게 나무랐나요?"

"아니요, 심하게 하니까 더 주눅이 드는 것 같았어요. 대신 말을 얼버무릴 때마다 지적이야 했지요."

"어머니께서는 현철이가 말문을 닫은 이유가 뭐라고 생각하십니까?"

김 선생의 질문이 마치 자기에게 책임을 묻는 것처럼 들렸던지 현철이 어머니는 강한 어조로 말을 이었다.

"그 정도 잔소리는 부모라면 누구나 하는 것 아닙니까?"

"현철이가 어머니 전화번호를 끝까지 안 가르쳐 주려고 하던데, 현철이랑 어머니 사이가 안 좋은가요?"

"지 아빠는 현철이가 어떻게 하든 그냥 두니까 좋아했고, 저는 누군가는 반드시 가르쳐야 한다고 생각해서 잔소리를 하고 지적을 했더니, 저를 멀리하더라구요."

하소연을 하듯, 현철이 어머니는 말을 계속 이어갔다.

"내 잔소리가 듣기 싫어서라면 나한테만 말을 안 하면 될 텐데 학교에서까지 말문을 닫을 리는 없지 않을까요?"

동의를 구하는 듯한 목소리가 애잔하게 들렸다.

"선생님, 저는 도무지 영문을 모르겠어요. 학교에서 무슨 일이 있었는지도 모르겠고, 저도 답답하기는 마찬가지입니다."

"친구들한테 심하게 따돌림을 당하거나 하면 그럴 수 있지 않을까요? 기억나는 건 없습니까?"

"초등학교 2학년쯤에 친구들이 놀린다고 몇 번 말한 적이 있긴 했어요."

"자세히 좀 말씀해 보세요. 심하게 당했나요?"

"제가 학교에 한 번 찾아간 적이 있었는데 친구들한테 맞은 건 아니고 놀림을 좀 당했다고 들었습니다. 대수롭지 않게 여기고 그냥 돌아왔는데, 그 뒤로도 몇 번 더 그런 일이 있어서 속상하길래 당하고만 있지 말고 같이 싸우라고 말하면서 화를 좀 냈지요."

"그 뒤로는 어땠습니까?"

"그 뒤로는…… 아이들이 괴롭힌다는 말을 안 해서 괜찮거니 했습니다."

"그 일 있고 난 뒤로 현철이가 친구들이랑 잘 어울렸습니까?"

"친구들이 많은 편은 아니었지만 같이 공 차는 친구도 있었고 집에 드나드는 친구도 있었어요."

"나이 들면서 점점 말수가 없어졌다고 하셨는데, 중학교 때는 친구들이랑 잘 어울렸나요?"

"학교에서 일어나는 일은 전혀 말을 안 하니 학교에서 어떻게 생활하는지 잘 알 수가 없었지요."

"어머니, 기억나는 것 없는지 다시 한 번 생각해 보십시오. 중학교 2학년 이후에 완전히 말문을 닫았다면 그때 무슨 일이 있었을지도 모르잖아요."

"아, 선생님! 중학교 때도 한 번 학교에서 연락을 받은 일이 있었습니다."

"무슨 일이었습니까?"

"크게 맞거나 한 건 아니고 어떤 친구가 현철이 발을 걸어 넘어뜨리고 놀린 일이 적발돼서 선생님이 그 애를 야단쳤다고 들었습니다. 자세히 물어보니 심각한 건 아니라서 속이야 상했지만 그냥 넘어갈 수밖에 없었고요."

그날 현철이 어머니와의 긴 통화에서 알게 된 것은 현철이가 중학교 3학년 때 남동구 복지센터에서 알선해 준 의사에게 '선택적 함묵증'이라는 진단을 받았다는 사실이었다. 김 선생이 남동구 복지센터에 전화를 했더니 기록을 찾아보고 통보해 주겠노라고 했다. 연락이 없어서 며칠 후 다시 전화를 했더니 그제서야 진단을 내렸다는 의사의 전화번호를 알려 주었다. 몇 번을 연락한 끝에 어렵게 통화가 이루어졌지만 의사는 현철이를 기억하지도 못했고, 더군다나 지금은 인천에 살고 있지도 않았다. 퉁명스럽고 성의 없이 대꾸하는 사람에게 더 이상 어떤 이야기도 들을 수 없겠구나 싶어 김 선생은 맥이 풀어져 버렸다.

현철이에 대해 자세한 것을 알고 싶으면 옆 반 성재에게 물어보면 될 거라고, 많은 학생들이 성재를 지목했다. 김 선생은 성재를 상담실로 불렀다. 성재는 사교성이 좋아서 친구도 많았고 친구들에게도 신뢰받는 학생처럼 보였다.

"성재야, 현철이가 언제부터 말을 안 했는지 아냐?"

"중학교 때까지는 친구들하고 조금씩 말도 하고, 집에 갈 때 같이 가거나 피시방에서 게임을 같이하는 친구도 있었다고 들었어요."

"나도 그건 알고 있어. 현철이가 중학교 때 친구들한테 따돌림을 당했다고 들었는데, 혹시 아는 거 있으면 말해 줘."

"학교가 달라서 자세히는 모르지만 중2 때 친구 몇 명이 현철이가 걸어가는데 발을 걸어 넘어뜨리고 현철이 걸음걸이며 말투를 따라 하면서 놀렸다고 들었어요."

김 선생은 상체랑 팔은 전혀 흔들지 않고 다리만 움직여 걷는 현철이의 특이한 걸음걸이를 떠올렸다.

"현철이가 학교폭력을 당해서 말을 안 하게 됐다는 거지?"

"원래부터 말을 잘 안 하기는 했지만, 그때 이후로 완전히 말을 안 하게 됐으니까 그렇다고 봐야죠."

"그럼 고등학교 1, 2학년 때도 지금처럼 말을 안 했냐?"

"예, 제가 데리고 다니기는 했는데 말은 안 했어요."

"그럼 고등학교 때도 누군가 현철이를 괴롭혔다는 건가?"

김 선생은 뭔가 실마리를 잡았다는 듯이 물었다.

"글쎄요. 괴롭혔다고 말하기는 좀 그렇죠."

고개를 갸우뚱거리며 성재가 말했다.

"괴롭히지는 않아도 뭔가 있다는 거야?"

눈을 번득이며 김 선생이 다시 물었다.

"현철이가 친구들 모두한테 벽을 쳐 버렸고, 다른 친구들은 현철이를 좀 모자란 애로 생각했던 것 같아요."

"그럼 너는 어떻게 현철이랑 가까워졌는데?"

"제가 처음 옆에 앉았을 때는 현철이가 제 말도 피하고 어색해하길래 억지로 말을 시키지는 않았어요. 대신 먹을 것도 나눠 주고 편하게 대했더니 점점 저를 피하지도 않았고, 말을 많이 하진 않아도 제 말에 조금씩 반응을 하더라고요."

"어떻게 반응했는데?"

"먹을 것 주면 받아서 먹기도 하고, 볼펜 좀 빌려 달라고 하면 볼펜도 빌려주는 식으로요. 서로 편하게 행동했어요."

"현철이랑 고등학교 2학년 때까지 공도 같이 찼다고 하던데?"

"그럼요. 원래 현철이가 공 차는 거 좋아해서 점심시간에 같이 공 차러 가자고 하면 좋아했거든요."

"그런데 지금은 공도 안 차고 완전히 그림자처럼 지내는데, 너랑 무슨 일이 있었냐?"

"그게, 현철이가 장난으로 제 가방을 감춘 일이 있었어요. 그날 제가 다른 약속이 있어서 빨리 가야 하는데 어디에 감췄는지 말을 안 하는 거예요. 그래서 엄청 화를 냈어요. 그다음부터 현철이가 제 옆자리에 앉지도 않고 저를 피하더라고요. 3학년에 올라와서는 반이 갈렸으니까 다시 가까워질 기회도 없었죠."

현철이가 가방을 감추는 장난을 쳤다는 게 의외였고 그 이유가 궁금했지만 성재도 더는 아는 게 없었다. 분명하고 정확한 결론은 아니었지만 김 선생은 막연히 학교폭력 때문에 현철이가 말을 하지 않게 된 것은 아닐까 짐작할 뿐이었다.

현철이 담임이 느닷없이 가정방문을 오겠다고 했다. 싫었다. 이번 담임은 좀 집요한 것 같다는 생각이 들었다. 가정방문을 오기로 한 날이 되자 점점 가슴이 답답해졌다. 올가미가 조여 오는 느낌이었다. 수업이 끝나 가자 자리에 그대로 앉아 있을 수도 없었다. 담임은 날더러 교무실에서 기다렸다가 함께 집으로 가자고 하면서 나를 먼저 내려보냈다. 담임과 함께 집으로 가는 건 정말 싫었다. 나는 교무실로 가지 않고 그냥 학교를 빠져나와 버렸다.

조금 있으니 담임에게 전화가 왔다. 보나 마나 어디 있느냐고 묻는 전화겠지. 받을 수가 없었다. 아이들이 쏟아져 나오기 전에 어디론가 움직여야 하는데, 달리 갈 데가 없었다. 허둥지둥 발걸음을 옮기다 보니 어느새 집 앞이었다. 발소리를 죽여 집에 들어갔을 때, 아빠가 누군가와 통화하는 소리가 들렸다.

"선생님, 현철이가 아직 집에 안 왔습니다."

'담임이다! 담임이다!'

나는 그 순간 뒤돌아서서 밖으로 도망쳐 버렸다. 피하려는 것은 아니었는데 담임이라는 것을 눈치챈 순간 머리와 발이 따로 놀아서 몸은 이미 골목길을 빠져나가고 있었다. 얼마를 걸었는지 의식하지도 못한 채 무작정 걷고 있는데 전화가 왔다. 확인해 보니 다행히 아빠였다. 들어오라는 전화 같아서 받지 않았다. 한 번 더 통화음이 울리다 잠잠해지고, 이번에는 문자가 왔다. 담임 안 오니까 빨리 들어오라는 아빠의 문자. 나는 긴장이 풀려 다리에 힘이 빠져나가는 것을 느꼈다. 배도 고팠다. 시계를 보니 6시 반이 넘어 있었다.

엄마는 들어오자마자 선생님 다녀갔느냐고 물었다. 나와 아빠는 아무 대꾸도 하지 않고 시선을 피해 버렸다. 하지만 그래 봤자 엄마의 추궁을 피할 순 없다. 그저 어서 그 시간이 지나가기를 기다리며 습관처럼 고개를 돌리고 엄마의 다음 처분을 기다리는 수밖에.

"어떻게 됐어? 말을 해야 알지!"

계속 입을 다물고 있었지만 그냥 넘어갈 엄마가 아니다.

"아이구, 속 터져! 어쩌면 애비나 자식이나 답답하기는……."

엄마를 쏙 빼닮은 누나가 옆에서 엄마를 거들고 나섰다.

"선생님 못 오셨대요. 저 자식이 도망치는 바람에……."

"못 산다, 못 살아. 죄송하다고 전화는 드렸어요?"

그제야 아빠가 전화를 했노라고 말하는 것을 들으며 나는 고개를 숙이고 상황이 어서 마무리되기만을 기다렸다.

다음 날 학교로 향하는 발걸음이 천근만근이었다. 일단 가방을 교실에 두고 사람들이 없는 1학년 교실 쪽 화장실에 잠깐 숨어 있다 수업 시작 직전에 교실로 갔다. 자리에 앉자마자 고개를 숙여 버렸다. 뒤이어 교실로 들어온 담임의 얼굴을 힐끗 살폈더니 좀 달아오른 듯이 보였다. 하지만 웬일인지 나한테 별다른 말을 하지는 않았다. 평소처럼 조회를 마치고 교실을 빠져나가는 담임을 보며 안도의 숨을 내쉬었다.

점심시간에는 아이들이 전혀 나타나지 않는 곳에 숨어 있었다. 실습동 건물 옥상은 오가는 사람들이 거의 없다는 것을 알고 있었다. 시간을 보내다가 5교시 수업 시간에 맞춰서 교실로 가려고 조심스럽게 복도를 걷고 있는데 담임이 불쑥 나타났다. 놀란 표정을 감추고 아무렇지도 않은 듯이 걸었지만 다리가 후들거렸다. 슬쩍 훔쳐보니 담임의 얼굴이 아침처럼 붉어 보이지는 않았다. 담임은 또 나를 상담실로 끌고 갔다. 담임은 제법 부드러운 목소리로 물었다.

"현철아, 선생님이 너희 집에 가는 게 싫었냐?"

고개를 돌리고 숨소리도 크게 내지 않고 있는데 담임이 내 손을 잡는 게 아닌가. 힘이 느껴졌다. 이어서 담임이 양손으로 내 뺨을 붙잡더니 자기 얼굴 쪽으로 억지로 돌렸다. 차라리 두들겨 맞는 것이 낫다는 생각이 들었다. 나도 지지 않고 한사코 고개를 숙이려고 힘을 썼다. 약이 바짝 오른 담임은 억지로 시선을 마주치려고 얼굴을 들이밀었다. 나는 두려움을 넘어 수치심마저 느꼈다. 아, 날 좀 내버려 두라고! 속으로 고함을 질렀지만 말이 되어 나오지는 않았다. 결국 체념 상태에서 엄마 전화번호를 담임에게 알려 주었다.

초등학교 때부터 엄마가 학교에 다녀가기만 하면 담임의 괴롭힘이 시작됐다는 것을 나는 생생히 기억한다. '말을 크게 해라. 허리를 쭉 펴고 걸어라. 말을 할 때는 사람 눈을 보고 해야 한다' 등등 평소에는 그냥 넘겼던 것들도 엄마가 다녀간 뒤부터는 일일이 지적하며 나를 못살게 굴었다. 그때부터 엄마가 학교에 오는 게 싫었다. 엄마랑 담임이 통화하는 것도 싫었다. 담임의 모습이 엄마의 모습과 겹쳐 보인다. 목을 조여 오는 갑갑함이 밀려든다.

반면에 아빠는 늘 내 편이었다. 언제나 힘들어하는 나를 바라보고 있었고, 언제 배가 고픈지 귀신같이 알았고, 속상해하고 있으면 어김없이 등을 두드려 주었다. 아빠를 따라 낚시를 가면 마음이 차분해졌다. 낚시터에서는 말을 안 하는 것이 자연스럽다. 말없이 물을 바라보고 있으면 마음까지 고요해졌다. 낚시터만큼 아빠도 편했기 때문에 학교에서 부모님 연락처를 물으면 나는 늘 아빠 전화번호를 적어 주곤 했다.

정말이지 이번 담임은 좀 유별나다. 이 정도 했으면 포기할 법도 한데 도무지 멈출 것 같지 않다. 성재가 담임에게 불려가는 것을 봤다. 2학년 때 성재는 늘 내 옆에 앉아서도 억지로 말을 시키거나 하지 않고 편하게 대해 줬다. 늘 그게 고마웠고 지금도 그렇다. 어쨌거나 담임이 무엇 때문에 성재를 부른 것일까? 좋은 징조 같지는 않다. 중학교 때도 나와 친했던 아이들은 빠짐없이 한 번쯤은 교무실로 불려갔다. 또 어떨 땐 교실에서 나만 내보내고 뭔가를 조사하기도 했다. 날 괴롭혔던 놈들 중 일부가 생활지도부실로 끌려간 일도 있었다. 그럴 때마다 아이들은 나를 벌레 보듯이 쳐다봤고 쥐구멍에라도 숨고 싶은 심정으로 지냈던 기억이 난다. 올해 담임이 그때와 같은 일을 벌이는 것이 아닐까 두렵기만 하다.

제발 날 좀 그냥 내버려 두라고!

조금씩 빗나간 출발 – 기대감과 실망감

김 선생

학년 초의 바쁜 업무를 처리하고 일 년 동안 함께할 학급 평화 이야기의 큰 가닥을 잡느라 정신없이 시간이 흘러갔다. 2학년 담임의 말대로 현철이는 말만 안 했을 뿐 다른 문제를 일으키지 않았기 때문에 현철이에 대한 김 선생의 조급함도 조금 누그러졌다. 시간을 충분히 갖고 대처하자는 잠정적인 결론을 내려 둔 상태였다.

학급회의 시간, 교실 안은 시끌벅적했다.

"선생님, 우리 반은 곽민수 저 새끼만 입 다물고 있으면 돼요."

"병신, 너나 깝치지 말지?"

"담임이 생각하기에는 너희 둘 다 욕을 좀 자제해야 내 마음에 평화가 찾아올 것 같은데."

"선생님, 사랑합니다. 제가 언제 욕했나요?"

"와! 깬다. 선생님들한테 대들어서 학생부 끌려다닌 새끼가 민수 저 새끼에요. 속지 마세요."

지석이가 비아냥거리자 민수도 발끈해서 지석이에게 쏘아붙였다.

"병신, 남 말하고 있네."

"자, 민수도 지석이도 조용히들 하자. 다들 '하자 규칙' 세 가지와 '하지 말자 규칙' 세 가지를 구체적으로 적어서 내도록."

"선생님, 우리들끼리는 언제나 평화롭습니다. 규칙을 만들면 선생님들도 같이 지킵니까?"

"민수가 중요한 말을 했네. 선생님들은 우리 반 구성원이 아니니까 여기에 적을 필요는 없지."

"에이, 그럼 규칙을 만드나 마나죠."

"선생님들하고 너희들은 주로 수업 시간에 만나기 때문에 수업 시간에 지켜야 할 규칙은 따로 만드는 게 좋겠다. 너희들이 규칙을 잘 지키고 열심히 공부하면 선생님들도 너희한테 잘해 주실 테니까."

"에이, 그런 규칙을 만들면 우리만 불리해지는 거 아닌가요?"

"다음에 충분히 이야기할 시간을 줄 테니 오늘은 구체적으로 너희가 바라는 반에 대해서 적어 봐라. 좌석 배치나 청소 당번, 주번 문제도 어떻게 하면 좋을지 써 보고."

"에이 샘, 그런 건 샘이 시키는 대로 잘할 테니 종례나 빨리 끝내 주셔야 좋은 반이 되죠."

운동장 쪽 분단 뒷자리쯤에서 그 말이 튀어나오자 여기저기서 맞장구치는 소리가 요란했다.

"엉뚱한 소리 그만하고 진지하게 잘 적어라. 너희들끼리 의견이 달라서 합의가 필요한 게 있으면 토론할 시간도 줄 거야."

규칙을 정하는 과정에서 몇 가지 쟁점이 있었다. '~하자' 규칙은 별다른 이견이 없었지만 '~하지 말자' 규칙에서는 의견이 분분했다. 친구들 사이를 부드럽게 해 주는 친근한 욕까지 모두 금지하면 친구들 사이가 어색해질 수도 있다고 말하는 학생들이 많았다. 주로 힘이 세 보이는 녀석들의 주장이었다. 하지만 센 녀석들도 유독 부모를 모욕하는 욕은 무조건 금지해야 한다고 주장했다. 평소 부모를 들먹이는 욕을 자주 하는 놈들까지 그랬다. 그 녀석들은 그런 욕을 하면서도 늘 장난이라고 우기기는 했지만. 또 욕을 들은 아이가 기분 나쁜 내색을 하고 화라도 낼라치면 속 좁은 사람으로 몰아가기 일쑤였다. 어쨌든 욕에 대해서는 의견이 분분했다. 한 가지 공통분모는 누구든 욕을 들을 땐 기분이 더럽다는 점과 그래도 억지로 참고 넘긴다는 점이었다. 설왕설래 끝에 이번 기회에 모든 욕을 금지하자고 의견이 모아졌다.

별명은 재미있으라고 부르기도 하고 좋은 뜻에서 부르는 경우도 많으니, 듣는 사람이 기분 나빠할 때만 부르지 않기로 합의했다. 장난도 상대가 싫어할 때는 안 하기로 합의했다. 모욕적인 행동이나 부당한 행동은 상대의 반응과 상관없이 하지 않기로 했는데, 어떤 행동이 부당한 행동인지는 조금씩 다르게 해석하고 있었다.

별명을 부르거나 장난을 치는 경우, '상대가 싫어하면'이라는 단서를 달아 놓기는 했으나 힘이 약한 아이들이 힘센 아이들의 눈치를 보며 속마음을 말하지 못하면 약한 아이들이 보호받기 어려울 수도 있었다. 김 선생은 그 점을 염려하면서 지켜보았으나 약한 아이들은 자기들이 보호받을 수 있는 보완규칙을 끝까지 주장하지 못하고 말았다.

"장난이나 별명 때문에 불쾌해지더라도 기분 나쁘다고 쉽게 말하지 못하는 사람들을 보호하기 위한 보완장치가 뭐 없을까?"

일부러 학생들의 생각을 들어 보기 위해 김 선생이 말했다.

"에이, 장난치는 것도 까다롭다면 무슨 재미로 학교에 와요."

장난도 잘 치고 성질도 급한 지석이가 말했다.

"그렇기는 해도 장난을 걸었는데 기분 나쁘다고 말하면 속 좁다고 몰아갈 수 있잖아? 특히 힘이 약한 사람들은 장난이 기분 나쁘다고 말하기 쉽지 않을 것 같은데?"

교실을 둘러보며 김 선생이 말하자 이번에는 교실 가운뎃줄 뒷자리에서 민수가 일어났다.

"제 이마를 보십시오. '평화'라는 글자 안 보이세요?"

"나대지 말고 선생님들한테 대들지나 마시지?"

지석이가 말했다.

“농담 그만하자. 빨리 마치고 집에 가야지.”

김 선생의 말에 정훈이가 말을 꺼냈다.

“선생님, 사실 장난하고 놀리는 건 쉽게 구별할 수 있어요. 옆에서 지켜보면 알잖아요. 걱정 안 해도 될 것 같습니다.”

“부당한 짓을 하거나 불쾌하게 놀리면 옆에서 말려 줄 수 있다는 말인가?”

빨리 집에 가고 싶어서 그랬는지 아이들이 모두 그렇게 하겠다고 입을 모아 대답했다. 결국 ‘놀리거나 부당하게 괴롭히면 나서서 말리기’라는 조항을 새로 넣는 것으로 학급 평화규칙을 마무리했다. 다음 날 수업규칙을 만들 때는 민수와 몇몇 녀석들의 항의가 이어지는 가운데 ‘불만은 수업 후 정중히 말씀드리기’ 조항을 넣는 것으로 마무리 지었다.

학급임원과 관련해서는 반장에 입후보하는 사람이 몇 명 되지 않으니 복잡하게 선거하지 말고 당사자들이 합의해서 반장과 부반장을 정하자고 지석이가 우겨댔다. 하지만 김 선생이 지석이의 주장이 왜 옳지 않은지 설명하자 지석이도 쉽게 수긍했다. 그러나 학교 다니는 동안 한 번이라도 반장을 해 보는 것이 소원이니 뽑아 달라고 호소하던 지석이가 끝내 반장 선거에서 떨어지고 말았다. 교실 문을 거칠게 닫고 나가는 것으로 불만을 표시해 김 선생을 긴장시켰지만 성격이 단순한 지석이를 설득하는 것은 그리 어렵지 않았다. 그렇게 우여곡절 끝에 착하고 대인 관계가 좋은 정훈이를 반장으로, 선생님들과 사이가 좋지 않았던 민수를 부반장으로 선출하는 것으로 학급 임원 선거도 마무리 지었다.

좌석 배치 방법을 정할 때는 압도적으로 많은 아이들이 자유롭게 앉기를 주장했다. 힘센 녀석이든 아니든 대부분이 자유롭게 앉을 것을 주장하는 바람에 빨리 오는 순서대로 자리를 골라 앉을 수 있도록 결정했다. 눈이 나쁘거나 다른 타당한 이유가 있으면 앞자리에 고정 좌석을 만들어 주었고, 힘센 학생이 약한 학생의 자리를 빼앗는 일이 생기면 맨 앞줄 지정석에 앉히기로 약속했다. 좌석 배치는 두 줄씩 붙여서 한 분단을 만들고 전체 세 분단으로 나누어서 앉게 했다. 힘 약한 학생이 먼저 왔더라도 힘센 학생들이 점찍어 놓은 자리에 앉기는 힘들겠지만 그래도 녀석들의 의견에 따라 좌석 배치를 결정했다.

그런데 어느 날 학교에 와 보니 복도 쪽에 외줄로 된 분단이 생겨나 있었다. 김 선생은 대수롭지 않게 여기고 다시 두 줄 분단으로 책상을 배치하게 했다. 그런데 다음 월요일에 학교에 와 보니 다시 복도 쪽 분단이 외줄로 되어 있었다. 그런 일이 몇 번 계속되자 김 선생은 그런 현상도 학생들의 의견 표시가 아닐까 싶어 그 줄만 외줄로 놓아두기로 했다. 물론 책상을 외줄로 배치해 놓은 범인은 끝내 밝혀지지는 않았다. 다만 김 선생은 현철이가 그랬을까, 잠시 생각했다.

그다음으로 모둠을 정하고 역할을 나누어서 학급을 구성하는 문제는 김 선생도 신경이 좀 쓰였다. 현철이를 어떤 모둠에 배치할 것인지 확신이 서지 않았기 때문이다. 학생들의 의견을 들어 봐야겠다는 생각에 김 선생은 반장 정훈이와 부반장 민수를 불렀다.

"모둠을 구성하고 역할도 나눠야 하는데 현철이를 어떻게 하는 게 좋을지 너희 의견도 들어 보고, 너희들한테 부탁하고 싶은 것도 있어서 불렀다."

"현철이를 어떻게 하다니요?"

정훈이가 물었다.

"현철이를 어떤 모둠에 넣고, 청소당번과 주번은 어떻게 시켜야 할지 조심스러워서 말이야."

정훈이랑 민수가 의아한 눈으로 김 선생을 쳐다보았다.

"현철이랑 친하게 지내는 사람이 없을까?"

"현철이가 다른 사람하고 눈도 안 마주치는데 친구가 있겠어요?"

민수가 대답했다.

"작년에는 현철이가 성재랑 친해서 같이 옆자리에 앉았는데, 올해는 반이 갈려 버렸네요."

반장 정훈이가 말했다.

"그래도 현철이가 조금이라도 편하게 생각하는 사람이 있지 않을까? 청소나 주번을 같이할 수 있는 사람 말이야."

"청소당번이나 주번은 번호 순서대로 하면 되지 않을까요? 현철이가 말은 안 해도 청소 같은 건 시키는 대로 잘했으니 별 문제 없을 겁니다."

정훈이가 대수롭지 않게 말하자 민수도 고개를 끄덕였다.

"작년에는 성재가 있어서 아무 문제가 없었던 것 아닐까?"

"아니에요, 선생님. 작년에 주번이랑 청소당번 할 때 현철이가 성재랑 같이 안 했어도 잘하던데요."

민수가 확신에 차 말했다. 김 선생도 더 이상 다른 대안이 없어서

번호 순서에 따라 자기 차례가 되면 현철이도 자기 역할을 하게 해야겠다고 결심하며 두 아이를 돌려보냈다.

현철이

담임이 무슨 규칙을 만들어 보자고 했는데 나는 무슨 말인지 한참을 알지 못했다. 아이들끼리 잘 지내 보자고 하는 것 같았다. 처음에는 별로 관심이 없었는데, 교실에서 일어나는 일들이 구체적으로 이야기되는 것을 들으니 뭔가 좋은 쪽으로 흘러가는 것 같았다. 하나하나 들으면서 어떻게 결정되는지 신경을 곤두세웠다. 나는 평소에도 교실에서는 항상 긴장하면서 친구들의 동태를 살피는 편이지만 이번처럼 집중하면서 친구들의 이야기를 들어 본 적은 없었다.

평소에 욕을 입에 달고 사는 녀석들이 욕을 하지 말자고 목청을 높이는 것이 조금 이상하기도 했다. 모욕적인 말이나 부당한 일에 대해서도 이야기하는 것 같았지만 잠시 딴 생각을 하느라 잘 듣지 못했다. 상대방이 싫어할 경우에는 별명을 부르지 말자고 결정하는 것을 들었을 때는 그냥 아무런 느낌도 없었다. 항상 회의를 하면 그런 식의 이야기가 오가고 나중에는 지켜지지 않는 게 보통이었으니 하나 마나 한 이야기처럼 들렸다. 반 친구들이 내 별명을 불렀을 때 기분 나쁜 적이야 많았지만 한 번도 나는 기분 나쁘다고 말해 본 적이 없다. 말을 하게 되면 다음에 어떤 일이 벌어질지 두렵기 때문이다. 반장 선거 같은 것은 처음부터 관심이 없었기 때문에 그냥 고개를 숙이고 빨리 지나가기만을 기다렸다.

그런데 자리 배치 문제는 신경을 곤두세우고 들었다. 두 줄씩 분단을 만들어서 앉기로 결정되었다. 누구랑 어디에 앉는가 하는 것은 나한텐 아주 중요한 문제였다. 나는 지석이만큼은 정말 피하고 싶었다. 지석이가 나한테 심하게 굴거나 한 적은 별로 없었지만 성질이 나면 아무 말이나 마구 지껄이고 자기 맘대로 다 참견하려 드는 걸 여러 번 보았기 때문이다. 또 병국이 얼굴도 떠올려 보았다. 싫었다. 은근히 기분 나쁜 녀석이다. 무성이도 무섭다. 2학년 수련회 때 담임이 뭐라고 했는지는 몰라도 무성이가 의자를 들고 휘두르면서 담임한테 대들었던 적이 있었다. 평소에는 별로 말이 없던 녀석이 의자까지 휘두르며 난리를 피우는 바람에 와장창 유리창이 깨지고 무서운 담임선생이 아무 말도 하지 못했던 일이 또렷하게 떠올랐다. 유독 나한테는 은근히 잘해 준다는 것을 눈치채고는 있지만, 다들 무서워하는 무성이가 나 역시도 무섭다. 2학년 때는 성재랑 같이 앉아서 참 좋았다. 하지만 한순간에 성재와 멀어지고 한동안은 몹시 힘들었다. 그래서 이제는 아무하고도 가까이 지내지 않으려고 마음먹었다. 하지만 심심할 때면 몸도 조그맣고 착해 보이는 기철이나 생글생글 웃고 다니는 현석이 얼굴이 가끔 떠오를 때도 있다.

맘에 들지 않은 놈과 앉으라고 하면 어쩌나 조마조마한 마음으로 듣고 있는데, 드디어 결정이 내려졌다. 맘대로 앉기! 좋은 것인지 나쁜 것인지 헷갈렸다. 내가 내 맘대로 골라 앉는다는 건 좋지만 내 옆에 누가 와서 앉게 될지 알 수 없는 노릇이다. 나는 불안해졌다. 사람들 눈에 띄지 않는 구석 자리에 앉을 수 없는 경우를 떠올리니 갑자기 도망가 버리고 싶은 생각이 들었다.

학생들의 의견을 반영한답시고 회의라는 걸 하지만 그게 다 좋은 건 아니란 생각이 들었고 특히 자리 배치 결론은 정말 싫었다. 차라리 2학년 때처럼 담임이 딱 정해 주는 게 훨씬 나을 텐데.

회의가 있은 다음 날 나는 평소보다 좀 일찍 학교에 가서 눈치를 살피며 아이들이 잘 앉을 것 같지 않은 자리가 어딜까 교실을 둘러보았다. 복도 쪽 분단 앞에서 세 번째 자리에 가방을 내려놓고 아직 학교에 오지 않은 애들이 누구인지 생각해 보았다. 지각대장 지훈이가 보이지 않았다. 갑자기 몸이 굳어졌다. 지훈이랑 같이 앉는 것은 정말 싫은데. 그날 나는 결국 지훈이랑 하루를 짝으로 지냈는데 평소보다 시간이 두세 배는 늦게 가는 것 같았다.

담임의 센 척 – 당혹감과 절망감

김 선생

학급 평화규칙도 만들고 반장 선거와 학급 조직도 마무리하고 보니 바쁜 3월이 훌쩍 지나갔다. 김 선생은 미뤄두었던 숙제를 하는 기분으로 현철이와 다시 마주 섰다. 김 선생은 현철이가 친구들에게 따돌림을 받으면서 서서히 말문을 닫아 갔다고 결론을 내렸다. 뿌옇게 가로막고 있던 안개가 걷히는 듯했다. 정확한 진상은 알 수 없었지만 친구들에게 놀림을 당한 후로 말문을 닫았다는 것이 여러 사람들의 공통된 증언이었다.

현철이를 위해 지금 할 수 있는 일이 뭘까, 김 선생은 곰곰이 생각하기 시작했다. 당장이라도 누가 현철이를 괴롭힐 가능성이 있는지 알아봐서 아무도 건드리지 못하게 하는 일이 가장 시급하다는 결론을 내렸다. 김 선생은 현철이가 교실에서 편하게 생활할 수 있는 환경을 만들 수 있다면 그다음 일은 여유를 갖고 차분하게 진행할 수 있을 것이라고 판단하였다.

"이번 시간에는 수업 대신 설문조사를 하겠다. 너희들도 알다시피 우리 반 현철이는 말을 전혀 안 한다. 선생님이 알아보니 중학교 2학년 때 친구들에게 괴롭힘을 당한 뒤부터 말을 안 했다고 한다. 현철이가 언제 다시 말을 하게 될지는 모르지만 최소한 우리 반에서 현철이를 힘들게 하는 일이 다시 일어나서는 안 될 것 같다. 무심코 던진 한마디도 현철이한테는 상처가 될 수 있으니까 곰곰이 생각해 보고 여기 있는 설문에 답하기를 바란다. 설문 문항에는 없더라도 현철이가 힘들어하거나 상처받을 것 같은 일이 있다면 여기에 다 써 봐라. 앞으로라도 현철이가 편하게 생활할 수 있도록 우리가 좀 도와주자."

김 선생의 엄중한 설명에 교실은 순식간에 조용해졌고 학생들은 진지하게 설문지의 빈칸을 채워 나갔다. 하지만 김 선생은 그 설문지를 통해서도 현철이를 괴롭혔던 뚜렷한 단서를 찾을 수가 없었다. 현철이에게 어떻게 해 줘야 하는지 새롭게 제시된 좋은 의견도 거의 발견할 수 없었다.

김 선생은 설문지에 '병국이가 현철이에게 유령이라는 별명을 붙여 줬다'고 적은 기철이와 옆반 성재를 상담실로 다시 불렀다.

"선생님, 현철이를 티 나게 괴롭히는 학생은 없습니다. 선생님은 잘 모르시겠지만 현철이처럼 말도 안 하고 모두가 인정하는 약한 놈을 누가 건드립니까?"

기철이가 말했다. 옆에서 듣고 있던 성재도 그 말이 맞다는 듯이 고개를 끄덕였다.

"그래도 재미 삼아서 놀리는 일이라도 없었는지 잘 기억해 봐."

김 선생이 재차 다그쳐 묻자 이번에는 성재가 말을 받았다.

"놀려 봤자 아무런 반응도 없는 놈을 누가 놀리겠어요? 놀리는 재미라도 있어야 놀리든지 말든지 하죠……."

"병국이가 현철이 별명을 불렀다며?"

기철이를 보면서 김 선생이 물었다.

"있는 듯 없는 듯 지낸다고 유령이라고 부르기도 하고 괴물이라고 부르기도 했죠."

기철이가 대답했다.

"별명을 부르는 것도 괴롭힘이 될 수 있다는 거 너희도 알지? 유령이라는 별명은 그렇다 쳐도 괴물은 왜 지었는데?"

김 선생의 물음에 이번에는 성재가 대답했다.

"2학년 때 일인데요. 현철이가 교실에서는 한마디도 안 하고 없는 것처럼 지내더니, 친구들이 온라인 게임을 하는 데 끼어들어서 엉뚱한 문자를 몇 번 보낸 적이 있었어요. 갑자기 사람이 돌변해서 알아들을 수 없는 문자를 보내니까 무서운 느낌이 든다고 해서 그때 붙여진 별명이에요."

"아니야, 성재야. 쉬는 시간이나 점심시간에는 감쪽같이 사라졌다가 수업 시간에 조용히 나타난다고 사람이 아닌 것 같다고 그렇게 짓지 않았냐?"

기철이가 성재를 보며 말했다.

"기분 좋은 별명은 아니네."

김 선생은 현철이가 괴롭힘을 당했다는 단서를 조금이라도 찾아내야 한다는 듯이 두 학생을 바라보았다.

"그렇긴 한데, 그 별명으로 현철이를 부르는 일은 거의 없었어요. 지은 사람은 병국이었을 거예요. 현철이한테 말을 걸거나 현철이에 대해 얘기하는 사람은 병국이밖에 없을걸요?"

기철이가 말했다.

"임병국이가 현철이한테 관심이 많았나 보구나? 자세히 좀 말해 봐. 놀리거나 괴롭히는 말은 아니었다고?"

"노골적으로 놀리거나 하는 말은 아니었지만 은근히 현철이가 이상하다는 걸 친구들한테 알리고 있다는 느낌은 받았어요. 저만 그렇게 느꼈는지 모르지만요. 축구를 하자고 해도 현철이가 같이 안 하려고 하고, 친구들도 현철이를 끼워 줄 맘이 없다는 걸 알았을 텐데 병국이는 현철이를 끼워 주자고 엉뚱한 말을 했어요. 꼭 일부러 친구들한테 싸늘한 반응을 유도하는 것처럼 느껴졌어요. 성재 너는 묘한 느낌 못 받았냐?"

기철이가 성재에게 물었다.

"아마 자기 처지랑 비슷하니까 병국가 현철이를 동정했던 거 아닐까? 선생님도 아시잖아요. 병국이 그 자식도 사차원이라 아이들한테 이상한 놈으로 낙인찍힌 거요."

"아무튼 현철이는 병국이가 자꾸 자기 이름을 들먹일 때마다 당황해서 교실에서 나가 버렸거든요."

"병국이가 왜 그랬을까?"

"글쎄, 그거야 모르죠. 병국이한테 직접 물어보세요."

"그래야겠다. 이제 그만 수업 들어가라. 기철아, 성재야, 앞으로도 누가 현철이를 괴롭히는지 잘 살펴보고 현철이를 좀 도와줬으면 좋겠다. 그럴 수 있지?"

기철이와 성재가 교실로 올라간 후 한참을 기다렸다가 김 선생은 교실로 올라가서 병국이를 불러냈다. 병국이도 유리그릇처럼 조심스럽게 다뤄야 하는 관심 학생 중 한 명이었기에 김 선생은 병국이가 당황하지 않도록 웃음을 띠며 물었다.

"현철이한테 괴물이라는 별명을 지어 준 사람이 병국이 너라며?"

병국이의 얼굴이 순간 상기되는 빛이 역력했다.

"예."

"왜 그런 별명을 지었어? 괜찮아, 말해 봐."

"학교에서는 한마디도 안 하는 현철이가 우리끼리 게임하는 데 접속해서 이상한 소리를 계속하는 게 너무 신기하고, 어떻게 생각하면 무섭기도 했어요. 처음에는 현철이가 아닌 줄 알았는데 진짜 현철이더라구요."

"그랬구나. 현철이를 놀리려고 그런 건 아니지?"

"놀리려고 그런 거 아니었어요."

"현철이한테 관심을 가져 준 사람이 너밖에 없다고 아이들이 말하더라. 고마워, 병국아."

김 선생이 고맙다고 말하자 병국이의 얼굴에서 긴장하는 빛이 사라졌다.

병국이와 면담을 마치고 김 선생은 생활지도부 안 선생을 찾아가

병국이가 현철이를 대했던 행동을 어떻게 해석해야 하는지 조언을 구했다. 안 선생의 해석은 명쾌했다. 병국이는 지적 능력이 약간 떨어지는 학생인데, 본인은 그렇게 생각하지 않는다는 것이다. 자기는 다른 학생보다 수준이 월등하고 똑똑하다고 착각한다는 이야기였다. 병국이에게는 사람들을 비교하고 평가하는 버릇이 있는데, 그런 행동을 통해 자기가 다른 사람보다 뛰어나다는 것을 확인하려는 심리가 작용했다는 말도 덧붙였다. 병국이가 현철이를 들먹였다면 친구들이 자기보다 현철이를 더 비정상인 사람으로 평가하도록 해서 자기가 우월하다는 것을 확인하려는 심리가 작용했을 것이라는 해석이었다.

김 선생은 교실로 올라가서 현철이를 괴롭히지 못하도록 학생들에게 엄포를 놓았다.

"설문조사를 해 봤는데, 우리 반에서 현철이를 괴롭히는 사람이 드러나지는 않았다. 하지만 발견되지 않았다고 해서 괴롭히는 사람이 없다고 단정할 순 없다. 만약에 몰래 괴롭히는 비겁한 사람이 있다면 끝까지 추적해서 가만두지 않을 것이다. 어디 내 눈을 피해서 못된 짓을 할 사람은 해 봐라. 참고로 작년과 재작년에 학교폭력 사건으로 처벌을 받은 놈들도 모두 나한테 덜미가 잡혔다는 것 명심하기 바란다."

학생들을 진지하게 설득하고 싶었는데, 생각과 다르게 엄포만 놓고 전문가인 양 센 척하고 말았다는 자괴감이 들었다. 그러나 김 선생은 애써 태연하게 말을 이었다.

"한마디도 못 하고 교실에 앉아 있어야 하는 현철이의 심정을 생각하면서 이제부터라도 현철이를 도와주자. 여기 있는 스물다섯 명 중 똑같은 사람은 한 명도 없다. 현철이도 마찬가지다. 현철이가 다른 사람과 다르게 말을 안 한다고 해서 이상한 시선으로 바라보는 것 자체가 차별이 될 수 있다. 조금씩 다른 사람들을 배려하고 받아들이는 과정을 배워가는 것이 바로 어른이 돼 가는 과정이라는 것, 명심하자. 나는 너희들을 믿는다. 그리고 부탁한다. 현철이가 편안하게 생활할 수 있도록 조금씩이라도 배려해 주자."

김 선생이 핏대를 세우며 배려해 줄 것을 호소했지만 교실 분위기는 차갑게 가라앉았다. 현철이를 어떻게 도와주자고 말해야 할지 확신이 서지 않았기 때문에 김 선생은 더 이상 구체적으로 말을 이어갈 수가 없었다.

김 선생이 여기저기 들쑤셔 놓을 때에는 특유의 무표정에다 눈동자만 불안하게 굴리곤 하던 현철이의 얼굴빛도 시간이 지나자 차츰 안정을 되찾기 시작했다. 김 선생은 당분간 현철이가 어떻게 생활하는지 지켜보기로 했다. 2학년 담임의 말대로 현철이는 말만 안 했지 순조롭게 학교생활을 하는 듯 보였다. 결석하거나 지각하는 일이 한 번도 없었고 친구들과 문제를 일으킨 일도 없었다.

현철이가 아침에 학교에 오는 시간은 대체로 8시 10분 정도였다. 8시 20분에 출석을 부르고, 8시 30분에 1교시 수업이 시작된다. 현철이는 10분 정도 여유롭게, 그것도 정확히 등교하고 있었다. 교실에 가방을 두고 언제나 다른 곳에 있다가 출석 확인을 하는 8시 18분을 전후로 교실에 들어오곤 했다. 늘 복도 끝 1학년 화장실 쪽에서 걸어왔다. 가끔 실습 시간에는 교실을 벗어나곤 했는데, 어디에 숨어 있다 나오는지는 아무도 몰랐다. 다만 운동장을 건너서 걸어오는 것을 가끔 목격했다고 반 친구들이 말했다.

"현철이가 어디에 있다 나오는지 아는 사람 없냐?"

"그렇잖아도 실습 시간에 선생님이 찾아오라고 해서 여러 번 현철이를 찾으러 갔었는데 한 번도 못 찾았어요."

"그럼 짐작이 가는 곳은 없냐?"

"반 친구들끼리 현철이가 어디에 틀어박히는지 얘기한 적이 있었지만, 정확히 아는 사람은 아무도 없었어요."

"교실로 돌아올 때 어느 쪽에서 왔는데?"

"1학년 교실 쪽에서 복도를 통해서 걸어오는 것도 봤고, 매점 쪽에서 운동장을 가로질러 오는 것도 봤고, 야구부 기숙사 쪽에서 걸어오는 것도 봤다고 하는데 그것도 어디서 나오는지 정확히 본 사람은 없었던 것 같아요."

김 선생이 수업 시간에 자세히 관찰해 보니, 현철이는 고개를 숙이고 책상을 내려다보거나 창밖을 멀거니 바라보거나 아무런 표정 변화 없이 미동도 하지 않고 눈만 멀뚱거리곤 했다. 봄부터 여름까지 한결같았다. 오전에도 그랬고 오후에도 별다른 변화는 없었다. 사람이 어쩌다 기침도 할 수 있고 재채기도 할 수 있는 일인데, 현철이에게서는 그런 모습도 찾아볼 수 없었다. 참는 것을 지켜보는 것만으로도 답답하고 힘든데 참아 내는 현철이는 얼마나 힘들까 안타까웠다.

점심을 먹을 때도 현철이는 사람들 눈에 띄지 않는다고 했다. 누구랑 함께 점심을 먹는 법도 없었고, 학교 식당 앞에 길게 늘어서서 차례를 기다리는 대열에서도 현철이는 보이지 않는다는 것이다.

그런데 시간이 지나면서 현철이가 가끔 수업을 빼먹는다는 것을 김 선생은 알게 되었다. 출석부를 가만히 들여다보니 현철이가 수업에 들어가지 않는 시간이 어떤 과목인지 파악되었다. 현철이가 수업에 빠지는 이유를 어렵잖게 짐작할 수 있었다. 본관 교실에서 수업을 할 때는 빠지는 일이 별로 없었다. 그런데 실습장에서 진행되는 수업이나 학생들끼리 조별로 함께 활동해야 할 시간에만 수업에 빠졌다는 것을 알 수 있었다. 가끔 본관에서 하는 수업에 빠지는 경우도 있었는데, 조별 학습을 하거나 학생들이 자유롭게 이야기하거나 이동할 수 있는 시간에는 어김없이 교실을 벗어나곤 했던 것이다. 수업을 받기 싫어서, 교과담당 선생님이 싫어서 도망간 것이 아닌 듯했다. 수업 시간에 굳이 현철이에게 발표를 시키거나 실습 과제를 주는 선생님은 없었을 것이고, 그것이 싫어서 교실에 들어오지 않았을 리는 없었다. 어쩔 수 없이 움직여야 하거나 친구들과 접촉할 가능성이 있으면 미리 피해 버리려고 했다는 것을 짐작할 수 있었다.

현철이가 불편해할까 봐 어떻게 행동하건 잔소리 한 번 안 하고 넘어간 것이 잘못된 것 같기도 했다. 수업 시간에 다른 곳에 가 있으면 안 된다고 김 선생이 타이를 때는 눈빛으로는 알았다는 듯이 신호를 보내고 고개도 끄덕거렸지만 그 이후에도 현철이의 비밀스런 행동은 계속되었다. 시간이 지날수록 현철이는 더욱 대담하게 교실을 벗어났다.

수업 시간에 이탈하는 학생을 대하는 김 선생의 태도는 현철이와 일반 학생들에게 확연히 다르게 적용되었다. 학생들의 불만이 쌓여

가는 것이 느껴지기 시작했다. 김 선생은 그 비난의 화살이 결국 현철이를 향하게 될 거라고 판단했다. 아무 이유 없이 수업이 싫어서 빠져나갔는지 아니면 다른 친구들이 현철이를 몰래 괴롭혀서 그랬는지는 모르지만 알 수 없는 위기감이 점점 커지고 있었다.

그런데 며칠 후 과사무실에서 김 선생에게 연락이 왔다. 반 아이들 다수가 실습장을 이탈했다는 것이었다. 김 선생은 반 단체 카톡방에 3시에 출석을 부르겠다고 메모를 남기고 교실에서 기다렸다. 다른 아이들은 모두 돌아왔는데, 부반장 민수와 다혈질 지석이, 그리고 현철이는 돌아오지 않았다.

다음 날 아침 조회 시간에 실습장을 이탈해서 학교 밖 PC방에서 게임을 했던 녀석들을 줄줄이 앞으로 불러냈다. 김 선생은 녀석들을 교무실로 데려가서 이야기할까 하다가 분위기도 다잡을 겸해서 교실에서 야단을 쳤다.

"그 시간에 학교 앞 PC방에 가서 오락한 놈들은 벌 받을 각오, 해야 할 거다."

김 선생의 말이 떨어지기 무섭게 부반장 민수가 말대꾸를 했다.

"그럼 현철이도 같이 처벌해 주세요."

김 선생은 치밀어 오르는 화를 간신히 참으며 말을 이었다.

"너희랑 현철이랑 같다고 생각하냐? 현철이는 전혀 다른 사람하고 어울리지 못하고 실습도 제대로 못 할 정도로 힘들어하고 있어. 그 정도쯤은 이해해 줘야지."

현철이의 얼굴을 힐끔 돌아보니 아무런 표정 없이 굳어 있었다.

"남까지 걸고 넘어가지 말고 너희가 한 행동에 잘못이 없었는지 대답해라."

다들 고개를 숙이고 있었는데 대들기 대장 민수는 끝까지 씩씩거렸다. 그러는 사이 교무실에서 교직원회의를 한다고 빨리 내려오라는 문자가 왔다. 김 선생은 교실 밖으로 나와 계단을 내려가다 말고 현철이가 걱정되어 다시 교실로 뛰어들어 갔을 때 벌써 민수가 현철이 앞에서 고함을 치고 있었다.

"병신 새꺄, 우리 야단맞는 것 구경하니까 재미 좋냐? 좋겠다, 담임이 너 좋아해 주니까! 너 인마, 말할 줄 아는 거 다 알아. 쇼 그만해, 병신아. 담임이 왜 너는 봐주고 우리만 야단치는지 아냐? 우리는 정상인인데 너는 애자거든!"

실컷 분풀이를 하고 나서야 민수는 잠잠해졌다. 김 선생은 온몸에 힘이 쭉 빠져 버렸다.

현철이

담임이 친구들을 교무실로 불러들여 나에 대해 캐묻고 다니던 눈치더니 급기야 나더러 생활지도부 안 선생님한테 가 있으라고 했다. 느낌이 좋지 않았다. 도대체 무엇을 알아내겠다고 여기저기 들쑤시고 다닐까? 담임들이 나 몰래 내 사생활을 캐고, 학생들에게 뭔가를 이야기한다거나 하는 소동을 피우고 나면 마무리가 좋게 끝나는 법이 거의 없었다.

담임이 교실에서 나 없이 뭔가를 아이들에게 이야기하고 난 다음 교실로 들어가면 언제나 분위기가 썰렁했다. 평소에도 그랬지만 아무도 눈조차 마주치지 않으려고 하는 분위기였다. 싸늘한 기운이 느껴져서 나는 책상에 엎드려 버렸다. 뒤통수가 싸늘한 기분이다.

그냥 내버려 두면 좋을 텐데 선생님들은 매번 이런 식이다.

선생님들은 내가 누군가에게 죽도록 얻어맞거나 크게 당하기라도 바라는 것일까. 일어나지도 않은 일을 애써 찾으려고 하고, 말을 하지 않게 된 무슨 큰 이유가 있나 하고 한사코 캐내려 한다. 내가 뭐 범죄라도 저질렀나? 아니면 자기가 무슨 형사라도 된다는 말인가?

난 그저 말을 주고받을 사람이 없고, 그냥 혼자가 편하고, 말을 했다가 오히려 놀림받은 일이 많고, 어떻게 말을 해야 할지 말하기가 겁나서 말을 하지 않을 뿐이다. 거기다 대고 선생님들은 자꾸만 이유를 찾으려고 한다. 헛다리 짚는 짓이다.

나는 이 모든 것이 싫다. 조그만 실수에도 크게 놀림거리를 만들었던 놈들! 말을 안 할 뿐인데 아이들은 나를 괴물로 취급한다. 난 그저 그런 상황에서 도망치고 싶을 뿐이다. 숨도 크게 못 쉬고 무표정한 얼굴로 지내면서 사람들 눈을 피해서 화장실로, 옥상으로, 여기저기 빈 실습실로 숨어들고 있는데, 냄새나는 화장실에 앉아서 누군가 문을 두드려도 숨죽이며 아무도 없는 척 문고리를 잡고 숨어 지내면서, 친구들이 나를 모른 척해 주기를 바라면서 지내고 있는데, 담임은 왜 매번 내 노력을 방해해서 이상한 상황을 만드는 것인지, 정말 싫다. 그리고 불안하기만 하다.

초등학교 때는 그래도 말을 했다. 친한 친구들하고는 장난도 치고 이야기도 주고받았다. 친하지 않은 친구들과는 시선을 마주치지 않으면 그만이었고, 누가 말을 걸거나 놀리면 상대를 안 하거나 집으로 와 버리면 그만이었다. 선생님이 발표를 시킬 때가 가장 힘들었다. 긴장해서 말을 잘할 수 없는데 사람들이 지켜보는 앞에 선다는 것은 공포에 가까웠다. 6학년 때인가 선생님이 묻는 말에 어쩌다가 대답을 했더니 "현철이가 대답을 다 하네! 참 잘했어. 현철아, 다음에도 그렇게 대답하는 거야." 하면서 아이들에게 박수까지 치게 했다. 정말 난감했다.

"우리는 발표 아무리 잘해도 한 번도 칭찬 안 해 주고 박수 쳐 주라고도 않더니만, 현철이 저 새끼가 대답 좀 했다고 박수 치라고 난리야."

쉬는 시간에 누군가 기분 나쁜 듯이 말하자 뒤에서 또 비아냥거리는 소리도 들렸다.

"야, 놔둬라. 얼마나 불쌍했으면 담임이 그랬겠냐?"

그 일 이후 아이들이 수군대는 상황이 싫어서 선생님이 묻는 간단한 질문에도 대답을 하지 않았다. 그게 차라리 마음이 편했다.

학년이 바뀔 때마다 나는 다른 친구들보다 훨씬 더 긴장해야 했다. 담임선생님이 어떤 사람인지도 중요했지만, 남 모르게 괴롭히는 녀석들과 한 반이 되면 어쩌나 하는 걱정 때문이었다. 덩치가 크고 힘이 센 아이들은 오히려 나에게 무관심했다. 나보다 힘도 없어 보이는 아이들이 다가와서 놀리거나 꼬집고, 하고 있는 일을 방해하거나 일부러 책상을 엎어 버리는 따위의 행동으로 은근히 괴롭히는 경우가 많았기 때문에 그런 놈들 눈에 띄지 않게 행동해야만 했다.

아이들이 발을 걸어 넘어뜨리는 정도는 견딜 수 있었다. 그리고 작은 아이들이 남몰래 해코지를 하는 것이 힘들기는 해도 참아 내면 그만인데, 꼭 담임이 들어서 일을 크게 만드는 바람에 상황은 더 나빠졌다. 그러다 보니 점차 전혀 입을 뗄 수 없는 지경이 되었다. 중학교 2학년 때, 아이들이 발을 걸어 날 넘어뜨렸을 때 담임선생님이 어떻게 알았는지 달려와서 교실을 뒤집어 놓았고 그 때문에 나는 반 아이들과 완전히 불편한 사이가 되고 말았다.

"병신 새끼를 누가 건드려서 집에도 못 가고 이 고생이야?"

"그러게 말이야. 찌질한 새끼들, 할 짓이 없어서 저딴 것을 건드려."

어떤 아이들은 그렇게 말했고, 어떤 아이들은 노골적으로 욕을 해대기도 했다.

"야, 벙어리. 너는 좋겠다. 편들어 주는 사람 많아서……."

"너 두고 보자. 너 때문에 당한 거 갚아 줄 거니까 각오해."

어쨌든 그 사건으로 난 학급의 모든 친구들에게 따가운 눈총을 받게 되었고, 힘센 아이들 사이에서는 바보 취급을 받게 되었다. 또 힘약한 학생들도 만만하게 욕하는 대상이 되어야 했다.

중학교 3학년이 돼서도 상황은 크게 달라지지 않았다. 아니 오히려 악화되었다. 나는 점점 더 주변 사람들과 벽을 쌓게 되었다. 간단한 물음에도 답을 회피하기 시작했고 나중에는 출석 부를 때 대답하는 것조차 어려워졌다. 그림자처럼 지내는 것이 오히려 편했다. 내 침묵은 그렇게 서서히 진행되었다. 중학교 2학년 때 심하게 괴롭힘을 당한 그 사건 하나 때문에 갑자기 말문을 닫은 게 아니다. 일상 하나하나가 버거웠고, 발걸음 하나조차 힘겨웠다. 교실의 싸늘한 공기가 독약과 같았으며, 장애자 취급을 하는 눈초리 자체가 비수처럼 가슴에 꽂혔다. 그러는 사이에 나는 비정상, 장애자로 취급받는 처지가 되어 버렸던 것이다.

담임이 자꾸만 나한테 관심을 갖는 척해서 안 그래도 주변의 눈총이 따가웠는데, 실습장 이탈 사건이 터져 버렸다. 실습장은 시설이 부족해서 조별로 돌아가면서 써야 한다. 내가 끼면 실습 속도가 늦어져서 다른 사람까지 연습을 못 하게 된다고 실습 선생님이 자꾸만 구박하는 바람에 나는 실습장에 앉아 있기 싫었다. 그래서 가끔 실습장을 벗어나 혼자 숨어 있을 때가 있었다. 그런데 그날 담임한테서 실습장을 벗어난 사람은 다시 실습실로 돌아오라는 카톡이 왔다. 3시에 담임이 직접 출석을 부를 거라고도 했다. 나는 왠지 일이 귀찮아질 것 같아 집으로 돌아가 잠들어 버렸다.

다음 날 아침 학교에 갔을 때 아이들 몇 명이 담임에게 야단을 맞고 있었다. 담임이 무슨 말을 했는지 모르지만 민수가 몹시 씩씩거렸다. 잠시 후 담임이 복도로 나가자 민수가 나를 노려보며 욕을 퍼부었다.

"병신 새꺄, 우리 야단맞는 것 구경하니까 재미 좋냐? 좋겠다. 담임이 너 좋아해 주니까! 너 인마, 말할 줄 아는 거 다 알아. 쇼 그만해, 병신아. 담임이 왜 너는 봐주고 우리만 야단치는지 아냐? 우리는 정상인인데 너는 애자거든!"

심한 욕을 먹었지만 이상하게도 별다른 느낌이 들지 않았다. 욕에 내성이 생겼는지 아니면 당연히 욕먹을 것을 예상해서 그런지 아무런 감정의 동요도 없었다. 오히려 묘한 오기가 생기는 것 같기도 했다.

김 선생

출석 부를 때조차 대답을 하지 않던 현철이가 놀랍게도 자기 생각을 단호하게 말하는 일이 벌어졌다. 며칠 전 민수에게 심하게 당했을 때 현철이는 전혀 상처받는 것 같지 않아 보였다. 오히려 그 충격에서 벗어나지 못한 쪽은 김 선생이었다. 모욕한 민수에 대한 지도도, 모욕당한 현철이에 대한 관심도 놓아 버린 듯 의욕을 상실한 김 선생에게 멀쩡한 얼굴로 현철이가 찾아왔다.

그동안 그렇게 말을 시켜도 하지 않던 현철이가 스스로 찾아와서 말을 했던 것이다! 그뿐만 아니었다. 아직 1학기가 끝나기 전이라서 취업 나간 학생이 아무도 없을 때였는데, 현철이는 현장실습 나가기 전에 의무적으로 받아야 하는 사이버교육 이수증을 내밀며 빨리 취업을 나가게 해 달라고 더욱 또렷하게 이야기하는 거였다. 김 선생은 민수가 현철이에게 장애자라고 소리칠 때보다 몇 배나 세게 정수리를 까인 기분이었다.

현철이를 돌려보내고 마음을 가라앉히려고 한참을 꼼짝 않고 앉아 있었다. 그동안 그렇게 애써도 말을 안 하던 현철이가 민수에게 된통 당하고 난 직후에 아무렇지도 않게 말을 했다는 것 자체가 충격이었다. 김 선생은 그동안 현철이의 무엇을 살피고 있었더란 말인가, 자괴감이 들었다. 아이 내면의 욕구를 이해하기는커녕 말을 하고, 안 하고 표면적인 것에만 매달려 있었던 것은 아닌가.

한참을 우두커니 앉아서 마음을 진정시키고 나니 조금씩 정신이 돌아왔다. 그리고 현철이가 하루라도 빨리 학교를 벗어나고 싶어 하는 심정이 조금씩 읽히기 시작했다. 민수 말대로 말을 할 수 있으면서도 안 하는지, 하고 싶어도 할 수 없는지가 문제가 아니라 말을 하지 않고 사는 고통에서 벗어나고자 하는 간절한 소망이 취업이라는 탈출구를 통해 드러났고, 급기야 그 완강한 침묵을 깨게 만들었다고 생각하니 절로 고개가 끄덕여졌다. 말을 안 하고 사는 것이 얼마나 고통스러울 것인지는 누구라도 조금만 생각해 보면 알 수 있는 일인데 그걸 제대로 살피지 못한 자신의 미련함에 김 선생은 몹시 부끄러웠다.

인간을 일컬어 호모 로쿠엔스, 언어적 인간이라고 하지 않는가! 인간이 오늘날과 같이 살게 된 데에는 언어를 떠나서는 상상할 수 없다는 것은 지극히 당연한 상식이다. 김 선생은 독일 철학자 하이데거의 말이 떠올랐다. 하이데거는 언어가 의사소통 수단이거나 자기의 생각과 감정을 표현하는 수단에 지나지 않는 것이 아니라 존재가 거기 머물고, 존재가 세계 및 사물과 만나는 곳이라고 말했다. 그래서 '언어는 존재의 근원이고 바탕인 것이다. 언어는 존재가 드러나는 장소이다. 언어는 존재의 집이다'라고 설파했던 것이다. 인간 모두가 하이데거의 말처럼 언어에서 벗어나 존재하기 힘들다면 그간 '말' 때문에 현철이가 겪었을 어려움은 실로 엄청났을 거라는 사실은 너무나 명백했다.

일상적인 대화를 나누다가 상대방이 자기 말을 들어 주지 않는 일이 생기면 사람들은 당장 의기소침해지거나 기분이 상한다. 상대가 맘에 안 들면 취하는 행동 중에 가장 대표적인 반응이 말을 안 하는 것이다. 인간이라는 존재가 언어를 통해서 드러난다는 하이데거의 말을 굳이 빌리지 않더라도 현철이의 함묵은 처절하기 이를 데 없는 '발언'은 아니었을까. 김 선생은 자신의 뒤늦은 깨달음에 가슴을 쳤다.

돌이켜 보니 김 선생에게도 말과 관련한 생생한 기억들이 있었다. 초등학교 때 같은 동네에서 대장 노릇을 하는 형이 누군가 맘에 들지 않으면 상대하지 말라고 지시를 내리곤 했다. 그런 지시가 떨어지면 아무도 그 아이에게 말을 걸지 않았다. 정말 고통스러운 순간이었다. 어른이 되어서도 마찬가지였다. 낯선 상황에 처하면 위축이 되어서 분위기 파악도 제대로 되지 않는 경우가 많은데, 그런 경우에 사람들은 대체로 입을 다물고 말을 안 하게 된다. 친하지 않은 친구들과 같이 있으면 말하기 어렵고 불편해서 빨리 그곳에서 벗어나고 싶어 하는 것은 자연스러운 일이다. 어른이 된 자기 자신도 낯선 상황, 불편한 사람들과 한자리에 있는 것이 싫을 때가 많은데 현철이 같은 아이는 오죽했으랴 생각하니 김 선생은 얼굴이 붉어졌다.

도저히 그대로 퇴근할 기분이 아니었다. 생활지도부실로 안 선생을 찾아갔다.

"안 선생, 오늘 나 술이라도 마셔야 될 것 같은데, 같이 마셔 줄래?"

"김 선생님, 술도 잘 안 드시잖아요? 무슨 일 있으세요?"

"부끄러워서 그래."

안 선생은 대꾸 없이 김 선생의 다음 말을 기다렸다.

"현철이가 오늘 나한테 와서 취업시켜 달라고 말을 했어. 내 눈을 똑바로 쳐다보면서 또렷하게 말했어."

"아! 그랬어요? 반가운 일인데 뭐가 부끄럽다고 그러세요?"

"교실에서 벗어나고 싶은 현철이 심정을 제대로 읽어 주지 못하고 말을 시키려고만 어거지 쓴 걸 생각하니 현철이한테 미안해서."

"아…… 그러셨군요."

"언어는 존재를 드러내는 집이라는 말, 그 말을 머리로만 이해하고 있었어. 현철이라는 존재가 함묵이라는 형태로 어쩔 수 없이 드러난 건데, 나는 현철이라는 존재의 바탕과 근원을 못 보고 겉모습만 봤던 거지!"

"예……. 하지만 김 선생님도 많이 노력하셨고 현철이한테 애정을 갖고 있었으니까 현철이도 김 선생님 마음을 알고 있을 겁니다."

"아니야, 안 선생. 애정이 있고 열심히 했다고 해서 모두 면죄부를 받는 건 아니라고 생각해."

김 선생도 안 선생도 다음 말을 잇지 못하고 오래도록 침묵을 지켰다. 학교 앞 술집으로 자리를 옮겨서 두 사람의 이야기는 계속되었다.

"현철이가 말이 어눌하긴 했지만 그것 때문이라기보다도 교실에서는 말을 안 하고 싶었을 거야. 말을 해서 받게 될 상처보다는 말을 안 해서 유령이나 괴물 취급받는 쪽을 선택한 건데, 그 심정이 오죽했겠어?"

"맞아요, 김 선생님. 현철이의 함묵도 일종의 의사 표시라고 생각해야 할 것 같아요."

"말하기 싫으면 안 하는 것도 사람의 권리인데 우린 그걸 몰라준 거지!"

"그렇다고 모든 상황에서 말을 안 해도 되는 건 아니니까 김 선생님이 말을 시키려고 노력한 게 순전히 잘못된 것만은 아닐 거예요."

"그럴까? 안 선생이 그렇게 말해 주니 고맙네."

"위로해 드리려고 하는 말이 아니라 실제 그렇지 않을까요? 인사만 안 해도 기분 나쁜데 묻는 말에 대답도 안 하면 무시당한다는 기분이 들잖아요. 말을 안 하는 게 전략이었다면 그런 전략으로는 성공할 수 없다는 걸 현철이한테 알려 주는 것도 우리가 해야 할 일이 아닐까요?"

"말을 안 하는 게 얼마나 고통스러운지 현철이는 스스로 알고 있으면서도 그런 전략을 선택했는데, 그럴 수밖에 없는 현철이 심정을 어루만져 주지 못한 게 미안하다는 거야."

"현철이 마음 편하게 해 주려고 김 선생님도 노력하셨잖아요!"

"조금 다른 이야기인데, 처음에는 현철이가 나를 싫어해서 말을 안 한다고 생각했어. 그런데 지금 생각해 보니 그게 아닌 것 같아. 언어라는 건 역동적인 사회 속에서 한 존재가 자신을 드러내는 방식이고 관계 맺는 일, 그 자체라고 할 수 있잖아. 근데 그게 개인 대 개인의 관계로만 파악할 수 없는 사회적인 방식이란 말이야. 현철이의 함묵은 어느 한 사람에 대한 반응이 아니라 교실이라는 역동적인 상황에 대한 대처라는 생각이 들어. 그러니까 현철이는 선생님들한테 센 척을 한 거야."

"현철이가 선생님들한테 센 척을 했다구요?"

"응. 선생님들 말 무시하고 선생님들이 묻는 말에 대답도 안 하는 행동을 생각해 봐. '나는 학교에서 최강자인 선생님들한테까지도 말을 안 한다. 그러니까 아무도 나한테 말을 시키지 말라'는 선언으로 해석할 수 있다는 뜻이지."

"아, 그렇게도 해석할 수 있겠네요."

"말이라는 게 참 묘해! 아이들 사이에 일어나는 일들이 대부분 말을 통해서 이루어지잖아. 그런데 말을 둘러싼 상황이 점점 변하고 있어. 그 안에서 아이들은 상처받고 있고……. 언어가 타락하면 그만큼 언어에 갇힌 사람들도 타락해 간다고 봐야 해. 인간성을 잃어버리는 거지."

"어떤 변화를 말씀하시는지?"

"각종 매체가 발달하면서 언어 소통 속도가 빨라졌어. 그래서 상대방의 말을 충분히 곱씹어 볼 시간이 부족해서 부작용이 뒤따르는 것 같아. 카톡방이나 SNS에서 순식간에 사실이 조작되고 또 서로 다투는 일들이 많잖아? 멀쩡한 사람이 하룻밤 자고 나면 이상한 사람이 돼 있는 경우도 많고. 더 이상 개인의 선택을 세상이 기다려 주지 않는다는 뜻이야."

"맞아요. 아이들은 현철이가 기분이 상해서 말을 안 했을 때 좀 기다려 줄 생각은 않고, 말을 안 한다고 성급하게 이상한 사람 딱지를 붙여 버린 거겠네요."

"제때 말을 하지 않으면 현철이처럼 느린 사람은 유령이 되고 괴물이 되는 사회야. 호모 로쿠엔스 세상에서 언어 소통이 빨라지면서 말을 하지 않으면 그대로 호모 사케르로 전락하는 거지. 무서운 일이야. 소통에 조금만 뒤처져도 위험해지는 시대가 된 거야. 아이들 사이에서 '정치질'이란 단어를 쓰는 걸 봤는데, 정치질을 잘 못하면 호모 사케르는 아니라도 순간적으로 병신이 될 수 있다는 거지."

"맞아요! 정치질이라는 말, 저도 들어 봤어요."

"물질만 강조하다 보니까 언어에도 그런 현상이 나타나는 것 같아. 사실이나 객관적인 정보를 전달하는 데만 몰두하다 보니 개인의 정서나 진실을 전달하는 데는 둔감해져 가고."

"자기 속마음을 제대로 표현 못 하니 학생들 사이의 관계가 좋을 수 없겠네요?"

"맞아, 그거야. 공감능력이 떨어진다는 말이 그래서 나오는 거야. 냉소적이고 폭력적인 세상이 언어 소통 방식을 통해 드러난 거라고 봐야겠지. 개그 프로그램을 가만히 들여다봐 봐. 사람이 왜 말을 하는지 모를 정도로 엉망이고, 그게 말을 망치고 세상을 망치고 있는 것 같아."

"그런 것 같아요. 김 선생님."

"말을 하는 목적은 생각이나 마음을 주고받는 건데, 요즘 학생들은 재미있으라고 말하고, 세게 보이려고 말하고, 상대를 괴롭히기 위해 말하는 놈들이 대부분이야."

김 선생은 천천히 술을 들이키며 말 때문에 자신이 어려움을 겪었던 지난날을 떠올려 보았다. 또래들과 어울려 공 차고, 싸우고, 노는 것이 마음에 내키지 않았던 어린 시절, 그런 분위기에 적응하지 못해서 한동안 말없이 지냈던 때가 있었다. 대학에 들어가서도 아무런 목적의식이 없어서 한동안 방황한 적이 있었는데, 그때도 김 선생은 거의 말이 없었다. 그러나 그때 친구들은 김 선생을 크게 놀리지 않았던 것 같다. 새삼 고맙다는 생각이 들었다. 그러다가 김 선생이 세상에 관심이 많아지고 세상을 바꾸는 사람이 되어야 한다고 생각했을 때, 사람들에게 뭔가 말하고 싶은 것이 생겼다. 그때부터 김 선생은 점점 말을 되찾았고, 말을 많이 하는 사람으로 변해 갔다.

"안 선생, 너무 급해서 진심이 드러나기를 기다려 주지 않는 사회, 마음을 주고받지 못하는 사회, 폭력적인 언어 소통이 판치는 사회는 평화로운 세상이라고 볼 수 없겠지. 나도 현철이와 같은 시대에 태어났으면 현철이처럼 호모 사케르가 됐을지도 모르겠네."

"저도 그랬을 겁니다. 김 선생님."

"우리가 나이를 많이 먹은 건가?"

"그게 아니라 변화가 너무 빠른 세상이 된 거죠. 현기증 나는 세상 말입니다."

"그런데 안 선생, 말도 안 하는 현철이 같은 사람이 일할 곳이 있을지 모르겠어."

김 선생이 걱정스럽게 말하자 안 선생도 심각한 얼굴로 대답했다.

"찾아봐야죠."

"사람 상대 안 하고 말 많이 안 해도 되는 일을 찾아봐야지. 안 선생이 많이 도와줘."

"예, 김 선생님, 저도 여기저기 찾아볼게요."

"혼자 자기 앞에 주어진 일만 하면 되는 곳이라도 취업시켜야지! 자동화라인에서 단순 반복하는 일은 할 수 있지 않을까?"

"예. 그런 것은 할 수 있을 것 같은데 현철이를 그런 곳에 보낸다고 생각하니 너무 가슴 아프네요."

마음씨 좋은 안 선생의 얼굴이 일그러졌다.

"마음 아프지만 그게 현철이 앞에 펼쳐진 현실인 것 같아."

"선생님들이 지켜보고 있는 학교에서도 힘들어했는데, 현철이가 힘든 공장에서 견뎌 낼 수 있을까요?"

여전히 걱정 가득한 얼굴로 안 선생이 말을 이었다.

"우리가 모르는 현철이의 모습이 있겠지? 이겨 낼 힘이 숨겨져 있을지도 몰라."

"현철이에게 이겨 낼 힘이 있을 거라고 믿어야겠죠. 그나저나 그런 자리 찾는 거 쉽지 않겠어요."

"그래도 기본적인 의사 표시 정도는 해야 하는데, 저러다가 면접이나 제대로 볼 수 있을지 걱정이야."

"말문을 열었으니 한번 말을 시켜 볼까요?"

"그래, 시켜 보자구."

속마음을 털어놓고 난 김 선생은 한결 마음이 가벼워졌다.

김 선생은 다음 날 현철이를 불러 취업을 하려면 당장 면접을 봐야 하는데, 말하는 연습을 해야 한다고 이야기했다. 현철이도 고개를 끄덕였다.

"현철아, 그럴 때는 말로 대답을 해야 하는 거야."

김 선생의 말에 여전히 현철이는 대답하지는 않았지만 눈길을 피하지는 않았다. 김 선생은 그날부터 현철이에게 조금씩 말하기 연습을 시켰다.

다음 날 취업지원실에서 김 선생에게 전화가 왔다. 부탁해 두었던 자동화라인에서 일하는 취업 자리가 나왔다는 것이다. 김 선생은 현철이를 불렀다. 말도 시켜 볼 겸 현철이의 의견도 들어 보기로 했다.

"현철아. 지금부터 말로 대답해 봐. 경기도 평택에 전자제품 공장이 있는데, 전자제품 부속이 벨트를 타고 돌아가는 곳에 앉아서 전자제품을 조립하는 공장이래. 그런 곳에서 일할 수 있겠어?"

현철이의 눈을 쳐다보며 김 선생이 말했다.

"예."

작은 소리지만 분명하게 현철이가 대답했다.

"좀 더 크게 말해. 면접을 볼 때는 큰 소리로 대답해야 하거든. 그곳에서 일하려면 기숙사 생활을 해야 하는데, 그것도 할 수 있겠어?"

김 선생이 다시 한 번 현철이의 눈을 바라보자 전보다 조금 더 커진 목소리로 현철이가 대답했다.

"예."

"그럼 내가 면접관이라고 생각하고 한번 해 보자. 내가 문을 열고 들어오면 인사부터 하는 거야. 이렇게 들어간다. 인사해 봐."

"안녕하세요."

"현철아, 목소리가 작아. 크게 해야지. 다시 해 봐."

"안녕하세요."

두 번째 인사도 목소리가 입안에서만 맴돌았다.

"내가 묻는 말에 잘 대답해 봐. 긴장하지 말고. 일이 힘든데 잘할 자신 있나요?"

"예."

김 선생은 마지막으로 친구들이 있는 곳에서 출석을 부를 테니 대답을 해 보라고 주문했다. 내키지 않는지, 현철이의 얼굴이 흐려졌지만 김 선생은 강한 눈빛으로 현철이를 쳐다보며 약속을 받아 냈다.

다음 날 아침 조회 시간에 출석을 부르기 전 김 선생은 현철이와 몇 번이나 눈빛을 주고받았다. 현철이의 얼굴에 긴장하는 빛이 역력했지만 김 선생은 한 명씩 이름을 불러 내려갔다. 그리고 현철이 차례가 되자 호흡을 가다듬은 후 이름을 힘주어 불렀다.

"이현철!"

평소에 잘 부르지도 않던 출석을 부르는 데다 담임의 표정이 진지한 것을 보고 학생들은 김 선생의 눈치를 살피고 있었다. 그러다 평소에는 부르지 않고 건너뛰던 현철이의 이름을 부르자 모든 시선이 한쪽으로 집중되었다. 순간 현철이가 비록 작은 소리였지만 "예" 하고 대답을 했고 교실에서는 낮은 탄성이 터져 나왔다. 그리고 웅성거리는 소리가 들렸다. 책상을 뚫어져라 바라보는 현철이의 얼굴은 빨갛게 달아올라 있었다.

"오늘부터 출석 부를 때 현철이도 부르기로 했다. 다들 그렇게 알고 있어라."

설명을 마친 김 선생은 교단을 내려와 출입문 쪽으로 몸을 움직였다. 교실은 더 크게 웅성거리기 시작했다. 김 선생이 교실문 밖으로 막 빠져나오려고 하는데 어디선가 큰 소리로 욕하는 소리가 들렸다.

"야, 저 새끼 쥐약 먹었냐?"

순간 김 선생의 가슴이 철렁 내려앉았다. 당장 뒤돌아서서 목소리의 주인공을 찾아서 갈겨 주고 싶었지만 애써 참으며 교무실로 향했다. 1교시 수업을 마치고 교실로 가 보았을 때 현철이는 자리에 없었다.

그 후 수업을 빼먹지는 않았지만 현철이는 출석 부를 때 더 이상 대답하지 않았다. 김 선생의 간곡한 설득에도 현철이는 고집을 꺾지 않았다. 면접 연습 때만 겨우 시키는 대로 힘없이 대답할 뿐이었다. 김 선생은 자괴감이 들었다. 말은 혼자 하는 것이 아니라 주고받는 것이고, 현철이의 말하기 연습은 들어 주는 사람과 같이해야 하는데, 김 선생은 또다시 자기가 세심하게 신경을 쓰지 못해서 그런 일이 일어난 것이라고 자책했다. 현철이 같은 친구도 따뜻하게 감싸 줄 수 있는 학급을 만들지 못한 것이 마음 아팠다.

현철이가 면접을 보러 가는 날, 안 선생도 동행했다. 다행인 점은 그 회사로 취업 나가는 학생이 두 명 더 있어 김 선생은 내심 마음이 놓였다. 현철이가 갈 회사가 있는 경기도 평택까지 가는 동안 김 선생은 같이 가는 친구들에게 현철이를 잘 보살펴 주라는 말을 몇 번이나 반복했다.

김 선생은 현철이와의 진정한 관계가 시작도 되기 전에 끝나 버린 것 같아 허무하기만 했다. 그렇게 현철이는 취업을 해서 학교를 떠났다.

2013년 9월 26일 목요일, 현철이는 학교에서 탈출하는 데 성공해서 'Happy전자' 신입사원이 되었다.

현철이

드디어 '현장실습 전 사이버교육'을 다 끝냈다. 실습 시간에 빠지지 않으면 취업을 시켜 주겠다는 담임의 말만 철석같이 믿었고 담임이 칠판에 적은 '현장실습 전 사이버교육'이란 글씨를 뚫어져라 바라보며 담임의 설명을 들었다. 밤늦도록 컴퓨터 앞에 앉아 있어도 힘들지 않았다. 이틀 만에 사이버교육을 마치고 교육 이수증을 출력하고 나니 기운이 펄펄 솟는 듯했다. 취업을 위해서라면 뭐든 할 수 있을 것 같은 자신감이 생겼다. 지긋지긋한 학교에서 하루라도 빨리 벗어나고 싶었다. 취업이 유일한 희망이었다. 학교에 도착해서 담임을 찾아가 이수증을 내밀며 말했다.

"취업 나가게 해 주세요."

내가 교무실 문을 열고 들어갈 때부터 담임은 눈을 동그랗게 뜨고 쳐다보더니 취업을 나가겠다는 말을 하자 표정이 이상하게 변해 버렸다. 처음에는 놀랐다가 이내 무슨 생각에 잠기는 듯한 표정으로 바뀌었다. 잠시 후 담임은 현장실습에 나갈 수 있게 해 줄 테니 지금부터는 실습 시간에 도망치지 말라고 말했다. 나는 고개를 끄덕였다.

다음 날 담임이 부르더니 면접 연습이라는 걸 하자고 했다.

"직장생활을 하려면 말을 안 하면 안 된단다. 학교에서는 상관없지만 회사에서는 당장 말을 안 하면 같이 일하기 힘들 거야. 어때? 말하는 연습, 할 수 있겠어?"

맞는 말 같아서 용기를 내 연습에 임했다. 담임이 묻는 말에 짧으나마 말로 대답도 했다. 길게 대답하는 건 아무래도 어려웠다. 담임선생의 진지함 때문에 어쩔 수가 없었다. 그리고 내가 생각해도 앞으로 말을 안 하고는 사회생활을 할 수 없을 것 같았다. 담임과 연습을 하다 보니 예전에 성재가 가방을 어디에 두었냐고 물었을 때 내 의지와는 다르게 말이 나오지 않았던 상황이 자꾸만 떠올랐다.

담임은 친구들이 있는 교실에서 출석을 부를 때 대답을 해 보라고 했다. 자신이 없었지만 그렇게 하기로 약속하고 집으로 돌아왔다. 그때부터 다음 날 아침 교실에 들어서기 전까지 자꾸만 입이 마르고 손에 땀이 나서 손수건을 꼭 쥐고 다녔다. 가슴도 두근거렸다.

담임도 내가 긴장하고 있는 걸 알고 있다는 듯이 출석을 부르기 전에 몇 번이나 눈빛으로 신호를 보냈다. 드디어 담임이 한 명 한 명 이름을 부르기 시작했다. 나는 가슴이 두근거려 두 손을 꼭 쥐고 심호흡을 하면서 내 차례를 기다렸다.

"이현철!"

내가 '예' 하고 대답하자 웅성거리는 소리가 났다. 정신이 아득해졌다. 담임이 뭐라고 말을 하고 교실을 나갔는데, 귀에 들어오지도 않았다. 그때 어디선가 한마디가 날아왔다.

"야, 저 새끼 쥐약 먹었냐?"

민수의 목소리였다. 나는 고개를 숙여 버렸다. 얼굴이 화끈 달아올랐다. 쥐구멍에라도 숨고 싶었다. 도저히 교실에 앉아 있을 자신이 없어서 수업이 끝나자마자 교실을 나와 버렸다. 다행히 담임도 더 이상 대답을 강요하지는 않았다.

어쨌든 취업이 되어서 학교를 떠나게 돼 다행이다. 다시는 학교로 돌아가고 싶지 않다.

그 후

김 선생

현철이가 평택으로 떠나고 한 달쯤 지나서 김 선생에게 현철이의 문자가 날아들었다. 어떤 사람이 자꾸 욕하고 못살게 굴어서 회사에 다니기 어렵다는 내용이었다. 김 선생은 굳이 답하지 않았다. 대신 같은 공장으로 취업 나간 속 깊은 기철이가 생각나서 기철이와 통화를 했다. 현철이의 상황에 대해 물을 생각이었지만 통화를 하다가 생각을 바꾸었다. 김 선생은 기철이에게 현철이 이야기는 한마디도 하지 않았다. 기철이와 통화를 끝내고 같이 취업 나간 종식이에게도 전화해서 내일 찾아갈 테니 회사에 전하고 친구들과 같이 보자는 말을 남기고 전화를 끊었다.

다음 날 안 선생과 같이 Happy전자를 찾아갔다. 인사과 담당자와 또 한 사람이 나와 우리를 맞이했다. 세 녀석도 나와 있었다. 한 달 만에 보는 아이들을 차례로 안으며 등을 두드려 주었다. 생각했던 것만큼 심각한 상태는 아닌 것 같아 마음이 놓였다. 김 선생은 현철이에게도 일상적인 안부를 물었을 뿐, 별다른 말은 하지 않았다. 힘들고 어려워도 어차피 스스로 헤쳐 나가야 할 일을 두고 섣부른 간섭을 해서는 안 된다는 생각 때문이었다.

자신을 Happy전자 B라인 팀장이라고 소개한 사내는 찾아온 두 선생에게 뭔가 할 말이 있는 눈치였지만 김 선생은 일부러 모른 척했다. 학교를 떠난 현철이와 일터에서 함께하게 된 팀장 사이에서 해결해야 할 일에 끼어들고 싶지 않았다. 김 선생은 현철이가 잘해 나갈 거라는 사실을 믿어 의심치 않았다.

"현철이가 생활하는 방을 구경하고 싶은데 안내해 주실 수 있습니까?"

인사과 담당자는 흔쾌히 두 사람을 신축빌라 단지로 안내했다. 그는 3층으로 성큼성큼 올라가 현관문을 열고는 자리를 피해 주었다. 안으로 들어서자 양말 고린내가 코를 찔렀다. 벗어 놓은 옷가지는 바닥에 널브러져 있었다.

"이놈들아, 이게 대체 뭐냐. 돼지우리도 아니고!"

느닷없이 내지르는 김 선생 고함 소리에 세 녀석들은 고개를 숙였다. 방 안은 비록 전쟁터 같았지만 묘하게도 녀석들과 잘 어울리는 듯도 했다. 인천전자공고 3학년 4반 교실 홀아비 분단에 앉아 있을 때보다 퀴퀴한 냄새 풍기는 그곳이 녀석들에게 더 익숙해 보이기까지 했다.

돌아오는 길에 오랜 침묵을 깨고 안 선생이 입을 열었다.

"김 선생님, 현철이가 얼마나 버틸 수 있을까요?"

"우울한 이야기 좀 할까? 내 생각에는 세 녀석 중 끝까지 회사에 남을 사람은 현철이일 것 같아. 힘든 노동과 열악한 환경을 이겨 낼 사람은 현철이밖에 없을 거야."

"왜 그렇게 생각하세요?"

"다른 녀석들은 달아날 곳이 있거든. 현철이한테는 그게 없어. 그곳에서 정착하지 않으면 안 된다는 걸 현철이도 알고 있을 거야."

안 선생의 눈에 금세 눈물이 그렁그렁 고였다. 김 선생은 눈을 지그시 감고 다음 말을 이어 나갔다.

"나는 현철이가 취업해서 성공했다고는 생각 안 해. 그건 절반의 성공도 아니고, 어쩔 수 없는 선택을 했던 것뿐이지."

"어쩔 수 없는 선택이었다구요?"

"송충이가 솔잎만 먹어야 하는 사회는 가능성이 없는 사회잖아. 안 선생은 우리 사회가 그렇다고 생각 안 해?"

"가슴 아픈 얘기네요, 선생님."

"부끄러운 얘기라고 해야겠지."

"그렇게 되나요?"

"그렇지. 송충이는 솔잎만 먹도록 한 데에는 우리 같은 사람들도 한몫 거든 셈이니 부끄러워 해야지. 교육은 희망을 노래하는 거라고 신영복 선생이 말씀하셨는데 교육이 계급을 재생산하는 통로가 되어도 그걸 막아 내지 못했고 나 또한 거기에서 한 치도 벗어나지 못했다는 생각이 들어."

안 선생이 말없이 김 선생을 건너다보았다.

"2013년 인천전자공고 3학년 4반에서 만들었던 평화규칙은 스스로를 지킬 수 있었던 녀석들이 주도권을 쥐고 만들어 낸 규칙이었을 뿐이었어. 그때 그 평화규칙은 형식적 민주주의를 앞세워 만들었던 설익은 것이었다는 거, 이젠 알겠어."

김 선생도, 안 선생도 더 이상 말을 잇지 못한 채 서울로 돌아왔다. 겉은 말끔하게 단장되어 있지만 안은 퀴퀴한 냄새로 뒤덮인 Happy전자 기숙사, 학생들 의견을 반영해서 교실 벽에 붙여 놓은 평화규칙, 짝이 없도록 외줄로 책상이 배치된 3학년 4반 교실…… 돌아오는 내내 김 선생의 눈에는 그런 풍경들이 겹쳐졌다.

현철이가 떠난 지 4년이 지나고 연말이 됐을 때 김 선생에게 현철이의 문자가 도착했다. 그저 흔한 새해 인사 문자였다. 아직도 Happy전자에서 일하고 있는지 현철이가 설명하지도 않았으며 김 선생도 따로 그 사실을 확인하는 답을 보내지도 않았다. 간간히 들리는 소식으로는 그때 같이 취업했던 녀석들이 얼마 버티지 못하고 회사에서 나왔다고 한다. 김 선생은 현철이에게 답 문자를 쓰다 말고 만감이 교차하는 심정으로 책상 서랍을 뒤져 편지 한 장을 꺼냈다.

생각하면 할수록 나를 부끄럽게 만드는 현철아!

이렇게 갑자기 너를 떠나보내게 되어 허망하구나! 오늘 마음을 전하지 못하면 영영 기회가 오지 않을 것 같아 이 편지를 쓴다.

나는 네가 눈물겹게 노력했다는 것을 알고 있다. 2학년 때, 네가 어떤 심정으로 짝 성재의 가방을 감추는 장난을 쳤는지 알 것 같다. 너도 남들처럼 친구랑 재미있게 장난을 쳐 보고 싶었겠지. 그런데 다른 아이들이 지켜보는 데서는 차마 입이 떨어지지 않아서 가방 숨긴 곳을 가르쳐 주지 못했고, 너는 유일한 친구였던 성재를 잃고 말았을 거야. 친구들이 게임을 하는 곳에 접속해서 문자를 남기는 것도 쉽지는 않았을 테지. 용기를 내 댓글을 남겼는데 친구들이 너를 괴물이라고 부를 때 얼마나 서러웠더냐! 어디 그뿐이었냐? 그림자처럼 지내는 고통을 참으면서까지 말을 하지 않았던 너의 심정은 또 얼마나 비참했겠나. 이상한 사람 취급을 받을 바에는 차라리 말을 하지 말자고 생각했는데, 엉뚱한 결과로 이어져 괴물 취급을 받았을 때 너의 참담한 심정을 미리 알아주지 못해서 미안하구나. 인정받고 싶어 각자의 방법으로 몸부림쳤던 너와 외줄 분단에 앉았던 녀석들에게 한없이 미안하구나.

현철아!

그런데도 너는 끝까지 용기를 잃지 않았다. 민수가 너에게 장애자라고 막말을 한 뒤에도 너는 담담하게 이겨 냈다. 취업 나가게 해 달라고 누구보다 당당하게 말했다. 그런 너의 모습이 눈물겹게 고맙다. 나는 너를 인정한다. 머지않아 현철이 너도 너를 인정하게 될 것이라고 믿는다. 부디 사회에 나가서도 용기를 잃지 마라. 거기서는 말도 하고 친구도 사귀고 외롭지 않게 살기를 바란다.

현철아!

나는 너에게 아무것도 해 준 것이 없다. 내가 너에게 친구 하나만이라도 사귈 수 있는 환경을 만들어 주었다면 오늘처럼 이렇게 마음이 아프지 않았을 텐데……. 교실 좌석을 배치할 때, 맘대로 앉으라고 말하지 않고 각자 자리를 정해 주기라도 했다면, 아무도 너랑 앉지 않으려고 하는 가슴 아픈 일을 네가 겪지 않아도 되었을 텐데…….

현철아!

나는 너의 그 아픔을 결코 잊지 않으마. 너에게 못해 준 것들을 기억하며 나도 너처럼 노력하며 살 것을 약속한다. 부디 용기를 잃지 말아다오, 현철아.

2013년 9월 26일

담임 김성수

손이 부끄러워 전하지 못하고 4년을 서랍 속에 묵혀 두었던 편지를 읽어 내려가는 김 선생의 표정은 점점 더 결의에 찬 모습으로 바뀌어 갔다. 편지를 접고 난 김 선생은 눈을 감고 현철이의 모습을 그려 보았다. 웃고 있는지 울고 있는지 모를 현철이의 묘한 얼굴이 눈앞에 떠올라 몸을 부르르 떨었다. 그리고 며칠 전 우연히 알게 된 '평화의 세상'이라는 노래를 기억해 냈다. 그 노랫말처럼 모든 아이들에게 반드시 권리, 평화, 화목, 우정을 가르쳐야지 다짐하면서 김 선생은 두 주먹을 불끈 쥐었다.

고은우

선한 강자

전략을 짜서 학교폭력에 대처해 가는 한 교사의 분투기.
이경원 선생은 학생들이 각자의 인생각본을 만들거나 바꾸어 갈 수도 있고, 또 그렇게 할 수 있도록 돕는 것이야말로 교육이라고 말한다. 학교폭력 앞에 어찌할 바를 모르고 외면하거나, 혹은 잘못된 방식으로 대처하는 모든 교사들에게 도움을 주는 여러 가지 전략과 방법을 만난다.

많이 가진 아이

“상우야, 눈은 좀 어떠니?”

한 선생은 걱정스럽게 아이를 쳐다봤다.

“잠잘 때도 앉아서 자야 해요. 근데 괜찮아요.”

아이는 아무렇지 않은 듯 덤덤하게 말했다.

“많이 아픈데도 학교에 나오다니. 니 깡다구만큼은 인정한다. 그런데 앞으로는 나서서 싸우지 마. 가족들도, 선생님도 또 다칠까 봐 걱정이 많아. 그건 친구를 돕는 게 아니야. 다음부턴 그런 일에 나서지 마라. 알았지?”

한 선생은 엄마 같은 마음으로 아이를 어르고 있었다. 아이의 감정이 상하지 않게 부드럽게 말하려고 애썼다. 아이는 낮은 음성으로 대답하고는 뒤돌아 나갔다.

“방금 나간 애가 상우 맞죠?”

옆자리에 앉은 이경원 선생이 한 선생에게 물었다.

“이번 사건, 학교폭력대책자치위원회에 회부 안 된대요?”

이 선생은 재차 물었다. 상우가 다른 학교 아이들과 패싸움을 했다는 소식은 어느새 잠잠해졌다. 상우와 친한 아이들은 상우가 더 다쳤으니까 싸움에서 진 거지만 저렇게 멀쩡하게 학교를 나오는 게 대단하다고 말하고 다녔다.

“네. 동의하에 싸운 거라서 양쪽 부모들이 원하지 않았대요. 애들도 다시는 안 싸우기로 서로 얘기했고요."

한 선생의 대답에 드러나지 않은 뭔가가 있는 것 같아 이 선생은 꺼림칙한 기분을 떨칠 수 없었다.

"상우는 어떤 애에요?"

이 선생은 상우라는 아이가 궁금했다. 2학년을 맡게 될 이 선생은 곧 진급하게 될 1학년 아이들에게 관심이 갈 수밖에 없었다.

"상우는 애들을 몰고 다니는 힘이 있어요. 지금 걔가 1학년 짱일걸요? 노는 애들이 다 걔 친구에요. 초등학교 때부터 한 번도 반장을 놓쳐 본 적이 없고 전교회장도 했고. 근데 그게 약한 애들을 괴롭혀서가 아니라 인기가 많아서 그런 것 같아요. 운동도 잘하고 외모도 괜찮고……. 그런 게 요즘 애들한테는 더 잘 통하잖아요."

"짱이어서 문제 된 적은 없었나요?"

"교과 선생님들 중에는 수업할 때 상우 때문에 힘들었다는 분도 계셨어요. 걔가 애들이랑 수업 방해하고 선생님 놀려서 한 번 혼났죠. 그 선생님도 문제가 있긴 했지만……. 근데 잘 다독이고 가면 따라와요. 큰 문제는 안 일으켜요. 기본적으로 선생님한테도 잘 보이려고 하니까 말이 통해요. 그래서 얘가 반장이면 편한 것도 있어요. 얘만 잘 구슬리면 다른 애들은 그럭저럭 따라오니까. 뭐, 공부도 그 정도면 못하는 건 아니고."

그러고 보니 가끔 복도에서 마주친 상우는 노는 애들과 무리지어 다니는 것 같았다. 상우는 늘 그들 중심에 서 있었다.

이 선생은 체육대회 때 본 상우의 모습이 떠올랐다. 농구 시합에 출전한 상우는 현란한 드리블과 적절한 패스로 승부사 역할을 톡톡히 했다. 상우의 동물적인 운동감각은 남학생들이 인정하는 최고의 매력이었고 여학생들 사이에서는 팬클럽이 있다는 소문도 돌았다.

"선생님, 저는 상우가 체육대회 때 슛 넣고 나서 애들한테 하이파이브를 하던 게 떠올라요. 같은 편 선수가 아니라 전체 관중한테 하이파이브를 하는 게 좀 특이하다 싶었는데."

"걔가 그런 면이 있어요. 인기를 즐기는……."

한 선생은 대수롭지 않게 웃어넘겼다. 한 선생과 다르게 이 선생은 체육대회 때 상우의 행동을 낯설게 보았다. 그때 이 선생은 그 아이한테서 관중에게 화답하는 스타의 모습을 봤고, 1학년 애가 쓸데없는 우월 의식이 있는 것 같다고 혀를 찼다.

그 애가 상우였다. 이 선생은 오만 가지 곳에서 인정을 받으려고 하는 그 아이의 욕망이 이번 폭력 사건과도 무관하지 않아 보였다.

운명의 장난처럼 상우는 2학년에 올라와 이경원 선생의 반이 되었다. 이 선생은 그 아이에 대해 미리 알아본 것이 다행이라고 생각했다.

새로운 인생각본의 시작

1

"이번 판은 열어 봐야 해."

"상우가 반장 안 한 적이 있냐? 이번에도 되겠지."

"야, 근데 왜 내가 다 떨리냐."

“현지 뽑은 애들도 많더라고. 그래도 상우가 더 멋있는데.”

반장 선거 결과를 앞두고 교실은 장터처럼 시끌시끌했다. 초등학교 때부터 지금껏 반장을 놓쳐 본 적 없는 상우가 이번엔 어떻게 되느냐가 초미의 관심사였다. 전교회장으로 6학년을 졸업하고 싸움까지 잘해 다른 학교에서도 알아주던 상우의 지위는 중학교에 와서도 계속 이어졌다. 하지만 이번 반장 선거는 종전과는 조금 달랐다.

이 선생은 내심 상우가 반장이 되지 않기를 바랐다. 상우가 학년 일짱이라는 사실도, 주변 친구들이 소위 ‘센 것’으로 잘나가는 녀석들이라는 것도 반장으로서는 불합격 조건이라고 생각했다. 어떤 교사들은 카리스마 있는 상우 같은 애가 반장감이라고 생각했지만 이 선생의 생각은 달랐다. 마음대로 학급을 주무르는 이런 스타일을 많이 보아 왔고 그것만 믿고 학급을 맡겼다가 큰 낭패를 본 경험도 있었다. 리더십 있는 남자애건, 선생님은 걱정 마시라며 큰소리치던 여자애건 아이들은 다 거기서 거기였다. 하지만 암울한 과거는 과거일 뿐, 지금은 그때와는 달랐다. 이 선생은 학교폭력을 연구하는 선생님들과 모임을 가지면서 더 이상 아이들 말에 휘둘리는 선생은 아니라고 자부하고 있었다. 확실한 건 힘으로써 과시하려는 경향의 아이들과는 평화의 관점에서 학급을 운영하기는 어렵다는 사실이었다.

사실 이 선생은 만족할 만한 선거 결과를 위해 준비한 것이 있었다. 평화로운 반을 만들기 위해 어떤 노력을 할 것인지에 대한 기자회견이었다. 미리 선출한 기자들이 질문을 뽑고 후보들이 대답하는 형식으로 진행했다. 이 선생의 전략이 통했던 것일까. 얼굴에 V자 손가락 포즈만 취해도 표가 몰리고 손쉽게 반장을 차지하던 상우는 초조해했다. 이 선생은 선거 결과에 희망을 걸었다.

하지만 상우는 아둔한 짱이 아니었다. 귀를 열고 애들이 하는 소리를 모으고 있었다. 상우의 귀에 상대 후보인 현지도 괜찮은 것 같다는 소리가 들렸다. 하나하나 체크해 보니 매사 똑 부러지는 모범생 타입인, 예쁘지도 못나지도 않은 꼬맹이 같은 여자아이가 애들 눈에 호감으로 비춰질 리 없었다. 게다가 자기를 좋아하는 여자애들을 따져 보면 여자 표가 현지한테 다 갈 리도 없었다. 하지만 현지의 성숙하고도 이기적일 것 같지 않은 분위기는 유치한 애들 무리 속에서 뭔가 두드러져 보였고, 무엇보다 성적이 좋은 것이 마음에 걸렸다.

'애들이 나를 5등 안에는 든다고 생각하니까 괜찮을 거야. 여자애 하나를 못 이기면 이상우가 아니지.'

상우는 실제와는 다르게 아이들이 자기를 공부도 잘하는 애로 알고 있다는 사실을 위안 삼았다. 굳이 직접 나서서 솔직하게 말할 필요는 없다고 생각했다. 그러니 성적 그까짓 것도 별 문제가 아니었다.

'으이구, 매력 덩어리!'

늦도록 기자회견문을 준비하던 상우는 거울을 보면서 스스로에게 말했다. 앞으로 보나 옆으로 보나 빠지지 않는 외모에 남자다움이라는 매력이 있는 것 같았다. '범생이' 스타일은 싫었다. 성적 좋은 그룹의 아이들은 다른 세계의 애들 같았다.

상우는 자기가 쓴 기자회견문이 만족스러웠다. 하지만 현지는 말과 글이 좀 되는 애였다. 기자회견 당일 현지가 약자든 강자든 상관없이 모두에게 평등한 기회가 돌아가도록 노력하겠다, 단 한 명이 넘어져도 절대 놓고 가지 않겠다고 말했을 때, 상우는 그간 한 번도 느껴보지 못했던 경쟁심과 불안감에 휩싸였다.

2

"결과는 이상우 21표, 박현지 15표로 이상우가 2학년 5반 반장이 되었습니다."

이 선생은 어지러움을 느꼈다. 표 차가 너무 컸다. 이 선생의 방해 작전은 실패로 돌아간 것이다. 이 선생은 박수를 보내는 아이들이 집권 여당이라는 이유 하나만으로 표를 몰아주는 무지몽매한 사람들 같아 보였다. 이 선생은 머리를 굴리기 시작했다.

'선거 기간 중 압력을 행사한 애가 있나? 뒤에서 상우가 먹을 것 사 준다고 했나?'

이 선생은 예리하게 필름을 되돌려 보았지만 불법선거 장면은 하나도 떠오르지 않았다. 선거관리위원회 애들에게 물어봐도 걸리는 게 없었다. 반 아이들이 왜 상우를 뽑았는지 납득이 안 갔다. 하지만 곧 반 아이들은 기존의 서열 질서에 안정감을 느끼고 있다고 선거 결과를 분석했다. 생각보다 학급은 낡고 경직된 구조를 갖고 있었다. 그리고 만만치 않은 상우의 인기를 실감했고 그것을 인정해야 상우와 친해질 수 있으리란 생각이 들었다. 이 선생은 전략을 바꾸기로 했다.

"너희들은 역시 나를 배신하지 않았다. 하하."

기쁨을 감추지 못하며 소감을 말하는 상우의 뒤에서 이 선생은 2

차전을 다짐했다. 수업이 끝난 후 조용히 상우를 불렀다.

"상우야, 축하한다. 너하고 같이 우리 5반을 고민할 수 있어서 나도 기분이 좋다."

이 선생은 상우에게 혹여나 티가 날까 봐 한껏 잇몸을 내보였다.

"상우야, 근데 넌 너무 많이 가지고 있다는 거, 알고 있니?"

이 선생은 마치 아이가 가진 것을 빼앗으려는 듯한 눈빛으로 상우를 똑바로 쳐다봤다. 상우는 선생님의 눈빛을 놓치지 않았다. 새 담임이 적인지 아군인지 살피는 듯했다.

"봐라, 너는 잘생겼지, 듣자 하니 축구, 농구도 잘하지, 단 한 번도 반장을 안 해 본 적이 없지, 친구도 많지, 게다가 2학년에서 짱이라며? 너라면 아이들이 전부 엄지 척 하더라. 의리도 있는 것 같고."

"아니에요."

상우는 손사래를 쳤다. 만난 지 며칠 되지도 않았는데 담임선생님이 자기에 대해 잘 알고 있는 것이 신기한 모양이었다. 이 선생은 본인을 살피고 있는 상우 눈빛의 의미를 알아차렸다. 재빨리 아이를 헷갈리게 해야 했다. 그게 칭찬인지 비난인지 모르게.

"상우야, 니가 한 가지 안 해 본 게 있어. 니가 가진 걸 나눠 주는 거. 올해 그거 해 볼래? 나눠 주는 반장, 뒤에서 챙겨 주는 반장."

상우는 얼떨결에 고개를 끄덕였다. '나눠 주는 반장'이란 게 무엇인지 정확하게는 몰랐지만 '반 애들을 잘 챙기라'는 말 같기도 하고 '나서지 말라'는 의미 같기도 했다.

"반에 괴롭힘을 당하는 친구가 있거나 남을 괴롭히는 친구가 있을 때 우리는 그런 문제를 해결하기 위해 최선을 다하게 될 거야. 그렇게 해야 따돌림, 괴롭힘 없는 반을 위해 노력하겠다는 네 약속을 지킬 수가 있어. 아까 네 공약이 참 인상적이었거든. 선생님은 상우 네 뜻과 선생님의 뜻이 만나 평화로운 반이 될 수 있을 거라고 믿어. 우리 이름만 반장인 반장, 하지 말자. 그건 그냥 연예인이야. 평화로운 반을 만들기 위해 봉사하는 반장! 응? 무슨 말인지 알지?"

"네!"

상우는 잘해 보겠다며 씩씩하게 답했다. 밤새 포스터를 만들고 기자회견문을 준비한 것이 아이들에게도 선생님에게도 통했다는 것, 담임선생님이 자기가 다른 애들보다 우월한 점을 잘 알고 있다는 것에 내심 기분이 좋았다. 이 사실을 얼른 엄마한테 알려드리고 싶었다. 상우는 이 선생을 적군도, 아군도 아니라고 생각했다.

이 선생은 아이들을 이끄는 힘이 있는 상우가 선생님들의 의도와 반대로 작년처럼 힘을 쓰지 않도록 시작부터 바로잡아야겠다고 마음먹었다.

'상우—'강強과 약弱'으로 세상을 보던 아이에서 '선善과 악惡'으로 세상을 보는 아이로.'

이 선생은 전략 노트를 꺼내 이렇게 적어 넣었다. 상우뿐 아니라 반 아이들 모두 착하게 살고 착한 것을 인정하고 또 인정받도록 하고 싶었다. 상우의 변화를 통해 본인의 전략이 성공했는지를 확인할 수 있겠다는 생각도 들었다. 이 선생은 첫 시간에 자신이 '평화로운 반'을 같이 만들자고 했던 말을 상우가 기억했다는 것만으로도 시작은 나쁘지 않다고 생각하기로 했다. 돌이켜 보니 자신을 피해자로 만들었던 아이들과 상우는 조금 다른 것 같기도 했다.

다음 날 이 선생은 반 아이들에게 교실에서 폭력과 따돌림이 없어지게 하려면 어떤 규칙이 필요할지 적어 보도록 했다. 그리고 아이들의 의견을 평화규칙으로 정리하는 규범위원회를 구성했다. 물론 상우에게 위원장을 맡겼다. 상우의 미숙한 진행을 이 선생은 옆에서 열심히 도왔다. 상우가 평화를 원하는 아이들의 의견을 직접 확인하게 하는 것이 이 선생의 2차전인 셈이었다.

전쟁과 평화의 경계에서 선택하기

한낮의 햇살은 여름을 재촉하듯 뜨겁게 내리쬐고 있었다. 무더위가 내려앉은 천장의 열기가 교실을 덥히고 있었다. 화장실에 모인 상우와 친구들은 담임 뒷담화와 여자친구 얘기에 열을 올렸다. 한창 신나게 얘기를 나누고 있을 때였다.

"병신아 그것도 못 피하냐?"

복도 쪽에서 신경질적인 목소리가 들렸다. 며칠 전 평화규칙 같은 걸 왜 만드느냐며 선생님께 대들었던 최종수가 근육질의 다리를 쭉 뻗더니 성민이의 엉덩이를 툭 걷어찼다. 종수와 성민이는 같은 축구부원이다.

"무슨 일이야?"

상우가 물었다.

"얘 말이지, 경기에 나가서 공은 다 뺏기고 패스도 거지같이 하고. 얘 같은 놈이 왜 축구부인지 모르겠어."

성민이는 자신을 한심하게 쳐다보는 종수의 눈길을 피해 시선을 내리깔았다. 종수는 그런 성민이를 남겨 두고 건들거리며 교실로 향했다.

교실에서 무슨 일인지 웅성거리는 소리가 들렸다. 유성이와 승배가 서로를 노려보며 금방이라도 맞붙을 것처럼 서 있었다. 종수는 놀잇감을 발견한 것처럼 싸움이 일어난 쪽으로 쪼르르 달려갔다.

"유성아, 그냥 네가 참아! 이러면 문제가 커져."

유성이와 작년에 같은 반이었던 현지가 유성이를 달래느라 애를 쓰고 있었다.

"야 콩알, 넌 빠져! 애인이라도 되냐?"

종수는 현지를 밀치며 말에 욕설을 섞었다.

"먼저 치는 쪽이 이기는 거다."

종수는 심판이 된 것처럼 씩씩거리는 유성이 팔을 잡고 승배 가슴팍을 밀쳤다. 뒤로 한 발짝 밀린 승배는 되갚듯 유성이를 똑같이 밀었다. 어느새 알았는지 다른 반 구경꾼들까지 몰려들었다.

"저거 봐라. 아구창 날려라, 날려."

종수 옆에서 낄낄대던 정환이는 쏜살같이 나가더니 금세 다른 반의 자기 친구들을 몰고 왔다. 종수는 더 신이 났다. 곧 큰 싸움이 벌어질 판이었다. 현지는 황급히 주변을 둘러보았다. 여자애들은 남자애들끼리 싸움이 났다며 대부분 이미 교실을 빠져나갔고 몇 명만 남아 숨을 죽인 채 보고 있었다. 그때 복도 밖에서 우두커니 서 있는 상우가 현지의 눈에 들어왔다.

"이상우, 도와줘. 여기 말려야 해."

상우는 잠시 쳐다봤을 뿐 싸움을 말리는 일엔 그다 관심이 없어 보였다. 움찔움찔하는 게 어디 싸움인가. 저러다 몇 대 치고 말겠지. 상우는 마주 선 애들을 향해 소리를 질렀다.

"야, 적당히들 해라. 이빨 나간다."

현지가 주변 남자애들을 아무나 붙잡고 말리지 않고 뭐하냐며 발을 동동 구르고 있을 때, 복도를 지나가는 사회 선생님이 보였다. 현지는 한달음에 달려가 상황을 알렸다. 사회 선생님은 애들을 갈라놓은 뒤 담임에게 얘기하겠다며 교무실로 향하는 걸음을 빨리했다.

사실 상우는 일이 커지면 그때 가서 말릴 참이었다. 근데 현지가 선생님한테 먼저 말해 버린 것이다. 아이들이 싸운다는 소식을 들은 이 선생이 달려와 상황을 정리했다. 이 선생은 긴급 학급회의를 소집했다. 수업보다 진실을 밝히고 모두가 반성하는 시간을 갖는 것이 더 필요하다는 생각 때문이었다.

"현지를 제외하고 교실에 있던 모두가 방관자이자 동조자구나."

이 선생은 마음이 몹시 상했다. 반장 선거 때 자신의 의도가 통하지 않았을 때와 비슷한 심정이었다. 특히 반장 상우가 싸움을 말리지 않았다는 사실이 무척 실망스러웠다. 게다가 적극적으로 방조하기까지! 그럴 수 있는 아이라는 것을 애초에 짐작은 했지만 교사에게 인정받고 싶어 하는 아이라 잘하려니 했다. 혹시나 상우가 센 척하는 아이들에게 든든한 후원자가 되고 있는 것은 아닌지 의심이 들었다.

상우는 고개를 숙인 상태로 이 선생의 시선이 어디를 향하는지 계속 확인했다. 전체 아이들을 바라보는 선생님의 눈빛이 유독 자신을 향했을 때는 오래 머무는 것 같았다. 담임선생님이 자신을 방관자이자 동조자로 지목하고 있는 것이, 구경하고 있던 대다수 아이들과 마찬가지로 취급하는 것이 억울했다. 담임선생님이 반장으로서 아무것도 하지 않았다고 질책하는 것 같았다. 혹시 선생님이 현지가 반장이길 바라는 건 아닌지 의심마저 들었다. 아무튼 현지를 자기보다 더 정의롭게 보는 것이 몹시 못마땅했다.

"우리가 스스로 해결할 수 있는데 너무 간섭하는 것 아니야?"

상우는 작은 소리로 중얼거렸다. 담임선생님께 대들어야 하는 순간일까, 잠시 흔들렸다.

'이게 딱 우리 반 수준이다. 여기서부터 새로 이야기를 시작해야겠어.'

이 선생은 한 꺼풀 벗겨진 반의 민낯을 확인하는 심정이었다. 앞으로 몇 겹을 더 벗겨야 진짜 속살이 나올 테니 그쯤은 속상할 건더기도 없었다. 이 선생은 그 사건을 계기로 아이들이 갈등을 평화롭게 해결해 나가는 과정을 배우게 하고 싶었다. 아이들에게 사건의 진실을 묻는 질문지와 함께 이 상황에 대한 자신의 생각과 평화로운 반을 이루기 위해 각자가 해야 할 일들에 대해 써내게 한 뒤 반 아이들과 이야기를 나누었다.

많은 친구와 진정한 친구

1

상우는 담임이 자기를 폭력을 방조한 애로 보고 있는지 주시했다.

선생님이 자기를 불러 실망했다고 말할 것 같았다. 만약 담임이 자기를 학교폭력으로 학생부에 넘긴다면 가만있지 않겠다고도 생각했다. 그러다가도 자기가 반장으로서 아무 일도 안 한 게 아니라고 해명하고 싶어졌다. 안절부절못하는 것을 친구들이 눈치챌까 봐 아무렇지 않은 척하려고 애썼다.

이 선생은 이번 사건으로 옥석이 가려졌다고 생각했다. 이 선생은 평소 아이들 중에서 교사의 언어에 공감해 그 내용을 아이들에게 전달하고, 또 아이들의 의견을 교사에게 알리는 통역자 그룹이 있어야 한다고 생각했다. 현지는 통역자 그룹 중심에서 충분히 역할을 다할 수 있는 아이 같았다.

이 선생은 또다시 전략 노트를 꺼냈다. 이 사건은 유성이, 승배의 다툼으로 시작됐지만 종수와 정환이가 싸움을 키웠고 상우를 비롯한 대다수가 방관한 사건이었다. 종수와 정환이를 깨닫게 하고 상우를 '교실 평화'라는 목표에 적극적이도록 하는 방법으로 토의 상담을 해 보기로 했다. 상우와 현지에게는 미리 토의 상담에 대해 귀띔했고 종수와 정환이에게 해 줄 말들을 생각해 오도록 알렸다. 상우는 자기의 억울함을 말할 기회가 생긴 것 같아 기분이 나아졌다.

2

"어서 와라. 토의 상담에 참석한 패널들 이쪽에 앉으시고. 오늘 주제는 '진정한 우정'이다."

이 선생은 아이들에게 자리를 내주며 너스레를 떨었다. 아이들이 모두 자리를 잡자 이 선생이 먼저 질문을 던졌다.

"너희들은 우정이 뭐라고 생각하니?"

"친한 거요."

네 명의 아이 중 상우가 가장 먼저 답했다.

"상우는 친구가 많니?"

"그럼요. 엄청 많죠."

상우는 늘 친구가 많다는 사실이 자랑스러웠다.

"얘, 카톡 친구가 여자애들 남자애들 포함해 한 백 명 넘을걸요?"

상우의 인기가 부러운 듯 종수가 말했다.

"그 백 명 안에 우리 반 애들도 들어가니?"

상우는 당연하다는 듯 고개를 끄덕였다.

"상우는 친구들한테 힘든 것 털어놓고 위로를 받거나, 친구가 잘못된 길을 갈 때 조언해 주기도 하니?"

"그럼요. 제가 주로 위로를 해 주죠."

"상우가 친구를 친절하게 대하는구나. 만약 친구가 안 좋은 길로 간다면 어떻게 하니?"

"막아야죠."

상우와 종수, 정환이가 거의 동시에 대답했고 그런 게 의리라고 생각하는 눈치였다. 세 명은 서로가 끈끈한 우정으로 맺어진 친구인 양 행동했다. 반면 현지는 다른 세계의 아이인 듯 그림처럼 입을 다물고 있었다. 하긴 소위 센 남자 아이들 틈에 작은 여자아이 하나가 앉아 있으니 그럴 법도 했다. 그래도 이 선생은 혼자 싸움을 말리느라 안간힘을 쓰던 현지를 보통 강단 있는 애가 아니라고 생각했다. 이 선생은 현지가 아이들에게 줄 메시지를 기대하며 운을 떼었다.

"이번 일, 현지 아니었으면 큰 폭력으로 이어질 수 있었어. 다른 반 애들까지 와서 구경을 했으니 순식간에 유성이와, 승배는 쌈닭이 된 기분이었을 거야. 여기 승배하고 유성이가 쓴 글이 있는데 한번 볼래?"

처음에는 때릴 생각이 없었다. 그런데 보는 애들이 점점 많아졌다. 종수가 내 팔을 밀면서 나도 모르게 승배를 쳤다. 그래서 승배가 나를 때린 것이다. 내가 승배였어도 때렸을 것이다. 애들이 많이 보니까. -유성

내가 하지 말라고 했는데도 계속 무시하고 유성이가 내 책상에 붙은 규칙 종이를 찢어서 화가 났다. 내가 화를 내지 말았어야 했다. 유성이가 먼저 나를 때렸고 나도 참지 못했다. 애들이 보고 있는데 가만히 있으면 바보 취급 당할 것 같았다. -승배

아이들은 진지하게 읽었다. 이어 이 선생은 현지에게 질문을 했다.

"현지는 우리 반에서 유일하게 싸움을 말렸어. 그렇게 한 이유는 뭐니?"

"말로 해결할 수 있는 일이라고 생각했어요. 작은 일로 때리면 감정이 서로 상하잖아요. 애들 글을 보니까 서로 때릴 생각은 없었던 것 같아요. 그런데 구경하는 애들이 많아서 자존심을 지키려다 보니 원하지 않은 싸움을 시작한 거예요. 제가 말리려고 해도 안 돼서 어

쩔 수 없이 사회 선생님께 말씀드렸어요."

이 선생은 고개를 끄덕였다. 역시 현지는 사려 깊은 아이였다. 상우는 그 당시 자기가 한 말을 현지가 담임한테 이르지 않아 다행이라고 생각했다. 담임이 알면 자기는 가해자가 될 판이었다.

"현지 말, 상우는 어떻게 생각하니?"

상우는 현지한테 살짝 고마웠다. 하지만 밀려서는 안 될 것 같은 경쟁심리가 본능적으로 고개를 들었다.

"저도 상황을 보고 있었어요. 애들이 심하게 싸우면 말리려고 했어요. 근데 현지 얘기를 듣고 보니 제가 늦은 것 같아요."

"그런 감이 있지?"

이 선생은 잘못을 인정하는 상우에게 따뜻한 시선을 보냈다. 상우는 그 자리가 불편하지는 않았다. 듣고 보니 현지가 예리한 판단과 정의로운 선택을 한 것 같았다. 작은 체구의 여자애인데도 전혀 만만해 보이지 않았다.

"그런데 유성이, 너무 나대요. 담배 냄새 나는데 거기에 향수까지 뿌려요. 애들이 샘한테 이르면 그냥 웃어요."

가만히 앉아 있던 종수가 한마디 툭 던졌다.

"걔, 눈도 안 나쁜데 뿔테 쓰고 다니고, 냄새 쩔어요."

정환이도 거들었다.

"그러니까…… 유성이가 센 척을 한다? 그런데 그게 못마땅하다 그거지? 나도 같은 마음이야. 근데 아까 우리 반 애들도 친구라고 했는데, 친구가 나쁜 길로 가면 어떻게 한다고 했지?"

아이들은 좀 전에 이구동성으로 말했던 "막아야죠."가 생각났다.

현지가 잠시 생각하더니 입을 열었다.

"사실은 유성이가 초등학교 땐 정말 공부를 잘했어요. 지금은 안 해서 그렇지. 지금은 다른 학교 애들이랑 밤에 늦게 다니고 그러나 봐요. 제가 공부를 도와 볼까요?"

이 선생은 현지의 겸손한 자세가 마음에 들었다. 착하고 지혜로운 아이가 길잡이별처럼 빛나는 것 같았다. 상우는 이 선생이 현지를 쳐다보는 눈빛을 읽고 있었다. 저렇게 말하면 잘난 척한다는 소리를 듣기 쉬울 텐데, 자신이 생각지 못한 길을 말하는 현지가 다르게 보였다.

"있잖아, 학교폭력이 일어난 반에는 네 가지 그룹이 있어. 가해자, 피해자, 방관자, 동조자. 화해와 협력을 위해 노력하는 사람이 없으면 폭력이 일어난다는 뜻이야. 우리는 어떤 그룹에 속하는지 말해 볼까?"

이번엔 종수와 정환이의 문제를 말할 차례였다. 이 선생은 상우의 활약을 기대해 보기로 했다.

"음. 유성이하고 승배 둘 다 피해자인 것 같아요. 싸우지 않아도 될 일인데 싸우게 됐으니까요. 또 서로 한 대씩 맞았어요."

상우는 정확히 짚었다. 비록 자신의 친구가 가해자가 될지도 모르지만.

"그렇지!"

이 선생의 목소리가 조금 커졌다. 상우는 으쓱했다.

"그럼 가해자는 싸움을 부추겨서 싸우도록 한 사람들이겠지? 지금 종수하고 정환이가 많이 불편할 거야. 하지만 선생님은 용기 있게 말하겠어. 그게 종수하고 정환이를 돕는 거니까."

상우는 종수와 정환이의 얼굴을 살폈다. 상담을 시작할 때보다는 굳은 얼굴이었지만 반항할 기색은 없어 보였다. 이 선생은 반 아이들이 쓴 글을 보여 주었다. 종수와 정환이가 싸움을 부추긴 일에 대해 어떻게 생각하는지를 적은 글이었다.

"누구든 피해자가 되기를 원하지 않는 것처럼 가해자가 되는 것도 원하지 않아. 이 자리는 종수하고 정환이가 평화로운 마음이 되길 바라는 마음에서 열린 자리이기도 해. 자, 이 두 사람한테 좋은 말 좀 해 주자."

"유성이하고 승배는 지금도 많이 창피할 거야. 너희가 걔들을 좀 도와주는 게 좋겠어. 싸움 붙여서 미안하다고 말하면 걔들이 좀 나아지지 않을까. 나도 유성이 많이 도와줄게."

이 선생의 바통을 받아 현지가 말했다. 현지는 남의 입장을 어떻게 잘 아는 것일까. 상우는 현지가 발견하지 못한 것을 찾고 싶었다. 그러고는 자기가 종수와 정환이 친구라는 점이, 이 순간 자기에게 유리하다는 것을 떠올렸다.

"나는 너희들 친구잖아. 종수가 평화규칙 만들 때도 선생님한테 대들었는데 그때도 좀 걱정됐어. 정환이도 수업 시간에 선생님들께 대드는 건 좀 안 했으면 좋겠어. 이번에 두 사람을 싸우게 했으니까 그 두 사람한테 사과해야 할 것 같아. 사실 나도 방관자였어. 너희들을 말리지 못해 미안해."

상우는 잘못을 시인한 자신이 스스로 대견스러웠다. 고개를 끄덕이는 담임선생님이 자신을 칭찬하는 것 같았다. 종수와 정환이는 조용히 듣고 있었다.

"오늘은 진짜 우정이 뭔지를 경험한 날이라고 하자. 여기 평소 친한 친구도 있고 그냥 우리 반인 친구도 있는데, 얼마나 친한가에 상관없이 누구 하나 상처 주지 않고 예의를 지키면서 서로 조언을 했어. 이게 평화야. 그리고 진정한 친구이기도 하고. 친구가 발전하기 바라면서 진심으로 얘기해 줄 수 있는 게 진짜 친구 아닐까? 그래서 우정을 지키려면 용기도 필요하단다. 그 용기를 오늘 상우하고 현지가 보여 준 거고. 나는 오늘 모임으로 우리가 한층 성숙해진 것 같은데, 너희들은 어땠니?"

"한 명에게라도 좋은 친구가 되는 게 중요한 것 같아요."

현지의 말은 이 선생이 꼭 하고 싶은 말이었다. '한 명에게라도'라는 말 앞에 '많은 친구보다는'이라는 말이 생략된 것은 현지가 상우의 감정을 고려했기 때문이라고 보았다. 상우가 알아들었기를 바랐다. 상우는 자기가 좋은 친구의 역할을 했다고 자부했다.

"오랫동안 우정을 지키자는 뜻에서 오늘 나온 얘기들로 우정계약서를 만들어 보자."

이 선생의 제안에 아이들은 조금 전까지 나누었던 이야기를 정리했다.

우정계약서

1. 싸움이 일어나면 막자.
2. 잘못은 인정하고 사과하자.

3. 친구(우리 반 애들)가 잘못된 길로 가면 조언해 주자.

4. 선생님께 버릇없이 행동하는 친구에게는 조언해 주자.

5. 역지사지: 남의 입장에서 생각하자.

상우는 교무실을 나가면서 종수와 정환이의 어깨를 토닥였다. 종수와 정환이가 혹시 자기 때문에 기분 나쁜 게 아닐까, 하는 생각이 잠깐 들었기 때문이다. 그러면서도 자신은 종수와 정환이를 돕는 일을 했고 그것으로 관계가 더 깊어진 것 같았다.

다음 날, 이 선생은 토의 상담의 결과를 반 아이들에게 알려주면서 다시는 이런 일이 일어나선 안 된다고 재차 강조했다.

견리사의 견위수명 見利思義 見危受命

1

수준별 수업은 어떤 아이들에게는 경쟁 심리를 부추겼고 어떤 아이들에게는 학습 의욕을 떨어뜨렸다. 하반 아이들은 공부보다는 다른 것에 관심이 많았다. 선생님 골탕 먹이기, 수업 삼천포로 빠뜨리기 등. 교실은 누가 더 강한 방법을 쓰는지, 누가 더 아이들을 많이 웃기는지를 겨루는 놀이터가 되곤 했다.

우정에 대한 토의 상담 이후 종수와 정환이는 전보다는 확실히 잠잠해졌다. 하지만 다른 세계에 들어가면 다시 그 '끼'가 살아나는 건 어쩔 수 없는 것처럼 보였다. 토의 상담 이후 시간이 꽤 지났지만 교과 수업 시간에는 여전히 우정계약서를 잘 지키지 않았다.

결국 종수는 수학 선생님께 대든 뒤 교실을 뛰쳐나갔다. 그런데 엎드려 자던 성민이가 그냥 종수를 뒤따라 나가는 일이 벌어졌다. 아이들은 대드는 종수보다는 사건과 무관한 성민이가 같이 나가는 것을 보고 어이없어 했다. 이 선생 역시 그동안 느낌으로만 있던 단서가 드러났다고 판단했다. 그 둘은 분명 정상적이지 않은 관계였다.

감춰져 있던 아이들의 세계를 직면하는 건 매우 불편한 일이지만 원래 증상이란 곪은 속이 일부 드러난 것일 뿐이다. 그리고 그 곪은 속을 드러내야 치유도 가능하다. 이 선생은 쉬는 시간에 잠깐 성민이를 불렀다.

'요즘 확실히 이 녀석 얼굴이 안 좋아.'

이 선생은 '뭔가 있지?' 하는 눈길로 성민이를 바라보았다.

"아무 일도 없어요."

그냥 바라봤을 뿐인데 어떻게 알았는지 성민이는 발뺌부터 하려 들었다. 하도 존재감을 드러내는 녀석들만 상대하다 보니 가끔은 삐딱하고, 가끔은 맥이 없는 성민이 얼굴을 오늘에서야 마주하게 되었다는 사실에 이 선생은 미안한 마음이 들었다. 그간 얼마나 힘들었을까. 이 선생은 성민이에게 숨겨진 고통이 있을 거라는 가설을 가지고 진실을 캐내기로 마음먹었다.

'저 녀석은 아까부터 자꾸만 날 쳐다보네. 뭔가 켕기는 게 있나?'

종수가 멀찍이서 성민이와 자기를 째려보고 있는 게 마음이 쓰였지만, 이 선생은 아이들의 진술을 받기로 결정했다. 그동안 보고 들었던 일, 즉 엉덩이를 차거나 욕을 하거나 과도한 것을 요구하는 것 등등에 대해 아는 대로 적어 보는 체크리스트였다. 그리고 그런 행동에 대해 어떻게 생각하는지도 적도록 했다.

동시에 성민이 엄마에게 전화를 걸어 본인이 듣고 본 것을 근거로 의심되는 일들을 들려주고, 성민이로 하여금 그동안 종수와의 사이에서 어떤 일이 있었는지 낱낱이 적도록 설득해 달라고 부탁했다. 성민이는 3일 후 편지 형식으로 글을 써 왔다. 성민이 어머니는 종수가 아들과 늘 함께 생활해야 하는 운동부라 처벌을 원하지 않는다고 덧붙였다. 이 선생은 고민에 빠졌다. 전략 노트를 꺼내 사건을 정리했다.

'애들이 쓴 체크리스트에는 성민이가 진술한 내용이 거의 없어. 종수가 성민이를 무시한 건 다 있는데 폭행과 심부름 같은 큰 건들은 다 빠져 있단 말이지. 목격자가 없을수록 종수는 자기가 안 했다고 할 테고, 이딴 걸 왜 하냐고 나한테 대들지도 몰라. 위원 아이들이 그 때문에 말을 못 하면 안 되는데……. 이럴 땐 성민이나 성민이 엄마가 세게 나와 줘야 하는데 그것도 아니고. 당하면서도 관계가 깨질까 봐 밝혀지는 걸 꺼려하고 있으니 바로 학폭위에 올리는 것도 조심스럽고. 그렇다면 처음부터 성민이의 진술을 보여 줄까? 그랬다가 혹시 성민이한테 보복이라도 하면 어떻게 하지?'

이 선생은 한숨을 쉬었다. 우려될 만한 일들이 일어날까 봐 어떤 것도 선뜻 선택하기 어려웠다. 특히 종수가 자신에게 욕을 하고 나가 버릴까 봐 생각만 해도 가슴이 뛰었다. 그간 종수 문제로 통화했던 종수 아버지를 떠올리면 협조를 기대할 수 있기는커녕 갑갑한 심정만 더했다. 집에 돌아와서도 머릿속이 복잡해 도통 잠을 이룰 수 없었다.

이 선생은 밤새 고민한 끝에 피해자가 진실을 밝히길 꺼려하는 상황일수록 화해가 반드시 이루어져야 한다는 쪽으로 생각을 정리했다. 그리고 진정한 화해를 위해서는 '진실과 화해 위원회'밖에 답이 없다고 마음을 굳혔다. 문제는 진실을 감추려는 종수가 아이들을 공격할까 봐, 종수의 힘에 굴복되어 아이들이 아무 말도 못 하게 될까 봐, 정의를 외면할까 봐 마음을 놓을 수가 없었다. 최대한 정의를 지키려는 아이들과 자신을 보호하는 장치를 해야 했다.

'상우의 힘을 이용하자. 권력을 합리적인 권위로 바꾸는 거지. 상우도 정의로운 과업에 도전하면서 전과 다른 명예와 인정을 경험할 수 있겠고, 그것이 계기가 되어 인정만을 좇는 인생각본에 변화를 줄 수 있으면 좋겠어.'

이 선생은 종수를 평화롭게 굴복시키기 위한 전략의 가닥을 잡았다.

2

"왜 나만 부르냐고요! 우리끼리 알아서 한다는데 왜 참견이냐고요!"

중얼거리는 말 속에 욕 비슷한 말들이 섞여 있었다. 진실과 화해 위원회 위원 아이들은 어떻게 말을 붙여야 할지 몰라 당황했다. 침묵은 몇 분간 지속되었다.

"지금 종수가 자꾸 뭐라고 하는데 여기가 그런 자립니까? 지금부터 녹음하겠습니다. 이게 증거가 될 겁니다."

이 선생은 가늘게 떨리는 손으로 핸드폰의 녹음 버튼을 눌렀다. 상우는 이 선생의 오른쪽에 앉아 있었다. 상우는 담임선생님의 오른팔이 된 것 같았다. 이 선생은 위원회가 열리기 전 상우에게 가장 먼저 발언해 줄 것을 부탁했다. 하지만 상우는 돌아가는 사정을 지켜보면서 나서기로 내심 작정하고 있었다. 무엇보다 친구 종수의 심기를 고려해야 했기 때문이다.

위원들 앞에는 체크리스트에서 나온 온갖 얘기들과 그들의 행동을 바라본 반 아이들의 생각을 적은 종이가 놓여 있었다. 위원들은 드러나지 않은 폭력이라 하더라도 비아냥거림 혹은 욕설, 엉덩이 걷어차기, 안마하기 등의 사실이 드러난 이상, 종수의 행동은 학교폭력에 해당한다고 생각하고 있었다.

"왜 참견이냐고요? 이 자리는 성민이만을 위한 자리가 아니에요. 종수 너를 위한 자리이기도 하다고. 그러니 화내지 말고 잘 대답해. 다시 묻습니다. 성민이에게 먹을 것을 사 오라고 시키는 걸 본 친구들이 있습니다. 사실입니까?"

"아닌데요."

종수는 기다렸다는 듯 질문의 말미를 잡아채며 부정했다. 뚫어져라 쳐다보는 눈빛에는 독기가 서려 있었다. 이 선생은 성민이를 동석시키지 않은 게 다행이라고 마음을 쓸었다.

"위원들 중에 종수가 성민이를 친구로 평등하게 대하지 않는 걸 본 경우가 있으면 얘기해 주세요."

"체육 수업을 들으러 가던 중인데 제 앞에서 종수가 성민이 엉덩이를 발로 찼어요."

근식이가 먼저 용기를 냈다. 상우는 여자애처럼 여리고 예민해 놀림 받는 쪽에 가까웠던 근식이가 제일 먼저 나섰다는 게 신기했다. 그러고 보니 근식이는 매번 위원회 때마다 피해자 입장을 섬세하게 대변해 왔다. 근식이도 했는데 자기도 말할 수 있을 것 같았다.

"역사 시간에 성민이가 자리를 옮겨 종수 다리를 주물러 주는 걸 봤어요."

"그게 자발적이었나요?"

담임선생님이 캐묻는 게 부담스러웠지만 상우는 종수를 위한 일이라고 여기기로 했다.

"싫으면서 억지로 하는 것 같아 보였어요."

상우는 자기 말에는 누구도 토를 달기 어려운 힘이 있다는 것을 잘 알고 있었다. 자기의 발언이 첫 발언을 한 근식이를 쏘아보는 종수의 눈에서 힘을 빼게 하는 데 적절히 기여했다고 생각했다. 그래서일까. 그 뒤로 위원 아이들의 증언이 줄을 이었다.

"같은 장면을 봤는데 성민이가 웃다가 안 좋은 표정을 지었어요. 그게 마음에 걸렸어요."

"어제 교실에서, 성민이가 무슨 잘못을 했는지는 모르겠지만 성민이한테 머리를 대라고 하더니 줄넘기로 쳤어요."

"성민이가 잘못했을 때 종수가 혼내는 걸 봤어요."

지난번 진실과 화해 위원회에서 조언을 듣고 친구들 앞에서 공개 사과했던 정환이도 한마디 거들었다.

"혹시 심부름 시키는 걸 본 적이 있는 사람?"

이 선생의 질문에 위원들은 설마 하는 눈빛으로 종수를 쳐다보았다. 이제 자잘한 괴롭힘은 드러났으니 여세를 몰아 더 큰 폭력을 행사했음을 인정하게 해야 했다.

"저, 진짜 심부름 안 시켰어요. 그건 아팠을 때 부탁한 거라니까요!"

종수는 가뜩이나 큰 눈을 무섭게 부라리며 씩씩댔다. 몇 개월 전 축구부에서 상급 학년이 하급 학년을 폭행해 학교폭력대책자치위원회에 회부된 적이 있었다. 그런데 만일 동급생 심부름 사건까지 추가로 밝혀지면 종수는 선수 생활에 문제가 생길지도 몰랐다. 종수 입장에서는 억울한 척 연기라도 해야 했다.

"만약에 내가 심부름을 당했는데, 본 사람은 없다고 한다면 누구 말이 맞을까요?"

"성민이가 그런 일을 당했다고 한다면 성민이 말이 맞을 것 같아요. 부탁과 시키는 것은 차이가 있어요. 당사자가 시키는 것으로 느꼈다면 부탁이 아니에요."

초은이 말을 듣고 이 선생은 피해 경험이 있던 초은이를 위원으로 부르길 잘했다고 생각했다. 초은이는 작년에 따돌림을 당해 마음의 상처가 있는 아이였다. 초은이에게는 성민이 입장을 대변하는 일도 중요했지만 피해자 지위에서 가해자에게 조언하는 지위로 올라가는 일이 더욱 필요했다.

"어떤 친구는 종수가 성민이한테 뭐라고 했는데 그때 성민이가 안 좋은 표정을 지었다, 그래서 성민이가 불쌍하다고 썼는데?"

"그건 운동하다가 그런 거예요. 맨날 걔 때문에 운동하기 싫다니까요. 개가 운동하는 걸 봐야 해요. 완전 맞을 짓만 골라서 해요."

"근데 왜 종수 너한테 맞아야 하지?"

"네, 그게 다 우리한테 피해가 오니까 그렇죠. 운동을 지 성질대로 한다니까요. 잘 뛰지도 못하고, 공은 죄다 뺏기고, 코치가 말하는데 짜증 난 표정이나 짓고, 코치가 얘기할 때 '아이, 씨' 그러면서 개버릇없게 굴고……. 운동할 때 코치가 시키는 대로 해야 하는데 그것도 안 하고. 그러면 저희한테 다 피해가 온다고요. 그것 때문에 진짜 빡 돌아요."

"성민이 때문에 피해를 본다? 단체 기합, 이런 식으로?"

"단체 기합은 없지만 그때 코치님 표정을 봐야 한다니까요."

성민이가 어떤 피해를 주는지 종수는 구체적으로 말하지 못했다. 종수는 흥분해서 더듬거리며 정신없이 말을 했다.

"종수 말이 맞다면 성민이가 축구부 내에서 코치에게 혼날 수는 있겠네요. 그렇다고 종수가 다리 주무르기를 시킨다거나 발로 차거나 무시하는 말을 할 수 있는 건 아니지 않나요?"

"그건 제가 인정했잖아요. 그건 그거고, 축구부에서 성민이가 어떻게 하는지 그냥 얘기한 거예요."

"좋아요. 결론을 냅시다. 종수의 행동은 학교폭력인가요? 아닌가요?"

종수는 결국 심부름을 제외한 폭력들을 인정했다. 이젠 심부름에 대한 진실을 확인하고 종수를 위해 위원들이 발언할 차례였다.

"성민이가 장난이라고 생각하면 장난인 거고 장난이라 생각하지 않으면 학교폭력이에요."

현지의 말에 위원들도 동의하는 눈치였다.

"둘이 만나서 성민이가 힘들었던 것을 얘기하게 하면 오해가 풀리지 않을까요?"

상우는 종수의 화난 표정이 신경 쓰였다. 이제는 종수의 자존심도 생각해 주고 싶어서 굳이 오해라는 표현을 썼던 것이다.

"오해라면 어떤?"

"성민이가 표현하지 않아 종수가 진짜 몰랐을 수도 있기 때문에 종수 입장에서는 억울할 수 있다고 생각해요."

이 선생의 질문에 상우가 답했다. 종수의 입장을 좀 대변해 줄 필요도 있다는 게 상우 판단이었다.

"성민이가 종수를 무서워해요. 둘이 만나면 기가 죽으니까 성민이가 아무 말도 못 할 테고……, 그건 너무 무리수에요."

현지의 생각은 달랐다. 듣고 보니 현지의 판단이 맞는 것 같았다. 이 선생은 여론의 흐름상 이쯤에서 성민이의 편지를 읽어도 될 거라고 판단했다.

"맞아요. 종수하고 성민이가 둘이 만나 원만히 얘기할 수 있는 관계라면 성민이가 말 못 할 이유가 없었겠죠. 그래서 우리가 두 사람을 도와야 해요. 성민이가 말을 안 하려고 해서, 괴로우면 엄마께 말씀드리라고 했더니 이런 글을 써 왔어요. 글을 보면 성민이가 그동안 많이 힘들었는데 종수에게 말을 못 했다는 걸 알 수 있어요. 더 이상 견디기 힘든 상태에서 쓴 글이니까 종수는 오해하지 말고 들었으면 좋겠어요. 나는 이게 진실이라고 생각해요. 종수, 준비됐어요?"

"네."

종수는 잔뜩 인상을 찌푸린 채 기어들어 가는 소리로 답했다. 이 선생은 최대한 감정을 실어 성민이의 편지를 읽었다.

심부름을 시켰을 때 사실 나는 하기 싫어서 도망가고 싶었어. 안 하면 맞을까 봐 하긴 했어. 니가 같이 뭐 하자고 할 때마다 귀찮고 힘들었어. 장난으로 여러 번 때렸는데 아프고 괴롭고 화가 났지만 무서워 말도 못하고 답답하기도 했어. 시키는 일을 안 하면 맞을 것 같고 그래서 무조건 다 했지만 할 때마다 내 자신이 한심하게 느껴졌어. 다른 것은 없으나 친구에게 심하게 상처를 받아 마음이 아팠어. 누구에게 말할 수 없는 상처이기 때문에 나에게 너무 힘든 일이었어.

"여러분, 느낌이 어떤가요?"

"심부름 시켰을 때 저희가 못 봤다고 했잖아요. 성민이는 당했으니까 말했겠고. 이건 90% 이상은 성민이 말이 사실이죠. 글에 다 나와요. 무서워서 말 못 한 거, 한심하다고 느낀 거. 이런 거 보면 성민이가 종수를 무서워한 게 맞아요. 불쌍해요."

상우가 아까 자신이 말한 게 신경 쓰여 먼저 운을 뗐다. 이제 위원들은 누구의 눈치를 볼 것도 없이 의견을 말하는 데 스스럼이 없었다. 성민이의 감정에 마음을 포개며 마음을 읽으려고 애썼다.

"성민이한테 종수는 두려움의 대상인 것 같아요."

"많이 힘들어 보여요."

"자신이 한심했다고 하는데 성민이가 이걸 쓰면서도 많이 괴로웠을 것 같아요."

"내 자신이 한심했다고 나오잖아요. 누구한테 얘기를 못 하니까 자기를 비판하는 거잖아요. 그럼 더 위축되고 약해지고 위험해지잖아요. 진짜 괴로운 것 같아요."

"성민이가 몇 번 고친 걸 보면 이 글을 쓸 때 고민이 많았던 것 같고 종수를 두려워하는 것 같아요."

성민이의 글이 진실을 목격하지 못한 아이들의 의심을 녹여 버린 듯했다. 종수는 더 이상 피할 곳이 없어 보였다. 거짓말로 둘러댈 수도 없었다.

"종수는 어때요?"

"맞겠죠, 뭐."

"미안한 감정은 안 들고?"

"짜증 나요."

"짜증 난다는 말이 무슨 뜻인지 궁금하네. 자기 행동이 짜증 난다는 건가요, 이 글이 짜증 난다는 건가요?"

"둘 다 짜증 나요."

진실은 밝혀졌지만 종수는 자신에 대한 처분이 어떻게 내려질까를 생각하는지 머릿속이 복잡해 보였다. 이 선생은 종수가 끝까지 성민이에게 사과하지 않겠다고 할까 봐 조마조마했다.

"너랑 성민이가 친구였는데 성민이가 어떻게 생각하는지 정말 몰랐어?"

현지는 종수가 성민이를 한 번이라도 친구로 여기기는 했는지 알고 싶어 했다.

"힘들면 말하지! 내가 몇 번이나 그랬어, 힘들면 말하라고! 근데 그때는 얘기 안 하고 있더니, 짜증 나! 나한테 말 안 해서 지금 더 화가 난다고."

이 선생은 종수가 사과하기보다 구구한 변명만 늘어놓는 것 같아 마음이 아팠다. 본인에게 올 가책을 줄여 보겠다는 전략 같았지만 결국 잘못을 시인한 셈이었다.

"종수는 성민이가 힘들다고 말을 안 해서 화가 난다고 합니다. 종수가 어떤 모습을 보여 줘야 할까요? 벼랑 끝에 있는 성민이한테 '너 왜 말 안 했어?'라고 화를 내면 성민이는 더 위태롭겠죠. 자기 표현을 할 수 있는 사람이 있는가 하면 그게 어려운 친구들도 있어요."

"성민이를 아래에 있는 사람 취급하지 말고 같은 사람 대하듯이 똑같이 대했으면 좋겠어요."

근식이가 똑 부러지게 말했다.

"종수가 성민이보다 자기를 우월하다고 생각해서 그렇게 행동했다기보다는 성민이가 참을성이 많아서 말 못 한 것 같아요. 그리고 종수를 진짜 친구로 생각했기 때문에 시키는 것도 참은 것 같아요."

초은이가 덧붙였다.

점심시간이 끝나는 종이 울렸다. 위원 아이들은 종수가 스스로 사과하겠다고 말하길 기다리고 있었다. 그런데 초은이 말을 어떻게 이해했는지 종수가 펄펄 끓는 화산처럼 폭발하기 시작했다.

"자기가 뭔데 저딴 말을 해요? 씨발."

종수는 불편한 심기를 차곡차곡 모아서 만만한 아이를 향해 분출

시켰다.

“종수야, 네가 이런 식으로 나오면 이런 자리가 필요 없어. 바로 학폭위 가는 거야. 욕하지 말고 하고 싶은 말을 제대로 해 봐!”

“그딴 거 없어요. 지네가 뭔데 지랄이에요?”

“종수야, 니가 무서워서 누가 얘기하겠냐? 니가 그나마 말 듣는 애가 상우랑 정환이 정돈데 그 애들만 말했으면 좋겠니? 성민이가 더 힘들기 전에, 네가 더 잘못되기 전에 막자고 이렇게 모인 거잖아. 자, 다들 흥분을 가라앉히고……, 다른 사람들이 종수의 방금 발언에 대해 얘기해 볼까?”

이 선생은 그렇게 말하면서도 아이들이 잘해 줄 수 있을지 불안해 가슴이 두근거렸다. 상우는 지금이야말로 자기가 나설 차례라고 생각했다.

“종수는 많이 잘못하고 있어요. 이건 종수를 위한 자리인데 초은이한테 그러는 건 아니죠. 초은이는 그걸 잘 잡아 주려고 하는 건데 종수는 화가 나 있는 상태라서 다르게 들리는 것 같아요. 그리고 종수가 미안해하는 게 약간은 느껴져요. 성민이한테 힘드냐고 물어봤다는데 그때 성민이가 뭐라고 했는지 궁금해요.”

상우의 말에 이 선생은 한고비 넘겼다고 생각했다. 상우는 선생님께 특별히 부탁을 받은 터라 기대에 부응하고 싶었다. 종수가 원하지 않는 말이라 해도 어쩔 수 없었다.

“저희는 도와주려고, 막으려고 하는 거잖아요. 근데 저희를 공격하면 곤란하죠.”

현지도 부드럽지만 단호한 어투로 말했다. 이어서 이 선생도 나섰다.

"위원들은 종수한테 뭐라고 탓하는 게 아니라 선생님의 질문에 자기 의견을 말하는 거야. 종수는 미안하다고 한 게 아니라 짜증 난다고 했지? 선생님은 그 표현이 문제라고 봐. 우리 모두는 네가 진심으로 미안해하기를 바라거든. 초은이는 위원 자격으로 앉아 있는 거니까 초은이한테 욕을 한 건 여기 있는 모두에게 욕한 거나 마찬가지야. 종수는 어떤 경우에도 뒤에서 욕하거나 폭력을 쓰면 절대 안 돼. 그러면 그 증거를 바로 학교 측에 넘기고 학폭위가 열리게 될 거야. 성민이 종수 둘 다 우리 반인데, '네가 이제 얘기해서 짜증 난다.'와 '네가 이렇게까지 힘들 줄은 몰랐다. 정말 미안해.'는 많이 다르지. 우린 종수가 지금보다 훨씬 더 미안해했으면 좋겠어. 그래야 성민이가 스스로한테 느꼈던 한심함을 이겨 낼 수 있어. 그리고 위원들은 좀 더 용감하게 목소리를 내 주면 좋겠다."

초은이를 비롯한 아이들은 가슴을 쓸어내리면서도 애써 무심한 척했다. 밝혀진 진실 앞에서 종수는 이빨을 보였지만 이 이야기의 결말은 짐작할 수 있었다. 아이들은 자신들이 옳은 일을 하고 있다고 믿었다. 선생님 말씀대로 더 용감해지고 더 정의로워지려고 했다. 상우는 이 선생의 요청대로 성민이가 쓴 '네가 이렇게 해 주면 좋겠다'는 글을 읽어 나갔다.

네가 이렇게 해 주면 좋겠다

자신의 일은 자신이 해 주었으면 좋겠어. 나를 끌고 다니지 말고 되도록 혼자 해 주었으면 좋겠어. 장난으로 때리는 사람은 재미있을지 몰라도 당하는 사람은 괴로우니까 하기 전에 한번 생각해 줬으면 좋겠어. 어떤 일을 하든 네가 하기 싫을 때는 시키지 말았으면 좋겠고 내가 빌려주지 못할 때 그것 때문에 화를 내지 말고 나의 마음을 이해해 주면 좋겠어.

"성민이 글에 보면 친구 관계를 끊자는 말은 없어요. 종수가 전학을 갔으면 좋겠다는 말도 없고 처벌받았으면 좋겠다는 말도 없어요. 성민이는 단지 자기가 존중받기를 바랄 뿐인 거지. 자, 그러면 종수가 한 행동은 학교폭력일까요, 아닐까요?"

이 선생의 질문에 모두들 학교폭력이 맞다고 대답했다. 이 선생은 위원 아이들이 거친 종수에게 부담을 갖게 될까 봐 걱정되었다. 종수가 아직도 잘못을 인정하지 않고 아등바등하는 것이 답답해 보였다. 그 자리에서는 아무도 그것을 인정해 주지 않는데도 말이다. 위원 아이들은 일이 끝까지 가기 전에 종수가 사과하겠다고만 말해 준다면 모든 것을 용서할 준비가 되어 있는 것 같았다. 어쨌든 이 학교폭력 사건을 어떻게 처리할지 결정해야 했다. 5교시 수업이 시작되었지만 수업 때문에 회의를 멈추는 것이 쉽지 않아 보였다. 한 달 전, 반 친구를 괴롭혀 반에서 공개적인 사과와 약속을 했던 정환이가 종수를 설득했다.

"전에 제가 애들 앞에서 미안하다고 말했잖아요. 그때 종수가 제가 사과하는 걸 도와줬어요. 종수한테 고마웠고요. 애들 앞에서 말하는 게 창피했는데 마음이 잡혔어요. 그리고 다시 안 하게 됐죠. 그때랑 똑같은 것 같은데 종수도 그렇게 했으면 좋겠어요."

며칠 전까지 종수와 함께 수업을 엉망으로 만들던 녀석이 끝까지 버티는 종수를 달랬다. 이 선생은 어른스럽게 말하는 정환이가 대견했다. 이 말을 통해 분위기가 전환되는 기운이 느껴졌다. 아이들의 적극적인 발언이 뒤이어 쏟아졌다.

"종수의 일이 우리 손을 안 떠났으면 좋겠어요. 저희가 원하는 건 종수가 진심으로 성민이한테 사과하는 거예요. 공개적으로 하면 더 좋고 만약 그게 안 되면 종수가 따로 성민이한테라도 진심으로 사과했으면 좋겠어요."

"상대방의 입장을 고려하고 만약 그게 나한테 일어났다면 어땠을까 생각해 봤으면 좋겠어요."

"자기가 기분이 나빠도 자기 기분 나쁜 것 이전에 더 큰 상처를 다른 사람에게 준 건 아닌지 돌아보고요. 누구나 실수는 할 수 있어요. 이제 진심으로 미안함을 느꼈으면 좋겠어요. 성민이한테 서운한 것도 이해는 가요. 말을 안 했으니까. 그래서 화난 건 이해하지만 성민이가 더 힘들었으니까 종수가 이해해 줬으면 좋겠어요."

"성민이는 종수를 아직 친구라고 생각하고 다시 한 번 받아 줄 마음이 있는데 종수가 진정한 친구의 마음을 먹었으면 좋겠어요."

종수는 마음에 동요가 있는 듯 손톱을 물어뜯었다. 뭔가를 재고 있는 것처럼 골똘히 생각했다. 드디어 꽉 다물고 있던 녀석의 입술이 열렸다!

"미안해요. 다시는 안 그럴게요."

종수의 어깨는 여름날 엿가락처럼 늘어졌다. 수업 시간에 보란 듯이 엎드려 자고 쉬는 시간에 복도를 활보하던 종수의 모습은 더 이상 볼 수 없었다. 반 아이들 대부분은 성민이가 종수한테 무시당하고 사는 것 같다는 느낌만 있었을 뿐 실체를 알지는 못했다. 종수는 편지 한 장을 들고 엉덩이를 쭉 빼고 교탁 앞으로 털레털레 걸어 나왔다. 더 이상 선생님을 째려보며 대들던 모습도 보이지 않았다. 예전과 다른 기운을 느낀 성민이는 어안이 벙벙했다. 녀석은 헛기침을 몇 번 하고 한숨을 한 번 내쉬었다. 개미 소리처럼 작았지만 숨죽인 아이들의 귀에는 크게 들렸다.

"성민아, 내가 교과서 갖다 달라고 했을 때 네가 그렇게 하기 싫고 도망가고 싶다는 걸 몰랐어. 나한테 말해 줬으면 내가 했을 텐데, 니가 맞을까 봐 말 못 했다는 게 정말 미안해. 내가 때릴까 봐 무서워서 시키는 걸 다 해 줬다고 하니 난 나쁜 애 같아. 니가 귀찮은 것도 모르고 같이 해 달라고 한 것도 미안해. 나는 너 때문에 피해를 보는 게 싫어서 널 때린 것 같아. 말로 했으면 됐는데 폭력을 썼어. 이제 너의 입장부터 생각할게. 이런 일 생기지 않도록 하겠고 우리 더 친하게 지내자. 나를 용서해 줘, 성민아."

상우는 다른 아이들보다도 더 크게 박수를 쳤다. 부끄러웠을 텐데 용기를 내 준 종수가 고마웠다. 이 선생은 성민이를 쳐다보았다. 종수가 갑자기 괴롭힌 사실을 인정하고 모두 앞에서 용서를 구하니 당황한 기색이었지만 힘겹게 지고 있던 돌덩이를 내려놓은 듯 가볍고 환하게 웃고 있었다. 이 선생은 성민이 부모님의 요청도 있고, 종수가 공개 반성을 했기에 그 사건을 담임 종결 사안으로 마무리했다. 하지만 종수를 당분간 더 지켜보기로 했다. 이 선생은 흐뭇한 듯 종수를 쳐다보는 상우를 불러 말했다.

"너 아니었으면 종수를 설득하기 어려웠을 거야. 덕분에 우리는 종수하고 성민이 둘 다 살렸어. 전에는 네가 종수한테 그냥 친구였다면 지금은 진정한 친구가 됐다고 생각해. 나는 솔직히 네가 힘을 보이는 것이 항상 걱정되었어. 그것은 평등한 관계를 어렵게 하거든. 이번엔 내가 그 힘을 이용했지만, 너는 정의를 보여 주었어. 근데 상우야, 정의는 힘이 없어도 가질 수 있는 '선'이야. 무슨 말인지 이해하기 어려우면 현지를 떠올려 봐."

상우는 이 선생이 말하는 선함과 악함이 무언지 알 것 같았다. 담임선생님이 좋아하는 스타일이 어떤 건지도 알 것 같았다. 담임선생님 말대로 현지는 힘은 없지만 정의로웠다. 하지만 자신도 현지처럼 말할 수 있다는 것을 이번에 보여 주었다고 생각했다.

'현지와 나는 오늘 비슷한 일을 했어. 차이가 있다면 현지는 다른 애들을 따르게 하는 힘이 없고 나는 있다는 거야. 근데 내가 센 걸로 친구들한테 인정받는 게 왜 위험한 거지? 난 나쁜 짓 하는 애들하고는 확실히 다른데……. 혹시 내 친구들이 그렇다고 해서 날 그런 부류로 보시는 걸까? 선생님도 내 힘을 이용했다고 하셨잖아? 세상 살아가려면 남들 앞에서 꿇리지 않는 뭔가가 필요한 거 아닌가? 그걸 가지려는 게 왜 문제라는 거지?'

상우는 자신의 다른 생각을 선생님 앞에서 말하지 못했다. 하필 그 자리에서는 생각이 나지 않았기 때문이었다. 그런데 그런 얘기를 하다 보면 선생님이 자기가 갖고 있는 힘의 지위를 포기하라고 말할 수도 있겠다고는 생각이 들었다. 혹시라도 그런 말을 듣는다면 상우는 반박할 자신이 없었다.

소인에서 대인으로

종례를 마치고 1분이라도 빨리 가려는 아이들과 꼼꼼히 청소를 시키려는 담임 간의 줄다리기는 늘 있는 일이다. 남녀 학생을 섞어서 청소를 시키면 남자애들이 워낙 대충대충이라 여학생들이 힘들어하는 바람에 청소는 남학생과 여학생이 한 주씩 돌아가며 했다. 남학생들이 하는 바닥 청소란 대걸레를 물에 적셔서 한번 훑고 마는 정도라 담임 입장에서는 먼지 구덩이 속에서 살게 하지 않으려면 아이들을 귀찮게 할 수밖에 없었다. 이 선생은 그래도 함께 보낸 시간 동안 서로에게 익숙해져서 청소도 그럭저럭 순조롭게 되는 것 같아 마음이 놓였다.

이 선생은 달력을 보았다. 벌써 일 년의 4분의 3이 지나갔다. 이 선생은 마음이 조급해졌다. 화목과 우정을 도모하기에도 모자란 시간에 문제를 일으키는 녀석들의 뒤꽁무니만 쫓아다니느라 에너지가 다 소진되어 버린 것 같았다. 문짝을 닦는 종수와 창문을 닦는 성민이가 눈에 띄었다. 둘을 보며 평화로운 관계를 만드는 과정이 곧 우정을 도모하는 시간이려니 생각하며 마음을 접었다. 괴롭힘 사건 이

후 종수와 성민이는 각자의 길로 다녔다. 성민이는 더 이상 그림자처럼 종수를 따라다니지 않았다. 종수는 당분간 운동부 생활에 집중하는 것처럼 조용한 날을 보냈다.

이 선생이 이런저런 생각에 잠겨 잠깐 한눈팔다가 문득 담당자가 보이지 않는 청소 구역에 눈길이 갔다. 확인해 보니 정환이 구역이었다. 이 선생은 곧바로 정환이를 찾으러 복도로 나갔다. 녀석은 가방을 맨 채 유유히 사라지는 중이었다.

"야, 이정환! 청소 안 하고 어디 가?"

이 선생은 갖고 있던 지시봉으로 정환이의 머리를 콕 때렸다. 정환이가 획 몸을 돌려서 이 선생을 노려보았다.

"왜 때려, 씨발!"

이 선생은 귀를 의심했다. 순간 모든 신체의 움직임은 정지된 화면처럼 굳어 버렸다. 정환이는 다시 몸을 돌려 뒤도 돌아보지 않고 계속 걸어갔다. 이 선생이 '김정환, 거기 서!' 하고 큰 소리로 불렀지만 소용없었다.

화단 청소를 하고 있던 상우가 가방을 메고 집에 가는 정환이를 발견했다.

"청소 벌써 다 했어?"

"아니."

"근데 왜 가?"

"…… 나, 담임이 아까 머리 때려서 순간 꼭지 돌아서 욕했어."

"욕? 뭐라고?"

정환이는 상우에게 사실대로 말했다.

"야, 너 미친 거 아냐? 너무 심했어!"

상우는 정환이의 행동이 너무 지나쳤다고 생각했다. 그리고 그동안 담임선생님이 정환이를 위해 했던 일들을 말해 주었다. 상우는 진실과 화해 위원회 결과 애들 앞에서 사과하면서 정환이도 많이 나아졌다고 생각하고 있었다.

"너는 내 친구지만, 너무 감정적이야."

정환이는 상우의 말을 가만히 듣고만 있었다.

"나 어떻게 해야 해? 징계받겠지?"

"어떻게 하긴. 징계는 징계고 가서 빨리 사과드려!"

정환이는 상우의 말을 듣고 보니 생각했던 것보다 훨씬 잘못한 것 같았다.

그때 정환이 핸드폰이 울렸다. 이 선생이었다.

"뭐 해! 받아, 얼른."

상우가 재촉했다. 핸드폰 너머로 이 선생의 떨리는 음성이 상우에게도 들렸다.

"정환아, 왜 그랬니? 선생님, 너무 당황스럽다."

이 선생은 정환이가 전화를 받아 다행이라고 생각했다.

"선생님, 죄송해요. 정말로요. 내일 정식으로 사과드릴게요."

정환이의 사과에 이 선생은 더 이상 뭐라 해야 할지 할 말을 잃었다. 전화조차 받지 않을 거라 생각했던 정환이가 잘못을 쉽게 인정하는 것이 당황스러웠다. 하지만 이미 상처는 가슴 깊숙이 파고들고 있었다.

"근데 너 어떻게 사과할 생각을 다 했니?"

"애들이 다 저보고 잘못했대요."

"그랬구나. 상우가?"

"네."

"그래 알았다. 내일까지 선생님한테 사과 편지 써 와."

이 선생은 정환이의 사과 편지를 보고 선도위원회에 올릴지 말지 결정하기로 했다. 징계보다 좀 더 교육적인 방법이 뭐가 있을지도 고민했다. 녀석과 친하다고 여겨 장난스럽게 톡 건드린 것이 그런 격렬한 반응을 불러오다니. 그동안 정환이와 쌓아왔던 관계란 것이 고작 이 정도였던가. 아이들 앞에서 센 척이 굳어진 아이였는데, 좀 더 세심하지 못했다는 생각이 들어 부끄러웠다. 그러면서도 상우의 행동은 작은 위로가 되었다. '상우 녀석, 이제 네가 진짜 정의로워지려나 보다. 나한테 인정받으려고 한 게 아니라 옳고 선한 일을 네가 직접 해냈구나.'

정환이 일은 이 선생에게 평생의 트라우마로 기억될지도 모를 만큼 충격적이었지만 잃는 것만큼 얻는 것도 있다고 생각하기로 했다. 자신이 평화라는 주제로 써 나가고 있는 학급의 이야기가 상우 개인의 단단한 인생각본에도 변화를 주고 있다는 사실을, 혹독한 희생을 치르고야 확인한 셈 치기로 했다. 상우가 변하고 있다는 것은 다른 아이들도 변하고 있다는 말이기도 했다. 정환이도, 종수도…….

교실 창문으로 저녁 빛이 스며들었다. 아이들의 센 척이야 한 두 번 경험한 것은 아니지만 다 되었다, 깨달았을 것이다 믿었던 아이가 마구 던지는 데드볼은 감당하기 힘들었다. 그동안의 노력이 무참히 짓밟히는 순간에는 분노도 일었지만, 그보다는 서글픔과 아픔이 더 컸다. 때론 그런 아이들이 겁이 나기도 했다. 하지만 이 선생은 이제 익숙해질 때도 됐잖아, 스스로를 타이르며 쓰린 눈가를 훔치더니 툭 털고 일어나 벌어진 창문을 끼워 맞췄다.

카인이 되다

다사다난했던 2학년을 마치고 아이들은 진급했다. 이 선생은 가해 학생과 피해 학생이 한 반에서 만나지 않도록 반 배치에 신경을 썼다. 그리고 지난해를 잊은 듯 또 평화의 서사를 쓰자고, 새로운 반 아이들과 이야기를 나누었다.

이 선생은 종종 상우와 정환이, 종수의 소식을 듣고 싶었다. 가끔 3학년 담임들을 만나면 아이들의 안부를 물었다. 종수는 예의 바른 선수로 지내고 있었고 정환이는 반에서 있는 듯 없는 듯 조용히 살고 있었다. 정환이는 결석이 잦아 담임이 특별히 신경을 쓰는 눈치였다. 상우는 이번에도 반장 선거에 출마해 월등한 표 차로 반장이 되었다. 여전히 아이들을 몰고 다녔고 날개를 단 것처럼 활발했다. 이 선생은 상우가 1학년 때의 상우처럼 강함을 무기로 사는 아이로 돌아갔을까 봐 살짝 걱정이 되었다. 하지만 학교폭력에 연루되었다거나 하는 소식은 들려오지 않아 쓸데없는 걱정이라 여기기로 했다.

학기 중반이 지나고 여름방학을 앞두고 있을 때였다. 상우네 반에서 발달장애 학생을 괴롭힌 사건이 터졌다. 한 학기 내내 곪았던 사건을 담임선생이 뒤늦게 발견한 것이다. 그런데 피해자가 제대로 진술을 못 하는 것을 이용해 가해자들이 똘똘 뭉쳤고 그 바람에 담임 선생이 오히려 궁지에 몰리고 있었다.

'설마 상우가 관련이 있진 않겠지.'

이 선생은 자신의 학급 운영이 상우에게도 영향을 미쳤을 거라 믿고 싶었다. 그러나 이 선생의 예상은 빗나갔다.

학생부에서 담임과 목격자의 진술을 확보하고 난 뒤 학폭위에 회부할 학생 명단이 나왔다. 거기에 상우의 이름도 들어 있었다. 상우를 포함한 7명의 징계가 결정되었고 '서면 사과' 조치를 받은 상우가 이 선생을 찾아왔다.

"선생님 제가 얼마나 열심히 살았는지 아시죠? 저한테 서면 사과하래요. 저는 잘못한 게 없어요."

상우는 자신의 억울함을 이 선생에게 말하고 싶었다. 상우 생각에 엄마와 이 선생만이 유일하게 '너는 잘못한 게 없다'고 말해 줄 것 같았다. 이 선생은 일단 상우의 자초지종을 들어 보기로 했다.

"제가 반에서 반장이면서 도움반 친구들 도우미거든요."

"너 말고 또 도우미들이 누구야?"

"선생님도 아실 텐데, 작년에 우리 반은 아니었지만 저하고 다녔던 호철이랑 승희요."

호철이와 승희라는 말을 듣고 이 선생은 언짢은 기분이 들었다. 호철이는 가해 학생으로 학급 이동이라는 징계를 받은 적이 있었고, 승희 역시 교사에게 대든 일로 선도 처분을 받은 적이 있는 아이였다.

"그런데?"

"현중이 개, 한번 고집부리면 데리고 다니기 힘든 거 아시죠? 수업 시간에 가끔 헛소리도 하고요. 겉으로는 순해 보여도 말 안 들을 때는 도우미 하기 힘들어요. 반장이라 애들 챙겨야 하는데 걔가 통제가 안 되면 아무것도 못 해요. 이동 수업 할 때 데리고 다니는 게 제일 힘들어요. 그때 고집부리면 저희도 늦어요. 그래서 호철이랑 승희가 때렸대요. 그건 저도 봤어요. 저는 정말 때린 것도 아니에요. 근데 어떤 놈이 제 이름까지 써서 저까지 징계받게 생겼어요."

상우는 억울함에 배신감까지 겹쳐 얼굴이 시뻘겋게 달아올랐다. 이 선생은 상우의 심정을 이해할 수 있을 것 같았다. 교사도 지도하기 어려운 장애아를 학생에게 맡기는 것 자체가 문제라고 생각했다.

"엄마도 말이 안 된다고 하셨어요. 재심 청구하신대요. 학폭위 가니까 정말 어이가 없는 게, 장애인 괴롭혔으니까 무조건 사과해야 한대요. 걔가 고집 피워 머리 몇 대 때려 데리고 간 건데, 도우미 하느라고 그런 건데, 그것도 괴롭힌 거예요? 작년에 진실과 화해 위원회처럼 진실을 제대로 밝히고 제가 잘못을 느끼게 해 주는 것도 아니고, 학폭위라는 게 뭐 이래요? 그동안 힘들게 도우미 한 것도 봉사 시간 안 준대요. 저는 성실하게 도우미 했거든요? 그럼 어떻게 도우미 해야 잘하는 거예요? 저, 전학 갈 거예요."

상우는 너무나 속이 상했다. 작년 담임선생님에게 말해 봤자 소용이 없을 거라고도 생각했다. 자신이 가해자가 되어 버린 불명예를 생각하면 자존심이 상해 미칠 것 같았다. 누군가 자신의 억울함을 알아줘서 학교에 얘기하고 다녔으면 좋겠다는 생각뿐이었다.

이 선생은 상우에게 어떤 말을 해 줘야 할지 잠시 생각했다. 상우가 서면 사과의 징계를 받아들이고 분한 마음을 접으면 좋을 텐데.

"상우야, 너 정말 작년에 노력 많이 했지. 정말 정의로운 반장이었어. 나누고 챙겨 주는 반장. 이전의 너하고는 다른 모습으로 사느라 힘들기도 했지. 장애가 있는 친구 도우미를 한다는 거 굉장히 헌신적이어야 가능하다고 생각해. 평범한 학생들은 하기 어려운 일을 맡은 거야. 국가적인 제도적 보완이 필요한 부분인데 너희가 맡은 거지. 근데 그렇게 큰일을 너는 왜 맡았는지부터 생각해 보자. 호철이하고 승희는 또 왜 맡은 걸까?"

"그거야 봉사 시간이죠."

"봉사 시간을 바라는 사람이 한 친구의 수족이 돼 주는 일을 한다? 쉽지 않아. 내가 아는 상우는 헌신적인 사람이라는 이미지도 갖고 싶었던 게 아닌가 싶은데? 마음으로 돕고 싶다는 진정성이 없으면 하기 어렵다는 말이야. 3학년에서 가장 보살피기 힘든 재훈이 있잖니? 그 애는 현중이보다 힘도 세고 화나면 막 때리기도 해. 그런데 작년에 우리 반 했던 초은이가 그 애를 보살피고 있어. 초은이는 재훈이 때문에 수업에 못 들어가기도 하고 몇 대 얻어맞기도 했어. 한 날은 내가 초은이한테 '초은아 네가 너무 힘들까 봐 걱정된다.'고 했더니 초은이 하는 말이, '재훈이가 이젠 제 말만 듣는걸요?' 하며 웃는 거야. 학교에 천사들이 얼마나 있을까마는 우리 초은이가 천사더라."

이 선생은 상우의 마음이 다치지 않게 부드럽게 말했다. 그리고 몇 마디 덧붙였다.

"상우야, 너 작년에 정말 열심히 살았어. 선한 아이의 모습으로. 그런데 3학년에 올라와 반장이라는 지위에서 다시 강한 모습으로 아이들한테 다가간 건 아니니? 힘이 없어도 정의로울 수 있다는 말 기억하지? 이번 일에 대해서만 말하자면 정의롭기 위해 힘을 쓴 건 아닌 것 같다. 네 욕망을 채우려다 보니 지위를 가진 거고, 감당할 수 없는 일이 생기자 힘을 쓴 거지. 안 그래?"

상우는 초은이가 자기 몸 두 배 정도 되는 재훈이를 붙잡으러 뛰어다니는 걸 본 적이 있었다. 자기보고 초은이와 같이 하라는 얘긴가? 밑도 끝도 없이 착하기만 한 초은이처럼 될 수는 없었다. 상우는 자기가 몸에 안 맞는 옷을 입은 게 아닌지 돌아보았다. 그리고 봉사 시간 받겠다고 선뜻 맡은 도우미를 왜 못 하겠다고 말을 못 했는지 후회했다.

상우 엄마는 재심 청구를 하지 않았다. 재심을 청구해 봤자 징계를 피할 수 없다는 주변의 조언 때문이라고 했다. 상우도 전학을 가지 않았다. 얼마 남지 않은 3학년이기에 이 학교에서 그냥 졸업하겠다는 것이 이유였다. 상우 엄마가 가해 학생 부모들과 모의한다는 소문이 돌았지만 다행히 잠잠해졌다. 그것이 상우와의 면담 때문인지는 확실하지 않았다. 이 선생은 그저 상우가 자신의 인정욕망 때문에 여기까지 왔다는 것을 시인했길 바랄 뿐이었다.

새는 알에서 나오려고 투쟁한다

이 선생은 일 년간 학교를 떠나 있었다. 한창 커 가는 딸아이와 시간을 보내고 싶어 육아휴직을 신청했던 것이다. 여느 때 같으면 학교에서 컵라면을 먹으며 밀린 업무를 처리하고 있을 시간, 이 선생은 가만히 앉아 뉴스를 보고 있었다.

아이들이 가라앉는 배에 갇혀 사투를 벌이는 동안 대통령은 성형 시술을 하고 머리를 단장한 의혹이 있다는 뉴스가 보도되고 있었다. 며칠 전 이 선생은 딸아이와 촛불을 밝힌 시민의 대열에 함께했다. 학급에서 평화를 얘기했던 것도 사회가 바뀌길 바라서였다. 미동조차 없을 것 같던 세상이 평화와 민주주의를 향한 열망으로 마구 들끓고 있다는 사실에 학교로 돌아가면 어떤 이야기를 아이들과 나눌까, 일상에서도 고민이 끊이지 않았다. 세월호 아이들이 입었을 구명조끼에 누군가 올려놓은 촛불을 보며 진실을 밝히는 것이 얼마나 중요한지 아이들과 함께 얘기하리라 다짐하고 또 다짐했다.

휴직 전, 마지막 담임이었던 때의 아이들이 떠올랐다. 쉽지 않은 상황이었는데도 싸움을 말리겠다고 뛰어다녔던 현지, 섬세하면서도 옳고 그름에 대해서는 선이 확실했던 근식이, 천사 초은이. 녀석들은 어떻게 살고 있을까. 그때를 나처럼 떠올릴까.

평화와 민주주의를 강조했던 우리 반, 진실을 찾고 위로와 화해의 공간으로 만들고자 했던 우리 반을 조금이라도 기억할까 궁금했다.

"선생님 어디세요? 아직도 학교폭력과 싸우세요?"

당차고 정감 있는 목소리, 현지였다! 전화기 너머로 확성기 소음과 사람들의 환호 소리가 들려왔다.

"야, 정말 신기하다. 지금 뉴스 보면서 너희 생각하고 있었어. 어디냐?"

"저, 광화문이에요. 여기 너무 감동적이에요. 선생님도 집회에 나오셨을 것 같아서 전화했어요."

현지가 느끼고 있을 뭉클함이 이 선생에게도 충분히 전달되고 있었다.

"선생님 여기 우리 반이었던 애들하고 같이 나왔어요. 애들이 선생님 보고 싶다고 하는데 나오실 수 있나요?"

"와, 너희들 너무 자랑스럽다. 그래, 얼굴 한번 보자."

이 선생은 현지와 함께 누가 거기 있을까 궁금했다. 아마 초은이를 비롯해 반에서 통역자 역할을 했던 아이들이 모여 있을 것 같았다.

여자애들은 어엿한 숙녀가, 남자애들은 건장한 청년이 되어 나타났다. 중학생 때의 흔적이 조금 묻어날 뿐, 성장한 모습 이상으로 생각도 훌쩍 자라 있었다. 어떻게 연락해서 촛불집회에 참석할 마음을 먹게 됐는지, 하고 많은 사람 중에 왜 자신이 생각났는지 이 선생은 묻고 싶은 게 많았다. 아이들은 평소에 이 선생이 했던 말들을 기억해 냈다.

"평화로운 반, 민주적인 반, 화목한 반 이런 말들이요."

"칠판에 작은 물고기들이 모여 큰 물고기보다 커진 그림 그리신 것도 생각나요."

"현지가 칠판에 정의가 이긴다고 했던가, 그런 말을 썼던 것 같은데 그것도 생각나요."

아이들과 이 선생은 중학교 때를 회상하며 옛날이야기를 쏟아 냈다.

"촛불집회는 초은이가 가자고 해서 왔는데, 오고 나니 우리 반이 생각났어요."

"그렇구나. 우리 국민들이 지금 폭력적인 국가권력의 피해자로 서로를 위로하면서 새로운 역사를 쓰고 있는 것처럼 우리 반도 그랬지. 우리 반이 진실을 찾아 피해 입은 친구에게 알려 주고 위로해 주었던 것처럼 어서 빨리 세월호의 진실이 규명되어야 할 텐데 말이야."

이 선생에게는 아직 확인하지 못한 신념이 있었다. 학교는 작은 사회이고 학교교육을 통해 사회를 바꿀 수 있다는 신념. 그리고 오늘 이 선생은 학교에서 정의를 배우고 실천했던 아이들이 사회에서도 정의로운 청년으로 커 나가고 있음을 확인했다. 이 선생은 다른 아이들의 근황도 궁금했다. 사실 이 선생이 가장 궁금한 아이는 역시 종수와 정환이, 그리고 상우였다.

"종수는 어떻게 지내니?"

"선수 생활 열심히 하고 잘 지내요."

"정환이는?"

"개는 요즘 소식이 없어요. 뭐하고 지내는지 몰라요."

소식이 없다는 말은 별 탈 없이 지낸다는 뜻일 것이다. 무소식이 희소식이라고 했던가. 좀 알아보라는 이 선생의 요청에 아이들이 부지런히 SNS를 통해 물어본다.

"샘, 정환이는 애들 잘 안 만난대요. 자격증 따느라고 정신이 없다는데요?"

이 선생은 자기에게 심한 욕을 했던 정환이를 잊을 수 없었다. 정환이는 그때 정식으로 사과한다는 약속을 지켰다. 그리고 이 선생이

제시한 모든 절차를 지켰다. 어머니가 오셔서 눈물을 쏟으셨고, 정환이는 대화하는 법에 대해 교육을 받는 벌을 달게 받았다. 3학년에 올라가 학교를 자주 결석하는 것이 마음에 걸렸는데 새 환경에서 정신 차리고 적응하고 있는 녀석이 신통방통하다.

"상우는 어떻게 지내니?"

"상우는 고등학교 가서도 날리고 있어요. 전교회장에 출마해서 요즘 선거운동하고 있어요."

이 선생은 자기도 모르게 이맛살이 찌푸려졌다. 여전히 회장이라는 지위에서 벗어나지 못하는 녀석의 인정욕망에 씁쓸해졌다.

"너희들은 상우를 어떻게 보니?"

얘기를 나누다 보니 '상우가 좋다'는 아이와 '현지가 좋다'는 아이로 나뉘었다. 그때의 반장 선거에서부터 지금까지, 상우와 현지로 나뉘는 구도가 자연스럽게 이어지고 있다니 신기할 따름이었다. 현지는 자신을 좋아한다는 아이들 말에 겸연쩍게 웃었다.

"상우는 처세에 능한 아이죠. 이미지를 중요시하는 아이……. 처세란 게 살면서 필요한 거 아니겠어요?"

은선이는 상우가 멋있어서, 좋다고 했다. 이 선생은 은선이가 한 말이 상우를 설명하기에 아주 적절하다는 생각이 들었다. 아이들의 보는 눈은 보기보다 예리하다. 그러면서도 처세에 능한 것을 매력으로 받아들인다는 생각이 들어 씁쓸했다. 하긴 아이들 중에는 처세를 잘 못해서 따돌림을 당하는 아이들도 있으니.

"고등학교에서도 그런 게 보이니?"

"아마 그러겠죠. 전교회장 선거 나간 거 보면 그런 것 같아요."

아이들도 상우에 대해 어느 정도 알고 있었나 보다. 돌아보면 상우한테는 이미지가 전부이지 않았을까, 이 선생은 그런 생각이 들었다. 실상 아무것도 없는 사람이 뭔가 있는 것처럼 꾸며 사람들을 속이고 최고 권력의 자리에 오르게 하는 것, 이미지라는 건 그런 것인지도 모른다.

이 선생은 상우가 회장 선거에 나간 것이 '리더십 전형'으로 대학에 들어가기 위해서라고 생각했다. 그리고 우리 반에서의 활동을 자신의 이력으로 삼을지도 모른다고 생각했다. 이 선생은 상우가 중학교 3학년 때 학교폭력 사건으로 자신을 찾아왔던 때를 떠올렸다. 그때 이 선생은 분명 반장의 책임을 못 했기 때문에 피해 학생에게 사과를 해야 한다고 말하지 않았다. 상우가 선한 의도로 도우미를 하지 않았다는 것을 지적했다. 그때 상우는 침묵하며 듣고만 있었다. 그것이 잘못을 인정하는 태도인지, 자기는 그렇게 살 수밖에 없다는 뜻인지는 채근하여 확인하지는 않았다. 그것은 아이의 몫이라고 생각했다. 아이들의 얘기를 들으며, 봉사 점수를 위해 도우미를 했던 상우가 입시를 위해 학생회장이 될 것이며 학생회장이 되기 위해 아이들이 좋아할 만한 이미지로 치장하는 것이 인생의 목표가 될까 봐 걱정되었다.

"그런데 선생님, 상우 이번에 공약이 뭔 줄 아세요? '평화로운 학교 만들기'에요. 그리고 세부 공약으로 '평화규칙'을 만들자고 했어요. 우리 반에서 했던 거요."

침묵을 깨고 현지가 눈빛을 반짝이며 말했다.

"어, 그래? 잘했네!"

상우가 2학년 때를 기억하고 있긴 했던 것이다. 이 선생은 그나마 다행이라고 생각했다. 하지만 이 선생은 찜찜한 기분이 가시질 않았다. 상우가 평화로운 학교를 만들겠다는 대의를 품고 있는 게 아니라 전교회장이라는 화려한 이력을 만들겠다는 욕망에 그 대의를 이용하는 것은 아닌지. 이 선생은 설익은 자신의 생각이 애들에게 들킬까 봐 말을 아껴야겠다고 생각했다. 그러면서도 자기 잘못도, 자기 손해도 자기에게 이익이 되는 쪽으로 변화시키는 녀석의 처세술이 얄미워졌다. 학교폭력을 해결하겠다고 나서는 정치인들이 예산을 허투루 써 문제를 더 어렵게 만드는 모양새까지 떠올랐다. 이 선생 생각에 상우가 3학년 때의 잘못을 인정했다면 출마를 하지 말았어야 했다.

"상우가 그걸 지킨다면 진짜 애들이 변할지도 몰라요. 우리 반 애들처럼요. 상우도 우리 반과 함께한 시간을 기억할 거예요. 우리 반에서는 착한 반장으로 활동했고 평화롭게 문제를 돌파해 나가는 데 큰 도움이 됐잖아요. 그게 우리 반을 평화롭게 마무리하는 데 도움이 됐고요. 저는 상우가 우리와 함께 만들었던 평화의 시간을 확실히 기억할 거라 봐요. 걱정 마세요, 선생님."

이 선생은 현지가 약자의 편에서 정의를 말하는 사람으로 성장해 가고 있다고 생각했다. 혼란 속에서도 희망을 밝히는 촛불들이 떠올랐다. 결국 세상은 이런 선한 사람들이 움직이는 것이다. 아이들의 진로와 장래의 꿈에 대해 이야기하면서 이 선생은 상우에 대해서도 생각을 고쳐서 기대해 보자고 마음먹었다.

'처세에 능한 사람들을 사회에서는 그렇게 욕하지 않는다. 교사가 아이의 인간성까지 바꿀 수 없다. 부모의 양육 태도도, 성격도 바꿀 수 없다. 그래, 상우가 회장에 나간 것 이해한다. 교사는 학급에서의 역할과 상황에서의 전략을 바꿔 줄 수 있을 뿐. 나는 상우와 평화학급을 만들기 위해 노력했고 상우도 언젠가 그것이 옳다는 것을 알게 될 날이 오겠지.'

이 선생은 상우의 '평화학교 만들기'가 어떻게 실현될지 지켜보기로 했다. 더 많은 명예와 인정을 받으려고 거짓으로 평화의 탈을 썼을 수도 있겠지만 전 학급에 평화규칙을 만들겠다고 말하는 모양새는 기대할 만했다. 이 선생은 선한 전략으로 처세하는 제자가 그 전략을 언젠가는 습관으로 삼길 바랐다. 그리고 촛불로 시작된 새로운 시대의 변화가 상우를 정말로 새롭게 만들어 주기를 바랐다. 새가 알을 깨고 나올 수 있게 도와주기를!

이 선생의 학교폭력 평정기 특수전

1판 1쇄 | 2017년 7월 12일 1판 5쇄 | 2020년 10월 19일

기획 | 따돌림사회연구모임
지은이 | 고은우 김경욱 김성수 김은 남연우 이신아 이장우
펴낸이 | 조재은 편집부 | 김명옥 김원영 육수정
영업관리부 | 조희정 정영주

편집 | 이상경 디자인 | 표지 신병근 본문 육수정

펴낸곳 | (주)양철북출판사
등록 | 2001년 11월 21일 제25100-2002-380호
주소 | 서울시 마포구 양화로8길 17-9
전화 | 02-335-6407 팩스 | 0505-335-6408
전자우편 | tindrum@tindrum.co.kr
ISBN | 978-89-6372-253-5 03810 값 | 14,000원